戴小华 著

因为有情

戴小华散文精选集

作家出版社

目 录

辑四　寰宇风情

因为有情　更因为有爱

——戴小华散文读感

谢　冕

戴小华把她在中国大陆出版的散文集取名"因为有情"。我的阅读就从这篇同题散文开始。此文开篇就展现了一片辽阔的天空：从法国一群医生和记者成立的无国界医生组织，讲到特里莎修女的仁爱传教会，述及一系列从事国际慈善事业的人们。这篇仅有千字的短文有广阔的视野，在"因为有情"这句短语的引导下，先后列举了世界上那些知名的，包括出身豪门、被称为"悲剧性浪漫英雄"的格瓦拉在内的那些人，其间如维护人类自然环境而奋斗终生的卡逊，以及被称为"社会正义代言人"的克莱伦斯·丹诺。对于这些为人类争取光明、为弱势群体伸张正义而燃烧着的灵魂，戴小华都以充满崇敬的赞辞谈到他们。小华动情地说，在历史的长河中，像这样具有如此人品、智慧和风范的人并不多见，"对于他们，我不仅心存感激，更是景仰，虽不能至，然心必向往之。也因为他们，让我确信，只要有情，世界就不会绝望。"

戴小华为文简洁明快，无论事关大小，她总是秉笔直书，开门见山，不绕弯，也不掉书袋，甚至也极少华丽的装饰。朴素，自然，真诚，是她行文的本色。但她这些看似不加雕饰的文字，却有极大的冲击力——她平心静气，娓娓道来，却是直达人心！她的文字如她的为人，敏捷、干练、果断，而且大气磅礴。她以自己的文章塑造了作为智慧型作家的形象。面对戴小华的文字，我常感叹古人"文如其人"的明断。

此刻，她礼赞的是一幅绘画中填海的精卫：在乌云和大海之间，精卫如一道闪电，挟着千军万马的气势，从大海的浪涛中飞跃而出！作家从内心深处发出对于"风暴塑造"的感慨：她"有的是智慧和自信、强悍、坚毅、威猛"，"她是一个胜利者，也是一个失败者，人们并不能真正地了解她，就像人们不能了解，'无限的坚持'是一种多么珍贵的情操一样。"为了表达她的敬意，她还专程拜访了这幅巨画的作者。

戴小华总是向往着像精卫这样为理想而献身的英雄。她阅读夏衍，并有机会拜望劫后归来的文坛前辈。在追念夏公的文前，她特意引用了恩格斯的一段名言："这是一次人类从来没有经历过的最伟大的、进步的变革，是一个需要巨人而且产生了巨人——在思维能力、热情和性格方面，在多才多艺和学识渊博方面的巨人的时代。"她崇敬这样的人物，她的心扉总为这些伟大的灵魂而开放。后来她写陈映真，标题是："理想不死"。她深情地引用了这位理想主义者的话："我为自己是生于台湾的一个中国人而骄傲。我们这一代人没有走完的山路，终究将要由下一代人继续走下去，哪怕前路是崇山峻岭与茫茫大海。"从填海的精卫，到她心目中的那些为理想而毕生坚守的当代人物，戴小华发出的是心灵深处的由衷的赞颂。

现在我们谈论的这位女性，她不仅美丽、端庄、高雅，而且智慧。有异于人的是，她不仅智慧，还富有表达这种智慧的才情。其实对于小华而言，她所拥有的这一切更接近于天赋，是上天对她的格外宠惠。我以为更为难得的是后天生长的另一种美丽，即她通过她的智慧的文字，不仅表达了她的"情"（她说的"因为有情"），而且更表达了她的"爱"（我说的"更因为有爱"）。而小华的这种爱，不单是一般人拥有的情爱，是一种大爱。小华的这种大爱，源于她的大视野和大胸襟，由此产生出大悲悯和大关怀。

戴小华出生于台湾，后定居于马来西亚。大陆改革开放后，她随同父母寻根河北家乡，从而认识了她曾经陌生的中国大地。她在《我的中国梦》中自述：在台湾，有人说我是外省人；在马来西亚，有人说我是外来移民；在中国大陆，有人说我是外国华侨。她为此慨叹，"好像有一种委屈，有一种不安，更有一种渴望。渴望的是什么？说起来可笑，只不过是一个让自己能安心地去爱和被爱的家。"① 后来，她终于在从事的文化工作中理解了"家"的概念，对她而言，它不只是地域的，情感的，更是精神的。小华深情地说：

> 我对我的精神家园——中华文化始终怀有梦想。因为她是博大精深的，是中庸和谐的，所以，在人类千姿百态不同的文明中，她应有能力跨越各种障碍担负起促进不同种族、不同宗教、不同国家间相互理解，以及懂得欣赏、享受、喜悦彼此文化上的差异并能成为引领人类政治清明，经济发展，社会和谐，文化昌盛的重要罗盘。

戴小华由家而国，由国而世界，以至全人类，她的思路有多广阔，她的心胸有多博大，这就是我所觉察到的戴小华的大美和大爱。在这部散文集中，我们可以看到她对于世界各地千差万别的地域、自然和风俗的敏锐的感受力，也可看到她观察和捕捉细节的精致和缜密，而能够以扩大的心胸包容不同和差异，简言之，即是我所认为的她的文字所流露的"磅礴大气"，戴小华的表现则是非常充分而独特的。我们从她的行文中处处可以感受到她燃烧着的大爱心。

诸如，她和中国的作家一样思考文学救国的问题，她认为：救国要先救心。她从鲁迅的"看客"讲起，讲到"改造国民性"，再讲1789年法国大革命的先驱者。戴小华认为，面对今天"人心日益趋下的时代"，人类规范的重建需要从改变人类的精神开始，"而善于改变精神的是，

---

① 戴小华：《我的中国梦》。

我仍然认为，首推文艺"。这不是偶合，更不是简单的重复，戴小华的这一论述，让我们自然地想起梁启超一百多年前《论小说与群治之关系》讲过的话。[①] 可见，人同此心，心同此理，这再次印证了戴小华追求的家国认同，是沉潜于她的内心的。

戴小华是打开马来西亚和中国文化交流的先行者，她也是在两岸三地做出许多贡献的"亲善大使"。多年以来，她的足迹踏遍中国和世界各地，她有许多朋友，她讲学、交流、创作、访问，她为播撒中华文明的种子不懈地工作着。她用文字传达着人类最优美的、也是最伟大的情感。用当今流行的话语来称赞她，她就是一位真实的"女神"——因为有情，更因为有爱。她真诚地告诉我们：只要有情，只要有爱，世界就不会绝望。

2019 年 1 月 31 日

戊戌与己亥更迭之交

于北京大学

---

① 梁启超《论小说与群治之关系》讲："欲新一国之民，不可不先新一国之小说"。此文原刊 1902 年 11 月 14 日《新小说》第 1 号。

辑一／往日情怀

小　玉

我和小玉只见过两次面，甚至也没能好好交谈，但，却老想起。

今年暮春，我陪母亲返乡。临行前，母亲嘱我写信，通知她在沧州住的亲侄子，还特别叮咛，别劳师动众地来一大堆人。

果然，这次到天津来接我们的亲人不多，只有"九"个人。其中一位是我第一次到北京时见过的老舅。当其他人亲热地与我打招呼时，老舅静默一旁，冷漠的神情，和我第一次见到他时一样。

我低声问母亲，是否老舅根本就不喜欢我？母亲笑说："你老舅是个典型的乡下人，从没出过门。上回，他和一群人上京看你，一进宾馆，人就傻了，再看到你更傻了！"妈妈边说，边斜睨了老舅一眼，"去年，我回去时，他告诉我，这个侄女，又白净又摩登，我连看都不敢看她，别说跟她讲话了。"

我恍然大悟，赶紧趋前，搂着他，亲热地叫了声："老舅。"

老舅咧嘴一笑，露出了一排黄板牙。

我们一行人塞进了面包车，开始沿着笔直的、浓荫夹道的公路，往母亲的家乡——线庄——前行。

一路上，他们和母亲说着家乡的事，尤其是家乡亲人的点滴。讲到可喜处，意兴飞扬；听到感伤处，则怅然唏嘘。

母亲突然拉起老舅的手腕问："我送你的那只表，你怎么不戴？"

"那么好的表，我怕戴坏了，所以，把它挂在墙上，每天看着。"

　　话一说完，全车哄然。母亲又问："你家里养的那些鸡呀、鸭呀、鹅的，圈起来了没有？到你家，最让人讨厌的就是这些，噗一下，噗一下的，拉的院子里到处是屎，一不小心就踩一脚。"

　　"踩一脚好呀，有钱捡呀！"

　　"谁信这个，不圈起来，我可不下车。"

　　"我知道你姑奶奶今天要到，出门前就把它们都围起来了。"

　　母亲和老舅互相调侃着，阵阵笑声不时荡漾在车内。

　　"小玉结婚了吗？想想他……"

　　母亲话没说完，老舅哼的一声就说："他奶奶的，谁会要他，又穷又懒，见了我们像见了仇人似的，他奶奶的。"

　　"你这毛病还没改，开口闭口还是这句粗口，再不改，明年我不让你去台湾了，免得给我丢人现眼。"母亲半嗔半笑地说着。全车又一阵哄笑。老舅抓抓头皮，也跟着嘿嘿地干笑着。

　　"小玉那时才不过十来岁，亲眼看着爸爸被红卫兵打倒吐血而死，他的性情能不大变吗？你们该体谅他。"母亲叹息地说。

　　"'文革'时，我们家是地主，是红卫兵斗争的对象。大哥被斗时，你以为我们看着不着急，不心痛吗？但凭我们当时的能耐，行吗？"老舅辩解着。

　　"想想也是怪可怜的。每天眉头深锁，形销骨立，书也不读，活也不做，失魂落魄地整天守着他爹住的那栋屋子，开始还有人管他，可是他不领情，后来也就没人理他了。"说话的，是老舅的大儿子。

　　"他不做活，也没粮吃，饿极了，就帮人做点零活，挣口饭吃，他倒有这点好，再穷，也不偷。他奶……"

　　刚说了两个字，老舅一觉不对，马上收了口。

　　"他住的那栋屋子太破旧了，我怕有一天大风一吹，垮下来，会砸死他。"母亲露出忧虑的神情说。

　　"他要肯让人修才行呀！"老舅提高嗓门说，"你回来后，他还肯听你的，去年你给他买的那头牛，他就照顾得挺好。"

没想到平时省吃俭用的母亲，对待亲人倒也挺舍得。而这一路上，他们谈着的话题一直离不开小玉的事。

抵达线庄的时候，正赶上每五天一次的市集。

母亲一下车，就催促着我："快！你的舅母和其他亲人都在那儿。"

一介绍后，母亲兴奋地加入了他们采购的行列。

大表哥陪我走在市集的人群中，这一路上听到："住在台湾的二姑又来了。""可是二姑嫁到马来西亚的三闺女？""马家的大儿媳昨天又生了个女儿。""张家最小的孙女要出嫁了。"

村里的新闻在这儿口头交换着。

这会儿，二表弟赶着一辆驴车来了。

坐着驴车，走在线庄崎岖不平的黄泥路上，见到翻滚的麦浪，犁田的农民，半倾的泥墙，简陋的房舍，偶尔有几户砖瓦楼……前几天，我才开着私家车，碾过吉隆坡宽阔的柏油路面，走进豪华明亮的餐厅，在杯影酬酢中酣乐。怎么，才一旋身，原有的世界就变成了另一个。到底哪个世界更属于我？到了老舅家，大表哥说："你妈就在这间屋子出世的。"接着，他指着隔壁说，"那是你大舅的，现在就小玉一个人住在那儿。"

我望着那栋仍是用黄土墙加竹片搭盖的简陋房舍，不由自主地走了过去。

进了院墙，看见门是锁着的。我由门缝望进去，里面一片漆黑，什么也看不见，只见微弱的天光从屋顶的隙缝滤进来，再从窗户的隙缝挤出去。

这会儿，母亲和亲友们提着大包小包的东西进了老舅的家。后面还跟了一大群别家的孩子，他们扒在门边，你推我挤地往里头瞧热闹。

我走了过去，看见他们有趣的模样，想为他们拍照留影，谁知，他们一看到我举起相机，就吓得摆手惊呼："要钱吗？"

"要钱？"难道孩子们想索钱才肯让人拍照？

"你帮我们拍照，我们要给你钱吗？"问话的是一位面貌清秀可人的女孩。

我听了倒笑出来，说："不用给钱，照好相，我会把照片洗了，送给你们每人一张。"孩子们一听，忍不住雀跃欢呼，全涌上来，争着让我帮他们拍照。

突然，我望见小玉的院子里，有一位身穿深青色衣服的庄稼汉在那儿，直愣愣地望向这儿。

我将孩子们哄走，赶紧往小玉的院子走去。

刚瞧见的庄稼汉，这会儿正弯着身将嘴凑进院中的自来水龙头，咕噜咕噜地猛往喉咙里灌水。看来，他是渴急了。

喝完后，又用手盛水，往脸上泼，再猛地将头抬起，左右一甩，甩得沾在他一脸络缌胡上的水珠到处飞溅。

"请问你知道小玉在哪里？"他看到了我，一切动作突地静止下来，用一种漠漠的眼神望着我不动，不语，不笑。

我再问："你认识小玉吗？"

久久，这汉子开口，以极低沉的声音："你是台湾二姑的女儿？"

他没有直接回答我，反而问我。我点点头。

"我就是小玉。"

他话一出口，我完全愣住了！没想到，实在没想到，从头到尾，当亲人们谈着小玉时，我就认定有着这么一个名字的人，一定是位女性。而，现在站在眼前的，却是位头发蓬乱、脸皮黝黑的粗壮大汉。我有些想笑，但忍住了。

"可以请我进屋坐坐吗？"

他没作声，走到门口，松了锁头。门一开，一股臭气扑鼻而来。屋内地上堆满了干玉米棒，屋顶是用竹片及干树皮搭盖而成。剥落的壁灰中，可以看见麦草间塞着结块的黄泥。

这间屋子给人一种随时会坍塌的感觉。左侧房拴着一头黄牛，地上有草，有粪；右侧房则是小玉的卧室，简单的土炕上堆着些衣物，墙上挂着的镜框内是几张他和母亲及弟弟合拍的照片。

我望着这一切，心中隐隐作痛。他怎么可以就这样守着屋子，守着穷苦、寂寞，在孤独中过日子？人，可以伤心，但不能死心，如果将世上的不幸与苦难，以一种自戕式的折磨去执着着，那只是痴愚。

我不知能为他做些什么，只有塞给他一些钱。他似乎有些惊愕，将钱还给我，涨红着脸说："不……不……"

正说着，屋外传来大表哥唤我过去吃饭的声音。

"一起过去吃吧！"我盯紧小玉的脸，很诚恳地问。

他摇摇头，我也不勉强。踏步而出，没走几步，忍不住又回头，见小玉低着头，两手交抱在胸前，蹲在门口。蹲着，像风剥蚀的岁月，陈旧带点凄切。我的心被触动了，跑了过去，让大表哥为我们拍下了可纪念的一景。

进了老舅家，三合院里有驴、有牛、有羊，还有那些被圈起来的鸡鸭鹅。他们居然与众多牲畜、家禽共处在一个屋檐下，看着实在新奇。

亲人们，听闻消息，已从四面八方涌来。我发现母亲全身散发出从未有过的光采，与他们笑谈着。这时，我才了解，回到家乡，母亲如同回到了青春年代，有着太多的回忆与亲人们共同捕捉、分享。而我和母亲虽然血脉相连，但我和生长在这一片黄土地上的亲人，毕竟有了差距。所有吃的，再不卫生，都是母亲记忆里最可口的食物，而我却只能诳称："想吃白煮蛋。"

当我一边剥着煮熟的蛋壳，一边咀嚼着亲人的温情时，看见小玉居然就蹲在离我们的窗口不远处。

不知他在那儿蹲了多久了。

我跳下炕，奔出屋外。他见到我，站起来。微张着嘴，似乎刚想说什么，见到屋内有人出来，转身就走了。我正想追过去，大表哥说：

"时间不早，该上路回沧州了。"

"怎么不在这儿住下？"舅母问。

"小华明天要在沧州办点事，后天就去北京。等她走了，我再来线庄住一阵子。"母亲解释着。

上车离去的刹那，我那不知如何表达内心情意的老舅，终于对我说了声："要常回来呀！"

回来？我不觉一愣，当母亲离去时，以为不过一年半载就要回家的。谁知道，这一去，竟四十年。而我这一去，却完全没有离家的感觉。毕竟，这里只是母亲的故乡。母亲，喜爱这里，是因为四十年来故园未变；但我却期盼着下次来时，母亲的家乡已经完全改头换面，走向现代。

回到沧州的那晚，我辗转难眠，想着线庄的一切，想着那些朴拙、善良、极易满足的亲人，想着小玉，想着自己的卑劣……

第二天一睁眼，已近中午。客厅中隐隐传来谈话的声音。

走出房门，大表嫂已端了一大盘热腾腾的包子，招呼大家吃。妈妈将包子递到静坐在客厅一角的男人。他低着头，没有反应。大表哥说："到我家就别客气，你尽量吃，后头还蒸着。"

妈妈将一个包子塞在他手中，他开始吃起来，吃得很快，几乎一口半个。我悄声问母亲，他是谁？"小玉呀，昨天你不是见过他？"

小玉？我又细看了他一遍：满嘴的络腮胡已剃净，全身洗刷一番，身上穿了套府绸衫裤，虽仍有些邋遢，想必已是他最好的一套衣服了。

"你把胡子刮了，我认不出是你了。"我凑近看着他说。

他仍低头不语。母亲和大表哥开始向他说教。正好，我有篇稿要赶着写，就进房了。不知隔了多久，外面沉静了下来。又不知哪个时候，小玉悄悄地进了我的房。

当我抬头看见他时，他站在房门口，嗫嗫嚅嚅地边说着边将一张纸条递给我："我……这是我的地址，希望你把我们合照的相片寄给我。"

"一定。"我回答相当干脆。

这时，母亲进来，唤我和小玉一起去大姑家，顺便在那儿吃晚饭。我说："您和小玉先去，我一写完，会叫大表哥带我去。小玉，你等我一起吃晚饭噢！"

小玉临出房门时，我似乎看到他那张厚厚的嘴唇嚅动了一下，但是，他什么也没有说出口。

完稿时，一看表，已近七点。赶紧跟着大表哥到大姑家。屋内屋外都不见小玉的踪影，顿觉疑惑。大姑指着院里放着的煤球堆说："他一直蹲在这儿，什么也不说，直等到六点多，看你还不来，就走了！"

"我不是叫他等我一起吃晚饭吗？"

"线庄那儿，没路灯，从沧州骑车到那儿最少得一个半钟头，再不走，就完全看不到路了。再说，他还得回去顾着那头牛。"

我完全忽略了这些，小玉等了一天，我居然没跟他好好说上话。大姑突地想起了什么事，到厨房拿了一袋东西交给我："这是小玉给你的，二十个白煮蛋。他说，是你爱吃的。"

我望着这些蛋，僵住了！只觉得眼球一阵酸涩，泪水慢慢地浮了上来。

阿 春 嫂

当我第一次见到阿春嫂的时候，真被她的样子吓了一跳。她长得简直像只兀鹰。瘦小得只剩下骨架的身躯，总觉得不费吹灰之力就能把她推倒。仅巴掌般大的干瘪瘦削的脸上，却高耸着个毫不成比例的鹰鼻，垂塌的眼皮下露出对阴森严厉的眼睛，扁撇着的嘴唇内悬挂着几颗摇摇欲坠的烟屎牙。当她挤出笑容招呼着我时，直觉的排斥感总是把她与电影中专饰歹角的典范归于一类，实在无法对她产生好感。

然而，我观察到她在这个家中的地位却是特殊的，几乎介于管家与主人之间，有时甚至在主人之上。由于丈夫是阿春嫂一手带大的，所以，家婆就让她搬来与我们同住。一方面可以照顾我们的生活起居，同时也可指点我做家庭细务。当时心中虽有着一万个不愿意，但也不敢拂逆家婆对我的好意。

由于婚后初期和阿春嫂语言不通，再加上惧于她的容貌，所以总是尽量回避她。不知是否她对家务特别偏爱，令我不解的是，在我认为一两个钟头即可解决的家务事，她却能摸上一天。

有一天，意外中，我发觉到她蹲坐在屋内不为人注意的一隅，拿着一团紧紧包裹着的布包，然后极度谨慎地解开用橡筋束着的封口。好不容易打开，令我讶异的，里面居然还有一层。她又很小心仔细地打开第二个束口，结果，就如此这样的一步步地解，一层层地开，居然包扎了七八层——其中有用油纸包的、锡箔纸包的，有打结的、橡筋束的、麻绳捆的……她心平气顺地像在做着一件极庄严的事。这时，我完全被她困惑住了，愈发引起我的好奇心。当解开最后一层时，露出的是个有点生锈的小铁罐，出乎意料地，铁罐内竟装着随街可买到的廉价烟叶。

她抓出一小撮，卷进早已剪好的一小片白纸内，点着自制的香烟慢慢抽着，一直抽至烧到她那凹陷的嘴上了，才依依不舍地将它丢弃。原来她每天都做着同样的工夫好几次，竟能一直乐此不疲。我想大概除了工作睡觉外，这一刻，就是她最享受最快乐的时光了！

我觉得她真是迂腐愚昧，现在早已有做成的香烟，根本不需这么大费周章一番，她却说这样紧裹的烟叶不会走风，抽起来才有真正的烟味。真是食古不化。

她是个极度仔细勤劳的人，稀疏花白的头发永远是一丝不乱，古老陈旧的衣服永远是一尘不染。家中任何一点污渍，都逃不过她的眼睛。我们的生活习惯，口味爱好，她也能把持得恰到好处。每次，当丈夫应酬夜归，阿春嫂会毫无怨言地一直守到他进门，然后马上端上一杯"永远"是冷热适度的燕窝水给他润肺化痰。这时，一望到她那发自内心的关怀体贴，我就会产生一种莫名的懊恼，心中总会不自觉地藏着几分嫉妒，几分厌烦。因为，她所禀赋的诸般美德，让我觉得自己一无是处。

年来，我从未看到阿春嫂有任何亲人，过后，我才渐渐从亲戚口中获悉她悲惨的过去。阿春嫂是福建永春人，一出世双亲就相继去世了，由邻居收养。不久，邻家也遭逢变故，只好将她送去做童养媳，十四岁就替她成了亲。刚生下儿子，丈夫去南洋做生意，自此音信全无。乱世时，她带着儿子跑到南洋寻找丈夫的下落。人海茫茫，又一字不识，可说什么苦都挨过了，丈夫的消息却如石沉大海。她也不再存什么希望了，一心一意只盼望儿子长大成人。偏偏儿子在十九岁那年参加抗日军，又死在日本人的乱枪下。当时她差点疯了，就在她极度绝望时，遇到了远房的亲人，也就是我的家婆，生活才算安定下来，精神上也有了寄托。我知道她的身世后，对她不再敬而远之，反而产生了同情怜悯之心。

当我有了身孕，阿春嫂比谁都兴奋，成天到晚地为我准备各种补品。有些真是比药还难喝，何况在我当时年轻的想法，根本也不相信这一套；但一接触到她那热切哀求的眼神，想到她为我所花的工夫，实在不忍心说个"不"字。

临盆那晚，几乎所有至亲都围聚在医院，独见不到阿春嫂。心中有些纳闷，更不明的是当时竟有一种需要她能在我身边的渴望。经过种种痛楚折磨，孩子总算平安出世，但我也累得陷入沉睡中。在唇干舌燥下苏醒过来，发觉已是三更时分，勉强支撑着仍感虚弱的身子，想拿床边桌上的水喝。忽然，一个瘦小的微躬着腰的熟悉身影逼近，是她！在众人回去后，她一直守在我身边。给我喝过水，她马上拿出了一盒还微温的老姜炒饭。原来，早些时见不到她，是她正在家中为我准备一切，怕我醒来空着肚子会进风。虽是旧式的迷信，但其中包含多少她对我的关怀及细心！这时，我极力控制着快要夺眶而出的泪水。

我撑着身子想坐起进食，她示意叫我不要动，一口一口地喂着我吃。我忽然觉得喉头被什么咬住了！泪水再也不受控制地流了满脸。这时，耳边响起了她的声音："别难过，生个女儿像你不是更好吗？反正还年轻，机会多得是。"虽然仍是福建话，但现在我已完全能听懂了。她误解了我落泪的原因。她就是如此，为人所做的一切，都觉得是她的本分，所以也从来没想到别人会为她的言行而感动。我突然有种想抱住她的冲动。

一直到天快亮，她才听从我的催促回家休息。我情不自禁地目送她那显得步履维艰、逐渐消逝的身影，情绪激动得久久不能平复。

阿春嫂虽与我们没有深厚的血缘关系，但是她却对我们比谁都亲。她不仅贡献了她一生的劳力，也付出了她所有的爱心给我们。在她丑陋的外貌下，却是那么忠诚善良。在别人眼中，她或许是个微不足道的小人物，然而，在我的心中，她的地位却是至高至上的。我实在不知如何回报她，因为她什么都不要，什么也不求。她一生辛劳，没有享受，只有付出。我只能借着这篇文章将我的感情献给她。

筝韵心声

小时候，父亲逼我学钢琴，他说："能弹一手好钢琴，才像个淑女；同时，也可以此为生。"

但是，我一看到五线谱上的豆芽菜，就头昏脑涨，再加上要记哪条线等于哪个键子，哪个键子等于哪个音阶，就更是乱了头绪。每回一上钢琴课时就口干、舌燥、耳鸣、眼花、心跳。

半年下来，我终于鼓足勇气跟父母"摊牌"，言明自己的身体根本分裂不出音乐细胞，也不可能勉强自己做好一件毫无兴趣的事。父亲想，既然"孺子不可教"，也就只好对我"网开一面"。

到了小学四年级，看了一出由古典美人乐蒂主演的电影《倩女幽魂》，见她有如画中仙女在树林葱茏、烟烟云云、幽幽月色下，轻拨筝弦，只闻琴韵悠扬，宛如一个咽泣者，如怨如诉地吐述她那悲情刻骨的心声。

就在这一刹那，我爱上了属于华族最古老的民族乐器之一的古筝。

由于曾赌气说过对音乐没有兴趣，所以对弹奏古筝即使心驰神醉，也不敢表示。后来，因为学业忙碌，根本也无这份闲情逸致了！

六年前，在亲戚家听到一位国乐大师弹奏古筝的神乎其技，又勾起我这段早已忘怀的筝韵心声。

只见这位国乐大师一派雍容闲雅，用她那纤纤长指调了调弦，停了一会儿，琴音随之响起。

初时，碧波如镜，接着清风拂起，碧水扬波，宛如涓涓细流，间歇中还听到珠玉跳跃，清脆短促的滴水之声。不久，乐音越转越高，那琴韵竟然履险如夷，举重若轻，几个盘旋之后，只闻波涛汹涌起来，这时，已是万马奔腾，江流湍急，此伏彼起，繁音渐增——先如鸣泉飞溅，继而惊涛裂岸，最后是飞瀑入海——正当乐音将我们热血如沸的激奋拉到最高潮时，突然间，筝声戛然而止。

此时，众人的气息还未完全平伏，神智还未完全清醒，乐音又再轻轻响起；但筝声已细微到几不可再闻，像奏乐之人已渐远去。乐音虽是极低极细，然而每个音节在若有若无间仍清晰可闻，终于在洋洋然青天一碧、万里无云的空阔气象中，归向万籁俱寂。

一曲弹罢，我除了赞叹外，仍然只有赞叹，而且觉得这支笔全无用处，说了半天，它并未能描述这种完美的乐音于万一。

这回，立下誓愿定要学弹古筝；可惜，国乐大师不再授徒。还好，亲戚热心地为我另外物色了一位古筝专家。

盼到第一次上古筝课时，老师却跟我讲解古筝的演进：古筝最初只有十二弦及十三弦。用丝弦弹奏的筝，音韵古朴，宛如天成；用钢丝弦及尼龙丝弦弹奏的筝，则清脆明亮、典雅优美，能奏出明快的韵律，也能表达哀怨的情绪，更能表现出自然界的风、雨、雷、电及鸟鸣等特殊效果。

随后，为了增广古筝的音域，使弹奏时情感的表达和技巧的发挥，更为丰富，于是有了十八弦筝、二十一弦筝、二十五弦筝、四十弦筝、四十九弦筝等。老师对筝研究得固然透彻，但我却是急于抚筝弄弦，哪有心思细细详听。

总算他察觉到了我的不耐，开始教我练习基本指法。可恨自己并非一点就透的天才，老觉指法生涩，来来回回用拇指食指中指无名指挨次托、勾、抹、挑、剔、擘、打着筝弦。心想，这样扒法，不知要到何时何月才能弹出一首完整的筝曲。每周学弹筝的时间虽只有四十分钟，但要不断地练习，才会熟能生巧。

　　刚开始弹时，真像炒豆子，哔哔剥剥在锅里乱蹦。没想到，一年下来，居然也学会了不少曲子。这时，只要一筝在握，人筝浑为一体，那种唯我独尊的怡然，倒真乐也融融。

　　可惜，自我拿笔写作后，频密的稿约，学古筝一事就只好暂停，而这一停就到现在。

　　如今，望着古筝，就像对着久已疏离的老友，千头万绪，百感交集。这时，心里嘈嘈切切地又涌动起乐音。乐曲在我心中奔流，但这些发自生命的乐曲，有谁来听呢？

我不是要流泪的

　　风声飒飒，水鸟啸啸。就在浓得化不开的一片蓝和绿中，我们抵达了孤山。

　　说它是山，真有些牵强，如称为小岛还比较恰当。

　　下了船，沿着小径，走遍了孤山，也见不到一棵活得有滋有味的树，到处都显得干枯枯的。

　　没想到孤山真孤，也真荒芜，更没想到装扮整座山的竟是许多生锈的铁笼。

　　起初我不懂这屋子般大小的铁笼是干什么用的，后经岛上的管理员解说，才知道原来是关猴子的。

　　因为孤山的前身是一座猴岛，众多的猴子将岛上所有的花木都给摧残殆尽了，所以，非得用铁笼将它们关起来，才不致继续为害。

　　还好，岸边小贩摆卖的许多色彩绚丽的刺绣，将孤山的黯淡添加了些许生气。

　　我沿着湖岸边走边欣赏着这些刺绣。在我眼中，几乎每件绣品都有它独特的艺术风格。

　　这些刺绣，有的绣着人物，有的绣着活泼的生物和飞禽、走兽、昆虫、植物，有的则绣着古老的传说、神话、习俗、信仰和一些至今难以破译的符号。可以说，在一针一线之间绣出了女工们的蕙质兰心，也缝进了她们的青春年华，其中更不乏耗尽她们一生心血的杰作。

突然，一件妇女的嫁衣把我吸引住了。这嫁衣让人看了简直爱不释手。我知道，一些民族的少女，从七八岁开始，就在为自己的出阁之日绣那么一套嫁衣，所以，除非不得已，她们绝对舍不得将嫁衣卖掉的。

我不禁抬头细看卖嫁衣的人。

他是位年纪七十多岁的老人，显得寒碜、孤零。他的眼神中有失睡的疲困，那双干枯的双手紧握着一根水烟筒呆坐在一张圆凳上。

"多少钱？"我指着那件嫁衣问。

"两千。"他面无表情地答。

我算算，两千人民币约值马币一千多，觉得物有所值，没还价，就说："好！"

他看着我，眼中露出惊讶之色。

"这是谁的嫁衣？"我好奇地问。

"媳妇的。"他没好气地答。

这下，我倒有些不好意思买了，但怕不要，他会生气。本想再问，又怕自讨没趣，只好拿着嫁衣走了。

隔天，无意中闯入一座庭院。庭院内有栋似庙堂的建筑物。

我推门入内，大厅里，聚着一群玩着纸牌和打着麻将的老人。他们边玩边闲聊着，显得很快乐。我在厅内转了一会儿，从另道门出去。

门外的长廊上也坐着许多老人，然而他们彼此之间却很少交谈。

我见一位老人拢着手，靠着墙壁坐着，望着一个空无的杯子若有所思。

他的脸上显出一丝茫然空洞和呆滞落寞的神情，满布在他脸上的皱纹，竟使我联想到黄土高原的裂变，和他曾历经的风雨沧桑。

我不敢打扰他。望向距他身边不远处，一位正抽着水烟的老人。这一看才看清，原来竟是在孤山卖嫁衣的那位老人。

"好吗？"我笑着问。

他今天的心情似乎不错，笑着对我点了点头。于是我们便由抽烟交谈起来。

“我们云南人都喜欢抽水烟筒。因为烟从水里滤过，有害物质会减少，而且，水烟筒用竹筒做成，抽起来直灌入肺，还渗着竹香，很过瘾。不过……”

他顿了顿，抽了一口烟又说：“抽水烟筒得讲究功夫，否则会嘬不出烟来。”

他显得兴致勃勃。我忽然觉得他是异常孤独的。于是问：“您的家人呢？”

“老伴儿死了！儿子跑了……”他居然答得非常干脆，好像事不关己似的。

这下子我反而有些不知所措了！我们静默了好一会儿，他才缓缓地吐出这些话：

“我那老伴儿死时，儿子只有几个月大，我每天带着孩子只能做些零碎活，像卖杂货啦、掘树薯啦、种烟草啦、扛货啦……累了一天，回到家，还得做饭，孩子的尿布也是我自己洗。这孩子的大便又臭又难洗，你猜我怎么着？我一边洗，一边猛抽水烟筒，才能顶得过去。我烟瘾这么大都是洗尿布洗出来的。嘿！嘿！”

说到此，他又猛抽了一口烟。

“可能是没妈的缘故，这孩子也真难教，我总是耐着性子教他，有时急起来也打，打完了心又痛。三十年都有了吧！就凭着我这双手，一个男人，养大了儿子，还给他娶了亲。”

老人将手摊开来给我看，他那一双布满了厚茧的手，说明了全部的生活事实。

“这头亲事，将我辛苦积攒的一点钱全用光了！没想到，这媳妇受不了苦，前前后后出走了八次，都是我把她给找回来的。三年前，她又走了，可是我再也不想找她了！儿子开始跟我闹，我气急了，狠狠训了他一顿，结果，当天他就跑了。"

　　说着，说着，他咳了起来。

　　我递面巾纸给他，在他伸手接过去的当儿，眼泪竟溢出双眼，他边拭泪边苦笑着说："我不是要流泪的，大概是给烟呛着了……"

精卫的礼赞

知道天津站中央大厅圆拱形的穹顶上，有幅《精卫填海图》，并不是到天津的瞬间，而是在离去的时刻。

那时，我坐在从北京回吉隆坡的飞机上，正看着《中国当代散文精华》。当我读到蒋子龙写的《精卫的震撼》时，立刻被他文中的描述震撼了！

"七个背生巨翅的裸女，中间的精卫头顶一圈彩虹，身长六点五米，翅膀十二米长。两个肥胖可爱，刚长出嫩翅的超龄童子，有一百只海鸟围绕着她们……海一样翻腾的血，云一样飘曳的长发，雷电似的翅膀，像剑一样劈开了厚厚的云圈。驾风驱雨，巨石投海，激起冲天水柱，如喷泉一般。海和云，人和天搅在一起，一幅中国的'创世纪'有生命的大运动，有令人震撼的真实感。"

这，一幅动人心魄的画面开始在我的脑中涌动。

记得几年前，北京机场一幅《沐浴的裸女图》曾引起了一场壁画风波；但天津站画了裸体，却未曾听闻任何喧嚷，遂令我对这幅画更感好奇，焦渴地企盼着到天津站宝地踏访。

1992年9月借着到北京领"徐霞客奖"的机缘，我特别抽了半天空，包了一辆计程车，直奔天津站。

当我踏进天津站，一抬头，一幅高二十一米，宽二十四米，面积近六百平方米的巨幅穹顶油画，赤裸裸地呈现在我眼前，让人直觉地感觉到，这就是美了！

我屏息静气地凝视着，觉得这幅画不只在我眼前，也在我心上浮动着。

只见一片苍茫的大海上，风聚集着乌云，在乌云和大海之间，精卫像一道闪光，挟着千军万马的声势，从大海的浪涛中飞跃而出。

她那用"风暴塑造"的脸，"有的是智慧和自信、强悍、坚毅、威猛"。她像个愤怒的女神，将其填海的决心变成了创造的意志，不眠不休，誓不放弃。

"填海"，从现实的价值考虑，是件无望的工作。精卫在茫茫的大海中尊严地和生活搏斗着，在痛苦的绝望中和生命的悲运决战着，在人类的意志面对着既定命运的抗拒中，她是一个胜利者，也是一个失败者，人们并不能真正地了解她，就像人们不能了解，"无限的坚持"是一种多么珍贵的情操一样。

我不得不赞叹这幅画的创作者。他们的想象力是超级而跃的，画中显示的意境正是真正的艺术之道——是有限对无限的向往，是刹那对永恒的追求。

看过《精卫填海图》后，很想拜访这幅画的主要创造者秦征先生。

蒋子龙说："他是位值得认识的人。"

到天津的第二晚，蒋子龙与秦征约好时间，饭后。拎着两个大西瓜，就带我直奔秦征寓所。

天津的夏天奇热。夜晚，许多大人小孩在路边摆上躺椅、矮凳、茶几，开始聊天、玩牌。街上路灯少，很暗，汽车行驶其间，既恐碰伤街上纳凉的同胞们，又怕撞上没装车灯、像鱼群一样钻出来游过去的自行车。

这一路上，我都提心吊胆着。约莫行了半个钟头，车子终于在一个四方院内停下。

院内有三四座公寓。看起来都一个样，蒋子龙观望一会儿，择定其中一栋步入。刚进楼道口，即漆黑一片，原来楼梯上的灯全坏了！

我们只好小心翼翼地沿着阶梯，慢慢地步到三楼。来到门前，一看不对，又踉踉跄跄地摸着黑步下来。楼梯上到处堆放着杂物，一不小心踢上了准跌个四脚朝天。蒋子龙走在前面，一手拎着一个大西瓜，也顾不上我，只有一路吆喝提点着。

回到院内，问了人，又进入隔邻的楼座。这座楼的楼梯灯依然是坏的。我俩再度如履薄冰地摸黑到了三楼。

按了电铃，应门的是秦征的妻子。她的个子娇小，圆圆的脸庞，嘴角挂着笑意，招呼我们进了屋。

一进门，见屋内墙上挂满了秦征的画，这些画，将他那间简朴的住所丰富美化了。早就听闻秦征的画是不卖的，主要的原因是他不肯卖给画商，但真正喜爱的又买不起。不卖画，生活是不可能改善的。

走进秦征的画室，他正等着我们。他一头银发，脸上洋溢着蓬勃的气息，一点儿也不像七十岁的人。

我们坐在他那局促的画室谈天。

听秦征说话就像看他的画，一听过看过就不能忘却。

他是河北行唐县秦家台村人。村里有个习俗，就是小孩在出生百日那天，趁太阳未出前，抱上街，碰到的第一个男人就认作干爹，第一个女人就认作干妈。

秦征生在农历十一月，正值天寒地冻，天没亮，根本没人会上街，他的母亲抱着他在街上，兜着，非常着急，眼看太阳快要出来了，正好来到一座观音庙前，情急中，索性认了观音做干妈。

他说，这辈子曾历经八十一次灾难，次次能绝处逢生，大概全靠他干妈显灵。

十八岁，他与日军作战，一不留神，坠落十尺深的山崖，幸亏当时天冷，背上又扛着棉被，衣服穿得厚，跌下时，又正好背先着地，结果身体丝毫未损。

1957 年，他被调到雷电区的一个泥屋内。一天，狂风暴雨，雷电交加，一道闪电将整个泥屋劈开，他正吓得魂飞魄散，却看到另一道闪电击在一个扛着铁铲、正奔到屋外的男人身上，他半身烧焦，成了替死鬼。

1976 年唐山大地震，他抱着自己七岁的孩子往外跑，跑到走廊，屋子塌了，屋瓦砖块刚好被廊柱挡到，又令他逃过一劫。

听秦征谈他在动乱岁月里的惶惑、际会、灾难与感伤。

他说的是那么一个活生生，充满了血泪与汗水的世界，那个世界那么有力地吸引着我，使我不舍离去；但，毕竟夜了，我们不敢久留，只好告辞。

秦征的妻子非常体贴，见楼梯没灯，拿了手电筒，照着梯阶，坚持陪我们下楼。

她在前方以惯于颠踬的步伐，不失稳定地前进着，一如面对生活一般地不亢不卑。而我却因惯于生活的逸懒，时而摩擦碰撞，只能在后面狼狈尾随。

此情此景，令我联想许多，几乎是每往下走一步，我的心就沉重地往下坠一次。

互道珍重时，虽然我们都笑着，但当我坐进车里，再度望向那栋古旧公寓的同时，也清楚地看见车窗上映着自己流泪的侧影。

悼 夏 衍

　　这是一次人类从来没有经历过的最伟大的、进步的变革，
是一个需要巨人而且产生了巨人——在思维能力、热情和性格
方面，在多才多艺和学识渊博方面的巨人的时代。

　　　　　　　　　　　　　　——恩格斯：《自然辩证法》导言

　　与世纪同龄的夏衍，于 1900 年 10 月 30 日出生在浙江杭州庆春门外
严家街的一个号称书香门弟的破落地主家庭。三岁，他的父亲就过世，
兄弟姐妹八人，除了两个早逝外，全是靠他母亲一手带大的。

　　夏衍回顾自己一生时，写道："从 1900 年到现在，我这个人很平凡，
但我经过的这个时代，实在是太伟大了。"

　　诚然。在中国有文字记载的几千年历史中，有哪一个世纪像 20 世
纪这样深刻地改变过中华民族的社会面貌和震撼着民族的心灵？有哪一
个世纪像 20 世纪这样深入社会底蕴的连续不断的变革？

　　夏衍目睹中国最后的一顶皇冠落地，卷进过五四运动的狂潮，经历
抗日战争，亲眼看到了五星红旗在天安门冉冉升起，诚如他所说："我
在这个大时代的洪流中蹒跚学步，迷失过方向，摔过跤，也受到过不尊
重辩证法而招致的惩罚。"

　　通常一个划时代的政治运动，一种强烈的时代思潮，都会引导或者
驱使一批热血青年走上新的道路。

　　夏衍也不例外。他虽留学日本，专攻电机，但身处那种变动不安的大时代中，他也像文艺界的鲁迅、郭沫若、茅盾一样，响应了时代的召唤，用他们那支挥洒自如的笔，坚韧不拔的风格，为中华民族的新文化事业做出了重大的贡献。

　　当我重新翻阅了一遍有关夏衍的著作和译作时，不能不惊服他在写作上的勤劳和高产、丰产，同时，也使我联想前面所引述的恩格斯评论欧洲文艺复兴时代的那段话。而恩格斯的《自然辩证法》正是影响夏衍最深刻的一本书。

　　夏衍在写作上涉猎的领域是很广阔的，尤其令人叹服的是，他在所有耕耘过的土地上几乎都有达到上乘的精品。

　　例如《赛金花》《上海屋檐下》《法西斯细菌》《复活》等作品，20世纪30年代、40年代活跃在中国戏剧舞台上，到80年代仍有旺盛的艺术生命力。

　　他的《包身工》成为中国报告文学史上的一篇经典之作。

　　他的杂文和散文，广泛涉及古今中外历史、政治、经济、哲学、自然科学、文学、艺术等包罗宏富，留下了数百万字的成果。

　　他是成绩斐然的翻译家。高尔基的《母亲》更是其翻译介绍过的社会主义现实主义的奠基之作。

　　他是杰出的新闻事业家，在一些年代里，他几乎每天写一篇社论纵论国内外大事，还写了大量专访、报道。

　　至于他在电影事业上的成就，更被当时人誉为"电影事业的前驱者"。

　　夏衍一生有上千万字的著述。姑不论他的写作成就，单凭他在写作上的这种勤劳和数量的如此巨大，在现今文坛能找到的有几人？在世界文坛上又能找到多少？

　　在这里，我想约略地谈谈我认识夏衍的过程。

　　当我在70年代定居马来西亚后，大量阅读了中国许多优秀的文学作品，其中夏衍写的《包身工》更使我感到"灵魂的震动"。在我教报道文学期间，此文一直是我推介给学生欣赏的佳作之一。

然而，对于心仪已久的夏衍、一直缘悭一面。没想到1992年5月，当我从上海到北京时，曾做过夏衍秘书的李子云托我带些药及补品给夏衍。此事令我喜出望外，因为当夏衍经历了十年以上急风暴雨的摧折，右下肢已留着历史悲剧的残疾，再加上年高体弱，视力接近失明，听力又不好，他与巴金一样已不轻易见客。这是因缘巧合，不仅让我在北京与他见面交谈，并写了专访（访稿已发表在《南洋商报》"天涯行踪"专栏）。

与他虽只有那么一次短暂的接触，却仍留下深刻的印象，尤其是他那口浓重的浙江口音，当时虽听得吃力，但一忆及他颤抖着身子，不厌其烦地为我说明，我的心就会激动不已。

如今他去了，要写几句悼念的话，可是拿起笔来，又觉茫然。毕竟，在当今文坛遭到经济大潮的冲击下，许多坚持文学事业的人纷纷改弦易辙，霎时，又闻一个真正献身文艺工作的前辈逝去，难免有一种难以排遣使人哀寂的感觉。

诗人走了，乡愁还在

"掉头一去是风吹黑发，回首再来已雪满白头！一百六十里这海峡，为何渡了近半个世纪才到家？"

他漂泊四方，用一生咀嚼乡愁的滋味。

他著作等身，用妙笔提炼乡愁的精髓。

1971 年，二十多年没有回过大陆的余光中思乡情切，在台北厦门街的旧居里写下《乡愁》。感动了无数远离故乡的游子。

1992 年，他终于踏上故土，二十多年来，余光中回大陆六十余次。在余老看来，个人小小的回忆，不过几十年而已，整个民族却有几千年的记忆。而这些记忆许多已经变成典故，变成神话，变成历史，深深地沁入中华儿女的骨髓和身体里了！

余光中一生从事诗歌、散文、评论、翻译。他为我们展现了文学美的不同形式，让我们感知文学所携带的力与美。

在他写作的"四度空间"里，已出版诗集二十一种、散文集十一种、评论集五种、翻译集十三种。所以，称他为"诗人"，似乎太单薄；但不可否认的是，在他的众多散文、评论以及译作中，始终流淌着的，却是一以贯之的诗意。他的整个人生都与诗有关，他就是一面诗的旗帜。

2017 年 10 月 14 日惊闻诗人余光中走了！

虽然知道人总要离世，虽然知道他老人家已近九十高寿，心里仍是一阵难过。

记得，90年代初，马来西亚中央艺术学院主办"余光中教授演讲会"，我受邀担任主持人。那是我和他初次见面。那天他说了什么已不记得，但能面对余光中，恍惚间觉得自己又回到文学少女的年代。

之后，因为出席文学活动与他有多次见面的机会。然而印象最深的两次，一次，在南昌，一次，在上海。

2006年9月1日至5日，中国南昌市人民政府及中国现代文学馆主办"中国南昌市首届国际华人作家滕王阁笔会"，受邀的作家除了余光中，还有邓友梅、陈建功、陈若曦、尤今和我等人。

晚餐后，大家为他提早庆祝生日，许多文学青年在台上朗诵他的诗，也有将他的诗谱写成歌曲唱。余老听到兴起像个快乐的孩子干脆起身走上台，以独有的"余式"风格吟诵起自己的作品，引来观众阵阵掌声。

那晚，他的笑容很灿烂。

2009年9月25日，中国上海市侨办和解放日报报业集团为配合庆祝六十周年中国国庆，特别主办"同根·同文·同心"文化讲坛。邀请余光中、陈若曦和我为主讲嘉宾，余秋雨为主持人。该文化讲坛并由解放牛网、腾讯网做现场直播，由于有他们这些文坛大家，当时有三十五万多网民点击收看。并在11月6日于上海电视台播放。

那天，余光中的演讲题目是《爱护我们的母语》。他说："中华文化像一个很大的圆形，圆心无所不在，圆周无处可寻，而这个圆的半径就是中文了。这个半径有多长，这个文化就能够走多远。"他演讲时语调平和，不疾不徐，却仍能让人感受到他内心的激荡澎湃。直到现在，我都经常想起那个画面。

今天，《乡愁》的创作者离我们去了，不是葬在"长江与黄河之间"，而是在浅浅的海峡另一端。但两岸的"乡愁"却不能一直惆怅下去。相信总有一天，所有的乡愁者，都能在最美母亲的国度坦然睡去，睡整张大陆，听两侧长江、黄河的歌。

李敖：我将归来开放

2018 年 3 月 18 日，李敖在台湾病逝，享年八十三岁。

李敖，早在我年少时就已被他的文章深深吸引了。60 年代初，他以锐利的词锋，狂飙的热情，悍然无畏地揭开台湾社会的种种病象，而掀起了一场文化风暴。

他那"理在情不在"的批评，使他的文章迅速被热情的知识分子争诵，也引起了意见相左的人接二连三的批判。结果终于惹祸，1972 年进了监狱。

1979 年他重出文坛，才气依然，勇气依然，霸气也依然。这时，他的声名虽比以前更响，但经过与胡茵梦戏剧化的婚姻，萧孟能的官司（1988 年 8 月 10 日李敖侵占萧孟能财产案被平反，台湾最高法院判决萧孟能诬告被判刑两个月）等事件，已不再全是好声名。

我就常在文艺界的聚会里，听过许多人破口大骂李敖，但是在台湾文化圈，素为人所敬重，又有"纸上风云第一人"之称的高信疆，对李敖却非常推许。他说："我相信，五十年、百年后，待文坛上所有的恩怨及人事纠纷都消失了，能流传下来的文字，李敖会是其中之一。因而，我们有必要在众声喧哗中去认识他。"

于是，1990 年深秋我到台北，高信疆夫妇请我用过晚餐后就带我直趋李敖寓所。

我久闻李敖大隐于市，常有几个月不出门，甚少与人交往，习于独来独往。所以对于可能会吃"闭门羹"心里已有准备。

然而，那晚奇迹出现了！他居然请我们入室而坐。

见到李敖，他的人、他的谈话及他的住所，都使我吃惊。

他的言谈举止客气得不得了，"谢谢"两字更是经常挂在口上。这点似乎稍微印证了李敖心比口好，口比笔好的说法。他那两千多尺的天地里，除了门窗，可以说所有的墙壁都成了书架。他藏书之丰富，居所之整洁，都令我惊叹不已！而且他非常熟悉每本书放置的位置，可见这满屋子的书不是摆样子的。

那晚，我们的谈话着眼点并不限于文学。李敖在谈话中将文学结合历史传统、政治文化和人类理想来加以分析和批判，引起了我们对文化前途的深层思考。

那年我正在为《中国报》书写《戴小华话廊》。当下认为，李敖对马来西亚的读者绝对有吸引力，何况还具备"独家"的特色。此外，读者还可以通过对话体会出他个性的深刻流露及能有新的发现和启发。

于是，我有了与他深谈的念头，信疆夫妇也为我帮腔，因此，就促成了隔天早上的访谈（访谈内容刊登在 1991 年 2 月 3 日及 4 日《戴小华话廊》）。

那次的对话是在四种不同的场合完成的，他给我的印象也是复杂多面的——温文的、狂妄的、深沉的、玩世的。

李敖的一生几乎都表现了非常人的行径，其中有许多是别人不能谅解的。他那如剑的笔，无疑发挥了惊人的力量，把许多他认为不合理的人及事，打得落花流水；然而，他所以敢如此狂妄，凭仗的就是他读书广、思想深、勇气大。

虽然，我并不完全赞同他，但也不得不佩服他在遭到许多灾难后，仍能低眉自许、横眉冷对、细嚼黄连不皱眉的保持自我，特立独行。

李敖说，他最欣赏的一种本领就是"善于化祸为福，转失败为成功"。

他说："人要修炼到这一段数，才算炉火纯青。炉火纯青的人，不论在八卦炉里，还是在八卦炉外，都是一样逍遥。虽然，我是现状下的'失败者'，但，'失败者'有一张王牌，就是'不怕失败'。也许，有一天，我所做的努力，会在我们看不到想不到的时候，在我们看不到想不到的地方生根、发芽、开花、结果的。"

如同他曾写的一首小诗，"当百花凋谢的日子，我将归来开放"。

理想不死

——追忆陈映真

陈映真过世已经两年了！

这位对我们家庭有着重大影响的著名作家，当 2016 年 11 月 22 日惊闻他在北京过世的消息时，内心虽非常难过，却竟然无法下笔书写悼念他的文字。

提起陈映真，人们眼前浮现的是一个绝不妥协，然而又有些孤独的身影。陈映真的左翼思想，常与大陆作家群体乃至社会现实产生错位。坚定的"左统"信念，又使他在台湾社会显得边缘。

他承受了好几重孤独，那孤独又格外深。然而作为理想主义者，孤独却是必然的。

陈映真是我和大弟戴华光的"年少时期的文学启蒙者之一"。

他的小说多取材于台湾小资产阶级知识阶层的生活，作品充满着热情和闪耀着理想、人道主义的光芒。从他的作品中，可以读到他对底层民众，弱势群体的关怀；读到他坚持理想信念的精神，还可以读到他超出常人的睿智、前瞻和深刻。深深影响了当时台湾的一代人。

那时，大弟经常将省下的钱购买陈映真以及许多有思想有启发性的书和杂志到各大学门前去摆卖，为的是借这些作家的作品唤醒当时的大学生。

1978 年 1 月大弟因在台湾倡议"两岸和平统一，民族不再分裂"被判有期徒刑。

1988 年 3 月 30 日，陈映真、夏潮联谊会及三十多位人权工作者组成"戴华光后援会"，集合至台湾"立法院"群贤楼前请愿，吁请公平对待戴华光，并立即释放戴华光（详情请参阅上海三联书店《忽如归》47 页）。

1988 年 4 月 22 日大弟出狱后，还没恢复工作权，所以一边开计程车为生，间中还去大姐开的瑜伽馆教气功。一些和他有着相同政治理念也坐过政治牢的人，为了帮助大弟增加收入，又不伤及他的自尊，特意前来捧场，跟着大弟学气功，其中也包括陈映真。那时，他还鼓励"戴华光事件"的同案者，应将这段历史记录下来。

大弟出狱后，远离喧嚣，陪母亲返回家乡尽孝，早已不问世事。

直到母亲在 1999 年过世后，这段历史不能遗忘的声音才频频在我耳边催促，似乎不写出来，身心就无法得到安顿。故那段时间因专注搜寻收集资料及忙于从事的文化和文学工作，一直疏于问候陈映真。

直到 2007 年 1 月上海三联书店终于完成出版《忽如归》，我立即想将新著亲自为他送上，却得知他在 2006 年 9 月 26 日，在北京住处摔倒，又经两次中风，并做过几次心脏手术，语言能力受损，身体状况不佳。之后，也被告知当时许多人曾想去探望他，都怕他被感染或激动，病情会恶化；而且，他因内心很骄傲，也不愿意别人看到他这种形象，以致再无机会见到他了！

有时忆起，仍清楚记得他说过的这些话："如果从历史的发展来看，战后台湾史和战后中国现代史的特点之一就是民族分裂。我觉得一个民族的分裂是一个民族的羞辱及伤痛，这是一种跛脚、不健全的民族。中国有几千年的历史，我们的内战只不过是几十年，如果把中国历史当成一篇一万字的著作来看，分裂的历史只不过是这篇文章的一个片语、一个分号或是一个标点。所以我绝不能以现在这样的感受来否定整个中国的传承。因为中国的概念不是两个，她不是一个党、一个朝代，有时而穷；中国的概念是一种文化的、历史的。

"就像我刚才所讲的，国家民族的分裂是外力的干涉所造成，有志气有尊严的中国人不应该承认顺服这种现状，只为了当前一点点的舒适，就整个推翻民族历史的发展，这是没有道理的。"

他还说过："我为自己是生于台湾的一个中国人而骄傲。我们这一代人没有走完的山路，终究将要由下一代人继续走下去，哪怕前路是崇山峻岭与茫茫大海。"

如今斯人已逝，然理想永远不死！

永不言弃，永不言倦的曾敏之

转瞬间，曾敏之先生已经离开我们好几年了！记得第一次见到他时，就顿然感到在他身上有股凛然的正义之气。

多年来，我因在文学和文化的岗位上，得以结识许多像曾老这样的文学大家，我能追随他们之后，得到教化，这真是我的幸运。

回忆 70 年代初，我刚开始接触中国大陆和香港地区的文学作品，就经常在报章杂志上阅读到曾老的作品。那时已被他丰富的学养，杰出的文学造诣所折服，80 年代后期我开始进入马华文坛，1990 年我独得机缘成为马华文坛第一位进入中国大陆的文化使者，因而在 1991 年有幸被邀请出席在广东省中山市举行的第五届港澳台及海外华文文学国际会议。就在那次会议上第一次见到曾老。

曾老平易近人，既亲切又热情。对我这位文坛新人非常照顾，让我完全没有生疏的感觉。之后，与他接触得越多，越觉得他文如其人，文品就是人品在他身上得到了完全一致的体现。

可以说，他是世界华文文学及香港文学的开创者和奠基者，更是许多华文史实的推动者和参与者。他这一生都坚守致力于为发展和推动华文文学的工作，未曾稍懈。即便他在九十高龄身体不适时，他仍坚守在文学岗位。香港作家联会和中国世界华文文学学会能够成立，也就是源于他这种永不言倦，永不言弃的精神。

我想，他所以能在世界文坛享有如此崇高的地位，乃源于他高尚的人格、坚毅的品格以及他对事负责的精神，对物质享受不计较的胸怀，以及随遇而安的个性使然。

　　依稀记得最后一次见到曾老是在出席香港作联主办的一次文学活动，这时，他的腿力已不如以往，我拉着他的手，他也紧紧握着我的手。虽然他没对我说太多话，但我能深深感觉到自他掌心所传递的那种强而有力的寄语，使我既感动又愧惶。会议结束晚宴过后，大巴将他送到他住家的门口，许多文友要下车陪他搭电梯上楼送他进家门，可是他坚决不让大家麻烦，看他一个人下了车，站在大厦门口，仍依依不舍地和大家挥手告别，一直不肯转身进门，我看着看着已经忍不住泪盈满眶。

　　虽然，他的身体已离我们而去，但是他这种永不言倦，永不言弃的精神却会永远与我们同在。今天，就只能用这些简短的话向他表达哀悼之意并向他致上我最崇高的敬意。

金庸：大闹一场，悄然离去

　　在台湾读书时，几乎所有的老师家长都反对学生读武侠小说。直到定居吉隆坡，一位亲友送了整套《天龙八部》让我打发时间。结果，一翻开书，就几乎停不下来。

　　这是一部奇书，一部杰作。书中人乔峰（萧峰）的豪迈粗放，勇武过人，肝胆相照，还有那种"虽万千人吾往矣"的英雄本色，看得令我血脉偾张，心神俱醉。

　　那时，我想象中的金庸就是乔峰的样子。没想到，1999 年 12 月 19 日出席庆祝澳门回归祖国庆典，在葡国政府离开澳门前，宴请的最后一顿晚餐中，就在这种冠盖云集，有着两千五百位受邀嘉宾中，居然会和我心中的大侠相遇而且还是毗邻而坐。真是太不可思议了！那晚，我们谈的最多的不是回归而是他的著作。言谈中，我一直望着他那张笑眯眯的脸，犹如看到了一尊笑佛。

　　之后，又和他在香港的几次文学活动中相遇，并很荣幸受邀出席由香港康乐及文化事务署／香港艺术发展局／香港世界华文文艺研究学会在 2016 年 7 月 23 日主办"我与金庸——全球华文散文征文奖"的交流讲座及终审评委。

　　由于金庸的武侠小说写得实在太精彩了，名声太大了，反而容易忽略他的散文创作。

　　金庸的散文写得不多，其中我最偏爱的是他《谈凯撒大帝》这篇

文章。文中，他着墨最多的是布鲁图斯和安东尼那两篇演说。他分析布
鲁图斯的演说是散文，安东尼的演说是诗歌。安东尼的演说所以更有力
量，主要因为布鲁图斯是用理智来说服群众，安东尼却用情感来煽动群
众。对于认识不清，头脑并不冷静的群众，煽动自然比说理是一种更有
力的武器。

安东尼这篇演说，是在极端不利的环境中发表的，听众对他怀有敌
意，他却要鼓动听众来反对他们所最敬爱的人。

金庸将他这篇演说分成五段。第一段：先安抚群众，赞美布鲁图
斯，使听众对他来势汹汹的态度缓和下来；然后用许多事实证明凯撒并
没有野心；于是他借口哀伤过度，停顿片刻，让听众有时间来思索一
下。有人认为他的话有相当道理了，于是第二段：他激起听众的好奇
心，说凯撒有一张遗嘱，但内容不便宣布。第三段：他描写凯撒被刺时
的悲伤，凯撒看到他最爱的布鲁图斯给了他一刀，这忘恩负义的一击使
他的心碎了。这一段使听众流下泪来，也激起了怒火。第四段：他自己
谦逊，捧听众的场，以满足他们的自尊心，最后把听众引到高呼暴动的
路上。第五段：他再用物质的引诱来加强听众暴动的决心。

这篇演说组织之完美，实在使人叹服。对于政敌，他自始至终是赞
美，然而这种讽刺性的赞美比痛斥更有力量。在另一方面，安东尼的雄
辩有真实的情感做基础，他是深爱凯撒，是为凯撒的被刺而哀伤。他的
演说所以动人，因为他说的正是他心中的话。

这让我不禁思索，为什么金庸会特别着重分析这篇演说的技巧？我
觉得其实人往往最关注的多是最能引起自己心灵深处共鸣的那部分。这
些可能和自己的过往经历有关。即便从不提及，但在自己的著作中会隐
隐显露，让人看出一些蛛丝马迹。

金庸出身望族，土改时，父亲被杀害，读书时因写讽刺文章被开
除，后又因不满国民党职业学生被勒令退学。之后他读国际法，最想当
的就是外交官。

然而，作为一个出色的外交官，除了风度仪态才学之外，口才也非常重要。其实金庸并不太善于辞令，既然他想成为外交官，自然希望自己能像安东尼一样有这么杰出的的演说技巧，所以才特别用心钻研和详加分析。

不过，幸好金庸没当成外交官，因为外交官缺他一个倒无所谓，但武侠小说世界若少了他，却是千千万万金庸迷多大的损失啊！

有人曾经问金庸："人生应如何度过？"他答："大闹一场，悄然离去。"

金庸用一支笔，确实在这世上大闹了一场。他在许多读者的心里，种下了一个个让人荡气回肠的儿女柔情，勾勒了一个个亦真亦幻的江湖天地，陪伴了一代代人心向往之的乌托邦世界。

李 清 照

李清照可称为中国文学史上空前伟大的女文人，她的词，格调清绝，秀雅天然，音节清越流利。

"莫道不消魂！帘卷西风，人比黄花瘦！"这三句是她一生的名句。

最脍炙人口的《声声慢》，那自然有力的"寻寻""觅觅""冷冷""清清""凄凄""惨惨""戚戚""点点""滴滴"的一大堆叠字；和"独自怎生得黑"的"黑"韵，更是使后人惊奇咋舌的旷世之作。

李清照的成功对提高当时的妇女的地位，有着绝大的影响。

因为古代的中国既然强调"女子无才便是德"，当然视能诗词的女子就是不德的。

《归有园尘谈》就有这么一句卫道之士的"杰作"，"女子识字多海淫"。

所以古代女子就算才高八斗、学富五车，但是生存在这种以男性中心为主导思想的社会禁锢下，哪还敢发展她们的真情感，抒发她们的真性情？但是文学中最宝贵的就是这些。

而那些居于妾妓位的女性，因为受礼教的束缚较少，较能自由意志，自由思想，情绪方面反流露得率真。于是历史上许多出色的女文人如：班婕妤、左芬、江采苹（梅妃）、蔡文姬、花蕊夫人、薛涛、鱼玄机都是属于这种阶级的女性。李清照之后，才激发了许多正经女子对文学研究的兴趣，如朱淑贞、张玉娘、沈宜珍、贺双卿、顾太清等。

宋以后女作家虽日益增多，然当时的社会仍是禁止妇女踏出家门，禁止妇女思想自由，不容许她们浏览群史，不容许她们遨游四海，不容许她们结交儒士。她们受到种种的压迫，思想上被拘束着，当然，少有奇气磅礴情绪奔放的文字及雄厚浑朴的作品；但她们仍能借文字发挥所长，写出纤巧细腻，委婉哀怨的诗词歌赋，留下许多具有文学价值的作品。

上海女人

　　那天，自扬州回上海，开车的是位上海师傅，坐在他旁边的是山东来的老赵。当车快到上海时，师傅的手机响起，只听他语音温柔地说："我现在刚进上海，大约得七点才能回到家烧饭，如你觉得饿，先喝杯咖啡，吃点饼干。"

　　说完，他专注地继续开着车。我按捺不住，好奇地问："师傅，请问你太太今晚加班啊？"

　　"噢！她没上班。"

　　听他这么回答，我一下愣住了！又问："她身体不舒服？"

　　"她身体老好的。"他笑着答。

　　我更加不解，干脆打破砂锅问到底："既然她没上班，又没病，为何还要等你回去烧饭呢？"

　　"噢！这饭一向都是我烧的。"他理所当然地答道。

　　久闻上海女人地位高，既能掌控男友，又会支配老公。而上海男人则是出得厅堂，入得厨房，更是出了名的疼老婆。但今天不同啊！遂忍不住又问："如果你不烧饭的话，她会如何？"

　　"这还用问，只有荷包出血，下馆子了！"他答得有些无奈。

　　老赵在旁，听了大笑。

　　老赵二十多年前自山东来上海工作，现已定居在此。我问他："你老婆也是上海人？"

老赵急着一摆手说:"我家那口子是北方人,把我当老爷——伺候着呢!"

老赵嘴虽这么说着,但那"爷"字,却有意拖得长长的,似乎意味着点什么。我便单刀直入地问:"是吗?如再有机会,你会选上海女人还是北方女人?"

老赵嘿嘿干笑了两声,细声细气地说:"当然是上海女人。"

他的语音刚落,师傅"扑哧"一声笑了出来,老赵似乎也心照不宣地大笑起来。

我被他们弄糊涂了!想弄清楚他俩笑中的含义。

"为什么?"我追根究底定要解开这个谜。

这下,可打开老赵的话兴了,他就像黄河决堤般,滔滔不绝地长篇大论起来。

"北方女人虽贤惠,但常吃力不讨好。她们勤劳刻苦、任劳任怨,每天在外忙完工作,回家又忙家务,待老公回来时,多已累得一脸倦容,哪还能有好心情,好脸色。但老公在外也忙了一天,这时,一进门,看到的是个蓬头垢面的黄脸婆,胃口先倒了一半。再加上老婆没点笑容。好像心不甘情不愿似的,这饭就更是吃得不是味道了。"

老赵望了师傅一眼,接着又说:"上海女人就不一样了。白天在外打打小牌、逛逛街、上上美容院,把自己打扮得漂漂亮亮的。等老公一回到家,满脸笑容地迎上去,一边搂着老公一边发嗲地说着:'老公,今天做什么好吃的啊?说真的,你的厨艺就是好,我怎么做也不如你,所以,我最爱吃你烧的菜。'"

老赵转过头来看着我,笑着说:"你说,到这份儿上,男人再累,还不都会老老实实地下厨去。"

老赵清了下喉咙。加重语气地续说:"要谈上海女人和其他地方女人不一样的地方,把握其根本特点,必须抓住这个'嗲'字,因为它属于上海人特殊的价值判断标准体系,反映着女人的追求目标和男人的兴趣指向。'嗲'绝不仅是指外貌和姿色，它包括了女性的妩媚、温柔、情趣、谈吐、姿色、教养、学历、技艺等复杂的内容，'嗲'还隐含确认女性魅力有可流通的公共商业价值的事实。非上海人一般是懂不了的。"

"那请你尽量说清楚些。"我问。

"这得追溯起上海在租借时期所产生的殖民文化。这殖民文化最'不同凡响'的特点，就是商品意识无所不在，包括女性的内外在的特质，甚至因女性存在而有的温馨氛围都成了商品。尤其在那些半吊子尊重妇女的洋人，模仿洋人买办的推波助澜下，女性的商业性具有着更现代化更资本主义的含义，于是就出产了一个新的女性品牌——交际花。她们都受过高等教育，否则难上'档次'。她们知识丰富又懂琴棋书画，但她们的知识和技艺，事实上，是装饰品，和戒指和项链没什么两样。她们也善于发挥'嗲'的境界，故在当时的上海滩成了受人欢迎，为人追求，既风光又好处，享受不尽的人。

"后来上海脱离了殖民时期，但流风所及，上海女人当然会自觉或不自觉地去学习和掌握以至具有'嗲'的内容。因为她们明白'嗲'是与'实惠'配套的。"

老赵咽了口气，意味深长地说："所以上海女人聪明，她们懂得如何'使'男人，而不是'管'男人。"

我顿时无语。虽然这是老赵一家之言，但他最后这句话，会令许多女性顿悟。

杀 蛇 记

我对蛇一向有着极度的恐惧及憎厌。念书时，见到书中出现蛇的图像，就一定把此页撕掉，再托好友为我将其中的文字抄下。随着年龄的增长，对蛇虽不再如此敏感，但一想到蛇，仍有一种浑身发麻的感觉。

然而，想不到，当我到马来西亚定居后，居然有杀死四条蛇的记录。说起来连自己也不敢信，但又千真万确。

话说刚到吉隆坡，因觉优景山庄颇似好莱坞比华利山，就将新居选在那儿。当时整座山的发展还未完成，仍不时辟土砍树烧草，于是就将许多蛇逼出来，到处乱窜。这一窜，当然也殃及我们。

某周日，闲来无事，到后院浇花。幸好，我懒，采用远泼的方式。当水一触及日本竹时，突觉竹叶上有一条青影晃了一下，待定睛一瞧，哇！居然是条竹叶青。

我赶紧往屋内跑，通知我那口子寻求对策。谁知他正躺在床上聚精会神地看报，眼皮也懒得抬一下，对着报纸说："把门关上不就成了。"

他用鸵鸟政策，但我不可能就此不开门，何况门下有缝蛇也钻得进，再说家有幼女，万一伤了她们怎成？我又央求司机帮忙，他吓得直摆手。

看来无人施以援手了！这时令我悟到一个真理，就是："男人，你的名字是弱者。"

母爱发挥的威力令我克服恐惧。我先研究战略，如何将盘在竹叶上的蛇一击即中，而不致失手后反让蛇伤到自己。

我四处寻找杀蛇的武器，当看到厨柜上那一排热水瓶时，突然灵机一动，赶紧将瓶中的水全倒在塑胶盆里，选定适当的距离，对着蛇，倾盆泼下。但见那条竹叶青，跌落地上，行动迟缓，看来已被烫伤。我又赶紧拿起木棍，使尽全力，拼命朝蛇头打，直打到它溃不成形为止（因听闻，击烂蛇头，它才认不出仇人，而无法报复）。最后，为了心安，又挖了一个土坑，将之埋葬，总算尽了点"人事"。

没想到像我这么一个怕蛇的女人，居然杀了蛇。但这第一次"战迹"，却让我的胃口足足倒了三天。

曾看过司马中原写的一篇文章说，黄风蛇，是一种懂得复仇的蛇类。它不但能认仇人，而且能极有耐心地长途追踪，直等到有十足把握的时刻，才像鬼魅般地突然出现，一举致人于死。

看了司马先生骇人的描述，再加上自己"杀蛇心虚"，就更加步步为营了。

一天，我正开厨房的门，突觉门框上有样东西动了一下。一看，我的天！是条和门框一样颜色的褐色蛇。它约有一尺半长，像一根竹条，笔直地紧贴着门框。我知道家中无人救援，又怕一耽搁，蛇跑了，蹿进房，就惨了！一看，厨房的煤气炉上正烧着一锅热油，预备炸鸡用。我立刻端起油锅朝蛇淋去，蛇被烫伤跌落地上，我又赶紧拿起木棍朝蛇头猛击，直至它不能动弹。

第三次杀蛇，则是"一箭双雕"。

那天清晨，我到阳台呼吸清新的空气，突见两条有着黑褐色花纹的蛇盘在藤椅背面镂空的部位睡觉。这两条蛇较前两条粗，看来用热水攻不太管用。因有了两次杀蛇的经验，家中配备相当齐全，我也能"处变不惊"了。这次我用灭火器，朝蛇头猛喷，直喷到它们晕沉沉地跌落地上，再将之击毙。

此后，整座山开发好，再也不见蛇的芳踪。不久，我也搬离该处。

但愿在我有生之年再也不要见到蛇。

鸵 鸟

我们骂不敢面对现实的人，是鸵鸟。

所以我对鸵鸟一直不具好感。然而当我参观了南非开普敦的鸵鸟农场后，对鸵鸟有了不同的看法。原来它具备了许多人类不及的优势。

刚破蛋而出的小鸵鸟，能马上自立；约一年半的时间，就发育完成。它们的寿命很长，可达四十至五十年。据农场的管理人说，长命的可以活到八十几岁。

雌鸵鸟的有效繁殖期为三十至四十年，生蛋的时间也很长，可以每隔一天生一个，身强体壮的可以持续生上四十多个，为期近三个月。为了维持鸵鸟蛋的高产量，有些鸵鸟每天交配高达十次之多。它们的孵蛋过程也很有趣，白天雌鸵鸟坐在蛋上面孵，晚上就轮到雄鸵鸟孵，这完全符合了现代社会讲求男女分工的平等模式。

至于为什么雌鸵鸟白天孵，雄鸵鸟晚上孵，那是因为雌的毛是灰色，而雄的毛是黑色，雄鸵鸟晚上孵蛋不易被察觉，可以保护到鸵鸟蛋。万一发现"敌人"来袭时，它们跑起来的时速高达七十至八十公里，一般动物根本望尘莫及。

鸵鸟蛋有三厘米厚，人站在上面绝对踩不破。为了印证，我特地站在一个鸵鸟蛋上，当时的感觉就像站在一块坚硬的圆石上一样。

最有趣的是鸵鸟的眼睫毛有三层，两层像人类一样，上下开合，另外一层是左右开合。它们没有牙，但有两个胃。因为没有牙，得啄食小石块、硬物进胃，帮助其中一个胃磨碎消化食物，而另外一个胃则担负起吸收的功能。

鸵鸟的里里外外可说全都是宝，它们的毛可以做帽子、衣服、装饰品；它们的皮可以制成皮包、皮衣、皮带；它们的肉则属于低脂肪，无胆固醇，高营养的食品。

一天，酒店特别安排，以鸵鸟肉作为我们当晚的主菜；刚开始大家还心存恐惧，不敢轻举妄动，直待一位最有冒险精神的朋友尝了一口，大家光看他的表情就已心知肚明，不等他说什么，就迫不及待地纷纷行动了。真没想到鸵鸟肉的味道居然跟牛肉一样鲜美，难怪近年来成为欧洲人心目中最富营养的食品之一。

看来再用鸵鸟一词骂人，似乎该斟酌下，是否恰当。

戈壁明珠

大自然的神奇，往往出乎人类的想象。

你怎么能想象得到，飞鸟罕至寸草不生的茫茫戈壁，沙里能"煮熟"鸡蛋，"火洲"的石头上能烙饼子，《西游记》里描述"有八百里火焰，四周围寸草不生。若过得山，就是铜脑盖，铁身躯，也要化成汁哩"的火焰山，居然会在所有生物生机幻灭、逐渐枯绝之际，又有融化的天山雪水，自山岭奔泻到戈壁滩上，再度缀出了生命的绿洲。

人类创造的神奇，也往往出乎大自然的想象。

每年春夏之间，自天山流下的雪水，在极度干燥的空气和炙热的阳光下，一部分蒸发，一部分被地层吸收，成为潜流，山前的戈壁滩就形成一座座地下水库。吐鲁番人就在这些含地下水分较充沛的地面下开掘深井，井与井之间以沟渠相连，有些长不足一公里，有些则长达二三十公里，从而形成被誉为世界奇观的地下长河——坎儿井。

吐鲁番的坎儿井，给酷热干旱的"火洲"带来了生命之水，带来了瑰丽多姿的景色和瓜果之乡的美誉。

走进吐鲁番，像走进了葡萄世界。那铺天盖地的葡萄枝蔓，有的在田野里起起伏伏，长成绿波，长成一地碧珠；有的在藤架下攀攀爬爬，塑出绿廊，塑出一街清凉；还有的在庭院里摇摇曳曳，流着清香，流着一院甜蜜。

走进葡萄世界，更是走进了吐鲁番人的生活。葡萄生产过程的重要环节：开墩、剪枝、采摘、晾制，都成了吐鲁番的生活中的大事和节日。特别是到了葡萄收获的季节，吐鲁番人除了游葡萄沟、逛葡萄宴、喝葡萄酒、跳葡萄舞、唱葡萄情歌，隆重的，还来个全羊盛宴才能尽兴。

漫步葡萄架下，串串葡萄晶莹光泽，有如进入珠宝宫。那透明的红葡萄，色似琥珀；那长圆形的马奶子，状如垂珠；那紫溜溜的玫瑰香，形若玛瑙；那小粒的无核白，宛如翠玉……一嘟嘟，一串串，一簇簇，真是各具风韵，各显光华。怪不得诗人会激动地大呼："秋到葡萄沟，珍珠遍地流。"

葡萄沟是吐鲁番盆地最负盛名的山沟。它拦腰穿过火焰山，约有八公里长。因这条沟里流淌出来的葡萄品种繁多、色香味全而得其名。最是那葡萄中的珍品——无核白，皮薄肉嫩，汁多味甜，更是别处难以匹敌的。

"葡萄美酒夜光杯，欲饮琵琶马上催。"唐代诗人王维脍炙人口的佳句道出了无核白酿出的神奇魅力。

小青玉珠似的无核白，甜透了这块土地上的每个人。为了能使更多的人分享她的甘甜，葡萄沟的山坡上建有一座座用土坯垒成的镂空阴房——把鲜葡萄晾成葡萄干的房子。阴房的墙上留有许多十字形的风孔，可以借着吐鲁番特有的干热风，将挂满房内每个枝杈上一串串晶莹剔透的葡萄吹干。于是，这火洲9月甜蜜的浓缩，随着现代的交通工具翻山越岭漂洋过海，又甜透了世界上每一个角落的人。

不朽传奇

没想到游吐鲁番时，竟看到了一些荒漠中特有的神奇。

一、生命不朽

那天在一片万里黄沙中，突然看到几株零零落落散置其上的树木，有些惊奇。更奇的是，此树上半边和下半边的树枝，分别长着不同的两种树叶，上半部为椭圆形，下半部则为枝叶状。当地友人告知此树名叫胡杨。

胡杨树为了抗旱耐风，避免水分过度蒸发，树叶自然形成此种变异。同时它还具有强大的生命力，具有世所罕见的坚韧的材质。像至今只剩一个平台的楼兰皇宫，当时建筑所用的胡杨木，经过了两千年的风霜雨雪竟未能将之摧毁，依然躺在平台上不烂不腐。所以，有人称胡杨的生命有"三个一千年"，意味着它能在荒漠中生长一千年不死，死后立在荒漠中一千年不倒，倒后躺在荒漠上一千年不烂。

这种"胡杨博沙"的精神，不也象征了吐鲁番人即使在最困难险恶的环境也能生存的道理吗！

二、爱情不朽

离火焰山不远的地表下发现了一处古墓群。令人们惊讶的是，墓中埋葬的尸体竟仍完好无损。而这些出土的干尸个个都超过千年了。

至于这些千年干尸，它既不像埃及的木乃伊需经过人工防腐处理，也不像长沙马王堆女尸那样被人放置在密闭的环境中，它所以千年不坏，主要归功于吐鲁番异常干燥的气候和毫无水分的沙土，才能把尸体保存得极好。

后来，在乌鲁木齐博物馆参观时，看到一对并排长眠的干尸。获悉了一个"生同心，死同穴"的爱情故事。

张雄生活在隋唐之际，任"左衙大将军、都管曹郎中"。张雄夫妇继承先辈遗志，为中国的统一献身西域。然高昌王耍两面手法，张雄屡劝不改，终至忧愤成疾，郁郁而逝。五十五年后，其夫人去世时，要求开棺和他合葬在一个墓中。

亲眼目睹这对痴情相伴了一千多年的忠贞爱侣，对目前多变的爱情及婚姻，不无感触。

樱 花

今年，我在樱花盛开的季节来到京都。美得勾人心魂的樱花，有的如珠帘，有的似瀑布，有的像帐篷，有的若花伞，将京都染成红、粉、白三种颜色的绚烂，令人迷醉。

樱花多达一百余种，除非是极专门的植物学者，否则极难正确辨识各类不同的樱花品种。不过众所公认最美丽的樱种，首推开放极其茂盛，且枝叶下垂落地的"枝垂樱"。尤其是日本东北地区夕前域的枝垂樱，更被誉为"天下一品"，即举世无双之意。讲究细节的日本人，将樱花由"含苞"到"凋落"的过程，分成"三分开""五分开""七八开""全开"数阶段。

史书记载，日本人第一次正式大规模赏樱活动，是公元 812 年平安时代宫廷中的樱花之宴；而最豪华的赏樱壮举，则是公元 1598 年，丰臣秀吉于京都醍醐寺举办的醍醐赏樱。

其后赏樱开始平民化，如今一到樱开时节，扶桑诸岛国民视为一大盛事，并特别订立了一个庆典来庆祝，叫作"花见"（即赏樱之意）。日本人总是怀着朝圣之心，拜谒今春的樱花容颜，樱花树下的酒宴嬉戏，亦充满迎接新春新年度开始的况味。

即使樱花落时，日本徘里通常也不用"花雨"这个词，而是有个专用语，叫"花雪"，或者"花吹雪"。当樱花"全开"，并有部分熟透的樱瓣开始飘零，下起"花雪"时，正是最美的赏樱时机。

落花从来是无声无息地辞枝委地，即便是花雪，也仍然是一幅明丽而安详的画面。但到了中国诗人龚自珍的笔下，就不同了，落花可以被描述成千军万马，有声有色。"……如钱塘潮夜澎湃，如昆阳战晨披靡，如八万四千天女洗脸罢，齐向此地倾胭脂。"这是何等壮美的气势！

良缘祈愿

在京都，可以看到成千上万不同规模的神道教（Shinto）庙堂，日语叫神社（Jinja）。通常神社是日本人举行婚礼及祈福的地方，所以，这里的气氛显得既安详又宁静。

然而，当我来到时，正值樱花盛开的季节，所以，这里便一反常态，显得热闹喧哗。

我穿梭在人潮拥挤的清水寺到处浏览着，无意中瞥见，不远处的山坡上，有一座造型像"开"字型牌坊的鸟居门（Torii）。因那门前立着写有"良缘祈愿"四个显眼汉字的小亭，便把我吸引过去了。

一进庭园，首先映入眼帘的是一个石制的洗槽。槽上有一条石雕的卧龙，手工相当精美。槽里的水从龙嘴里流出，洗槽上还横放着一些用木材、竹子或锡铁做的长柄勺，供前来祈愿的人净嘴和手，好入内敬神。

进了鸟居门，看到许许多多的拜殿，而在这些拜殿的檐下、墙上、柱身全都挂满了写着各种祝词的纸皮灯笼及护身符，令人目不暇接。

我发觉许多结伴而来的爱侣，习惯先在拜殿底下的捐献箱供些香油钱，再摇摇陶罐似的响器，并且，在向神明祈祷时，先击掌两次，再非常虔诚地弯着腰，直到祈祷文说完为止。接着，又清脆地击掌两声，轻轻一欠身，缓缓后退几步，买了护身符，才兴高采烈地相拥而去。

起初，我不明所以，后来才知，他们这么做都是为了吸引神明的注意，确保神明能仔细倾听到他们的祈愿。

在日本许多能乐（Noh）的主题里，经常会有女儿基于责任义务，嫁给一个父母替她挑选的女婿。然而，故事中的少女又因有着个人的情爱，所以在难以取舍时，经常以自杀来逃避现实。

这种悲剧在封建社会里经常发生，并不出奇。今天，看到这么多成双成对的爱侣，已能自己做主，喜滋滋地在神明前祈求良缘，心中有所感动，于是，也情不自禁地默默祝福他们都能"有情人皆成眷属"。

三十三间堂

日本的民间有这样的传说：如果想看未来意中人的容貌，到位于京都的三十三间里去看那一千零一尊观音所幻化出的三万三千零三十三个形象，一定会找得到。

我并不相信这个传说，但我还是去看了。

三十三间堂是"有三十三个廊柱间隔的大堂"之意。所以用三十三这个数字，那是因为佛教徒相信，观音可以化为三十三种形象救人。

三十三间堂是日本最长的木造建筑。原本建于公元 1164 年，1249年曾毁于一场大火，1266 年又按照原有的格局重建。

这座建筑物虽不辉煌，却另有一种静穆之美。在它前面有一古树，当阳光穿过树梢，照射着这一古老的建筑物时，竟充满一种难于言宣的和谐之美。

当我一踏进三十三间堂时，几乎被眼前的景象惊呆了！

一千个和人齐高的观音分成十排整齐地立在堂内，那种磅礴的气势很像我在西安看到的兵马俑。不过，他们可不是出征的兵而是救世的观音。每个观音都有十一张脸和二十一双手。每只手象征拯救的二十五个世界，所以又称千手观音。在这一千个观音的中间，有一个坐在莲花雕座上的大观音，很高，他一样有着十一张脸和二十一双手。我虽不懂雕刻艺术，也觉得它的雕工实在是纤巧细密到了极点。

大观音的雕工，出自一位八十二岁名叫 Tankei 的雕刻艺术家之手。

其余的则分属 Kokei、Unkei 和 Tankei 三位大师及他们的徒弟共同完成的。起初，我以为每个观音都雕成一式，细看，才发现一千零一座观音竟各有千秋。所以在一千零一个观音所幻化的三万三千零三十三张脸中，可能你会忽然被一张脸震慑住了，就在与他（她）心灵擦撞的那一秒，好像彼此已相交相知了千万年……

　　然而，在芸芸众"脸"中，很可能也会错点鸳鸯，爱人的未必被爱，所爱的又失之交臂，难怪，世上良缘难求！

喜寿、米寿、白寿

在京都，出席了一位日本友人的八十八岁的寿宴。

友人告诉我：日本人庆寿，六十称还历，七十曰古稀，完全是沿习中国之风，但他们将七十七岁称作喜寿。那是因为对书道素有研究的日本人，留意到草书的'喜'字可由'七七七'三字组成"㐂"，因有喜寿之祝。

他们称八十八岁为米寿，是米字分拆开来正是八十八。

至于九十九岁则称之为白寿，这又是因百字减少一画，正是白字，既然尚欠一岁才满百，于是乎就可名之为白寿，何况九十九岁也已是白首翁了！

日本人就是擅长从既有中创新。

这位八十八岁的寿星翁，偕同他的老伴一起前来赴会。当三位年逾八十的好友一见面，就不停地鞠躬示礼。他们的鞠躬可不是马虎地把头一点，而是深深地低着头、弯着腰，久久不抬起来。没想到这三位老人的腰还真软，几乎能弯到膝盖处，我想，这可能是经常鞠躬的好处吧。

他们边吃饭边叙旧。寿星翁与大家谈得兴起，他那老伴则忙着剥蟹。每当她将剥出的蟹肉放在寿星翁的盘内时，寿星翁则用感激的眼神与她相视一笑，我看在眼里，突然有种莫名的感动，不禁想起听来的一句话，人到老时最重要的是有老伴、老友、老本（指钱和健康的身体）。

如果，我也有活到八十八岁的那天，希望也能像他们一样仍有老伴老友老本相陪！

辑二／因为有情

女 强 人

"女强人"这种称谓，看似冠冕堂皇，其实暗含着许多复杂的情愫。首先它就说明了"女性本来就是弱者"的概念。所以，偶然有少数女性冒出头，就称她为"女强人"。至于，传统观念中认为本来就强的男人就无所谓"男强人"的称呼。

其次，它还存有某种误解，就是认为女强人必然性格刚烈，凡事逞强，缺乏女性的温柔。这样的女性，即使事业成功，爱情婚姻也必定容易触礁。

再加上当80年代"女强人"一词极为盛行时，传播媒体将她们描述成拥有财富、意志坚强、多才多艺、事业得心应手、装扮极有品味、集新角色与旧角色于一身的成功女性，故一提到女强人，能不"另眼相看"的人似乎不多。

于是，那些被称为女强人者，为了显露她们强的能力，不仅在打扮上，有"拟男性化"的倾向，对任何事都竭尽心力，并且希望自己是无所不能。她们跌进了女强人的陷阱里，成了心理学家约瑟法维兹（Natasha Josefowitz）所说的那种"满足各种人的各种期望的女人"。由于她们企图完美地扮演好许多相互冲突的角色，太重的负荷量及心理上的压迫感，反而令自己成了"女强人"的受害者。

所以，心怀高成就动机的女性，不是放弃婚姻，就是在家庭与事业间弄得焦头烂额，很少像男性那样两者兼得，在家让太太伺候，在社会让人鼓掌的。而且，在她们努力的过程中，经常还会被冠以含有负面评价意味的各种标记。直到崭露头角以实际工作成绩证明了自己的能力时，她们又得来了正负意味暧昧的"女强人"头衔。

其实，一般人最常犯的错误是，习惯停留在过去式。常以性别角色刻板印象作为引导自我行为及期望他人、评价他人的认知参考架构。当表现行为不合这个参考架构时就会引来负面评价或进一步的行动抵制。于是，许多具有才华，本想违反传统固有模式的女性，为了怕被负面评价，而遏止了全力以赴、勇往直前的魄力与冲劲，使得她们对社会难做出与男士等量齐观的贡献。

人有无穷的潜能，当然也有其局限。每一个人一天只有二十四小时，所以，已婚职业女性，要在二十四小时中扮演两项同样需要体力、能力与心力的角色，成功地完成家庭与事业两项同样重要的工作，对任何人（男或女）而言，均系不切实际的过高期盼。

或许对于善于支配时间，最有效率的女性，能在工作之余，利用许多片断时间处理一些琐碎的家务事；但是，要将原已不够充裕的片断时间缀连起来，从事有建树性的思考活动或心智活动则是极其困难的。

谈到此，我忆及居里夫人的自传中提到，居里博士在向她求婚时，曾允诺她可于婚后，独室居住，不花时间料理琐碎家务，以免干扰她须持续性投注心力的工作。此外，居里博士得甘之如饴地吃居里夫人的简便餐，以使居里夫人有更多时间可做思考活动或研究工作。所以，她在科学上能取得这么大的成就，居里博士的理解与支持，不奢求她是"女强人"为重要的因素之一。

时代在不断蜕变中，凡是站在时代轨道上的人，无论男女，都不会执着于老观念，拿已经腐朽的性别及角色框框，硬套在活在这个时代的男女身上。我们更期盼能将过去盛行的狭义女强人，提升至一种境界。这种新新人类，有自尊，有自信，并且能刚柔并济，鱼与熊掌兼得。她们不仅能自在地生活于自己的原则中，同时，动人的女性特质，也不因工作上杰出的表现而有所折损。

M 型女性

在劳动市场上，年纪较大的女性大举进入的现象，可以说明数十年间的生命循环所发生的基本性变化。

第二次世界大战以前，女性平均在二十一岁结婚，生很多孩子，到最小的孩子上学时，她们大约是四十岁。当时女性的平均寿命是五十多岁。

目前，女性的平均结婚年龄约在二十五岁，只生一到三个孩子。因而，到最小的孩子上学时，女性约在三十五岁左右。现在女性的平均寿命在七十多岁。这也就显示女性在结婚，完成养育孩子后，还有很长的日子要走。

为了适应生命循环的变化，再加上电器产品和速食食品的普及，家事与日俱减，孩子逐渐长大，于是家庭主妇再度就业的意愿就明显地上涨。

一般而言，刚出校门二十岁到二十四岁的女性为最初就业时期，有三分之二就业。婚后，再生了几个孩子，女性的就业率就逐渐滑入了谷底。等到完成孩子的养育工作，四十岁到四十四岁的女性再度出击的为第二就业时期，也大致有三分之二的比率。因为这种年龄对就业产生的变化，成为一种"双高峰的现象"，也就产生了 M 型劳动构造的女性。

据日本所做的一些调查报告，第二就业时期的女性，职业意识较高，有时候甚至比年轻女性认真。因为就某种意义来说，她们已经完成结婚生儿育女的生命历程，较能心无旁骛。

那么，社会应如何巧妙地运用这股第二就业时期的女性劳动力？

日本西武百货公司就采取了一种建设性的手法。他们将最初就业期间所雇用成绩良好的女性员工登记起来，在第二就业期间再予以优先雇用。这种做法，对于企业具有双重的利益。

女性员工知道公司有这项恩典，她们在最初就业期就会特别努力。当再度回到工作岗位时，她们的成熟度又增加了，只要再施以短暂训练，就能驾轻就熟。在两度就业时期，无论在效率及生产力上都能尽心尽力发挥出最大的功能。

对女性而言，因为可以将人生的循环和工作的世界巧妙地连结起来，不仅工作起来更加精神百倍，也不用担心在生育后想再度就业，但已有"时不我予"或无适当就业管道之叹！

这种措施实为一种赢／赢的组合。

家庭和社会也会减少许多问题。女性减轻了是否能再度就业的焦虑，也减少了许多喜欢工作，但因结婚生育不得不放弃工作所产生的怨愤及不满情绪。

一些有先见之明的企业已认识到此点，因而从社会性的理由及商业性的利益来尝试着支援女性员工的再度发展；但是，在这个过程中，女性本身若不发挥重要的功能，势必难以期待目的能达到。

婚　姻

近日到马来西亚拉曼学院演讲，有一位同学问：

婚姻是什么？当感情变质了，是否因忠于婚约而不能分手？

这是个相当棘手的问题，我也没有理想的答案。

婚姻原是男女爱意最真诚的表达方式，只是太多的因素使人不再全然信赖。

过去有婚姻关系，男的主要为了延续香火及保障后裔的合法性，女的则为了找一张"长期饭票"。然而当感情发生变化时，男的可以三妻四妾，女的只得委曲求全，所以当时的社会虽然离婚率低，实际上，多是建立在牺牲女方的权利下才维持住的。

现代的婚姻结合，男的未必仅为了传宗接代，而女的获得经济自主权以后，因经济因素而结婚的女性越来越少。结婚只是因为爱对方，为了有个生活的伴儿，为了与对方共享一生。

然而爱里有太多的无奈，好人未必被爱或被永远爱。何况爱里面又有许多理性的盲点，加上现代社会人与人之间的接触增多增广，容易制造外遇的机会。机会产生思想，思想产生欲望，如果没有道德上的顾虑，欲望就会产生行动。

可是当爱本身变质了，却是碍于法律或道德才压抑住，哲学家罗素说：这会增强恨意，助长所谓警察的人生观，使得夫妻之间互相变成对方的囚犯。这样的婚姻关系，即使勉强维持着，也很悲哀。

我认为，一个有修养、有境界、懂得美、懂得爱的人，他自然懂得自我约束。而这纯粹出于自发。因为爱就应是它本身的法律，它本身的道德。因为爱，也会给予对方更多的自由，而不是更多的奴役。当爱一旦消失，双方也会带着感激来互相道别，感激彼此曾有缘能共同享有过一段美丽的时刻。

传统的社会，人们采取种种的手段限制离婚，即使在现代仍有歧视离婚者的现象。这固然可以减少离婚的数字，但是并不能帮助婚姻成功。

曾听一位女友说，制度应该是给人服务，而不是人给制度服务。有些人婚姻生活虽不愉快，但她当成修行，心甘情愿地牺牲，而不觉委屈。这是一种非常高尚的情操。但有些人的婚姻生活明明不好，却不改善，任它腐败下去。这种人，既懒惰，又不愿为自己的人生做革命。如果认为像这样拖着而不离婚就是道德的话，我却认为这种人既不负责，又没有道德。因为他没有勇气追求新的人生，情愿夫妻双方互相折磨，互相伤害，互相欺骗。我觉得这种情况实在可怕，是人的堕落。

她说的这番话虽有值得争议之处，但也值得思考和评估。

幸　福

　　我们常常认为一个在家庭、事业及人际关系上都能称心如意的人，就是一个幸福的人。

　　我也一直这么认为。因为传统观念告诉我们，一个圆满的人生，除了事业还应有婚姻，尤其是女性更应如此。

　　然而最近与一位成功女性交谈后，使我有了另一层领悟。她说：

　　"我觉得大家太把幸福定义成一种。因为感情是一个有机体，有消有长，如果大家认为女性一定要有婚姻才是圆满的话，这是她的信念，但不是我的。那些冀望在婚姻里找到幸福的人，如能求仁得仁，非常好；可是我的幸福，从没有希望在婚姻里面找。我一直质疑婚姻里的忠诚有所谓的永恒性，也认为婚姻里面有很多虚伪的事。我不要这样的感情，因为我清楚我会忠于自己多过那张婚约。我是个身心都很独立的人，所以现在我虽没有婚姻，但从来也不觉得这是不幸福，或是遗憾。"

　　我不禁问："年纪大了，不觉得寂寞？"

　　她说："其实每个人都有寂寞的时候，结婚的人也会寂寞，因为儿女大了会走开，夫妻间也不再那么贴心，对于排遣寂寞我有自己的一套，我喜欢书，从书中，我可以跟古往今来的人交心，可以跨越时空跟他们交往，可以看到世界上最优美、最高尚的灵魂，可以欣赏到具有最伟大才华的人，这些真是最好的朋友。我也喜欢旅行，喜欢音乐，有太多的东西可以陪伴我。同时我也非常用心交朋友，虽然我没有世俗眼中的美满姻缘，但我有一些能真正交心的朋友。"

　　由她的谈话，令我醒悟，时代变了，传统的两性关系也变了。社会进入多元化，人们已有了各种各样的想法及行为模式。

懒得离婚

最近，我看一篇小说，是谌容写的，叫《懒得离婚》。

文中讲述一位记者去采访一对模范夫妻，然而在采访过程中，她察觉出在这美满的深处似乎还有些什么，但又说不出。

后来，小说的男主角刘述怀居然说出了："其实哪家不是凑合着过？千万个家庭都像瞎子过河——自个儿摸着慢慢过呗！"

这句话看似平淡，却让人听得异常感伤。因为，别人眼中的幸福家庭，实际上竟非如此。

在讲究婚姻品质的 20 世纪末的今天，虽然，不婚、离婚的两性数字正逐日增加中，然而，婚姻品质不佳，却懒得离婚的也大有人在。不管他们的心态为何，在多元化社会里的多元化选择，正足以反映一种社会现象，值得我们省思。

因为，家本是人类幸福的一个重要天地，而不是令人窒息的冷漠处所。一个真正幸福的家庭应以爱为基础，而不是用"凑合"来对付。家应是人们在烦恼的社会上劳顿了一天后，可以作为安乐窝及避风港的地方。但是，如果家成了"凑合"的环境，那么人们连安身立命最根本的地方都没了，不仅是个人的悲哀，也可能造成社会"乱"的来源。

其实刘述怀的"懒得离婚"，不仅仅是中年人一种疲软心态的表现和写照，而且还道出了一般人的心理症结：活得不认真。

所以，刘述怀虽然与妻子张凤兰同床异梦，但宁愿凑合着过，也不愿认真地去解决两者的关系。较之他俩更甚者，则是夫妻双方彼此憎恨，互相伤害，互相折磨，情愿拖着，也没勇气寻求新的人生。

试问，一个社会，由许许多多这类不和谐的家庭组成，和睦安定得了吗？

再试问，一间公司的员工如全在凑合着混日子，它的生产和工作效率会高吗？

通常要改善公司这种不良的情况，一定是先予以解体再重新寻找优化的组合，这不仅合情合理，也是社会进步的一种表现。但是，一触及婚姻，就棘手得多。因为，华人的婚恋观，受传统思想文化的影响极深。离婚，常会引起周围沸沸扬扬的议论，要四分之三受强大的社会舆论压力，尤其是名人更易被人评头论足，说是道非，因此，没有勇气还真不行。

所以，刘述怀有一段说得非常让人心酸的话："我佩服那些离婚的人，他们有勇气，他们活得认真，他们对婚姻也认真。我嘛，虽说家庭不理想，不过，看透了，离不离都一样，懒得离！"

环顾四周，有多少个刘述怀就这样"看透了""认命了"，屈服于旧传统观念旧习惯的压力之下。离婚虽是人间悲剧，但明明不幸福，却还要凑合，也是很可悲的事，可这样的悲剧却一直上演着，不知何时是个尽头？！

要结束这样的悲剧，必须改变传统的婚恋家庭观。我们固然希望已婚者能努力维系住幸福的婚姻生活，但我们也不应歧视因婚姻失调而必须离婚的男女双方。

就当事人而言，离婚未必是最坏的选择，因为，对于自己或社会，因离婚而增加了两个重新努力的新人，也要比多了一对因懒得离婚而延长对抗的冤家好。

逢场作戏过分吗

　　去安徽歙县参观时，见识了中国最有名的牌坊群。真的没想到，这么一个小县镇竟有近百座埤坊，令我大为惊骇！后来知道，这里是程朱理学的桑梓之乡时，也就对当地所以会形成这种特殊的"节烈狂"不觉得奇怪了。

　　数百年来，程朱理学所宣扬的"饿死事小，失节事大""夫有再娶之义，妇无二适之文"的性道德双重标准，在明清时不仅得到了高度的张扬，而且还演变得益发畸形。

　　一位十六岁的少女，刚订婚，未婚夫就死了，她居然义无反顾地前往夫家守节，逾六十年而死。一位妙龄少女既没出嫁也未订婚，但为了想赢得一座冷冰冰的贞节牌坊，居然和一个不相干的已死男人缔婚，然后到夫家守节。

　　除了"节"以外，更怵目惊心的是"烈"。有的寡妇在别人出言挑逗下，觉得受辱，立刻割下自己的耳朵；有的则在手臂被男人触摸后，立刻砍下。然更可怕的是，当有的寡妇要以身殉夫时，亲族不但不阻止，反而还乐观其成。

　　这些悲惨的故事，彰显了过去礼教"吃人"的可怖！

　　那么，主导并大力鼓吹这种"吃人礼教"的两位理学大师程颐和朱熹，定是相当懂得自我节制，绝不会行差踏错的道学之士了？

　　其实不然。

程颐在他自己的甥女丧夫后，为了怕亲姐姐太过悲伤，不仅将甥女接回家，而且还将她改嫁他人。朱熹更是个言行不一致的伪君子，他曾引诱两个尼姑做妾，并到各地为官时都带着她们。结果被沈继祖指控，由于证据确凿，他只得向皇帝招认，并说自己是"章句腐儒，唯知伪学之传"。

想想看，多少女人在他俩"道德"及"礼教"的美名下，正常的情欲惨遭扼杀，人性被严重地扭曲；而当他们荒诞无耻的行径被人揭发时，却只是轻描淡写地用一句话就打发了。这是否像许多待己甚宽却严于责（女）人的"大男人"，当自己沉迷于歌台午榭、销金酒廊，被女性质问时，惯用的一套说辞就是：逢场作戏嘛！认真什么？

所以，如问：逢场作戏过不过分？我要反问：是否这又是以"男女有别"的男性本位主义来诠释礼义？

如是，那么在女性具有自我意识的今天，已不易被哄骗，也不再轻易地认命。因此，对于婚姻，大家必须怀握严肃敬谨之心。双方除了要有相等相同的婚姻观外，对一份感情的担当，还必须集真正的深情、谅解、胸襟、认识、意志及"任凭弱水三千，我只取一瓢饮"的专执，才可能达成。

何况，我们是在真实地生活，无须作戏，尤其是逢场作戏。

既然爱，何不温柔些

某天，自槟城返吉隆坡。我坐在靠窗的冷气巴士内，看到一辆轿车紧随巴士车旁急驶而行，并不时响着喇叭。待过了几条街后，巴士靠站停下，但见轿车内一中年妇女急奔而出，并以最快的速度冲上巴士。

只见她满头大汗，手拿一件外套，眼朝车内急扫一圈，接着，猛力将外套朝一少女身上掷去，并咬着牙愤愤地喊出："冻死你！"便转身下车了。那位少女似乎一点儿也不领情，撇了撇嘴，低声吐出："多事！"

一位妇女向我倾诉，觉得丈夫爱车多过爱她，想离婚，又舍不得孩子，只好强忍着。事因她遇到车祸，丈夫不仅不安慰她，反对她怒气冲冲地吼道："告诉你多少次，要小心驾驶，你总是不听，刚买的新车就被你撞坏了，下次就撞死你。"

想想看，不管是那位追了几条街才把寒衣为女儿送到的母亲，还是那位用恶狠狠的语气骂妻子的丈夫，应该都是爱孩子爱妻子的，可是他们所展现出来的爱人，一点儿也不温柔，反具伤害性。或许他俩都是无意的，然而这种态度一旦成为惯性就极易转为互相伤害，如此层层叠加，直到无可理喻，难以挽救。

然而，情感上的伤害毕竟波及的范围有限，文化上的伤害却是祸患无穷。余秋雨就认为在文化上的互相伤害，要比在其他领域更让人难过，原因有三：一是智能的浪费；二是邪恶的示范；三是文明的自贬。尤其当有些文化史论者还把文化伤害提升成什么《论争史》，把参战诸君推崇到诸子百家的地位，互相伤害就具备了文化上的合法性和继承性，令很多人民以为那是强者的必由、人间的正道，于是受到鼓励更加来劲，然挑战的对象并不是什么显赫的庞然大物，只不过是柔弱无力、有可能反抗也有可能不反抗的文人。但是，文化的至高层次并非如此。

近几届大选时，一些让人看了触目惊心的广告，也具有着类似文化上的伤害性。

而且把伤害的技巧琢磨得无比精确和高效。说实话，即使这类广告奏效，显示出的乃是人类的终极性悲剧——恐惧。虽然我们相信政府是爱人民的，但我们更相信生命间平等的无伤害，才是公正的基础。所以，当表现爱时，何不温柔些！

中老年人的心情危机

常说"少年夫妻老来伴"，可是据称，中年以后却是离婚率最高的阶段。因为，很多夫妻年轻时都在外为事业打拼，孩子小，家庭负担也重，即使婚姻出现问题，也暂时忍了下来；但到了中年后，事业有成，儿女已大，这时婚姻内潜存的问题，往往会一触即发。

男人很可能忽然醒悟道："奋斗了二三十年，总算事业有成，儿女责任已了，但……生命中……似乎还欠缺些什么……再不抓紧人生最后的一抹夕阳，这辈子似乎白过了！"

女人也可能忽然抬起头来说："以前为了孩子或经济的因素，即使婚姻痛苦，也只有委曲求全，现在儿女长大，有所依恃，才不要继续受气。"

这时，如有任何别的诱惑（这诱惑，可能是能将情绪转移的某种精神寄托，可能是某种不良的嗜好，也可能是别的男人或女人），很容易一头撞上去，而"忘了我是谁"。

享誉国际的学者梁实秋以近七十岁的高龄再婚时，曾引起众人哗然。所以哗然，一是大家还在为他那篇悼念爱妻的至情至性的文字唏嘘不已时，他已变了，而有一种受骗的感觉；另一则是认为他行将就木，还老尚风流，弄到晚节不保，而替他不值。

其实像他这一类的老学究，大半辈子都"关"在学术的殿堂内，一旦能得到一位见过世面又有风情的女人青睐，绝对难以抗拒。就像姜太公活了一辈子都怀才不遇，突然被文王看上，即使已达八十高龄，也是兴奋得无以复加，立刻"弃田归朝"。

过去我们总认为，既是老夫老妻了，就等于买了保单，其实不然。结婚久了，如果大家不好好找些共同爱好，安排一些生活上的情趣和变化，度过单调沉闷的婚姻关系，只要一不留神，即使七老八十，仍然会发生让人出乎意料的变故。

中老年人的第二春

一位中学的好友来马度假时，显得心事重重，我有些担心，问她到底发生了什么事。

她支吾以对，我也不便再问。隔了几天，她终于按捺不住，主动和我谈及心中所虑。

原来她那位守寡多年，已有六十多岁的母亲最近找到了所爱，对方是位六十多岁，离婚多年的退职人员，目前两人的感情已到论及婚嫁的阶段，可惜双方的子女都极力反对。我问：

"为什么要反对？"

"他们都那么大年纪了，还想结婚，会让人笑话的。"她不以为然地说。

"那么你们这些为人子女的，为了怕被人笑话，就完全不为父母着想，而反对他们仍有再婚的权利？"

"这……"她睁大眼，一下子答不上话来。

"想想看，过去你们在追求自主，追求自由恋爱的时候，不是拼命抗拒母亲对你们的限制和管束吗？怎么换了母亲，你们不但不更易理解这种追求，反而还用各种传统教条来使她觉得这种做法是罪恶羞耻的，'逼'她为了顾及你们的'面子'而牺牲她的情爱。你不觉得这样做太自私、太残忍了？"

她低头不语。我也不禁想，近几年来由于社会形态的剧变，旧的成见和说法虽然在新的具体活动和实践中逐渐淡化了，但我们就真的挣脱了千百年来的桎梏吗？真的扫除了潜意识弥留的阴霾吗？真的彻底自觉了吗？尽管我们许多人已经受了新时代的洗礼，也想尽力反抗种种违反人性的旧传统和旧教条，可是在潜意识中，我们依然会受着这种无形的支配。就像我这位女友一样。

　　一般人总认为中老年人已过了生殖年龄，不应再谈情欲生活，许多中老年人也认为自己到了这种年纪还搞恋爱，在子女面前谈再婚，也不太好意思，于是只得将人类原本就具有对情爱的需求拼命压抑着。结果，在长期的压抑下，不仅对己不利也对他人不利。

　　我总觉得上一辈的人多数生长于颇为保守和艰困的时代，他们为了子女和生活已经牺牲了许多快乐的追求，既然那些离婚和丧偶的中老年人，好不容易又找到理想的第二春，我们应该祝福他们，让他们享有一个快乐的晚年。

控 诉

数年前，我曾看过一部探讨性强暴的电影《控诉》。影片里的受害者莎拉，在一家酒吧被三名男士公然轮暴。当时尚有数名男士在场，他们不仅不阻止暴行，反在一旁不停地鼓噪叫好，而且还怂恿其他人"上阵"。当莎拉提出控诉时，由于法庭发觉她原是个"随便的女人"，于是就有了"咎由自取"的嫌疑。

即使莎拉真是"言行不当""衣着暴露"，也并不表示他人有权强暴她。这就如同一个人衣着光鲜，走在暗巷，别人有权去抢他一样。可是社会往往不会责怪被抢者大意，却会质疑被强暴者的品德。

虽然没有人会认为强暴是对的，但要将强暴者绳之以法，却要被强暴者在庭上先"证明自己的美德"才行。这种做法，其实反映的是一种"男性沙文主义的观点"，而一个越有男性沙文主义观点的社会，就越容易扭曲"社会主义"。

所以，影片中所要控诉的对象不只是强暴者，还包括旁观的鼓噪者，以及社会本身。因为一个人对"强暴"的看法，反映的是他对"女人"的看法；一个社会对"强暴"的看法，反映的是这个社会对"女人"的看法。弦外之音就是社会对女人的看法才是"强暴的帮凶"。

当台湾"台北之音"台长徐璐出版《暗夜幸存者》一书，除了揭露她在多年前遭歹徒强暴的经过和心路历程外，主要的目的还是想释放自己冷藏很久的创痛，同时希望能改变社会一些不正确的观念，并让受到性侵害的妇女，不再躲在黑暗的角落哭泣。

她说，所有受到性强暴的女性事后都是一个模式：充满自责、羞愧。她们受害的虽是生理，受伤的却是心理，甚至整个人生。她们得承受来自整个社会异样的眼光、歧视，尤其最不可思议的是，拿着斧头朝受害者心上和人生重重砍下一刀的，往往是最需要依赖的亲密伴侣。有些人告诉了男友或先生，较"幸运"者得到"谅解"，但是却不能再有讨论，这些"谅解"都是建立在"不要再去想它"的原则上；较不幸运的，则遭到逐渐地疏离和分手。有人则隐瞒这痛苦的秘密十年、二十年，甚至更久。

正因为这许多负面的声音、社会的压力，男友的反应，她才觉得更有出这本书的必要；也正因为社会一直对性别抱持歧视的态度，使得徐璐在受害六年后才敢自揭被强暴的经历。

当然，她能走出创痛，除了勇气，最重要的还是她在精神上，人格上以及经济上已经全然独立，才敢面对可能引起的后遗症。

也许我们难以期待一个"无强暴"的社会。但至少我们要有信心达到，一个不再有任何一位受害者"躲在暗夜哭泣"的社会。

年龄不过是个符号

在人际交往中，西方的礼仪有一条不成文的规定，就是不能随便问对方的收入和年龄，因这是别人的隐私，是极不礼貌的。西风东渐，这条礼仪也在东方逐渐流行开来。

通常大家会认为女士较避讳谈论年龄，其实如今不少都市中年男性，也一样避讳谈论年龄了。最近，在中国看到一篇报道，称这种现象为"都市中年男性新烦恼"。由于现代社会发展越来越快，新陈代谢越来越快，提升干部也越来越年轻化，中年男性眼见"后浪"如此汹涌，担心自己发展无望，不免心中戚戚然，惶惶然，年龄遂成了他们心中的一块不愿碰的心病，以免自己心惊。而讲求论资排辈，反而喜欢报大年龄。

其实，人的年龄可分为自然年龄（日历年龄）、证件年龄、心理年龄和生理年龄四种。

证件年龄一般会与自然年龄相同，但也有因特殊情况而与实际年龄不相符的。这因世间许多事，都要和年龄发生关系，像上学、服役、工作、晋级、结婚、生育、保险、退休，许多总要在年龄上有些要求和限制，遂使得人们有时嫌年龄小，有时又嫌年龄大，因而往往为了方便和需要，改动证件上的年龄。此外，由于战争、动乱、变迁等因素，尤其在国民党撤退到台湾后的前十多年为甚，因而，许多人的证件年龄未必可靠。

记得台湾在 80 年代前，物资相当缺乏，有些机构会以配给粮食作为员工的福利，至于有孩子的家庭，就按孩子的年龄大小分配。十二岁以上的配大口粮，十二岁以下的配小口粮，因而这些机构的许多员工乐得将孩子的年龄报大。我们家也是因此得利，不仅常有剩余的粮食施舍给前来求乞的人，还在邻里间得了"慈善人家"的美名。

日前看了一部有关保健的电视专题片，有位四十出头的女士，因长期不良的生活习惯和饮食习惯，又加上酗酒和抽烟，经过全身检查后，许多内脏器官已严重受损。所以她虽只有四十多岁，但从她的外貌看起来已像七十岁的人。这位女士所以"未老先衰"就是她的生理年龄大过她的自然年龄。

生理年龄目前尚属比较新颖的课题。中国协和医科大学流行病学黄建始教授说，生理年龄是指一个人生理学上的年龄，代表这个人的生命活力，与身体的内脏五官、血尿液健康与否有关。生理年龄的高低，主要取决于人的生活方式和健康状况。而会令生理年龄大于或小于自然年龄。如果生理年龄比自然年龄大，那说明这个人的生活方式和饮食习惯有问题，欠了不少"健康债"，于是就会"未老先衰"。反之则说明这个人的身体状况非常好，生活质量也高。

目前许多国家的体检中心在为顾客做完全身检查后，也会特别注明"生理年龄"。甚至把生理年龄看成是人的"真实年龄"。反而认为自然年龄或证件年龄，只不过是个符号，尤其是这个符号并不能反映"真实"的话，就更加无意义了。

黄教授还说，重视生理年龄就是重视"健康投资"。测量生理年龄是为了了解自己潜在的不健康风险，只有发现不健康的习惯，才能及时改善。那么他就能拥有比自己自然年龄年轻很多的生理年龄。

其实在社会历史长河中，每个人的生命都是短暂的。它犹如一张短暂的单程车票，有去无回。所以，我们应该努力维护好健康的心理年龄和生理年龄，唯有这样，才能活出生活的真谛，人生才会处处是韶华。

因为有情

　　因为有情，1971 年 12 月 20 日在法国巴黎有一群医生和记者成立"无国界医生"组织。这个在 1999 年荣获诺贝尔和平奖的人道医疗救援组织，它不隶属于任何政权和团体，不分种族、国籍、宗教、信念或性别，不偏不倚地为有需要援助的人服务。四十八年来该组织历经艰辛，在战乱地区和灾区、疫区，救助那些因天灾、人祸及战乱而遭受苦难的人民，亦为一些医疗设施不足甚至完全缺乏的地区提供基本医疗和手术、重建医院和药房、推动营养和卫生项目及培训当地医护人员。

　　因为有情，特里莎修女，在她教书的十七年间，在印度加尔各答看到许多垂死的人被弃置街头，于是，她决定远赴该地，开始了她为赤贫者、濒死者、弃婴、麻风病人服务的生涯。1959 年，特里莎修女的"仁爱传教会"分别又在印度首都新德里和蓝奇设立了两座垂死者收容院。

　　因为有情，费朗茨·法农，这位诞生在法属西印度马第尼岛的精神科医生、心理分析理论家、社会哲学和社会现象学思想家，为了摆脱法国殖民统治，他投身于争取阿尔及利亚独立革命的狂潮中，同时，他的先知性著作《被诅咒的大地》也在血泪的洗礼中蜕化了出来。而更重要的是，他具有了知识分子普遍缺乏的道德一致性和人格完整性。

　　因为有情，格瓦拉，这位阿根廷近代最重要的悲剧性浪漫英雄，他用自己的生命写下了传奇式的史诗。他虽出身豪门，又毕业于医学院，但在面对着日益扩大的贫富不均，日益绝望的社会，他已不可能无动于衷地自求多福。他在南美洲各国流浪，观察各地人民的贫穷与绝望，体认到唯有"武装革命"才能解放拉丁美洲。于是，要改造这个世界的一颗炽热灵魂从此出发，甚至为此付出了生命的代价。

因为有情，蕾切尔·卡逊女士，于第二次世界大战期间，在政府部门从事研究工作；然而，她注意到许多新发展出来的有毒化学品会对人类及自然造成危害。于是，她费时六年，访问许多科学家、和全世界各研究机构及专家通信联系，写成《寂静的春天》一书。该著作，不仅唤起了人们对生态环境的重视，也对战后漫无节制的空中农药喷洒确实造成了极大的阻遏效果。美国官方更在公众的压力下，开始立法管制农用化学品。

因为有情，克莱伦斯·丹诺，这位被誉为是美国 20 世纪社会正义的代言人，他不仅为无力打官司的穷人义务辩护，从而平反了许多冤狱，还专为其他律师眼中"没有希望"的案件进行辩护。他一生秉持正义理念，在法庭上为弱者激辩长达半个世纪以上。

在历史的长河中，像具有如此人品、智慧与风范的有情人并不多见，但幸好也不是稀有动物。由于他们敢以当仁不让、对错分明、力争权益，而不明哲保身的性格，才能在是非不明、弱肉强食的世界中，展现自己的力量，陈述出自己的声音，令正义得以伸张，社会能够进步。

对于他们，我不仅心存感激，更是景仰。虽身不能至，然心必向往之。也因为他们，让我确信，只要有情，世界就不会绝望。

救国要先救"心"

一个人的思想行动，无不受到时代潮流、现实生活的影响，而成为一种动力。但，这是外因，如果没有内因，也难以发生作用。

鲁迅，从青少年时代，看到朝廷政治腐败，民不聊生，国家复受外国势力的侵略与凌辱，满腹悲愤。一种强烈的爱国主义深情，匹夫有责的责任感，激动着他的心，必须找到个突破口。

起初，由于他父亲被庸医误治病亡，认为科学才能救国，于是到日本学医。学医期间，有一回他从电影上看到，一个替俄国做间谍的中国人，正要被日本人砍头时，许多赶来围观的中国人，竟神情麻木，毫无悲痛之情。这个画面对鲁迅的刺激太大了！自此，他认识到救国必须先救"心"。因为"凡是愚弱的国民，即使体格如何健全，如何茁壮，也只能做毫无意义的示众材料和看客"。于是他弃医从文，把文艺作为思想启蒙、精神变革的有力手段，以之参与改造社会人生和国人灵魂的事业。

首先他在《新青年》杂志上发表了"铁屋子"能不能被摧毁的谈话。文内认为中国根深蒂固的封建政治文化铸就唯黑暗与虚无乃是实有的现实，若改革，则连搬动一张桌椅都会流血，昏睡的人们又如此众多，即便如此，他仍要在绝望中反抗，于无所希望中得救。接着又写出千百篇各体诗文致力于"改造国民性"的伟大工程。而在他创作的短篇小说中一幕幕深刻的人间悲喜剧，以及阿 Q、孔乙己、闰土、祥林嫂等一批不朽的艺术典型，已经成为中国人进行社会改造心灵的审美参照系统。

除了鲁迅，当时还有许多参与五四新文化运动的学者作家，都写了大量文章，对铲除强大的封建势力，提高人民的素质尽了力。中国抗日期间，无数文字，更激励了人民的爱国情绪，鼓起了大众舍身杀敌的勇气，加强了战争必胜的信心。

此外，1789 年法国大革命后，许多作家发表大量的作品，反映下层民众的经济生活、英雄行为和思想感情，以犀利的笔触揭露贵族地主的虚伪暴戾，对民众进行思想启蒙。1905 年，高尔基以无比悲愤的心情写了《1 月 9 日》一文，撕下了沙皇尼古拉二世"仁民爱物"的假面具，有力地激起了人民的反抗情绪。我国在争取独立时，也有大批的爱国文章涌现。

无数事例可以证明，19 世纪和 20 世纪的前半段，许多有着知识分子性格的文人，都有着清清楚楚的知识与道德一致性，他们都有成功不必在我，但求公义的英雄精神，他们并不显赫，但对社会的改造却做了最大的贡献。他们的思想与行动也的确提供给大众一些新的思考与行动向度，而人们也容易受到文章的鼓动和召唤。

然而，现在的时代变了！机会主义、功利主义以及消费文化等主宰了人类社会。自私现实变成人类与生俱来的天性，金钱至上成为理所当然的规条，欺诈、淫欲、贪生、怕死等一般人平时引以为耻的事也得到平反，成为可以随便宣之于口的平常事。谁要是对这些理念有所怀疑，不是被嘲讽，就是被认为是"傻子"。许多表面上用传播自由的理念为基础的谬论，实质上是以兵不血刃的手段消灭了人类文化优良的道德观。

在人心日益趋下的时代，人类的规范重建更加需要从改变人类的精神开始，而善于改变精神的是，我仍然认为首推文艺。且让我们在那些足可称之为典型人物的前导下，好好思考将如何行动。

文学往何处去？

跟大家说一个真实的故事。

中国敦煌艺术研究所的第一位所长常书鸿先生，在法国留学时，经常与一群年轻的艺术家探讨和争论的问题是：艺术往何处去？

有人认为，艺术要和现实生活相结合，它必须和民众产生共鸣。常书鸿则认为，艺术必须是纯而又纯、静而又静的，纯粹得像新鲜的空气，平静得像老子的哲学。这样的艺术才是崇高的，永恒的。因此，那一段时期，他千百遍地在卢浮宫和其他一些美术馆巡礼，对许多西方名家的绘画崇拜得五体投地，他相信这些才是世界美术的正宗、人类艺术的源泉。

直到有一天，他在塞纳河畔散步，无意中在一个旧书摊发现了《敦煌石窟图录》，刹那间，他就被里面三百幅敦煌壁画和雕塑的图片震撼住了！那遒劲有力的笔触，气魄雄伟的构图，完全可以和拜占庭基督教壁画相媲美。其狂野的画风，甚至比西方现代派还要奔放。而它的人物又刻画得那样生动细腻！然而，让他更为惊讶的，这些竟都是一千五百年前一些不知名的民间画工所创造的作品。

这次意外的发现，竟使他验证了文艺作品中的绝对价值和相对价值之分。有些曾被视为杰作的，然而随着时间的流逝，人们对它的关心渐渐淡漠了，到了后来干脆就把它遗忘了。这就是一种相对价值。但是另一方面，一些创作者因不把艺术当商品，不为了当时的利害，也不在意宣传效果，更不考虑各种各样的文学观，只是通过创作来表现对民众和艺术的发自内心的炽热感情。虽然，他们有些会在生前受到忽视或误断，死后才被有识之士发现，然能再经得起百年千年的历史检验，会成为真正的艺术珍品，这类作品便具有绝对价值。

同时，这次意外的发现，也令他悟出人生和社会生活中所有场合都通用的重要启示。虽然我们可以无须受制于既有的艺术理论，但我们却不该忽视艺术的精髓是升华于民众的心灵。像敦煌的画工，他们根本不理会世俗的想法，只是用自己整个心和灵魂去创作，去表达他们对宗教的虔诚，对生活的真实感情，因而具有了强大的生命力，即使经历千百年的风雨，仍然能给人以强烈的感染力，其影响经久不衰。

过去，常书鸿一直抱持着"为艺术而艺术"的想法。但是，看了敦煌的壁画和雕塑之后，他被这些画工的创作态度深深感动了，而这群人才配被称为是真正的艺术家。自此之后，他感到，将自己局限在固有的艺术理论里，封闭在狭窄的象牙塔内，会流于轻率和武断。文学艺术家的天职，应是真诚地在作品中表现自己的思想和理想，奉献给民众。

或许从常书鸿的亲身体悟，可以启发我们对"文学往何处去"所产生的困惑。

我的中国梦

中国曾是我的一个梦。

一个遥不可及的梦。

过去，我只能从历史书籍和文学艺术作品中，去认识中国和向往中国。

从没想到，有一天我能跨出梦境，真实地踏上中国的土地。

从小到大，父母、师长、领导人不时强调：大陆是我们的故土家园，我们一定要反攻回去。所以，即使生在台湾，长在台湾，内心深处，始终有种漂泊无依的感觉。因为他们教育我，这里不是我的家，我的家在海峡对岸那一片广大的土地上；但是不管我怎样向往对岸的秀丽山川，渴望有一天能步履其上，俯仰于其间；然而这个家毕竟是遥远的、陌生的，难以产生一种对家的眷恋。

1949 年的那场天翻地覆的变化，母亲，一个一向是深宅大院的独生女儿，跟着父亲渡海来台，过去被人伺候的日子，突然失去了。父亲跟着公家单位，经常跑动，母亲守着我们几个孩子，不得不忍受邻人的无理。因为当时我们住的那条街上，只有我们一家是从中国大陆来的，也就是台湾人嘴里的外省人。由于语言不通，再加上 1947 年"二二八事件"的阴影，当时的本省人相当憎恨外省人。有时，我们被邻人欺负，回来哭诉，母亲总是忍气吞声，语言哽咽地说着："等我们回大陆后，你们就不会被欺负了，家乡的爷爷奶奶、姥爷姥姥、舅舅叔叔们，一定会好好疼你们。"

那时母亲唯一的去处，就是林家花园，因为园内的亭台楼阁里全住满了和母亲一样的天涯沦落人。每当她们说起家乡的亲人时，我就发现妈妈的手背抹过眼角，这动作，在我的记忆里经常反复着。而他们对亲人们即使有着再多的牵肠挂肚，也只能看着几张过时的照片唏嘘一番。

当时，既视台湾为暂居之处，而大陆这块故土，对我又是个连梦里也梦不出来的地方，偶尔飘过的乡愁，也只不过是从父母那里传承过来的。

后来，命运把我安置到马来西亚。初到此地，举眼不见熟面孔，侧耳听不到半句乡音，竟又有着背井离乡，漂泊异地的感觉，直到孩子降临，总算有了"家"的扎实感觉，可是，刚要推门进家，要看清楚家的面貌，又觉得这道门似乎只是半开着（因为当地的马来极端分子时不时叫我们滚回中国），所以，我得不时伸手推着，用身体挡着，这扇家门才不致关上。

在台湾，有人说我是外省人。

在马来西亚，有人说我是外来移民。

在中国大陆，有人说我是外国华侨。

似乎自己站在哪儿，哪儿的土地就不属于我，但是，当我踏出了那块土地，我却又代表了那块土地的全部。

多少年来，心里面常有一种说不出来的闷闷的感觉，好像有一种委屈，有一种不安，更有一种渴望。渴望的是什么？说起来可笑，只不过是一个让自己能安心地去爱与被爱的家。

于是，大量阅读成了我当时唯一的精神寄托。读多了就提起了笔，写作也就成了我抒发情感与苦闷的主要管道。

1990 年 4 月我的一部著作《沙城》带给我去中国的机缘，也竟然让我成为马来西亚政府对人民自由往来中国解禁前的第一位"文化使者"。

这次的破冰之旅让我终于有机会去认识那与我流着共同血脉的民族，去了解那与我有着共同文化的国家。

我曾经旅行过很多地方，都是带着一种轻松悠闲，置之度外的观光心情。而这次的中国行，却完全不同。去前，心情是错综复杂的，回来后，也无法有着挥一挥衣袖，不带走一片云彩的潇洒。

虽然，我见到了许多和我从未谋面却和我血脉相连的亲人，踏上了我最亲近的父母出世生长的地方。但是，不知为何，当父母与亲人们欣喜地分享着彼此的回忆时，我却只有茫然。我不禁想着：这是我的家园吗？为什么我产生不了对家的眷恋？或许，这里只是父母的家园，但父母的家园居然不是我的！

回马后，我发表了一系列"戴小华中国行"的文章。当年 9 月马来西亚终于解除了马中两国人民自由往来的禁令。于是，从 1990 年到现在，我通过探亲、旅游、讲学、访问、交流频繁往来中国，但是对中国的感情却也渐渐变得益发错综复杂，其中除了爱又掺着痛。

因为，据我长期观察，中国经过了长时间的封闭，一旦开放，尤其是对世界开放，对照和比较所带来的震撼，使得大家急于追求现代化。但是，工业的高度发展，固然令人有了物质上的充分享受，但也逐渐地把青山毁掉，把绿水弄浑，把泥土弄"脏"，每天吃喝各色各样的化学毒素，呼吸污浊的空气。如果中国追求现代化要付出这样的代价，那这种代价付出得也太大了！

所幸，大家也发现到问题的严重性，开始注意环保，提倡文化建设。可惜由于文化工作无法达到立竿见影的成效，又缺少判断其功过得失的可靠标准，所以文化界的生态和心态也一直落后于社会前进的主流。在这种情形下，"文化人"的队伍并不庞大，使得当今社会对财富的追求对权力的追求更强于对文化的追求。

然而，一个国家即使富裕强大了，如果没有文化追求，如同失去了灵魂的民族，既无法建立一个民族的尊严，也无法赢得国际间真正的尊敬。其实，一个国家，一个民族，不仅仅要有实力，更重要的是要有魅力，这个魅力就是文化。

这使我想起屠格涅夫当年所说的一段话："当我对我的祖国有疑惑、伤感的意念的时候，你这伟大而有力的俄国语言是我唯一的依靠和帮助。我不能相信如此的一种语言，不是属于一个伟大的民族。"

中华民族是一个伟大的民族，她的语言和文字当然也是伟大的。

近百年来，中国历史跌宕不定，有些华人离开了母土，移居海外，在异地各自为了生存和发展而奋斗；其中所历经的孤寂与挣扎实非等闲可以道之。然而，尽管世界上的华人分处各地，但基于血缘上的渊源及文化上的感情，所以，即使身在他乡，语言和文字却使他们与故土的根源藕断仍丝连。六十多年前，历史又生巨变，令海峡两岸分离。长久的隔绝，使得两岸的社会形态与生活岁月各不相同，但彼此之间，仍有着难以割舍的关切。

这时，突然一种强烈的声音，像是从生命的深处走出来呼唤我，我这才明白"血缘"和"文化"不是一种可以任你随意抛弃和忘记的东西。

也就在这一刻，我终于理解"家"的概念，对我而言，它不只是地域的、情感的，更是精神的。

终于，我找到了我梦中的家园——中华文化。

我对我的精神家园——中华文化始终怀有梦想。因为她是博大精深的，是中庸和谐的，所以，在人类千姿百态不同的文明中，她应有能力跨越各种障碍担负起促进不同种族、不同宗教、不同国家间相互理解，以及懂得欣赏、享受、喜悦彼此文化上的差异并能成为引领人类政治清明，经济发展，社会和谐，文化昌盛的重要罗盘。让身为中华民族的我们能因拥有这样的伟大文明而引以为傲为荣。

这，就是我的中国梦。

辑三／桑梓之情

惊识大宝森节

大宝森节一直是个令我感到迷惑的节日。

每次节庆后，看到报上刊登的照片，信徒各种各样。有的在赤裸的上身刺进几十根铁钩，有的用尖叉穿过面颊及舌头，有的肩上打着几十斤重的"卡瓦迪"，有的则几种苦行一并施行。他们多是血迹斑斑，形象骇人。这些对初次接触大宝森节的人而言，实不啻一次巨大的视觉震撼。

究竟，大宝森节是怎么一回事呢？

我突然焦渴地企盼着去实地踏访。

去前，先翻查资料，约略可记的只是——

由于淡米尔历十月即 Thai 月（阳历 1 月至 2 月），Pusan 星座正好移升到东方地平线上，月亮最明媚，因而印度信徒选在此时举行宗教仪式，故有 Thaipusau 一词的来历。

大宝森（Thaipusan）节是虔诚的教徒向湿婆神（Siva）之子苏巴马廉（Subramanya）又名摩碌根（Murugan）祭祀祈福、还愿的庄严日子。在印度诸神中，它是力量的化身，若人有困难向它求助，它能协助人克服障碍，通往成功之路。

当天午后三时，我来到了黑风洞，亲自去感受那种鲜活又真切的欢庆气氛。

一如往年，黑风洞早已聚集了数十万的信徒。男的、女的、老的、小的，穿戴得大红、大绿、大黄、大蓝……他们几乎将人世间能有的色彩全都披挂了出来。色流猛地一下涡漩卷涌，震得我眼花缭乱。

我像孩子似的，怀着满心的好奇，跟着潮水一样的人群，前磕后碰。

阳光是那么强烈，广场已像一个沸腾着的巨型锅炉了。尘土、汗气、笑语、鼓声、脚步声、吆喝声，混成一片。

小贩们当然不会错失这赚钱的大好机会，他们有的支起棚架，有的就在大太阳下，卖着粉汤、切糕、烤饼、椰子、饮料……他们不但卖食物，同时也贩布料、衣服、草药、手工艺、厨房器皿……各种各样的筐筐篓篓的摊子，一个挨着一个，夹着街道。

这些商贩就站在自己的货摊儿前面或后面，张罗着，招揽着，有的干脆跳到桌上叫卖着。

广场四周的树荫下、草地上、栅栏边，也填满了或躺或卧或站或坐的人。

在这儿，拥挤的人群将你裹卷着，身不由己，跟跟跄跄地前进着，不时还有冲鼻的气味从淌着汗的印度同伴身上发出来。

平时，人挤人是挺讨人厌的，此刻，却显得人多的好处。夹在人群中，你看人，人也看你。

你的左边是穿着各种奇形怪状的舞衣、戴着狰狞可怖面具的酬神者，正随着乐音手舞足蹈地跳着；你的右边是光着赤膊，打着赤脚，腰间系条红围巾，背部被人用钩绳拉址着的皮破肉绽的赎罪者；你的前面是一对男女，挑着悬挂在数根甘蔗上的黄布摇篮内的婴儿，精神肃穆地朝前走着；你偶然回过头来，眼光正碰在几位露出一脸惊讶与兴奋的外国游客身上，他们正忙不迭地猎取着精彩的镜头。

然而，见到最多的还是抬着"卡瓦迪"神架的信徒们。他们跟着 Thavil 鼓声和 Nodaswaram 号角声踏步而来。

反正，你转来转去周围都是人，而且是变化多端，令人目眩神迷的人。

实在讶异。印度教徒居然可以将一个向神祈福、赎罪、还愿的日子，幻化成一种热闹的游行方式，与感官表演融成一体。

我随着一位抬着"卡瓦迪"神架的信徒沿阶而上，他那座用钢架精心制成的"卡瓦迪"，看起来起码有六十斤重，它分为五层，每层均插有一簇簇的孔雀羽毛，最上层则是一把彩伞，特用来为神遮日挡雨。

这位抬架者吃力地迈动步伐，向陡峭的石阶升登。他每一次停步，我的心便跟着跳一下。时常感到他快支持不下去了，但他还是咬着牙继续攀登，用毅力，用信念。

为了今天，他已斋戒了四十八天，每天忍着饥饿，仅在黄昏时喝点牛奶，吃些素菜和水果，同时，还把烟、酒和房事全都禁了，就希望能在今天，带着整个洁净的身体及灵魂，到慕碌根神前赎罪还愿。

可是，他实在太疲倦了！眼皮重得像铅块一样，刺破的伤口又痛入骨髓。他开始咳嗽不停，汗如雨下。不行！绝不能在这最后一刻功亏一篑，必须坚持……坚持……陪伴在侧的亲友们开始击鼓并高喊着"VelVel"为他打气助阵。他似乎从呼声中又得到力量，再度挺身奋进。

260……263……270、271、272，哇！终于到达了黑风洞口。

洞内沸沸扬扬，垃圾满地。一处处的火堆燃烧着，一排排的乞丐渴求着，一列列的信徒膜拜着。抬架者已被亲友们带到一位宗教师前，在一片屏息以待的静默中，宗教师边念经文边用酸柑汁及香蕉肉润滑抬架者面颊上的尖叉，然后极熟练快速地将叉自他颊中抽出，再迅即用圣灰塞住伤口。终于大功告成。这时，抬架者却一松弛，猝然昏厥了过去。

洞内的空气实在混浊不堪，一会儿我就出来了。出了洞口，深深地吐了一口气，定一定刚被震撼了的惊魂。

步下石阶，乌云一下子便把天空罩笼，大雨哗哗啦啦地落了下来。那气势，有似千军万马横扫而至。人群仓皇奔走，才一会儿工夫，人们就全都挤缩在广场两边摊位的棚架下，显得有些懊恼焦急。只有一些孩子们在快乐地卷起裤管，赤着脚在雨中嬉戏耍玩。

放眼望去，整片广场突然空旷了，几十步外啥也看不清，只觉得灰暗惨淡。

石阶上也只剩下几位稀稀落落的持伞者，和仍冒雨前行的抬架者。

所幸，我带了伞。然而在狂泻急下的大雨中，伞只能遮住上半身，飞溅激冲的水流和雨珠，只一忽儿便打湿了我的两条腿。雨水顺着溜滑的石阶，裹着肮脏的泥泞急速翻滚而下，又冲进了我的鞋内。

我踩着满脚的雨水，往停车的方向走去。离出口不远处，只见一个赤膊者伫立在雨中。我趋前凝望，见是个形骨古怪、相貌奇特、又黑又瘦、又干又瘪、身不及五尺的矮小老头儿。

他那显然长期受着日晒的焦黑肌肉，松垂下来，腹部与胃部间有几条皱褶很深的纹路，一条白布穿过胯下缠在腰间。头顶是光秃的，两侧及脑后仅剩的一撮灰白头发，像是从他一出世就没洗过，又黏又硬地纠结成两条似泥敷成的发棍。

他站在雨中，双手舞着两根竹枝，拼命鞭笞着自己，直到精疲力竭。这时，他整个人有如虚脱般地颓然倒在地上，任雨狂淋。好一会儿，他将头抬起，我发现他的双眼闪出晶亮，似乎从自我惩罚中，完成了赎罪后的狂喜。

回程中，我试着把刚才观看的感受在心头整理了一下。这些以苦行的方式来赎罪还愿的信徒们，看似都带有点疯痴劲头，而实际上却道尽了一种对宗教的极度崇拜。为了朝拜一种真正值得朝拜的神明，为了争取神的爱，这些信徒们将全身心的苦恼、焦灼、挣扎、痴狂都放在节庆中燃烧，甚至连折辱自己的生命也在所不惜。

尽管有人高喊着要打破邪辟的迷信仪式，但其实，我们如能以一种较为开朗的胸襟，较为形而下的角度，去欣赏它，接近它，了解它，或许我们也会被这些虔诚的信徒所流露出来的真情所感动。

寻找失落的伊班族

通常，我去一个新的地方时，一定要将它的有关资料细心地读过，充分了解它的情况，再去身历其境，看看个人的感受是否跟书上写的相同。但是，那一回我去砂拉越的长屋，却是在仓促中做的决定。

一到古晋，本想去达迈海滩玩，可是，当穿过希尔顿饭店的大厅，看到贴在告示牌上的长屋图片后，就立即改变了原先的计划。

在饭店门口，我叫了辆计程车，吩咐司机开往长屋。司机问：

"你想去哪里的长屋看？"

其实，我也不知道该去哪里，就说："离这儿不太远的就行。"

车子往市郊的公路急驰而去。一路上车辆稀少，两旁都是浓密的树木。我见没什么特殊景色，遂利用坐车的时间。试图从司机口中了解伊班族的历史。

"伊班族没有文字，早期没有书写的历史；不过，他们从印属婆罗洲的卡普斯沙河域迁到砂拉越斯里阿曼各流域，是很多人接受的说法。"他叹了口气又说，"伊班族自己无法记载历史，所以过去经由外国人及砂拉越三位拉惹所记载的伊班族历史，就被歪曲了！

"是呀！一个没有文字的民族，无法在历史的页数里为自己民族的命运、文化传承、风俗掌故记上一笔，这是很悲哀的事。

"没有文字，全靠记忆，日子愈久，记忆愈模糊，唉！连自己拥有多少耕地也不清楚，土地权益就这么被剥夺了。"

他似乎在自言自语地说着这番话，我正觉得奇怪，他突然问我："看过《与狼共舞》吗？"

"看过，这是一部感人的电影。"

"没错，我看了五次。凭仗优势而去剥夺善良无知的原住民的土地是最残酷的事。"

我开始对这位司机刮目相看，继续跟他聊天。我又问了些长屋居民生老病死的问题。

"长屋没有医疗所，妇女分娩时，自然会有其他的妇女帮忙接生、代理家务。老也不是问题，大家会互相照顾。至于人死，只立即通知殡葬的人，到离村落不远处的小山丘，掘个墓穴，将尸体用藤席包裹好就葬了，非常简单。"

他顿了一下，又补充："人死后的遗产，一概平均分配。"

没想到，伊班人在遗产分配方面，比我们这些受过高等教育的人更懂得公平处理。

我一看表，已过了一个半小时，仍然不见长屋的踪影，遂问：

"如果碰到难产或急病时，怎么办？长屋离市区这么远？"

此话一出，我俩都陷入沉默中。这时，车子转进树丛里的一条泥路上，车外所见仍是比人还高的大片树木，偶尔有几间淳朴的农舍点缀其间。又过了半小时，景色依然是寂寞而单调的。一看计程表，已跳到一百六十二令吉。心里开始嘀咕频问司机还有多久才到，他似乎也显得没个准儿，反倒问我：

"小姐，你最迟得在几点回到饭店？"

我不觉一愣，脑筋一转，故意说：

"下午三时前，我一定得回去，因和朋友约好了，看不到我，他们会着急的。"

突然，他把计程表扳起说："嗯！时间足够，这样，你就只付我油钱，我一定为你找到长屋。"

他这么说，让我既吃惊又因刚才心生疑虑而觉得羞愧。

车子继续在崎岖不平的泥路上颠簸着，就这样又"走"了半个多小时，突然，司机指着树木中的一角高声地喊着："在那里，伊班族的长屋在那里。"

我顺着他指的方向望去，有一长排的高脚屋似乎在斑驳的阳光照耀下闪动着。

车趋前停好，下了车，只见屋下垃圾满地，还有着鸡寮、猪寮，显得龌龊异常。

我由砍着梯级的木头梯颤巍巍地走上去。才一踏上长屋的晒台，就响起咔吱咔吱的竹片声。我仔细看了一下晒台及长屋内的地板，原来全是用竹筒破半合钉成的。

晒台上晒着许多衣服及谷物。续往前走，见几十户人家的门都大开着，可一个大人也看不到，只有几个小孩趴在低矮的门后偷窥。待我走前想与他们表示亲善，他们却个个都羞怯地躲进了房里。

司机从每一扇门穿进穿出，就像在自个儿家一样来去自如。他对我说："你别看他们将门敞开，却极少有偷窃的事发生。"

我不禁想着：当我们这些住在城市的"文明"人，需要在窗上装上一排排冰冷的铁条，和紧紧深锁的铁门时，这里的伊班人却能彼此信任、尊重，不生贪念，安心出外工作，那么，到底谁更文明呢？

我对长屋的构成部分觉得好奇，司机为我解说：

长屋的第一部分是公共的长房，即是各家的厅连接起来的，叫作"鲁爱"，几乎占了屋子的一半，其他的一半是围有墙壁的各家的房间，叫作"比勒"，我们正走在其上的长晒台，叫作"单珠"。厨房则设在客厅的角落，若不留神，随时都有火灾的危险。至于解决"出口"问题，就到村头田间，尽管"方便"。

没想到，一位开计程车的司机竟然对伊班族了解得这么多，我对他这个人开始发生"兴趣"，刚想问他，却听不远处传来人的叫声笑声。

我们随发声的方向望去，只见一条半隐在树丛间的溪流旁，有些男男女女，正在那儿洗衣，沐浴，嬉戏。

望了一会儿，司机像发现了什么新奇事物，往河边狂奔而去。我的眼光紧随着他"走"，只看到他和那群人说了些话，接着就扑过去，紧紧地拥在一起。

这会儿，我自己在村落近处闲逛。偶尔看到一两位腰间挂着矢筒，背上扛着装满榴莲框的伊班男人及一些老妇裸露着上身在屋中编着藤席。

我仔细观察着这些老妇千篇一律的机械性手工劳动，她们笃实的双手，让我隐约感受到有力的脉动。琐碎单调的劳动，将她们持家的耐心，研磨出一种尊严宽容的光彩。

正看得入神，司机和那群伊班人来到我眼前。他们的脸大多是黝黑的，也许是烈日和风沙使然吧，但都透露出一种憨厚朴实的表情。

司机为我一一介绍，原来全是他的亲人。我有些惊异，瞪大眼睛望着他，这才发现，他和这些伊班人长得多么相像啊！血缘在这一刻，竟然变成了非常具象的线条和颜色。他告诉我：

"我叫峇力斯，十六年前离开长屋到城市读书后，就再也不愿回来过以前的日子了。后来，我娶了一位华族女子为妻，就更不可能回来了！"他的语气有些伤感，"然而，我的内心一直有着困惑和挣扎，直到刚才为你寻找长屋的那一刻，突然有一种强烈的声音，像是从生命的深处走出来呼唤我。我这才明白'血缘'不是一种可以任你随意抛弃和忘记的东西。"

也就是因为这种强烈的呼唤，他宁愿不收我车钱，"走"了那么多的路，去追寻他生命中最最初始的根源。

记得我去年陪母亲返乡，看到母亲终于回到自己族群之间的那种心安与喜乐。当她一面欢喜地拥抱着亲人，一面流着泪不断地哭诉着，那种愧疚之情使我深深体会到母亲长久以来承受的苦楚，我这才知道母亲从来就没有忘记自己的根源。

回程中，我问峇力斯一别家乡十六年后的感受，他说：

"看到族人仍然落后，只觉得心痛。我们要保留的传统是伊班族那种优良的人类本质和精神面貌，而不是他们的穿着和生活方式。"

他的这种心情竟和我去年离开母亲家乡时的心情一样。

永结无情游

——姆鲁山洞纪行

蝙蝠悲歌

从不喜欢蝙蝠，总觉得它形象猥琐，见不了光，只能在黑暗里活动。可是，我绝对想不到，在马来西亚砂拉越州的姆鲁山洞的蝙蝠身上，居然看到了一种属于人类古老文明中最不可思议、无法言传、美得魅人的悲壮精神。

年中，我应沙华总会妇女部之邀，为她们主办的研讨会主讲一堂课程，之后，就趁便观赏了已被誉为世界第八大奇观的姆鲁山洞。

我和主办当局的几位负责人到下榻酒店旁的 Melinau 河边，搭摩托艇前往鹿洞和蓝洞。

艇行走河中，两岸秀丽的景色不停地自眼前掠过，间中，还不时见到普南人在河边洗澡、洗衣和洗菜。

约莫行了二十分钟，我们在一渡口下了船。导游阿丁说，还得再走三公里的路才能到洞口。

进入姆鲁国家公园，就像进入了一片绿色的帐篷中。高挺的树木用它们长长的枝条相互抚摸低语，仰身望去，几乎看不见天色，只是一片绿色的海。

我们沿着木板搭成的路行去，两眼所见全是植物的世界。阿丁不时为我们介绍一些特殊品种的树：监木（Belian）的生命力最强，即使倒地还能再生；Ara 的树根最长，沿地表蜿蜒开去，有如一条隐现的巨蟒；Bintangor 据说能治艾滋病；怡保树的汁有剧毒，普南人取其毒汁作为狩猎的武器；还有种树，全身布满了刺，一触之会有灼痛的感觉……大家正听得津津有味，突见一片绿得非常莹洁可爱的树叶生在石缝中，叶上长出一朵嫩黄的小花，向着路人迎笑。阿丁说，它就是姆鲁山洞最有名的"一片叶"树。

我们在密不透风的绿林里，走了近四十分钟，蓝洞终于在望。蓝洞的洞身虽不大，但其百亿万年所形成的钟乳石笋，却是处处令人凝眸，步步引人入胜。

我们顺着一条长长的木板甬道一直往里走，甬道里很静，那静穆的气氛，在昏黄灯光的照耀下，使人觉得有如置身于一个奇异神秘的世界中。游罢蓝洞，我们又去参观鹿洞。不过，鹿洞内并没有鹿，有的，反而是成千上万的蝙蝠。

我觉得好奇，便问："为何不叫蝙蝠洞？不是更加名实相符？"

阿丁说："过去这里是有许多鹿，但被人不断地猎捕，已经没了。"

鹿洞很大，大到可以容纳四架波音 747 飞机。洞内很黑，也很臭，而道两旁，堆积着大量的蝙蝠粪便。正行着，阿丁突然唤我们回转身，抬头往上望。见洞顶有一洞口，而那洞口的内缘，形成的竟是美国总统林肯的侧面轮廓。

哇！真像。我不得不赞叹造化的神奇：难道这位曾经解放黑奴的美国总统，又还魂到姆鲁山洞，想来解放什么？

续行，听到雨水的声音，接着，眼前豁然开朗，一片苍穹出现在我们的前上方。苍穹外是一片绿林。阿丁说，那是苹果林，所以，这里又有"伊甸园"之称。

阿丁用手电筒照向雨声传来处。那里有两个钟乳形成的石莲蓬高挂在洞顶上，雨水就是顺此滴下。他说，靠里的是亚当，靠外的是夏娃。

我望着两个不停滴水的石莲蓬，仍是不明所以。

其中一位同行者笑谑道："洒下的水一个像瀑布，一个像水柱，你就据此发挥一下文人的想象力吧！"

我恍然大悟，不禁赧然。

游罢蓝洞和鹿洞，已近下午六时，我们快步赶去看蝙蝠出洞的奇观。

当我们到达最佳观看处时，那里已聚满了许多人。阿丁说，只要不下雨，每天下午五时半至六时十五分，可以期待着一百万只至三百万只的飞天蝙蝠，由鹿洞口成群结队地飞向天空，寻找及捕捉昆虫为食物。不过，因有老鹰等在洞口伺机捕杀，所以，每次蝙蝠出洞，必有一些愿意牺牲自己去喂饱老鹰的先行者，才能让其他蝙蝠安全出洞。

牺牲，本就是一种不得已的非常手段，是弱者在最残酷的、血腥的存亡绝境中，被迫选择的、唯一可能制胜的形式。

这种精神，现在几乎已成为一种再也寻不回来的、凄绝的美。

我不知道自己在关口到来的时候，是否也敢牺牲。

"风萧萧兮易水寒，壮士一去兮不复还。"

我想起荆轲刺秦始皇的故事。这是许多人都知道的一首慷慨悲歌。这首悲歌象征了侠士的正义和烈性，象征了作为一种失败者的最终抵抗形式。然而，当国家存危之际，就需要有这样的英雄挺身而出。

在司马迁著的《史记·刺客列传》中，只记载了五位侠士，荆轲是其一。可见，这种高贵的精神，在人类中并不易见，它可能百十年一发，但姆鲁山洞的蝙蝠，却将这种高贵的情操，天天显形问世。

我不知道蝙蝠如何挑选它们的敢死队，但蝙蝠这种生物，所以能延续不灭，竟是出于有不断愿意牺牲小我、成全大我的"英雄"之故，我不能不对蝙蝠重新评价。可见仅从表面论事，常会失准。

蝙蝠出洞的时间到了，我怀着一种神清心静的不安，默默等待着。

一条抖动着，聚拢成似黑色飞龙形状的大量蝙蝠自洞口冲出来，霎时，守在洞口的一群老鹰擒住了它们各自的猎物。

我掩饰着内心深处阵阵的震撼，那震撼有着感动，我在一瞬间就感到它巨大的含义。

不一会儿，残存的蝙蝠又形成如圆球的形状，飞回洞内。我想，它们应是通知同伴，危险已除。没多久，成千上万的蝙蝠，形成一条条的黑龙不停地自洞内蜂拥而出，在天空中摆动飞跃。

这简直是我无法想象的景象，我一动不动，屏着呼吸，期盼这一刻永远活在自己的心里和血里。

萍水相逢

在激动中，告别蝙蝠。

当我们走到渡口，天色已暗。跳上小舟，赶紧坐好，也没注意旁边的人。回望身后没人，就又往后挪，原先那人开口问："怎么不坐这儿了？"

他的华语字正腔圆，我不禁望了望他。然在昏暗的月色中，我只能看到他脸部的主要轮廓。

他的容貌十分意大利：乌黑的头发有着轻微的波浪，宽阔的前额下面，是两道浓眉和一双深邃的大眼睛，挺直的鼻梁下，蓄着一撇小胡子。

我不禁脱口而出："你的华语说得真好。"

他笑了笑答："我有华人的血统。"

就这样我们开始交谈。他是一位地质学者，这次自欧洲专程来东马考察。他和同来的学者已在此停留了一星期，明天要去古晋。

接着他和我谈及环保、伐木与自然生态的问题，又谈他对鹿洞和蓝洞的感想。没想到，两个完全不相干的人，在彼此观点上的契合，竟可以达到令当事人惊骇的程度。

他告诉我，清水洞像人间仙境，绝不能错过。

　　我说，明早十点会去。

　　话正说着，船已到了下榻的旅馆。

　　我在匆忙中跳上岸，忽闻那人在身后喊道："我相信你一定会喜欢清水洞。"

　　待我回转身，船已离去，昏暗中，只隐隐见到他那挥动着的手。

　　第二天早上近十时，我等在餐厅，待阿丁安排好摩托艇，预备前往风洞和清水洞。

　　一位男学员路过，停下和我聊天。这会儿，突见餐厅门口闪现了那个似曾相识的身影。他似乎正在寻找什么，当见到我时，脸上绽出笑容，刚想走进，见我身旁有人，又停步不前。

　　正踌躇着，一人跑来催他："还不快点上车，误了班机就糟了！"

　　他耸耸肩，笑着和我挥挥手，转身走了。

　　十时整，我随着阿丁，坐上摩托艇向风洞和清水洞驶去。

　　行了约莫十分钟的光景，见左边河岸上的渡口处站着一个人，觉得有些熟悉。当船驶过，刚想看清楚，那人突举起相机，对着我的方向，按下了快门。当那人放下相机，我才看清，竟然又是他。

　　我费力扬声："怎么还没走？"

　　他回道："班机误点。"

　　他似乎又说了些什么，然船已驶远，我根本听不清。在渐行渐远中，能清楚感觉到的仍是那只挥动着的手。

　　我问船夫："刚才的渡口去哪儿？"

　　船夫告知："从那个渡口步行三分钟就能到机场。

　　我的心一震，难道他见还有时间，特地从机场跑到渡口拍照？还是……

　　古人送别到十里长亭，到灞陵。难道我们短暂的陌路缘，竟也令他临别依依？

　　这时，艇已到风洞的渡口。下了船，登上一段高高的木阶，才能到达洞口。

风洞内依然昏暗。我们拿着手电筒照明，走到一处狭窄处，突觉清风习习吹来，通体清凉。阿丁说，这就是风洞名称的由来。

再往里走，眼前豁然开朗，竟出现了一座辉煌灿烂的宫殿。殿内无数只似皇帝龙杖般的石笋到处林立着。它们在灯光的映照下，华焕夺目。

阿丁说："这儿就是最受游客喜爱的皇帝洞。"

皇帝洞内无数钟乳石床，森然罗布，殊形异态。有的钟乳更奇特，它自岩顶下垂，而地面亦恰有一石，逐渐上长，不偏不倚，针锋相对，千百年的，居然结合起来，成为浑然一柱。

我们在那稀薄的光影里，不知待了多久，直至感到饥肠辘辘，才发觉已近下午二时。

或许这两天玩得太疲惫，用过午餐，回到房间，我倒头就睡了。

睡梦中，我来到一处山洞。山洞内一片清幽，杳无人迹，淙淙水声自洞的另一方传来。

我朝水声走去，见一青石上，坐着一位秀美绝伦的女子和一俊朗少年，正屏息静气地练功。这镜头，好像曾出现在金庸的小说里。待瞧仔细，我突然惊呼："这不是杨过和小龙女吗？！"

这一喊，他俩在我眼前突然消失了。我一急，也就醒了。

第二天，我随培训营的所有学员共游清水洞。这一路上，我的情绪波澜起伏。也许那人的话令我对清水洞充满了想象的期盼。

当来到清水洞时，瞧见洞口的上方，有许多似蛇形的钟乳石俯冲而下，像要将入洞的人吞噬似的。

自洞口往下走，前方不远处，有一石笋形成的玉女石侧身而立。再往里走，洞内导游运用光影，照射在两块钟乳石上，钟乳石映在洞壁上，居然显现出一男一女相拥而坐的形影。

这不是我昨日梦中的景况吗？

　　真没想到清水洞竟是我梦幻中杨过和小龙女疗伤练功之处，也是一段至性至情至美的感情产生之处。

　　我们又往洞口的左侧行去，没走几步，忽然听到水声了。一条河缓缓地在洞内流着，河水清可见底，我想，这应是杨过带小龙女离开古墓时走过的河了。

　　那人说得没错，看过的四个洞，我最喜欢清水洞。这儿的荒美尚是一片处女地，没有被太多的人践踏过，因此，它的风貌也就寂然，有如人间仙境。

　　归去时，山径寂寂，回顾这几天的旅程，的确给我一种美好的感觉。

　　我会记得姆鲁山洞的奇景，会记得那与我挥手而别的人，更不会忘记参与培训营的朋友们。若不是有缘，海角两隅，关山重隔，我们如何会相遇、相处？

　　不知何时会再来。或者，会不会再来？会和谁一起来？

　　谁都不能确定。

　　我不禁想起了李白写的《月下独酌》这首诗："醒时同交欢，醉后各分散。永结无情游，相期邈云汉。"

岁月无情水有情

荷兰红屋

今之马六甲，古称"满剌加"，由于它特殊的地理位置，马六甲王朝的荣耀诞生在这里，伊斯兰教文明散播自这里，郑和下西洋的船队五度停泊在这里，长达四百年的殖民耻辱亦始于这里，预告马来西亚独立的佳音，更从这里发出。

历史似乎特别钟情于马六甲，它给马六甲人留下了许多刻骨铭心的难忘记忆。然而，历史有时也像一场游戏，那些侵略者打造的傲人建筑，不是被焚烧在另一个侵略者胜利的烽火中，就是坍塌在无情的风雨里。

葡萄牙人 1511 年建在圣保罗山脚下的那座极为雄伟壮丽的城堡，就是英军继荷兰登陆后，将之烧毁的，如今只剩下一个被风雨洗得发白的古城门，成为这场人类侵略史的见证者。

荷兰人建于 1650 年的官署红屋（Stadthuys）及 1753 年为庆祝他们殖民马六甲百年而筑的教堂，全在马六甲河水不断流走的历史过程里褪了色。1904 年，英国人为纪念英国维多利亚女皇所造的喷泉，也在时间、风雨、灰尘的侵蚀下，蒙上了一层灰黑，像一个满脸积垢的老人在为时间作证。

这些殖民统治时期残存的遗物，如同重新构思的稿纸铺展在马六甲人的面前。

马六甲人当然知道由于港口污泥淤积严重，河水日浅，它的贸易地位在英殖民时期就已被新加坡和槟城取代了。所以，必须好好利用这些"逝去的历史"来创造本身"未来的历史"。

而这一带就被发展成马六甲最著名的旅游景点——荷兰广场。广场周围的建筑物全被髹以荷兰人统治时的暗红漆，即使是百多年前华人陈明水建的大钟楼也不例外。

看着这一群经过几个世纪风雨洗礼过的红色建筑物，那种感觉就像看着在火里浴过，在血中洗过，在各种恶劣环境下锤炼过，终至茁壮成长的马六甲一样。

敦陈祯禄街

我简直不敢相信眼前所见，以为自己置身古代；街道两旁全是门庭古雅的中国式传统建筑，有一百余栋。这些屋宇绝非临时搭的电影场景，而全是两百年以上的历史古迹。

历史的街道原本是沉寂的，然这里却是车水马龙。不过，许多车子并不想停驻，甚至向它多望一眼，只是经此急驰而过，毕竟繁华的往昔早已随着历史的烟云过去。或许车声太吵，灰尘太多，向屋内窥探的人太多，这条街上的人家都紧闭门窗。我细细观看着每扇雕刻精美的窗门，当进入屋内观赏其摆设装饰时，更觉都是些匠心独创、深具价值的古董。

漫步在这条已有两百多年的历史通道，还能见到许多保留完好的宗祠、祖庙、祖居及会馆，在它们里里外外的墙上和门窗旁所写的对句和对联中，表露的全是对祖先诚心正意的追怀。百多年来，它是如此的源远流长，如此的气脉不衰，如此的夺人心魄。因而，无论处在如何艰苦的环境中，他们的心里永远都亮着那一盏文化的灯。

其中，最发人深省的是镌刻在郑氏宗祠大门外的对联，它们这样
写着：

海外播宗风想当年文物东来衣冠南渡

天涯承世泽从此日蒸尝百代俎豆千秋

那是用血、用泪、用汗凝聚成的刻痕，是一种顽强而坚毅的生命力
的符号。我想，正是这种百折不挠的精神力量，才使得丰富的民族文化
在漫长的黑暗年代中承传下来了。我曾感叹所有的历史，所有的传统，
只是一阵云雨轻烟或稍纵即逝的幻影，但这条街却让我看得心潮起伏，
激动不已。

这条街原名"荷兰街"，为荷兰殖民官员及华人富商之聚居地。马
来西亚独立后，又改为杰出的华人政治领袖敦陈祯禄之名。

马六甲所以成为历史古城，除了它有可观的古迹外，还因有三种特
殊的"族群"，即"色拉尼人""齐迪人""峇峇人"。他们既是古城的特
色，亦是马六甲一部"活"的历史。

"色拉尼人"是葡萄牙人与当地人的后裔，如今集中在马六甲市区
乌绒巴西的葡萄牙村，他们对葡萄牙人的文化很执着，与同族人仍说着
16 世纪的葡萄牙语，所以他们所用的词汇，连现代葡萄牙本国人都感到
陌生。

"齐迪人"是印度人与当地人的后裔，他们有三大特征：都是极虔
诚的兴都教徒；皮肤较印度人白皙，已遗忘母语，说马来话。

"峇峇人"的产生，在历史上一直是个谜。荷兰街是峇峇人的大本
营，他们有"嫁女不过街"的说法，女性被称为"娘惹"。他们的特点
是：马来人的语言、饮食衣着，华人的传统风俗、思想意识，英国人的
政治文化。这些一统合，就形成了奇异的"峇峇文化"。

不懂华文华语的"峇峇人"，既脱离华人社会又难以融入马来社会，

成了两头不着岸的人。或许他们身受"失根"之苦，所以，反而对华文华语推动得最为积极。今天华人社会讲华语，就是由于百多年前一位峇峇人的大力倡导，才发展到今天的规模。最早创办华文日报《叻报》的是峇峇人，最早积极参政的又是峇峇人。

　　敦陈祯禄出生于荷兰街上的一个峇峇世家。他不仅是个经济奇才，又是个具政治远见的人，是他第一个喊出了"马来亚人管理马来亚"的口号。他鼓励华巫亲善、经济合作，他也极力劝告华人必须扬弃"华侨"观念，学马来语，成为马来西亚公民，他认为唯有如此，华人才能在这片土地上扎根立足。

　　然而，他的先知先觉并未立即获得华人的支持，甚至还遭到误解。因为当时还有许多华人仍抱着落叶归根的信念：干吗放着堂堂大中国的子民不做，偏要入"番籍"学"番语"，还要和"番人"合作？

　　直到1969年马来人与华人发生严重的流血冲突，华人才真正觉醒，开始认真思索着自己心底里从小埋下的历史情绪和故土情绪有多少可以留存，有多少需要校正；开始努力思考着"文化认同与国家认同"的分别。

　　走过敦陈祯禄街，它给我的感觉既是历史的，又是文化的：过去、今天和未来相遇在这一条街上；故土、国家和民族凝聚在每一个人的心灵深处。

亲 善 街

　　当我走进这条街时，几乎被眼前的景象惊呆了！

　　这是条带着神性的街道，散发着现世、来世和彼岸世界的气息，并彰显着人性中最美好的品质。

　　这也是条独特的街道，多元种族与多元文化融合相聚互放光华。因为在这条长不及半里的街道上，齐聚了马来人的清真寺、印度人的兴都庙和华人的青云亭。

世界上许多地方因种族和宗教问题频生事端，这条街上的信徒却能和睦相处了二百多年。

这条街遂有了一个雅号：亲善街。

来到这里，就像到了另一个世界：街道虽又短又窄，但行人车辆会互相礼让；商店老板和顾客悠闲地谈天，不在乎做不做得成生意；虔诚的信徒彼此尊重，分别进入各自寄托信仰的殿堂。

出现在这条街上最早的庙宇，是建于公元 1567 年的青云亭。庙堂原本很小，结构也简单，后来，经过几次扩建才有今日的面貌。整座建筑物是典型华族的宫庙设计，亭内的雕像，大都是华人的民间故事及神话人物，较有趣的是在大殿衍木上竟出现了两个着洋服的欧洲人雕像。

然而，最让我赞叹的，却是那些飞檐翘角上许多精致有趣意态传神的雕塑。这些数以百计的雕塑，是以五颜六色的陶瓷及光滑石块打造而成的，它们构图精美生动，有龙、凤、鹤、麒麟、瑞兽、鸳鸯、水果、蝴蝶、花卉及许多天神天兵，一组紧接一组排满整个正脊及尾脊。即使殿旁山墙部分，也装饰着巧夺天工的雕像，令人目不暇给，大开眼界；而这种曲线优美、装饰繁杂的飞檐翘角，目前已渐失传，不容易见到了。

1817 年，一座清真寺（Kampung Kling Mosque）在附近建起。这座清真寺的建筑更是特殊，它不是一般的圆顶，而是既像苏门答腊式的屋檐，亦似中国塔楼的造型。拜殿内部的梁柱为欧洲哥林多式，吊灯则是维多利亚式，可以说，它融合了东西方的艺术形式，举世罕见。

或许，这一带真是难得的"福地"。1833 年，一座兴都庙（Sri Poyyatha Vinayagar）也紧靠着清真寺建了起来。虔诚的信徒向各自尊崇的神祈愿，寻求灵魂的平静。他们的信仰虽不同，但见他们个个信得这样认真，这样执着，这样热烈，却又能尊重相互的信仰，面对着这一切，让我感到突然有种深邃的东西注入我的心胸里。

宝 山 亭

　　没想到游宝山亭时，居然看到了一株奇特的百年老树。它的树心虽空了，但仍倔强地寻求着存活的机会。它得历经多少风霜，抗衡多少险情才能赢得生命的繁荣。最终它终于创造了肉身虽残，生命却不死的奇迹，茂盛的绿叶开满整个枝头。

　　它那生的征程，是一种撼动人心的生命进行，就像五百多年前，华人离乡背井，漂洋过海，在本来无法存活的土地上，用刻苦拼搏与民族的尊严存活下来一样。这棵树为当地华人强韧的生命力做了很好的见证。

　　这棵不死之树也让我意识到，生命的力量是不可抗拒的，真正伟大的生命，绝不会死。

　　宝山亭是马六甲人为纪念郑和访马六甲而建的。亭对面的三保山是华裔先民最先的落脚处。

　　三保太监郑和于 1405 年下西洋，首次造访马六甲时曾在这座山上扎营。公元 1460 年明成祖将汉丽宝公主嫁给马六甲王朝的苏丹满素沙，苏丹在此山上为公主及她的五百名侍女和随从建造王宫。故此山又称中国山。

　　我沿着亭旁的一条石阶往山上走去。眼前所见全是一座座灰蒙蒙的墓碑。我弯下腰，抚着一个个沾有尘土的墓碑，听到自己的心在扑通扑通地跳动——那都是上百年的名字啊！他们离乡背井，漂洋过海，原想着要落叶归根的，结果全都在落地处生了根。

　　三保山在荷兰统治时期（公元 1685 年），被当地华人领袖李为经买下赠给青云亭作为华人公墓。因它坐落在市中心，英殖民政府及马国政府曾几次想要征用发展，如果不是许多马来西亚的华裔一次次用热血和生命去捍卫它，维护它，这座华族坟山可能早已从地面上消失了。

　　三保山几乎是一首生动的史诗，史诗上记载着早期先民的血和汗水，近期华裔的泪与愤慨。在历史的惊涛骇浪和汹涌大潮当中，在一个又一个神圣的豪情与偏狂的争闹之中，三保山保留了下来。

保存三保山，保存的其实是华裔先民开荒建设马六甲的记录，而这种记录，正是马来西亚华裔能理直气壮争取分享国家财富及权利的最好明证。

我站在山上远眺，环视着成千上万的墓碑随着连绵起伏的山坡逶迤而去。在暮色中，山下的灯一盏一盏亮起，大地是这样宁静，然我隐隐感到山中有一股血正从大地的深处缘碑而上，希望在不断更替的巨轮与浪头之中，三保山会是永远的。

到过三保山，才认识了马来西亚华裔与它紧依无缝的情感，所以，当再望着三保山时，就不仅只是一种感觉，而是一种情感；不是感伤，而是感动。

下山时，黄昏仅剩下海边一抹苍茫的夕阳，我觉得有些渴，便进了宝山亭。

三保太监郑和原在这一带开凿了七口井，现只剩下两口。一口在宝山亭旁，人称王井或汉丽宝井。据说是公元 1459 年，苏丹为汉丽宝公主开凿的。这口井的井口已用铁网封住，成为许愿井。

亭外还有一口井，供访客免费饮用。井里的水因矿物质高，张力大，水满杯也不会溢出来；所以，导游经常会为游客表演，游客看了也都啧啧称奇。这水当地人称为有情水，传说喝了有情水的人必定会再回到马六甲。

当庙祝递给我一杯有情水时，说了句至今让我回味的话："岁月无情水有情。"

走进热带丛林的沉思

马来西亚国家公园被视为世上少有的未经人类破坏的热带森林，它有一亿三千万年之久，全部受保护的地区有 434300 公顷（约是新加坡面积的七倍）。范围之大，横跨吉兰丹、丁加奴、彭亨三州。丛林内至今仍住有 Orang Asli，他们像遁迹世外的隐者。

这些世世代代都与山川河流紧密结合的原住民，他们不能像现代的都市人一样，搬家不过是搬动家具和衣服，有的，甚至带着几件行李，就可以从本土迁到国外。对他们来说，迁居的意思就等于是斩断他们和母亲血缘的联系了！

早上八点，我们从吉隆坡市区搭车出发，约莫走了三个半小时，到达淡比宁（Tambeling）。休息了一会儿，用过午餐，又坐上摩托长舟，沿着淡比宁河逆流而上。

由于枯叶落进河内，河水呈现茶色，澄黄的阳光透过浓密的树叶筛落下来，照在流动的河面上，像金蛇乱窜，渲染了整个河面。两岸绿树，有的倒悬，有的横生，姿态万千，衬着山色倒影，在盛夏中着实让人通体生凉，暑意全消。

摩托长舟在河上以全速"飞驰"了三个小时后，终于到了大汉河口，也就是国家公园的入口处。

踏进预订好的别墅小屋（Chalets），一进门，见到里面冷气、热水、纱窗、浴巾、肥皂、防晒油、雨伞等一应俱全，着实令我吃了一惊。

晚餐时，满桌丰富多变的菜肴及各种美味甜点，又给我一个惊奇。原以为自己进入的将是一个"蛮荒"地带，没想到，近几年的建设，已将国家公园由一位原本天生丽质的少女变成了一个千娇百媚的美女了。

次日早上九点半，向导吉米带我们爬 Teresek 山。

吉米肤色黝黑，个子矮小结实，在学校时是位运动健将。他说：

"你们最好在身上涂抹一些防蚊膏，再用驱蚊油喷在鞋子及衣服上，以防止水蛭钻入。"

在原始丛林间行走，随处可看到许多交互垂挂的枝条，有的轻攀树身，蜿蜒而上，到了树岭，忽又倒挂下来，变成蛟饮洞的姿势；有的紧缠树身，不知过了多少年，树木已被缠死、枯倒，只剩枝条中空架在原生的位置，犹如广大的精灵，张牙舞爪地俯视你。那种诡谲怪异的感觉，令人窒息难忘。

走过一道以粗树桐搭成的独木桥后，山路开始陡斜，必须攀着枝干向上登，更陡峭处，几乎是垂直而上的，令人举步维艰，难以为继，故沿途中搭了许多攀附的绳索。

来之前，我的右脚已扭伤，但我仍咬着牙，誓必攀登到山顶。我几乎是头也不回的，一个劲儿地往上爬，结果，我竟是全队中最先到达山峰的。

到了山顶，我已气喘如牛，挥汗如雨，一双脚更沉得像铅块一样，抬一抬都觉得很费劲。我问吉米"山峰"有多高。

"334 米高。"

"只有这么高！"

"国家公园的最高峰在大汉山，海拔 2186 米，它是马来半岛的第一高峰，仅次于东马沙巴的神山（中国寡妇山），但由于它的山路异常险阻，所以是全国最难攀登的。看！它就在对面。"

我顺着吉米手指的方向望去，看到大汉山在对面巍然耸立，我原先的得意之色遂全然消失。

这会儿，队伍中最后一位终于赶到。我们都取笑他，他反而兴奋地告诉我们：

"这一路上，我发现了许多珍奇的植物和美景。还有一只罕见的巨鸟，几乎与你（望向我）擦身而过，可惜你走得太快，没注意到，我想叫你，又怕把巨鸟吓跑，不过，我已全将它们摄入镜头。"

听完他这番话，令我思索良久。同样是登山，他是缓步而登，虽然爬得很慢，却颇得登山之乐，还不时有意外的收获；我则是认定目标，头也不回，固然可快速到达山峰，但也可能很快累垮，还极易错失许多美好的景物。

晚上我们泛舟河上赏月。船行至上游，将马达关掉，让船顺着河水缓缓地往下游流动。这时仰卧舟上，我静赏天河倒悬，身旁水声阵阵。远处荧光闪闪，在这片柔和的黑暗中，予人一种既美丽又祥和的感觉。

就这样漂荡了一个多小时，突见河右岸的半山腰上，灯光明亮，令我很觉得好奇。吉米说：

"那是所小学，内有一百四十名学生和二十位老师，有五十名学生住校。"

"我们去夜访他们。"我提议。

"这个时间？"吉米讶异地问。

我点点头。船靠向岸，我们下了船，走了段山路，进入了这所学校。游目四望，论规模，它真是十分有限，论设备，也仅能提供起码的教育所需。简陋的教室内，十多名学生正在埋首写字，我一看表，都十点多了！

这群十岁左右的孩子们，一看见有陌生人到访，马上七嘴八舌地骚动起来。我笑着和他们打招呼，他们可爱的脸庞也马上绽放出笑靥。我情不自禁地拿出了相机，几个孩子一见到相机，马上蜂拥而上，像见着了他们生命里的新鲜事儿。我笑着说：

"别急，别挤！你们坐好，我才能为你们拍照。"

他们又一窝蜂地回到坐位，马上摆好了姿势。拍了几张，孩子们又朝我围拢起来，我将相机交给吉米，吉米一举起相机，孩子们又机灵地扮起鬼脸，打起手势，有的还跳到桌上。我实在喜爱乡村儿童这种活泼、爽朗的性格，同时也为他们庆幸，在幼年成长的阶段，能听到潺潺的水声，闻到青青的草香，也能抚摸到鲜活的自然与生命。

大自然原本就是孕育儿童最佳的摇篮，在这里，一切书本上的知识、图片，都变得如此生动而鲜活了。

一位胆子较大的孩子，问我会不会把照片寄给他们，我又不禁笑着说：

"谁要照片，就把名字和学校的地址写给我。"

只见这群可爱的孩子们赶紧拿起笔，将自己的名字及学校的地址写在纸上，纷纷交到我手上。

这时，有三位驻校的老师走进教室，我问他们："为什么这么晚了，孩子们还在读书？"

其中一位说："这是加强班，为了他们将来能顺利升学。"

我的天！当已经有太多城市的孩子们，必须在补习、考试、练琴、练舞、学画等忙碌的时间表中打转时，我实在不希望见到乡村儿童的欢乐、活泼和朝气，也在升学导向的教育体制下，在功利主义的社会风气中，一点一滴地失去。

这使我想起了儿时的一首歌：

> 我家住在绿水中，
> 游来游去乐融融，
> 但愿渔翁不来扰，
> 自由自在乐无穷。

曾有人叹过："不知道什么时候，我们才不会做渔翁，让儿童像鱼儿般自由自在的快乐，尽情享有他们的童年。"

后　记

我曾经来自一块被誉为"美丽的宝岛"的土地上。但工商业的高度发展，当地人民疯狂地追求"富裕"和"进步"，已将这个宝岛陷身于无所不在的"成长并发症"中。环境的污染，工业的灾害，文化的失调，生态的危机使得这块土地不再美丽，甚至有人悲痛地称她是"生了梅毒的母亲"。

很少有人能够真正了解，十年二十年后，望着自己曾经生长过的土地，已变成一块令人遗憾伤心的污染之地时，会是怎样的一种心情？

当我见到国家公园内，仍孕育着一万种不同的植物，清澈见底的河水，仍存活着无数的鱼虾时，是多么的惊喜；可是，当看到仍有人把垃圾往这么一个生机盎然的自然宝库中丢弃时，又是多么的愤怒！

没有人能够否认山川与我们的密切关系，但是，为什么我们一定要把河水弄脏后，再千方百计地用化学药水去消毒呢？

为什么我们一定要把环境污染后，再大费周章地去寻找解决之道呢？

难道人类不明白，关心山川，关心生态，其实就是关心自己吗？

如果人类只追求自身的文明，而完全漠视自然环境，那也正是文明的自杀。

既然有一天我们每个人都必然要为山川，为自己流泪，那么，为什么不在现在就让我们与山川一同呼吸，一起生活呢？！

关丹的世外桃源

1950 年，两位年轻的欧洲人 Gerard Blitz 和 Gilert Trigano 发觉文明的弊病之一即是——没有一个可以完全放松的度假地方。

因为几乎所有的旅馆都有报纸、电话、电视、收音机、时钟等一样或多样的设备，使得我们虽然身在度假，而心仍然与世界上的各种讯息动态接触，使得我们根本不能将俗务彻底摆脱。

所以一种完全不受俗务干扰的理想度假模式就应运而生——地中海俱乐部（Club Mediterranean）。

马来西亚关丹北部奇若汀海滩（Cherating Beach）完全没有被污染及遭受破坏，仍保存着最原始的自然美，所以该区被选为地中海俱乐部的地点。

关丹地中海俱乐部内的村落建筑是马来式的尖尖的屋顶，高于地面竖立的长木板屋，在浓密的热带树林环绕下傍海而建，以便能捕捉那如诗如画的绝美海景。在这两百亩的世外桃源里，四个分开的海湾及两英里长的金黄色沙滩拥抱着温煦和暖的南中国海。

在入口处有警卫及警犬守卫，以防止闲杂人进入。待出示了证明文件后，就进入一条布满密林的羊肠小径，这时已开始嗅到一股淡淡的原始气息。约莫五分钟光景，眼前豁然明亮，已到了村内的正厅。大厅的屋檐上写有"欢迎到奇若汀"（Welcome to Cherating）几个大字。迎接你的是穿着自由轻松及彬彬有礼的工作人员，简称 G.O'S（Gentle

Organizers）。在登记的时候，另一位 G.O 端来了让人暑气全消，沁人心脾的鲜果汁。

接着我们跟着另一位 G.O 去所属的房间，迂迂回回，曲曲折折，走过好长的一段长廊，才到达了住房。房内小巧简洁，略显局促。里面不但没有电视、电话、收音机、报纸、时钟、冰箱，甚至连一张桌子也没有。室内灯光很暗，这大概意味着我们来此应多到户外活动，多享受大自然。

这里没有单人房，所以，如你是单身前来，工作人员会告诉你可能会有一位同伴与你同房。可是千万别幻想有什么艳遇或梦中情人到来，这种机会太少，只怕来到的是有怪癖或有异臭的就苦不堪言了，所以最好还是结伴而来。

俱乐部内的活动相当多，有扬帆航行、冲浪、网球、瑜伽、射箭、健身舞、峇迪艺术、电脑课程、篮球。同时还特地为四到十二岁的儿童设有迷你俱乐部（Mini Clubs），所有活动都是由受过良好训练的教师负责。他们所带给我们的不仅是专业的课程，同时还带来了欢笑。

我发觉这里的工作人员给人的感觉都很快乐，他（她）们永远带着笑容。也许他（她）们与外界隔绝，不理人世，所以即使与游客们聊天，也从不过问世事。这使我想起了王维在桃源行的诗句："初因避地去人间，及至成仙遂不还。峡里谁知有人事？世中遥望空云山。"

村内最令人激赏也是令人回味再三的是那丰盛的、引人垂涎三尺的美味。如果来此是为了享受那珍肴佳酿，我可保证足以让那些饕餮客值回票价。

多变化、多选择的早餐已先给你一个惊喜，有清粥小菜、椰浆饭、鸡蛋热狗、蜜糖蛋饼、各种花款的黍片、各式风味的芝士、新出炉百种花样的面包糕饼及包罗万象的鲜果及鲜果汁、咖啡、茶……任由选择。

到了午餐，那种壮观的景象更令人屏气凝神，目不暇给。整个食物的摆设分成十个大部分，每一大部分中又分成几个小部分。一踏进餐厅的右手边是青菜沙拉部，分成五排，摆有各种开胃菜、调味品及蔬菜。左手边的第一个摊位摆放着各色冰激凌，之后是水果的陈列，再接着是芝士、面包及美味甜点小饼。

经过这两列生动鲜艳的摊位后，你又闻到全世界各种名菜的香味，即马、中、日、法、意五国菜式的个别摊位。马来西亚的摊位当然有引人入胜的咖喱、椰浆等又香又辣的独特风味。中国的烧腊、爆炒也一样平分秋色。日本人的甜不辣、寿司、串烧味噌汤更是引人食欲大动。意大利出名的肉酱面、通心粉、拉萨尼；再加上意式烹调的羊排、肉串、炖牛肉及各种塔（TART），更令人垂涎欲滴，不知从何着手。接着是享誉世界的法国菜，有煎鲑鱼、牛排、洋葱汤及一些海味。这时只恨自己没有像牛一样有四个胃，可容纳各种美味。这里厨师的手艺绝对可媲美任何五星级酒店的厨师，而菜肴之丰富与包罗万象更有过之而无不及。

最后一个摊位是饮料。包括矿泉水、果汁、咖啡、茶及红、白酒。用餐时间的红、白酒是完全免费和无限制供应的。这可乐了那些与李白有同好的酒友们，但不同的是李太白是月下独酌而这里却是：

"席"间一壶酒，"众"酌都是亲。

举杯邀"同好"，对影"无数"人。

李白失意官场后，有此顿悟："且乐生前一杯酒，何须身后千载名？"此时此景我们何尝不也有同样的心情。

中餐是自助式的，晚餐则是坐定台前由人服侍，有中式、法式、意式三种正餐任你选择。每种都是全套。有开胃菜、汤、主菜、副菜至甜点、咖啡、茶。吃的虽正式，但穿着可随意，不受拘束。这也是此地最具特色之处。只要你高兴，一件泳衣可以直落。

饭后还有余兴节目，演员虽是俱乐部内的工作人员，但具有相当的水准，舞台及灯光更及得上专业的水准。

如你仍精力旺盛，还有迪斯科由十一时半开始直到大家疲倦为止。

这里有四百五十间房，可容纳九百人，据里面的负责人说，要达到五百人才能维持开销，以前经常客满，常需早几个月前预订；但是近年来，世界不景气，已影响到游客的人数。据以往的统计，以欧美及日本游客占大多数，新马人占少数。看来我国还有许多美丽的天然景色，有待开发，加强宣传，这不仅能吸引国人前往，更能吸引大量的外国游客，以赚取外汇。

关丹的地中海俱乐部，虽是与州政府合作，但却完全由地中海俱乐部负责管理经营。他们将活动安排得多彩多姿，生动有趣，重要的还能严格地保持海滩洁净。除了有专人负责打扫，游客们也得具有公德心。

向来好梦最易醒，世间行乐亦如此。将来红楼梦觉时，定再重游此地。

千年风华

——吉打古文化之旅

　　从飞机上俯瞰，那一片片碧油油的稻田如同绿毯，铺满了整个吉打州。穿行其间的水道，又像为辽阔的千里绿毯，镶上了一条条褐色的滚边。

　　但见这一片翠绿，在阳光照射下，现出微笑，又随着阵阵的微风，掀起了碧波金浪。而在这一望无际的绿浪中，偶尔会有一座座小丘从绿毯边探出头来；但日来峰（Gunung Jeral）就不同了，它有如蓄势待发的地下喷泉，经过长久的酝酿，终于冲破了厚厚的绿毯，如一道顶天立地的水柱，在经过一场生命的大运动后，便戛然静止了。

　　吉打州在马来西亚素有"稻米之乡"的雅号，而且这个地方还孕育出两位国家领袖，一位是马来西亚国父东姑阿都拉曼，另一位就是两任首相马哈迪医生。可是直到去吉打前，才从翻阅的资料中获悉，考古学家曾在日来峰下，布江河谷（Lembah Bujang）一带，一个叫玛莫（Merbok）的村庄，发现了占地约 400 平方公里，属于 5 世纪至 14 世纪帕拉瓦王朝（Pallav Kingdom）的古文明遗址，并发现早在马六甲开埠以前，布江河谷已是马来半岛最重要的商港，是当时中国、印度及中东之间的交通枢纽。

　　我的好奇心又开始受到撩拨，想到文化古城马六甲保有的古迹，最久的也不过四百多年的历史，而在吉打居然能一睹千年古文明的风华。

怎能不令我亢奋、激动呢？吉打之行决定下来后，那幻想中的千年古迹无时不在我的脑海里转，想要得到更详细的资料，没想到竟遍寻不着，即使到了吉打，向当地人问起，不是说没去过就是说没听过。由此可见，宣传定是做得不够。幸好当地一位妇女界的领袖去过，遂热诚地带我一探究竟。

出发前，她先开车在市区内绕行一周，为我介绍一些具有历史价值的建筑物。由于吉打是我国开埠最早的一州，从印度文化的宣扬、葡萄牙和泰国的入侵、英国的统治、日本的侵扰到马来西亚的成立，千百年来，这块土地上，尤其在首府亚罗士打，处处显示出历史的刻痕。像建于 1898 年用来招待贵宾的皇室大厅堂（Balai Besar），与它隔街相望，建于 1912 年的州立清真寺（Masjid Zahir），还有伫立在附近，融合了西方和伊斯兰教建筑格式的圣乐塔（Balai Nobat）。

接着，车朝着玛莫的方向驶去。这一路上，凡是眼睛能看到的地方，全是一片无边无际的绿色大海，随着疾风起伏跌宕着。在广漠的蓝空中，风，卷着云；云，驾着风。起初觉得云层就在我们前面，过一忽儿，又跑到后面去了。这重重叠叠的云层，前呼后拥，一下子把日来峰给拦腰搂住了。

日来峰，又称为吉打山（Kedah Peak），海拔 1200 英尺。它是马来半岛西北方最高的一座山，被当时的航海者视为"方向之星"。我们也是以它为路标，寻到了国家博物院于 1980 年，在布江河谷的巴都巴辖山（Bukit Batu Pahat）建立的考古博物院和国家历史公园。

布江这个字在梵文里的意思是"蛇"，根据吉打的年表记载，传说有一个国王，长了一副如蛇一般的毒牙，嗜血如命，盘踞在布江河谷。布江最原始的字义，有"可能"和"诅咒"的意义，学者发现这里早期的移民，是一些沿着河口，乘着大型帆船，以布江河谷中高耸的日来峰为路标，溯溪而上，找到这块肥沃的谷地，建立一个大型王朝，并成为当时重要的贸易中心。中国和这个王朝也有贸易往来，当时在中国历史记载中，这个王朝叫作"狼牙修"。

后来大乘佛教传来此地，因此这里建了许多大型寺庙。本世纪以来，国内外考古学家发掘了超过五十个印度陵庙（Candi）的遗迹，但是大多已残缺，只剩八座还保存原貌。同时也在挖掘工作中寻获了许多对历史研究有极大帮助的文物，如：雕塑、陶器、神龛、珠子、铜片等。其中一些陶瓷碎片已被鉴定是宋朝时代的物品。然而，并没有多少文献记载布江河谷的历史，考古学家是依据公元7世纪一位中国航海家记录着有关这个古王朝的游记中，才找到这个沉睡了六七百年的古文明遗址。

这些陵庙和文物，不仅刻画出当年的历史风貌，而且也证明了布江河谷不只是贸易中心，它也曾经是当时重要的印度教与佛教中心。

任何一个文明的兴起与没落都与其地理位置及历史因素有关。布江河谷所以会享有几个世纪的光辉，据历史学家们研究，有几个原因：一、古时航行因用帆船，必须"看风使舵"，来自印度的帆船靠西南季候风，而来自中国的则要依赖东北季候风。当他们航行到马来半岛时，季候风已近尾声。在等待下一季的季候风再起，以便继续航程前，需要一个歇脚及便于增添粮食和饮水的地方。二、高耸的日来峰成为引导船只航向港内的路标。三、印度人相信高山峰是神明居住的圣洁地方。四、从布江河川行至吉兰丹，较之绕过马六甲再进入南中国海的航线要短。五、不受海盗干扰。六、河谷一带的肥沃土地很适合耕种。

然而随着玛莫河的改道，以及马六甲王朝的兴起，到14世纪，布江河谷的地位便开始黯淡没落了。

当我步上考古博物院右侧的石级时，首先映入眼帘的是一座建于9世纪或10世纪的陵庙，它是1970年在玛莫发现，移到这儿后修葺过。再往前是一座11世纪和12世纪的陵庙，1976年自玛莫迁至此。续登上更多的石级，穿过一个用修竹栽成的拱门，眼前所见则是一处面积最大、已有千年之久的陵庙遗址。它对着天敞露着，经过风雨、烟雾和烈日的磨炼，砖块的颜色褪落得不可辨认。莠草从砖块爆开的裂缝里透出来，砖块外更是布满了青苔，这时，沧桑之感，在我心中油然而生。

　　虽然这些陵庙和印尼的 Borobudur 比起来，体积小得多，但在考古学家的眼里，却是不可多得的瑰宝。这些陵庙又和印度本土专为供奉印度教或佛教的神庙不同，它们是为了纪念和祭祀已故统治者、贵族或僧侣而建的。或许它们代表着权力，所以，从不肯轻易倒下。一年，两年，十年，百年，千年……陵庙虽在，然当时的统治者、贵族和僧侣，谁也没留下名字，而且也没太多的人在意他们是谁。

　　说来奇怪，这时我感到心境澄澈，完全沉浸在一种清寂的气氛中。我对陵庙的观赏已经游离出宗教性及政治性的感受，而是感染到了艺术性的魅力。我望着这些陵庙，为自己得以如此接近它而欣喜不已。随之，猝然觉得这是上天赐予我的美的启示。

诗情画意的太平湖

车一开进太平湖公园。你就被一片绿包围住了！远处是山色空蒙，青黛含翠；眼前是碧波潋滟，林木益然。岸上绿影迎风飘送，摇摇曳曳投影在澄清的湖面上，碧绿的湖面则荡漾着漪涟，像被激动的波心。这时，湖旁数十株参天古树，再也忍不住，凌跨马路，情不自禁地将整个身子倾了过去，将手臂伸向湖心，像对着它爱慕的恋人似的想要倾诉，想要拥抱。玉树对碧水说："我不会另结新欢，你是我最早的也是最后的情人。"碧水对玉树低诉："我将永远守候着你，不弃不离。"

风在枝叶间低吟，云在树梢头微笑，猴子的尾巴打着拍子，山吱喳在高声欢唱，路旁湖面的草地上，但闻情侣细语频频。这时，自己也会因眼前所见而心醉神驰，不得不赞叹：西湖的淡抹，澄清湖的浓妆，怎比得上太平湖的柔情蜜意。

然而，这么浪漫动人的景色却被称为"翠臂擒波"，这太具侵略性了，有些辣手摧花的味道，不如改称"翠臂抚波"，更能表现出它的温柔缠绵。

沿着曲径，踏着夕阳，来到公园内的一座小山丘上，只见那儿有十多根新古典主义样式的圆柱。这些圆柱原是英国殖民时期所建的一座别墅的柱子，现在房子倾圮，只剩下圆柱，冷冷地竖立着，不言不语。

别墅未倒塌的部分，被改为休憩中心。这里地势高，从休憩中心可以鸟瞰太平湖的景致和太平市镇，更可以俯视距此不远的太平监狱内的操场。所以，许多犯人的亲友常到此投宿。他们引项翘盼，等到犯人被带到操场"放风"时，就一个个伸长手臂向他们所爱的人挥手示意。

我觉得，这情景竟和"翠臂抚波"有异曲同工之妙。如果，这也能算成太平湖的一景，就称之为"玉臂唤君"罢！

湖中有两处小岛，岛上植有许多翠竹。可能植竹时就用了心机，故长成的竹布局巧妙，似一根根拨弄着的琴弦，引人遐思。这景也有一美丽的名称，"竹韵琴音"。

走着走着，天色渐暗，当我来到被称为"碧水红莲"的荷塘时，一朵朵红莲已合上了眼，沉睡在铺满青色荷叶的湖水上。

接着，我又细赏了太平湖的另外四景，"皇岗听猿""春岛幽情""平塘独钓""铁骑寻芳"，最后来到"曲桥待月"。

我静静地望着宁静的湖水，等待月亮从中探出头来。然而水面浮现的却是一片刀光剑影。

时光倒流到 1861 年，当时，这里是个矿场，在这里开采锡矿的华人矿工由于人事复杂籍贯迥异，再加上地盘的争夺以及利益上的冲突，形成了两大帮派——海山派和义兴派。帮派的首领分别是郑景贵及苏亚昌。就在这年的 7 月，海山派因为开采新的矿场，需要水源，将通往义兴矿场的水源截断，遂引起双方冲突。义兴派寡不敌众，拿律土酋依不拉欣又不主持公道，反将苏亚昌处以极刑，并将义兴派人马赶出拿律矿区。

义兴派的残余分子逃回槟榔屿，向海峡殖民地的英国总督嘉文纳上诉。嘉氏立刻采取行动，遣派一艘小炮艇，驶向拿律河，向苏丹代理人提出赔偿的要求，并威胁如不遵从，将封锁拿律河。苏丹别无选择，只有如数赔偿。

然而 1865 年 3 月，义兴派的人越界到海山派管辖的赌场赌博，与人发生争执，结果又有十三名义兴派人被杀，并且他们的血被用来"祭旗"，只有一人逃回甘文丁。义兴派人获悉惨案发生，莫不义愤填膺，他们开始招兵买马，要为死去的兄弟报仇雪耻。在两派的冲突中，马来统治者的势力也介入其中，致使战局更趋恶化，并导致整个社会人心惶惶，纷乱异常。

1877 年休罗氏被委为参政司，他认为地方要发展，必须先要有良好的社会治安才行。于是委派了一位通译官进行游说的工作。1874 年 1 月 20 日，殖民地政府邀请海山、义兴及巫人各方面的酋长，集会于邦喀岛海面上的"布鲁多"号船上，举行谈判，签订了历史性的《邦喀条约》。

拿律从此改名"太平"，以示"永远和平"，太平也步上了繁荣的大道。

金马仑高原织梦

未上金马仑，已在山底下织梦。

梦境是一片纯美的自然，有花卉、青草、黄叶、茶树、水果，还有彩蝶、百鸟、溪水、瀑布，更有那清甜的新鲜空气，叫人有跳出尘嚣之困的感觉。

在炎热的马来西亚有两处著名的避暑胜地——云顶高原和金马仑高原。

云顶高原因设有赌场，所以上云顶的人，总是充满企盼和搏杀之气，匆匆而上，又匆匆而下；然而，上金马仑的人却不同，悠闲自在驾着车盘旋而上，沿路停顿欣赏美景。

金马仑位于马来西亚彭亨州东北腹部，数万居民，分别居住在几个村镇：冷力（Ringiet）、丹纳那打（Tanah Rata）、碧兰璋（Brinchang）。

冷力是金马仑第一个人口集中地。由打巴镇（Tapah）至此的半途有一个瀑布名为 14 半里石瀑布（14.5 Mile Stone Falls），雨后水流澎湃湍急，具有惊涛裂岸，卷起千堆雪之势。

丹纳那打是金马仑县署的行政中心。警察局、银行、农业研究发展部、邮政局及巴士总站都聚集在此。市镇的花园内设有一个儿童游乐中心，那里阳光和暖草地温煦，是全家野餐的好去处。

距此不远处的花园酒店旁有一条羊肠小径，可以通到此地最富盛名的罗宾申瀑布（Robhinson Falls）。当我看到罗宾申瀑布时却大失所望，因它的气势完全不能与 14 半里石瀑布相比，但是由于在它的背后藏有一段神秘的事迹，因而声名大噪。

话说 1967 年 3 月 26 日，居住在泰国的丝绸大王詹汤逊因经此瀑布独自步入森林，即告离奇失踪，迄今下落不明。由于他的身份特殊及可疑，可能与间谍组织有关，所以引起了国际间政治家们的注意，再加上当时世界各地报章、杂志以大篇幅报道此事，遂令金马仑高原刹那间闻名国际。

碧兰璋则是高原上最迟开辟的市镇。华人的公会与社团组织大都集中在此。市镇背后是著名的三宝万佛寺，因许多人都说在此许誓愿甚灵，所以，终年香火鼎盛。

另外还有许多小市镇，镇民将他们栽种的蔬菜、水果、花卉以及制成的蝴蝶昆虫标本批发售卖。

当我带着大都市的尘气和暑气，开车上到半山时，但见云雾渐浓，渐有雨意，一种从未有的清凉感迎面而来。能来金马仑高原呼吸洁净的空气，享受冷冽的气温，品尝新鲜的蔬菜水果，观赏美丽的花草昆虫，确能令我精神大振；但最令我兴味盎然的却是从打巴到金马仑的山路上，可以发现一些原住民（Orang Asli）蹲在路旁摆卖自己栽种或野生的食物。

此时，就有两位状似父子的原住民，蹲在路旁摆卖竹笋。我将车停在路旁，趋前行去。这父子俩见有生意上门，立刻面露喜色。我见摆在地上的竹笋数量不多，问了价钱，又觉合理，遂尽数买完。他俩见交易顺利完成，正高兴地欲离去，我赶紧开口要求他们带我参观其住屋。

他们乐得成人之美，就让我随着他们往回家的"路"行去，而这"路"也正是由他们走出来的羊肠小径。路很不好走，所幸走了不远，就看到一所以竹子捆绑，上面覆以茅草，依山傍树搭建而成的房子立在前方。

我跟他俩进了屋，如我所料，屋内既无隔间，又无现代化的卫浴厨房设备，极其简陋。起初，我以为他们是被文明社会遗忘的一群，为之愤愤不平，后来，见了负责的官员才知道，政府自独立以来即不断地给予原住民协助，希望他们能慢慢改善生活，最后达到自立更生。

然而，政府虽给予那些愿意接受文明生活的原住民帮助并安排就业；但是仍有许多原住民因不能适应文明社会的快速变化及压力，依然向往他们原有的生活习惯和传统，结果又走回深山，选择了与飞禽走兽共存于大自然的原始生活。

在经过的山路上，如果稍微留意一下，就会看到一个极为有趣的景况：原住民会在政府为他们提供的宽大舒适的白锌皮屋旁，再自建一所茅屋。而他们多数的时间仍是逗留在自建的草屋内。

这种现象是现代文明人难以理解的，然而钟鼎山林人各有志，富贵在这些原住民眼中或许有如浮云，所以，即便日日粗茶淡饭，居陋室，仍甘之如饴。但也可能是他们本就不懂世俗而不会被世俗所困。

此地气温白天在二十摄氏度左右，晚上则为十三摄氏度。在这凉气袭人，明月清风，花香扑鼻的美景下，如能与三五好友围着熊熊炭火，吃着极为新鲜的青菜火锅，再啜饮着好酒，相信我已不想知道天上宫阙，今夕是何年。

金马仑高原能在马来西亚旅游史上，留下金碧辉煌的一页，想来还得感谢英殖民时期。当年，英国军官为了享受，乃驱使英军及当地人，历经艰难把此地开辟出来。

他们既想在位于赤道附近四季皆夏的马来西亚打高尔夫球，又不想受烈阳日晒之苦，所以在金马仑高原上开辟高尔夫球场。

紧邻高尔夫球场旁，还有一幢英国式乡村建筑的烟屋酒店，它是金马仑高原最早的一家酒店，于1937年建立，是当时的屋主沃润为了纪念他所从事的树胶生意，特意建造的。

此酒店设计独特，自成一格。60年代国际政治上的风云人物到此开会，乃集中在这幢古色古香的烟屋里。当他们打完球到此喝着令人齿颊留香、回味无穷的奶茶，享受着一流的西餐烹调术，再望着门外花团锦簇、百花盛放的美景时，深感有如置身在英国乡间，别有一番风情。

　　如今，金马仑高原的风云不再，但各地游人仍络绎不绝。而来此的游人，多喜欢做长时间的散步漫游，一走就走上两三个小时，也不觉疲倦。

　　还有些人，喜欢走进森林小径，倾听百鸟交响曲，观赏斑斓的蝴蝶，翱翔飞舞在花丛绿荫之间。

　　途中遇到的当地居民都非常友善，即便是陌路也会含笑点头，仿佛相识多年，能令原本胸中郁积着闷气的游人，也会在这片清纯祥和的高原上变得心情舒畅。

纳闽之旅

　　纳闽（Labuan）位于婆罗洲西部，介于沙巴和文莱之间，总面积九十二平方公里。11 世纪纳闽被 Majapahit Empire 统治，14 世纪 Majapahit 王朝倒下，纳闽又被文莱苏丹统治。1846 年 12 月 24 日文莱将纳闽岛当作一件圣诞礼物，转让给英国维多利亚女王，不过，英方必须允诺保卫其苏丹，以对付当时构成极大威胁的海盗。当然，英国接受了这样的交换条件，主要是纳闽岛上有一个深水码头，可以建立海军基地，而且岛上的煤矿又是轮船的重要燃料，英国可以利用纳闽成为航行远东贸易的一个加油站。1848 年，英国政府为了鼓励人民从事贸易，将纳闽变成自由港。

　　第二次世界大战纳闽被日本侵占三年（1942—1945 年），虽然日本的统治是短暂的，但也是残忍的。1946 年战争过后，纳闽成为英国北婆罗洲殖民地的一部分。1963 年英国放弃纳闽、沙巴及砂拉越，纳闽成为沙巴的一部分加入马来西亚。1984 年纳闽岛由沙巴洲政府交予联邦政府，成为联邦直辖区。1989 年 11 月 6 日，纳闽联邦直辖区被宣布为国际岸外金融中心。

　　2017 年 5 月 4 日，马来西亚政府推介《2030 年纳闽发展大蓝图》大力发展纳闽，旨在将该岛转型为"精明与永续岛屿城市"，希望在跨进 21 世纪时，将纳闽变成一个国际大都会，成为具有国际水准的岸外金融中心，世界级旅游点，杰出的免税商业中心及亚洲太平洋工业区。

虽然对纳闽已有些许了解，可还是不知道，岛上有什么名胜古迹可以吸引像我这类的游客前去。

看来要充分清楚这些，只有靠自己去身临其境了！

从吉隆坡飞到纳闽，需时两个多小时。不算大的机场显得冷冷清清，春节期间，来这里度假的游客不多。验证的官员见到我们，非常亲切地笑着说："GongXi FaCai（恭喜发财）!"我们也笑着回道："Sama-sama（彼此，彼此）。"

从机场到饭店的路上，一边是碧绿的草茵，一边则是蔚蓝的大海，远眺过去，一艘艘巨型的货轮停泊在不远处的海上。

纳闽的马来名"Labuh-an"，就是"停泊"或"港口"的意思。而马来字"Labu"又是意指"一个安全存放储蓄的地方"。

马来西亚政府将国际岸外金融中心设置在此，看来真是名副其实。

隔天一早，我们包了一辆车子，从金融广场出发，开始了我们这趟环岛之旅。司机哈欣说："你们来的不是时候，许多人出外度假，来此工作的人也都回家过年了。大部分的商店都歇业，街上已失去了往常的热闹。"

这样也好，我们可以很闲适地到处逛。我们在炽热的街道上走着，三条街（阿旺布沙路、默迪卡路及慕希巴路）很快地走完。

我们上了车，再绕了市区一圈，便往市郊开去。

这一路上，我们经过了许多小村落，都有各自的风格和气氛，给人一种优雅、宁静而殷实的印象。

"在这儿行车太舒服了！完全没有塞车的痛苦。"我很羡慕地说。

"可是发展下去，恐怕难以维持现状。"哈欣略有感触地说。

车开到一处码头，哈欣将车停下，用手指着海中不远处的两个小岛说："这就是当地有名的 Corpse Island（直译为尸体岛）。"

我们坐在码头上，听哈欣说起岛上的传说。

几百年前，纳闽岛上有一对年轻的恋人，因双方的父母结有宿怨而被禁止来往，于是他们相约私奔，但跑到半路，被村民发现，将他俩捉了回去。全村的人都唾弃他们这种"伤风败俗"的行为，连他们的父母也觉得羞耻。于是，他们被赶出了纳闽岛，并被发下了毒咒：如他俩敢回来必有灾难临头。

一眨眼，二十年过去了，他们在外面发了财，由于思乡心切，他们决定重返家园，根本忘了村民们当年的咒语。

当他们的船朝纳闽岛的方向驶去时，天色突变，狂风骤起。船在巨浪中疯狂地上下摆动着，妻子被巨浪抛到一头，丈夫被抛到另一头，并变成了海中的两座小岛，永远眺望着再也回不去的家乡。不知经过了多少个年代，两座岛终于连在一起。

"尸体岛这名称太恐怖了，我不喜欢。"女儿抗议道。

"那么我们就给它取一个美丽的名字吧！两个小岛的形状既像躺在海上的一男一女，又有这么凄美的传说，不如称它们为夫妻岛，或是爱情岛，再不，就叫望乡岛。"我笑着说。

"我喜欢爱情岛，就叫爱情岛。"女儿高兴地边呼叫着边奔往海边。

"关于纳闽岛的故事和传说还有很多，不管是事实还是虚构，都已经织进岛上人民的生活中了！"

听完故事，我们又上了车，没多久，车停在一座公园前。哈欣说："在日本人占领期间，这座公园原是为了纪念日本将军迈打（Maida）而建的。第二次世界大战期间，他从砂拉越到纳闽的途中由于飞机撞毁而死，而纳闽岛也曾在那时被改称迈打岛。"

公园内种有许多花草，大门的正前方有一座扇形的纪念碑。

"第二次世界大战时，Layang-Layangan是联军最先登陆的地方。日军也是在此向澳军投降。现在，这座公园为纪念那些在第二次世界大战中为和平而牺牲的人们，已被称作和平公园。"

当哈欣讲述这段历史时，我不禁想到：野心家绝不可能从历史中汲取教训，和平对人类而言，只不过是奢想。

离开了和平公园，我们沿着 Layang-Layangan 的海岸线驶去。几分钟后，看见路边有位马来妇女坐在地上，边喂着孩子边卖水果。她好像很疲倦的样子，可能一早就出来做生意了。我们特地停车，向她买水果。我看到地上摆着的五粒木瓜和几串香蕉已有些烂了，看来她很难卖得出去。我问："这些水果全部卖多少钱？"

她以为自己听错了，问："你是说全部？"

我点了点头，她面露喜色说："有些已经烂了，你就随便给吧。"

其实买她的水果不过出于恻隐之心，没想到她竟这么老实。我掏出了五十元，她一看就着急地说："我没有钱找。"

"那就不用找了！"她又急了，连说："不行，不行！太多了！你问问他们身上有没有零钱？"我向他们使了个眼色，于是他们齐声说："我们也没有零钱。"我见她一脸的着急，就说："我们华人在过年时看到孩子都要给红包，多的钱就当是给孩子的红包。"她听了，还是说："不行，不行！"于是，我们不理她，边拿水果上车边说："行啦，行啦！"当我们正要离去时，她追过来将一个竹篮硬塞在我的手上，并说："这水果篮给你了，当作新年礼物。"

车行了一会儿，当我们回头时，还看到她抱着孩子站在路边向我们挥手。这时听到女儿问："这么多水果怎么办？"我说："很简单，反正餐馆还没开始营业，五粒木瓜，连哈欣正好一人一粒，再加上几串香蕉，刚好可以当我们的新年午餐。"

虽传来一阵"哇哇"的叫声，但大家的心情还是非常愉快的。

这一幕过后，我们继续往前开，突然看到路边有两座巨型的地面卫星站。哈欣说："这是大马电信斥资 5000 万元设置的，完成后，1.6 万条线路可以直拨 217 个国家，自动传真 206 个国家。"

再走，我们看到由伦敦东方煤矿公司建于 1847 年的古老烟囱。接着哈欣将车子驶进乡间一条窄窄的柏油路，沿着这条路蜿蜒而行了约莫十分钟，又见左边的山坡上有一座色彩艳丽、气势不凡的法王宫。这是座华人庙宇，平时香火很盛，今天却是人迹罕至。

　　续行不多久，来到 Tanjung Purun。我们在战争纪念坟场前停住。

　　六英亩大的纪念坟场竖了 3904 块墓碑，纪念从澳洲来的近 4000 位军人，以及从新西兰、印度、英国、以色列来的军人。1945 年 6 月 10 日，麦克阿瑟将军从第七舰队指挥一旅澳洲第九区军队登陆纳闽，与日军大战，9 月 9 日纳闽日军终于无条件投降。在这场惨烈的战役中，数以千计的联军牺牲及失踪，大部分找到的尸体就被葬在这块战争纪念坟场里。

　　从坟场出来，见时间还早，我想去传统的水上新村走一走。

　　哈欣带我们来到 Patau–Patau 村。这里的房子全是用木板搭建而成的。一条架在水上的木板路，从路边通到各户人家的门口。我们行走其上，不时看到孩子在水中嬉戏，妇女在水中洗衣。这时，一户水上人家门前的美丽盆栽将我们吸引了过去。主人闻声出来，非常热情地招呼我们入内，又倒茶，又拿点心的，反让我们这群不速之客觉得不好意思。我赶紧掏出红包塞在他两个孩子的手里，这时他又要留我们吃饭，我们赶紧称谢告辞，他一边送我们，一边说："有空再来坐啊！"

　　上了车，孩子问："为什么我们这一路遇到的马来人都这么友善？"我很慎重地告诉孩子："其实只要没有别有居心的政客煽动，所有的民族都是友善的。"

　　不管将来纳闽的发展会是如何，但这趟纳闽之旅的记忆确是甜美的。

家在吉隆坡

小时候，听过一个海龙王招女婿的故事。那女婿在海龙宫才住了七天，回到人间时，却是几十年后了！江山依旧，人事已非，竟然没人认得他，原来的故乡，对他而言已经没意义。

在上海国际机场，见到一位返乡探亲的台湾老兵，一个人愁眉苦脸地呆坐一旁。原来他的机位被取消，三个月后才有空位，身上的钱已所剩无几。我说：

"快通知台湾的亲人汇钱救急。"

"我在台湾一个亲人也没有。"他哭丧着脸回答。

"既然如此，干脆就在大陆亲人处住下吧！"

"不行，出来这么久，我得回家看看。"

"回家？"他回答得那么自然，却令我省思了半天，原来在台湾生活了几十年，他的家已不在大陆了。

70 年代中，当我拎着两件皮箱登上往吉隆坡的飞机时，心里充满了说不出的滋味和感受。毕竟这次不是出外旅行，而是要离开自己熟悉的环境，投身到一个几乎完全陌生的地方。

当飞机到达吉隆坡上空时，我开始很仔细、很仔细地看着吉隆坡，想着吉隆坡。似乎马来西亚百年来的历史时空都凝缩到眼前了——我，看到了吉隆坡历史上的一幅幅图画。

吉隆坡，这个名称是在 1857 年叫出的，意指"泥泞里的小港湾"。

这个名字明白揭示了当时的吉隆坡确是灌木丛生的沼泽。

当苏丹穆罕默德的次婿拉惹鸭都拉，由芦骨（现属森美兰）运来第一批挖锡矿的华工在吉冷河和鹅麦河交汇处扎营时，吉隆坡便已成为未来城区的摇篮。

在南国烈日下，猿声虎啸中，八十七名华工，乘着一叶扁舟，踉踉跄跄地来到暗邦，结果，一个月后，八十七人仅存十八名，其余的全都染上瘴疫而死。

接着，又来了一百五十名华工，他们破衣赤脚，汗水直流；他们为了起码的生存条件而奋战。之后，邱秀、叶田、刘壬光、叶亚来、越煜、陆佑、陈秀莲……相继到来。而叶亚来，这位在军事、政治、经济上均有特殊才能的先贤，从 1862 年到 1885 年，为建设吉隆坡鞠躬尽瘁，历经二十三年的血汗奋斗，终于奠定了吉隆坡日后繁荣的基础。

吉隆坡人终于有了遮蔽风雨炎热之所；然而，他们虽有了家园，却无管家之权。他们开始发觉，美丽的马来西亚，原来是披着一层哀愁的，自己不过是殖民地劣民罢了！于是他们学习、思考，决定找回自己应有的尊荣。

第二次世界大战后，汹涌澎湃的民族独立浪潮终于激发了三大民族（马来人、华人、印度人）共同携手，发挥了互助互爱自觉自强的精神，促使吉隆坡踏上了历史上的一个新阶段。1957 年 8 月 31 日，马来西亚终于在吉隆坡的苏丹亚都沙末大厦对面的广场，发出了第一声的欢呼"Merdeka"（马来语"独立"的意思）！

可是，这样一幅"自觉自强互助互爱的马来西亚人"的形象，还只是铅笔的素描而已，背景很淡，底层也未稳定，一不小心，就很容易走样。

这里不妨另写一笔，马来西亚曾发生过的好几桩骚动：五一三种族事件、甘榜美丹事件、股市崩溃、合作社风暴、阿当事件、茅草行动、烈火莫熄运动、净选盟（Bersih）集会……因这些事件的发生，每个人才蓦然惊觉，自己居然不再是个旁观者，而是个全心投身进去的参与者，情绪会随着事件的演变而焦灼、欢乐及悲痛。

吉隆坡，已成为自己现在及未来生命所系的地方。

现在我就戴上自己心灵的眼镜，来看这块属于自己的家园。

记得那年刚下飞机，第一眼看见的就是机场露天阳台挤满了各色人种。各族妇女们穿着不同的服饰，呈现出种种不同的美感：马来女子身穿沙龙时不经意流露的媚；印度女子披上纱丽时的含蓄及优雅；华族女子那身衫裤所显现的质朴与庄重。

美，不但存在于各族妇女的裙颤体旋中，还存在于许多独具特色的建筑物里：尖塔式的吉隆坡火车站，摩尔式的大钟楼，雨伞式的清真寺，宫殿式的华族寺庙，浮屠式的印度庙，马来风格的国家博物院以及现代化的高楼大厦等。而这些多样化的建筑物，在浓密树荫的调和中，完全不觉得有视觉上的冲突。

吉隆坡就像《圣经》里的巴比伦塔，一个混合着不同宗教、文化的热带都市，在属于赤道的闷热里骚动着。那时，我唯一的想法就是：

"吉隆坡是伟大的，因为她不强迫你同化。"

那年的吉隆坡，钢筋水泥的高楼大厦还不多，住宅区也是间隔宽阔，各有庭院。不过，令我最喜欢的还是贯彻全市的那种相熟与互相的"街坊"气质。可是，随着发展，这种气质，只有少数乡村还保存着。随着大厦、公寓一幢幢竖起的同时，人与人间也大多竖起了"隔离""冷漠"和"疑惧"。新时代的行列里，人潮虽不断自你的身边蜂拥而至，然而陌生的面孔上，泛浮的却多是冷漠的眼神。

从客观上说，吉隆坡的变化确实大得惊人。百多年的孜孜经营，吉隆坡已从地图上找寻不到的一个蕞尔村落，发展成今天马来西亚的首都，成为政治、经济与文化的中心。高速的发展，使得这个城市充满着令人悸动的实用主义。忙乱的交通，昂贵的生活费用，高度竞争的社会压力，虽让人不自在、失衡，但这也正是吉隆坡人能够保持高度敏锐的主要原因。

对眼前这个迸发着激越生命力的城市，单从历史古迹，仅能追溯人类文明的进程；如没到过屡创世界高成交量的股票市场，实在不算看到过真正的吉隆坡。

"吉隆坡证券交易所"的股价浮动，是全国媒体及众人瞩目的焦点。

人声鼎沸的交易大厅，反映的是贪婪，也是梦想。

股票市场中固然充满机会与报酬，压力与风险也是必须付出的代价。美梦与噩梦，往往仅是一线之隔。

其实从股市的风云起伏中可以悟出：合理的人格结构与建全的机制是密不可分的。而培养有眼光、有见识，懂得思考自己未来，为自己命运负责任的理性国民，对马来西亚的进步与壮大有很大的影响。

马来西亚经过悠长岁月的嬗递，从荒烟漫漫、屋舍零落到都会成型，从农业打拼出工业，从种植耕耘到种植希望，从贫穷到富裕，演绎了历史不停地向前走，不断地演变的规律；如何使马来西亚成为一个现代化的模范乐土，是所有马来西亚子民永远的挑战。

事实上，这儿本就有成为伊甸园的条件；不属于菲律宾地震带，又无爪哇火山爆发及印度洋猛烈季候风的侵袭。马来西亚人真可谓得天独厚。

马来半岛今天之所以人口众多，都是由一波波移民热潮所造就的，若问"谁是最早出现于目前马来西亚的居民？"答案或许要算是马来半岛的 ORNAG ASLI、砂拉越的 PENAN 和沙巴的 RUNGUS 了。

当我们正努力朝着先进国的目标前进时，也应提倡一下"新马来西亚人观念"，就是完全不考虑血统上的种族差异，也不在乎母语的差别，更不管他的祖先或是他个人来马的先后，只要他心存马来西亚，视马来西亚为他唯一落地生根的家园，那他就是马来西亚人了。

因为开创一个属于大家共同的未来历史，在于你我每个人的努力。

闯进灵异世界

罗素曾言，你知道的是什么？这是"科学"。你不知道的是什么？这是"哲学"。

我不晓得，自己遇上的"这件事"到底是什么"学"？

我相信唯物论，从不认为有所谓的"灵异世界"，但我却在这次旅途中遇到一件"诡异"的事，至今仍不明。

那年 10 月中旬，我刚游完长江三峡和四川峨眉山，深秋，又回到北京。

走进预先订好的饭店，到柜台登记时，服务员面带笑容地说："很抱歉，客房全满，只剩一间豪华房。我们安排你住进这间房，但不加房钱，请到十楼的服务台登记。"

上了十楼，办理好住房手续，服务员交给我一把钥匙，房号是1057。这号码依照广东人的发音，意头不太好，可我不信这些。

虽不信，一开门就不顺。任我如何转动门匙，始终打不开房门，最后服务员拿了 Master Key 才将门打开。

待行李一送进房，我就迫不及待去古董市场寻宝。

在一间古董表店，见所有表只标价三四百人民币，唯独一只表标价人民币三千八。我惊讶道："为何这么贵？"店主解释："这是 14K 的欧米茄金表，所以特贵。要买，就买这只，才是最好的投资。"

我再三考虑，经过一番讨价还价终以人民币一千八成交，心想：如是仿冒，损失不算大，是真的，就捡到便宜货了。

回房后，人已疲倦万分，梳洗完毕，再检查一下门锁，确定安全，倒头就睡了。睡着睡着，"诡异的事"来了。我感觉到"身后有人"！随即，那人用手从我头部沿着脊椎骨蜿蜒摸到腰部。我动也不敢动……叫也不敢叫……以免惊动他，使自己受到伤害。心想："可能他在摸我身上有无佩戴贵重饰物。"

那人在毫无所获下，"走"到落地窗前，侧身而立。这时，我才敢以眼角余光扫瞄。那男人朦朦胧胧，像是裹在雾气里的模糊人影，形象并不是十分清楚。他的表情木然，我无法由他脸上看出真正的意图所在。他身上的穿着却是 60 年代的。

旋又细想："不可能呀！房门反锁上了安全扣，窗是封闭的，这么高的楼，贼是绝对进不来的。"

那么进来的又是什么？

接着，脑电波似乎发出这样的讯息："这是梦。既是梦，就得赶紧自梦中醒来。"

我想睁眼，但睁不开，想动，只觉得身上有千钧般沉重，丝毫无法动弹。

我挣扎了又挣扎，挣扎了又挣扎，努力一寸一分地使劲睁开似乎被胶水粘住的眼皮……终于，我睁开了眼。

往房内四望，空旷旷的，毫无一人。

我起身，移步窗前，打开窗帘，遥望下去，街上闪烁着零星的车灯。再检查屋内四周，一切正常，也就不多想"其他"，继续睡眠。

第二天出门前，先将护照及贵重物件（包括新买的旧表）放进饭店内的保险箱，才去探望萧乾夫妇。一年多不见，他俩仍是神采奕奕，目前正忙着翻译一本巨著，与他俩畅谈了一个多小时，即告辞。

下午到什刹海公园拍照。这里虽非观光点，但景色美得出奇。令我惊讶的是，池边垂柳尚在婆娑摇曳，满地却已压着一层金黄透明的落叶。几个孩子在收集落叶，我也情不自禁地捡起几片。我喜欢秋天的绚丽灿烂，秋叶的美丽和我所体验到的情味，使我不会为它的凋落而伤感，因为它们选择在生命最美好的时刻告别人世。

在我眼中，北国的秋叶，实在要比早些日子装点街头的上百万盆鲜花更有韵致和意境。

晚上，巧遇从美国来的平路。她来北京收集资料，准备写一本重要人物的传记。与她同进晚餐，并相约第二天共游香山公园。

早听说香山红叶是北京最浓最浓的秋色。每年雨季过后，进入凉爽的秋天，游人便如潮水般涌去观赏那"京华秋色好，香山叶正红"的美丽景致。

当晚，早早入睡，没有任何"状况"发生。

隔日清晨，赶赴香山。到了乘缆车登山处，已有许多比我们更早的游人在那儿大摆长龙。

坐上缆车，居高临下，俯瞰园内一片柿树，简直像一片火似的，红得煞是好看。

缆车缓缓往上滑动。朝西一望，山坡上满布红叶，半黄半红的，可惜还没红透，要是红透了，太阳一照，那颜色该有多浓。再往上就是香山最高峰"鬼见愁"。这里有两块大石，状如香炉，在阳光照射下，岚光袅袅，似有几炷高香在燃烧，故此山称香山。

下山到香山饭店浏览，进入贝聿铭设计的一处富有明代情趣的小型庭园。园中心有个小池，池旁栽满了不知名的花木，它们经了秋阳的熏染，经了秋风的吹拂，呈现出各种色彩。有鲜明如玛瑙般的红，有娇艳如油菜花般的黄，也有青翠如玉石般的绿。总之，我们行走其间，已经不像现实的人，而变成了山水画中点缀的人物。

见时间还早，我们又去明十三陵。但我们去的不是游人如鲫的长陵和定陵，而是去已发现但还未修复的献陵。这里人迹罕至。当那一大片废墟呈现在眼底时，我有一种奇怪的感觉。好像历史忽然倒退到了明代。而在乱石衰草中间，仿佛浮现了一大群被鞭笞的奴隶，正在此赶建着明仁宗的陵墓。

我在这样一座废墟中徘徊，千思万绪兜上心来。自古以来，封建帝王就崇尚厚葬。秦陵出土的兵马俑，以及那座巨大的地宫坟山就是个证明。从明代起，还形成了这样一个传统：谁的权势越大，在位时间越长，就越是喜欢在生前早早为自己兴建陵墓，不惜劳民伤财。明前期四个皇帝，洪武、永乐、洪熙、宣德，甚至强迫后宫嫔妃、宫人太监殉葬，经营死后的安乐窝，野蛮至极！

现在我对着破墙残碑，怅然凝望。

风在树林中呼啸，忽高忽低，如泣如诉，仿佛对我说：过去皇帝抢了天下，把自己监禁在宫中，把一切宝物聚在身边，以为他是富甲天下。然而，过了一代又一代，到头来曾被列为禁地的陵墓，仍是被偷、被盗、被挖掘，最后依旧还诸天下，还落个死无宁日，这岂不是既可悲复可笑么？

返回饭店，取出保险箱的东西，理好行李，即上床就寝。

不多久，感觉有人进房。我眯着眼，借着昏暗灯光，模模糊糊看见"一男一女"，三十多岁。"男的"仍是先前的那位，站在同样的位置，连表情、服装都与前晚一样。"女的"则站在床尾右侧角，中等身材，身着浅米色缀小红花的衣装，也是60年代的服装款式。头发短又鬈曲，那脸……天啊！竟是张"阴阳脸"（面部中分，一边为黑，另一边为白）。"她"微微牵动着左半边脸的嘴角，似笑却又显出无限哀愁。"她"静静站在那儿，眼神望着落地窗前的"男人"。

我屏息凝气，像个偷窥的第三者。气氛就这样凝固着。突然，门外有急促的打门声，接着是撞击的声音。声音愈来愈猛，门快被撞开了，这下，我慌了，赶紧跳下床，抓起电话，猛按"0"，对着总机大喊："救命！"正喊着，门被撞开，一位五十多岁的矮胖妇人冲进来。危急中，突又想起："不可能，门锁得好好的，绝不可能有人进得来，一定又是梦，得赶紧醒来……醒来……

又是一番挣扎，终于张开了眼。惊醒后，房内仍是空无一人。除了冷气机的响声，自己的心跳声，真可说是"万籁俱寂"。我想自己又做了场噩梦，当时也不在意，倒头又睡。

第二天一早搭机自北京飞往上海。到上海的那晚，王安忆、李子云、王小莺到我下榻的饭店房内聊天。我向她们叙述了北京所梦。安忆首先发言："我觉得你第三晚的梦是第一晚梦的延续。头晚'男'的来寻找'他'的爱人，结果发现你不是'她'，就站在窗前静候。后来你醒了，梦也断了。"安忆的表情既严肃又认真，她续说，"第三晚的情节，让我感觉一桩惨案发生了。不是情杀就是殉情。不过真正让我不寒而栗的是那'一男一女'的静默，还有那'女人'露出的一抹悲凉的笑意。"

"按理是日有所见，夜有所梦。但你偏偏在毫无征兆的情况下做这样的梦。"小莺寻思道。

"这房间一定不'干净'。"安忆语气肯定。

"是呀！那是饭店最后的一间空房，可能以前的住客也有类似的经验，所以饭店只有在全满的情况下，才会将此房租出。"小莺接着说。

"有一种说法是这样的，如人惨死，像自杀、车祸之类的，他的魂魄就会一直飘荡在出事的地方。"子云又说，"这种人就像判刑一样，天天都在原处死一次，永远都重复。"

"或许白天你去荒无人烟的陵墓，沾了些阴气，于是你的脑电波能与'他们'感应，在梦中，就闯入了'他们'的灵异世界了。"

"这就是处在同样的'空间'，却跨越了不同的'时间'，于是你就在梦中目睹着这场'时空交错'的情节进行着。"

"可惜你急着醒来，不知后事如何？"

大家你一言我一句地猜测着，她们三位不愧为享誉中国文坛的名作家，极富想象和推理的能力。就接受她们所推论的理由，否则我还能找到什么更好的解释？

返回吉隆坡，将表拿到店里查验，顺便配条新表带。店主将表壳拆开，用十倍的放大镜细看。突然他说："表内有一行刻得很细的字，字迹歪歪斜斜，定是那时的表主用细针自己刻上去的。"

"刻些什么？"我既兴奋又好奇地催问着。

"'1965 年 10 月 14 日 200 洁砍头'，表距今不止二十七年，中国解放后，不可能再有外国名表进口，照表的款式绝对是 1949 年前的产品。"

"这样名贵的表，又刻上字，定是极心爱之物。"我叹道。

"是啊！既如此刻骨铭心，人死，有时'魂魄仍在'。"店主摇摇头接着说，"我曾经有位顾客在一家古物店买了一只光泽极美的蓝宝石戒指，当他戴着那粒蓝宝石入睡时，晚上就有'异样'发生，不戴，就没事。"

综合许多"事件联想"，我突然有了一个较清楚的轮廓：出现在我梦中的"人"，不都是 60 年代的装扮吗？第一天买了这只表，当晚"怪梦"就来了，第二天将表放进保险箱，没任何"状况"发生，第三晚从保险箱拿出来，"怪梦"又来了！

表是否与梦有关？

可能答案一辈子也找不出来了。其实人世间只有问题，没有答案的事情很多。然我始终秉持一种想法，那就是人只要不做亏心事，世上没什么好怕的。只是当我戴着这只表时，始终有着一种挥之不去、招之即来的戚戚之情，总觉得自己像个掠夺别人心爱物件的人。如今表已随我漂洋过海，魂魄再难追随。

或许有一天我会戴着这只表再回到那间 1057 号房，续我未完的梦，解我想不透的谜。

后　续

自从《闯进灵异世界》一文在 1992 年发表后，引起很多朋友的好奇和议论。1993 年第三届"海外华文女作家会议"在吉隆坡举办，世界各地来了许多女作家。会议结束后，旧金山来的女作家翔翎在我家留宿几天。

她非常好奇想看看这只欧米茄金表，因自配好金表带，我就将表放在保险箱，从未戴过。既然她想看，我遂将这只表自保险箱取出，当晚就戴着表和她一起出席友人的乔迁之喜。

晚饭过后，她问我几点了。我将左手伸到她眼前，将表轻轻挪正，好让她看清时间，结果奇怪的事情发生了！表带突然断开，整只表摔在了地上。翔翎觉得这表有些邪，劝我以后别戴。然我一向不信邪，认为可能是珠宝店没将新做的表带和表焊接好。第二天我将表拿到珠宝店修复。

店主将表重新拆开，这次用更高倍数的显微镜里外仔细检查一遍，突然告诉我，上次说表里刻的"200"，这两个"0"是写在"2"的右上方而且字体较小，那么，应该是时间符号，代表凌晨两点，也就是说拥有这只欧米茄金表，叫"洁"的姑娘在 1965 年 10 月 14 日深夜两点被砍头。他接着又说，因金表年代已久，表缘上的金已氧化，如再焊接，表可能会变形，他店里的师傅不具有这种精湛的手艺，只有等香港的师傅来时，请他处理。于是表就留在了珠宝店的保险箱内。

之后，我曾询问过几次，店主告知，来过的香港师傅都不敢处理，怕做不好要担负赔偿责任，于是表就一直留在珠宝店的保险箱里。

后来我因事物繁忙，忘了询问，直到三年后，我再打电话给店主，电话已停。我遂前往珠宝店，没想到，珠宝店大门紧闭，已被法院查封，店主也不知去向。当然那只金表也就下落不明了！

天鹅颈下的珍珠——哈尔滨

也不知道什么缘故，我从小就爱雪。

我喜欢看洁白的鹅毛大雪飘然下落时，那种轻盈优美的舞姿，也喜欢那使世界呈现出洁净之美的雪。

一场大雪，不仅将大地装扮得晶洁可爱，而且还可以涤尘去俗。不过，自己俗了几十年，当面对那一片白茫茫时，也不知会不会悟出什么禅来。

记得还是远在台湾的时候，还是早在童稚的岁月，每逢农历腊月，母亲就思念起海峡对岸与她一起打雪仗、堆雪人的儿时游伴，思念起每晚起身为她在睡炕①里加炭生火的外祖母，她经常说着说着就返身入房，倒在床上蒙被饮泣，我看在眼里，心里虽着急却束手无策。

为什么我喜欢雪？

原来，它是母亲长久失落的思乡之情，钻入了我的心灵深处，悸动着。它早已化成了一条无形的脐带，有时牵扯得我隐隐作痛。

记得有一天，台湾的阳明山上，深夜下了场雪，天未亮我就与同学结伴而去，虽然看到的只是些稀落的雪花，但已让我雀跃不已。

这次，我不惧天冻地寒，千里跋涉来到中国东北，无非渴望能从她那里充实丰富我童年时对雪稚嫩的幻想。

当飞机降落在哈尔滨机场时，狂风掀起雪的烟雾，打在机窗上，遮

---

① 在严冬，睡热炕是中国北方农民的共同习惯。

住了我的视线。

一踏出机门，那竖立在机场屋顶上的"哈尔滨"三个大红字，迅即映入了眼帘。举目四望，只见大地上覆盖着一层厚厚的雪，远山、树林、田畦、房舍，都失去了原有的面貌与个性。

这里完全成了冰雪世界。

在雪中，一切尘世俗相都是纯净一片。

在雪中，一个多彩的绚烂世界隐去了。

从机场到市区，约莫一小时的车程。车子在中国北疆边陲的雪原中奔驰，零下三十多摄氏度的酷寒阻挡不住车辆的飞转，车辆沙沙地辗着积雪缓慢地跑。在雪地开车得特别小心，公路像一条冰道，下坡时车子像打滑梯一样，颤颤波波，一不小心，就会甩出去很远。

下车后，一阵冷风吹来，我终于打了一个数十年未曾打过的寒战。我嘴里呼出的呵气，霎时化为冰凌，凝冻在眼镜片上，我的手指冻红了，脚也冻得透凉。

临去前，友人已警告道："现在哈尔滨的气温是零下三十多摄氏度，小心冻掉你的鼻子、耳朵。"

我笑着说："如果冻不怕中国东北三省的居民们，就绝对冻不住我。"

话虽说得硬，到了宾馆，放下行李，第一件事却是直奔已有百年历史之久的秋林公司购置御寒衣物。雪地鞋、棉鞋垫、护耳帽、棉手套、长围巾，都是在冰天雪地里不可或缺的用品。说起来相当划算，所有必需品买齐了，也不过几十元马币。

哈尔滨是黑龙江省的省会。看中国地图，黑龙江省状若天鹅展翼在中国北疆，哈尔滨则是这只"天鹅颈下的一颗珍珠"。

哈尔滨的冬季长达七个月之久，每年元旦至春节前后，都要举办冰雕（也叫冰灯）展览，晶莹剔透，千姿百态的冰雕引来千万游客，故有"冰城"之誉。

哈尔滨的冰雕展览始于 1963 年，是流传在黑龙江省民间的一种独特的艺术形式。每年 12 月，开始从松花江上取冰，每块足有两吨重。大型冰雕建筑，要由成千上万的大冰块砌成，小型冰雕又要一刀一斧细细雕琢。

走进展览冰雕的公园，只见冰雪山峰巍峨壮观，冰制亭台楼阁五光十色，冰雕动物生机勃勃，冰雪花卉喷芳吐艳，银雕玉琢的长城绵延万里……公园里已成为冰的世界，灯的海洋，构成了一个神奇的"冰雪大观园"，人游其间，宛如仙山琼阁，疑是人间天上。

游完园，我们走向位于道里区的中央大街上，心情已被欧风征服。两旁气派宏伟，带圆穹顶或古堡尖顶的俄式建筑，方形小石块铺成的街道，华梅西餐厅的正宗俄式大菜，都给人联想起这个城市的命运曾如何和俄国紧紧纠结在一起。

1896 年沙俄迫使清廷签下不平等的《中俄密约》，哈尔滨遂成为俄国发展"黄色俄罗斯"的据点。

日本血腥统治十四年，更为哈尔滨烙下深深的一道伤痕，雕饰繁杂，高大宽敞的马迭尔宾馆，遥想当年，正是日本间谍川岛芳子冒充舞女活跃的场所。1932 年日本关东军 731 部队研制细菌武器，用中国和苏联战俘做活人实验。至今仍在平房区留有遗迹。

历经沧桑的哈尔滨，曾是列强较劲的舞台，国际势力在此肆意伸展；但是，却也因此孕育了独具的异国情调，吸引了大批欲一睹"东方莫斯科"风采的观光客。

在哈尔滨的一日，倏忽即过，下午，我们赶搭火车前往吉林。

火车极有韵律地在轨道上前行。车窗外，披着雪衣的起伏山峦，像一幅山水手轴一小段一小段地卷起，许多景致已被风雪吞没，一片迷迷茫茫……

我把心思从车窗外收回来，走向餐车。推开车门：里面热烘烘的一片，餐车内有外来游客，也有东北本地人，他们显然已混成一堆，打成一片，大杯喝酒，大碗吃肉，大声歌唱。

早就听说东北人直来直往，素以豪饮著称，固然与天气寒冷，以酒御寒有关，也和他们好客，豪爽的性格分不开。在北京，邀人做客是说一声："请到我家来玩吧。"这里则干脆直呼："上我家喝酒去！"

我见近车厢中间有一处空位就坐了下来。为了御寒，我这个素不嗜酒的人，也叫了罐啤酒。不一会儿，邻座的乘客就高举酒杯与我们敬酒，碰杯时，只见他低举酒杯，与我的杯脚轻轻相碰。我很纳闷，问明因由，才晓得碰杯低了，是对对方表示谦恭之意，这是东北人的礼俗之一。

大家聊了一会儿，他们问我："对这次的旅程印象如何？"

一时间，我竟答不出话来。想到前天早上，黄昏来往机场两趟，直等到下午六点半，才被通知飞往哈尔滨的班机，因气候的关系，取消了。由于行程被耽误了一天，不仅到哈尔滨只能做匆匆一瞥，连随后几天的行程都得全部更动。我相信，在旅途中，任何人遇到这种情况，心中难免懊恼。

然而，看到他们迫切的眼神，真不知该如何说才好。犹疑了一会儿，还是将实情告知，并说：

"如果相同的情形发生在别的国家，肯定地，我不会再去；可到这里，有种感觉很奇怪，后来，才明白，那是因我生就带着传自母亲对中国的情感与血脉。但，我所以仍将心中不满说出，是希望这里能改善能进步，因为，我还想再来。"

听了我这几句话，其中一位，倏的一下站起来，突地往我肩上一拍，我的心差点儿跳出胸膛。他激动地紧握住我的手说：

"大姐，你真好！你和其他的人不一样，你不讲敷衍的客套话，也不讲埋怨的刻薄话，你像我们东北人一样，专说'大实话'。"

我怎样也没料到，他们会有这样的反应，一时间，倒令我有些手足无措。看见他们的神情是如此的庄严激动，我突然被一阵难以名状的感动攫住了。

临到站时，有个大个子塞给我一支笔，他匆匆地丢下了一句话：

"这是我用了好久的英雄牌钢笔，送给你做纪念。我们欢迎你常来。"

我还没来得及与他礼尚往来，这群人已下了车。

想不到，哈尔滨之行，留给我印象最强烈的竟是列车上的那次邂逅。真的，生活中有些偶然发生的事，有时会深深地刻进记忆中，再也忘记不了。

松花江的神奇

到了吉林，不能不去看松花江。

到了吉林，更不能不去看树挂。

松花江，荡荡长流从遥远的长白山中奔窜而出，像一条小白龙，带着满身的神奇，穿梭在吉林省城。

初春万物解冻，松花江上，坚冰断裂，悸动之间，苏醒的生命开始往前冲刺。

仲夏柳绿花红，松花江上，一江如带，渡船往返，木筏荡漾，实是一幅优美的画面。

中秋皓月当空，松花江上，灯火万点，珠光灿烂，扬出一片奇景，这是一年一次的放河灯。据说这些河灯是为着祭奠江上丧生的亡魂而放的。

冬至千里冰封，松花江上，满地如银，晶莹闪烁，一辆辆的马车和一乘乘的驴爬犁来往奔驰在江面上，又是一番奇景。

还不仅此，自从松花江上设置了丰满发电厂大坝发电以后，更创出一种绝无仅有、世所罕见的"树挂"奇景。

这时，十里江堤上玉丝万缕，银光闪烁，晶莹夺目，荡漾其间，仿佛步入了琼山玉林的仙境。

不巧，我们来时，吉林的气温只有零下 22 摄氏度，江堤两岸的树挂还没形成，我们得到大坝后面形成的松花湖那儿去看。

　　有人说，看树挂是一种诱惑，是一种挑战，更是对于一切美善的补充。

　　那晚，我辗转难眠。

　　蒙眬中，看到树挂有的如蒲棒，有的似蜡梅，有的像银链，有的若银菊，美极了！突然一阵狂风吹来，整个宇宙变成了一片白色混沌，迷迷茫茫……

　　醒来时，正是早上七点。

　　"叮咚"一声，门铃响起，我打开房门一看，门外站着一个身材健硕的北方大汉。他穿着风衣，手中拎着个旅行袋，衣领、胡子、眉毛上还凝着冰凌，一副风尘仆仆的样子。

　　"三姐，我是你长春的表弟，昨天接到你打来的电话，今天天没亮就赶来了。"那大汉热切地说着。

　　我急忙把他让进房间，他还没坐定，就从旅行袋里拿出一个"巨型"的灵芝，边递给我边腼腆地说：

　　"这是我拜把兄弟在长白山深崖上采来的，我从没见过这么大的，这次为了见你，特别叫他让了给我。"

　　说实话，我也从未见过这么大的灵芝，它像一把打开的香扇。

　　从小我就听过白娘子为了救她深爱的许仙，不惜奔波万里，历经千险，到长白山上盗取灵芝的故事。现在我也来到了长白山下，虽不为灵芝而来，却有位与我素未谋面的表弟，轻易地将这宝物送了给我。

　　一下子，我有些手足无措。

　　"不，我不能要。"

　　"我知道你们那儿什么都有，但这可是娘的心意，我们不能光拿你的，你不要，我……"

　　我见他急得脸都涨红了，知道他误会了我的意思，才又轻柔地说："这东西太珍贵了，你们还是自己留着吧！"

　　"我们这儿还找得到，你不收，娘定会骂我没用。舅舅（指我父亲）

最清楚娘的脾气。"

我清楚姑妈一定和父亲一样，是标准的北方倔性子，拗不过的，只有满怀感动地收了。

"快去看树挂吧！你也来，我们好一路聊聊。"我对着表弟说。

吃罢早餐，坐了一个多小时的车，我们终于来到松花湖，这里有个滑雪场，但怎不见树挂呢？

表弟说："要看树挂，还得乘雪橇到索道站，坐索架车上山去看。"话正说着，已有许多爬犁车夫前来招呼生意了。

我望着这些结构简单，只靠着两根木橇（或铁橇），用驴拉着在雪地滑行的爬犁，有点瞧不起它，到后来登山时，才体会到它的好处，不颠不滑，一路上顺顺当当的。

看着这些爬犁车夫，双脚踩在冰冷的厚雪中，每天在奇寒的袭击下往返工作着，他们真能乐在其中？还是，只因生活逼人？我不禁问道："每天这样上下，不冻不累吗？"

"累？惯了！冻？你看看，酷寒下，人都能冻僵，可是却冻不住这儿松花江的水，连江水都能不向严寒的大自然屈服，我们还怕什么？"

我的心头一震。他的答话在我意料之外，没想到科学改变了自然的结果，却也能给人以思想的启示。

这会儿，我们已到达单循环架空索道站下。抬头望向山顶，约有海拔千米的高度，低头看这索道椅，前面连个安全护杆都没有，我不禁打了一个哆嗦。这时，已有人冻得承受不住，放弃不上了。表弟鼓励我："一定要上去看看，否则，就等于白来吉林一趟。"

他忘了我身上也有着北方人的倔性子，不到黄河心不会死的。

坐上索道椅，只听见它咯咯地慢慢地向上升，像是咬着牙根的声音，又像是绷紧骨骼的声音。

风在呼啸，雪在飞舞，整个山野在我们脚下仿佛移动、旋转、翻腾……

　　风已成了速度，紧张地抽搐着，拍打你，推动你，向上，向上……只觉得地面迅疾地脱离我的脚跟，向一个无底的深渊坠落。

　　我的双手紧抓住索道椅两边的扶手，坐在前面一架索道椅上的表弟，回转身来，不停地帮我拍照，我吓得大喊："别拍，小心摔下去！"

　　"没问题，我惯了。"他大声回答。

　　这话倒也当真，一路上，与我们交错而过的索道架上，常见有大人抱着小孩一块地挤在窄小的索道椅上，一手紧抓着扶手，一手夹紧着不停扭动的孩子。只要一失手，孩子就会跌进万丈深渊。不知，他们真是个个"艺高胆大"还是根本就不在乎生命？

　　终于到了山顶，跳下车，蓦地，我被眼前的景象给震摄住了！只见树挂巍巍然耸立，逼视着我。我嗫嚅而无法言语。

　　真的，这是一个无法"想象"的地方，也是个无法用笔墨来形容的地方，单凭一两个镜头根本无法显出它全面的美。只有身临其境，你才会感到眼前这种奇特的自然奇观，无论雾凇或是树挂，都不是它最适当的称呼，它是一种可以称之为神来之笔的大自然的杰作。

　　有看到树挂之前，我曾为东北人叫屈，认为大自然对他们不太公平，要他们与长达七个月的严寒抗争；看到树挂后，我才恍然大悟，大自然对他们是慷慨的。不过，这"慷慨"却也得来不易，他们必先历尽肃杀的寒冷，冰雪的煎熬，风暴的洗礼后，才能享受得到。

　　除了树挂，老天又送给吉林居民三件宝物：人参、貂皮、鹿茸，还外加一份天外的恩赐——那就是在 1976 年 3 月 8 日 15 时（北京时间），一颗巨大陨石从天外，在吉林北部上空爆炸，万千金石俱下，形成一场面积达 500 平方公里的壮观的陨石雨。

　　这次陨石雨面积广，重量大，有数千人亲眼目睹，有准确的科学记录，实为世人罕见。其中最大的一块陨石，重达 1770 公斤。这块陨石就是目前已知世界上的陨石之最——吉林一号陨石，现存吉林陨石博物馆内，供人参观。

匆匆游罢，临别时，表弟说：“下次你来时，住久些，我带你上长白山，看人打猎，挖参，采灵芝，你定会发现到更多的‘神奇’。”

“我一定会再来。这里实在是个充满灵秀之气的仙地。”

说完，我跳上车，“轰隆”一声火车开动了。黑夜中，火车疾驰奔腾的律动节奏，又一次深深撞击了我的心。

盘古选择的这片土地——沧州

盘古开天辟地的说法，是古今相传，童叟皆知的。然而盘古是谁？住在哪儿？死在哪儿？相信就没多少人清楚了。

可是，绝没想到在沧州，居然听到看到许许多多有关盘古的传说和遗址。更没想到2206年前，秦方士徐福招募五百童男女及百名劳工东渡日本，为秦始皇寻求长生不老之药的地方也在沧州。沧州盐山县的千童镇上特别矗立着"秦千童城"碑。而这五百童男女不仅是中国最早的一批移民，也是秦文化的传播者。至今仍有许多日本人来千童镇寻根。

由此可见沧州原是灵秀之地。

相传盘古在天地分开以后，开始漫游，当来到今天的沧州青县城南，觉得豁然开朗。"高岗松柏河岸柳，平地瓜果兼五谷。百花争艳蜂蝶舞，鱼潜浅底鸟鸣枝。"哇！简直是一块丰腴的风水宝地，于是他在此定居下来，死后，也葬在这儿。大禹治水来到青县，在开挖徒骇河时，才发现盘古的墓。

在青县和一些老人聊天，一问起盘古，他们就能滔滔不绝地说上老半天，这事本已显得不寻常，再加上县里留下盘古村、盘古庙、盘古井、盘古墓和一些出土文物，以及有明清的史据可查（《河间府志》及《沧县志》），我也乐得相信盘古确实曾住在、死在沧州。

只不过，当初盘古选择的这片乐土，到了北宋竟成了发配犯人的荒凉之地，幸好沧州人历经数百年的风雨和血汗，从而改变了沧州的穷颜旧貌。

这片土地上除了流传着有关盘古那脍炙人口的故事外，还有许多历史瑰宝；像石金刚那鬼斧神工的流畅线条，登瀛桥那别致精巧的石雕艺术，铁狮子那历尽千年沧桑的雄伟豪放……

盘 古 庙

盘古庙始建于何时已无从考查，但青县人记忆里的盘古庙，状似北京故宫三大殿的石、砖、木结构，黄琉璃瓦封顶，金碧辉煌，极为壮观。

殿内有一盘古坐像，高一丈零八寸（为盘古万八千岁之说），铁质涂金，额角披叶（顶叶十片为天干，腰围十二片为地支），手托日月。神龛两侧有副对联，对联上的字，可真考人。

日昍晶晿通天地
月朋腒腒正乾坤

昍、晿、朋、腒，这四个字我从未见过。一位沧州市的文史专家告知：“昍（音煊）、晿（音华）、朋（音锁）、腒（音朗），四字同为明亮之意。这对联，是明朝翰林院主考戴绍惠所书，而这位戴尚书就是你的七世祖。”听他言罢，我几乎愣住了，没想到我的先祖信佛。

“抗日战争时，日军进驻在此，并将僧人赶走，这座盘古圣地，佛门净土就变成了刀光血影的军事据点及抗日军民、无辜百姓受刑归西的场所。1946年青县人民武装攻克盘古据点，盘古三殿随即被毁，成了一片废墟，彻底地消失在青县的地平线上。”言语中，不胜唏嘘。

“1987年秋，盘古里民，自发地成立了‘盘古庙筹建委员会’。里民张杰林等塑盘古像一尊，借民房式宅院一处，权作‘盘古庙堂’，就是我们现在所见的这一座占地不满两分，高不及三丈的小庙。"

2016 年到青县，盘古庙已扩建，然看到盘古庙的新塑像竟有些吓人。我不禁臆想，盘古的容颜既然谁也没见过，为何不能请杰出的雕塑家将它雕塑得神勇俊美，令游客除了被盘古传说吸引，更为瞻仰一座人类艺术的瑰宝而来。

石 金 刚

在一次文学会议上，碰到王蒙，因我和他是同乡，所以，他特别嘱我到沧州时定要到南皮县看看石金刚。

结果为了看石金刚还真费了一番工夫。

那天，来到南皮县，竟找不到任何有关石金刚的路标。车子绕了好几圈，问了好几个人，才问清楚。车子转入一条窄巷，这路凹凸不平，泥泞难行，颠簸了一阵，因前面的路太窄，车实在开不进去了，只好下车步行。

我们一直走到巷尾弯角处，才豁然开朗。但见前面空地上有一水塘，水塘上生满了杂草；其旁有一小亭，亭内隐隐见到有两座身材高大的石刻人像。我们朝亭内走去，很小心地避开地面上一洼洼的积水。当一踏入亭内，看真了这两座相貌魁伟的石刻金刚，才觉其气势不凡。

一位金刚，年约三十，头戴一顶狮子盔，身穿一副镈钩嵌梅花榆叶甲，腰前垂着条飞带；前面的护心镜上刻着龙头，后面的则是龙身；下穿一双气跨靴。他双手合十，横锏在手，像在作揖告饶。

另一位金刚，六十四五年纪，头戴一顶铺霜耀目镔铁盔，腰系一条文武双股垂带；足穿一双鹰爪双缝靴；两手握着一柄硕长的锏，像是怒气未消。

两座石金刚是唐朝的遗物，刻工异常精细，相貌神情更是栩栩如生；但这样的宝物既流放在南皮县这座窄亭内，也只好孤寂地互相对视、对峙了千百年。

登 瀛 桥

当车经过沧州杜林镇的登瀛桥时，我还以为到了宛平县的卢沟桥。待下车细看后，才发现两桥的不同处。卢沟桥的桥柱顶端雕的全是狮子，登瀛桥四十六根桥柱顶端除了狮子外，还雕有猴子、麒麟、蟾蜍等形态各异的动物雕像。

这些雕像造型生动逼真，它们或蹲或坐或立或跪或俯首或仰天，其面部表情或颦或笑或灵透或稚拙，让人感到意趣无穷。几只狮子的肩头、膝上或爪下还有幼稚童真的小狮子，非常活泼可爱；几只猴子，或抓耳，或挠腮，或捧桃，或拜佛，其神态也显得灵气十足。

四十四块桥栏板雕的多为神话及民间传奇故事，有"三顾茅庐""隆中对""伯夷叔齐""八仙朝圣""南海观音""蟠桃圣会""鸳鸯戏水""昭陵六骏"等，均刻画得那样精细传神，细腻入微。

据史志记载：登瀛桥乃明朝万历二十二年（1594 年）修建。它不仅结构科学严谨，而且造型奇特壮观，特别是桥墩、拱顶、栏板、栏柱等多处圆雕、浮雕绘画图案，更见其玲珑剔透，别致而精巧。

杜林登瀛石桥，确实是一件难得的工艺精品，它充分显示了古代石匠丰富的生活体验和精湛的艺术造诣。它历经四百多年沧桑，度过无数次刀兵水火，仍能保留至今，确属不易，然千万千万别让这么宝贵的文物毁于这代沧州人的手上。

铁 狮 子

沧州的铁狮子即使看它千遍我也不会厌倦，而每看一次心灵就会受到一次震撼，就有一种新的体会。

记得第一次看它，毫无心理准备。那时车开在高粱田中的小路上，疾风推动着浩瀚如海的高粱，起伏跌宕，呈现一种流动的、斑斓的绿色光彩。就在那片广阔无际的千里绿浪中，突然，一只雄伟巨大的狮影奔跃了出来。

我目不转睛地瞪视着，怕它稍纵即逝。待趋近，一个身高五米三，身长六米五，宽三米，重四十吨，由数百块三十厘米见方的铁块，采用分节叠铸法拼铸而成的"狮子王"赫然竖立在前。

它身披障泥，背负巨大仰莲圆盆，前胸和臂部饰有束带，头部毛发作波浪形披盖于头部。它头朝南，昂首怒目，四肢叉开，巨口大张，仰天长啸，对海怒吼，又像疾走急驰，之后，突然停下，回首张望。几乎让人措手不及，一个如此深沉、如此巨大的震撼，就这么在我的心底骤然荡开。

铁狮子在大自然的陪衬下构成一幅苍茫、悲怆、壮阔的画面。刹那间，我就被震撼住了！

铁狮子造型独特，外表威猛，腹内铸金刚经，不仅是世界上最大的铁铸工艺品，而其精湛复杂铸造技艺，更为研究中国古代冶金、铸造技术提供了珍贵的资料。

据《沧县志》记载，铁狮子铸造于公元 952 年，当时沧州一带地处九河下梢，由于渤海蛟龙作怪，洪水灾害连年不断，经常颗粒无收，民不聊生，于是山东有个叫李云的铸工来到这里，倡导铸巨铁狮以镇水患，并取名"镇海吼"。

好一个"镇海吼"。千百年来，历经洪涝、地震、战乱、风吹雨淋，吼得嘴已破裂，身被摧残，它都没有吐出一声呜咽，仍勇敢、坚毅地坚守岗位。我愣愣地看着，刹那间激动万分。

铁狮子不正显示了沧州的精、气、神。

第二次看它，正值盛夏。我站在空旷的高粱地上已觉酷热难忍，但看到铁狮子张着破裂的嘴，在烈日的照射下仍对着海怒吼，不知为何，这景象令我激动万分。我忆起沧州，自古多慷慨悲歌之士，曾有过许多敢于反封建统治，敢于反对外国侵略的英雄好汉，像首创精武会的霍元甲，屡胜外国大力士的"千斤王"王子平，一身正义、弃官为民的佟忠义，倡议强种救国的张之江等志士。

此外，战国时期著名医学家扁鹊，西汉古文诗学"毛诗"的开创者毛亨，唐代诗人高适，清代的一代文宗、《四库全书》编纂纪晓岚，政治家张之洞，近代作家王蒙、蒋子龙、肖复兴，艺术家李德伦、张家声、朱明瑛等名人的祖籍也在沧州。

然而，这么一个人杰地灵、文武齐备的地方，外界对它所知，只是因《水浒传》中记述了八十万禁军教头林冲被发配到此而已。

第三次看它，是在计划之外。那时刚看了献陵的汉墓，见时间还早，开车的刘师傅问："想不想看夕阳正好落在铁狮子背上的莲花宝座上的奇景？如运气好，能拍到手托着铁狮子及落日的镜头。那就更美妙了！"

经他这么一说，我迫不及待地催着赶去。刘师傅见时间已很逼促，说："试试看，能否赶上要看老天帮不帮忙了。"

我们像夸父追日似地朝东关急驶而去。右侧天空中的太阳，下降的速度已明显加快，我眯着眼低声祈祷，还好一路上交通顺畅，17点40分，终于停在铁狮东面几十米的乡间公路上。下了车，选定最好的角度，调好镜头。这时，夕阳又红又圆，周围的云彩都镶上耀眼的金边，阳光变得异常华丽，威风凛然的铁狮笼罩在一片橘红的金光中。太阳已快落在狮背上的莲花宝座上了……我看得如醉如痴，缓缓举起左手，托住铁狮子及夕阳，留下了永难磨灭的一景。

第四次看它，是希望再拍到那奇特的一景。然因铁狮子四周的围墙加高，已拍不到全景，虽觉遗憾，但真正让我震惊的是，一年不到，铁狮子竟像突然老去，被许多铁架支撑着。它过去的豪迈磅礴气势已失，像绑着绷带的伤者，在那儿呜咽喘息。没想到，千里迢迢，神牵魂系地来了，看到的却是铁狮子身上那令人怵目惊心的条条裂痕。我心痛如绞，无法言语。虽然有关方面费尽全力，也无法阻止铁狮子的锈蚀。也许若干若干年后，我们只能望着博物馆内铁狮子的片片残骸悼念。

　　然而，即便有那么一天，铁狮子那种勇敢和坚毅的形象，作为一种维护者的最终抵抗形式，千百年来如同淬火之后的铁，沉水之后的石一样，在不知不觉中，已经渗入了沧州人的肌肤，潜进了沧州人的血，铸入了沧州人的精神。于是，世世代代沧州的儿女，正是以渤海之浩气，燕赵之雄风，终于将昔日《水浒传》中荒凉之地，发展成一个资源丰富，充满着一片蓬勃气象的新兴都市。

走过半部清宫史

——游清东陵

中国北方的秋天是由金色和绿色交织而成的。

当车穿越在乡间野地，满眼充盈的全是一颗颗金灿灿的柿子和一条条金闪闪的玉蜀黍，悬荡在一片绿影中。

行着行着，车淹没在无边无际青纱帐般的玉米田里。忽然，一座巍峨壮丽的石牌坊映入眼帘。它和北京见到的明十三陵在建筑风格上一样，有五门六柱十一楼，通体由青白石雕刻而成，不过，它更宽些。每根石柱下部的夹柱石四周都刻有云龙戏珠、蔓草奇兽、双狮戏珠三种浮雕。夹柱石顶上还立雕着麒麟、狮子等十二个卧兽，左右相对。

起初我以为到了明朝，再一细看，才知道自己闯进的竟是中国历史上最后一个封建王朝——清朝五位皇帝、十五位皇后、一百三十六位妃嫔及一位皇子的陵墓群中。这里埋葬的多是赫赫有名的人物，可说涉及大半部清宫历史：开国第一帝顺治，在位最长、功绩卓著的康熙，掌权最久、寿命最长的乾隆，寿命最短的同治，清初杰出的女政治家孝庄文皇后，名闻中外的慈禧太后，还有给人以扑朔迷离之感的香妃。然而，像这样一座规模庞大、建筑完美的帝王陵墓群，我竟不知它就在天津市近郊。

华人一向讲究陵址的风水，何况是帝王的，当然更是经过一番费心选择了。当地就流传着这样的一段故事。

清王朝统一全国以后，顺治帝经常带人到各地打猎。有一天，他来到河北省遵化县所辖的马兰峪境内，跃上了凤台岭之巅，向北极目远眺，见群山蜿蜒起伏，似天龙奔跃腾越，千峰万岭之上，碧影森叠，生气盎然。转身南望，看到群山之中，环抱着一块坦荡如砥的土地，东西各有一泓碧水，波光粼粼，缓缓流淌，构成了一幅极完美的山水风景画。

顺治凝神片刻，心中大喜，对群臣说："此山王气葱郁，可为朕寿宫。"随即选定一只佩环，小心地扔下山坡，并说："鞿落定为穴。"众大臣循踪寻找，找到后就在那里打桩为记，遂在这儿修筑了东陵第一座陵寝——清世祖的孝陵。

过了石牌坊，来到下马牌。牌正背面用满蒙汉三种文字镌刻着"官员人等至此下马"的字样，也就是说，不管哪级官员来到这里，都要下马，以示对帝王的尊重。然而，所有的游客对它全都视若无睹，驾着"铁马"直趋而入。

穿过大红门，就是长达十一华里的孝陵神道。

历史的街道总是沉寂的，繁华的往昔早已随着历史的烟云过去，剩下的只是两旁默然而立的石人石兽。这十八对统称石象生的石人石兽，依次为狮、狻猊、骆驼、大象、麒麟、马，一卧一立，各一对，还有武将三对，文臣三对，似两列仪仗队，夹道迎接前来参观的游客们，气势十分恢宏。

我注意到，这些武将前后胸及左右肩上的铁甲上所饰的图案全是龙。按清朝典制规定，这种礼服只有亲王才可以用。文臣，则身着当朝一品的礼服，披挂着朝珠。由此可知，清代统治者对陵寝是高度重视的。

出了龙凤门，经过七孔拱桥，远远地已可以望见闪耀着明黄色彩的建筑群了。再前行，雍容尊贵的非凡气派终于出现在眼前。我的心底思潮开始翻卷。快一百年了，大清王朝消失了快一百年了！当年顺治帝入主中原（1644 年），建立大清江山，其间经过了十个皇帝，统治极难驾驭的汉人，其国祚能长达二百六十八年之久。而康熙、雍正、乾隆三朝的一百三十四年，更是清朝的盛世。在中国历史上只有汉唐盛世，可以与之媲美，这种成就绝不是偶然的。

据史学家分析，满族是一个具有颇多优点的民族，它的最大长处，是勇武善战而又有政治才能，并有高度的模仿能力，肯虚心吸收外来的文化和人才。这些地方与蒙古人大不相同。但这也成为满族的缺点，因它一味吸收汉人的文化，缺乏创造力，结果也沾染了汉人的劣根性。如这是促使清朝腐败的主要原因，一向自视甚高的汉人将会多么自惭而又解气。

接着，我来到为清朝第三位皇帝康熙所竖的神功圣德碑处。碑楼内，巨大的龙蝠碑巍然矗立在赑屃上。赑屃，这个神话传说中为龙所生的动物，负载着重约四万斤的碑身，就像负载着一篇篇沉重的历史。

这种神功圣德碑，可不是任何一个皇帝可以自行竖立的。自顺治帝开始，经康熙、雍正、乾隆、嘉庆帝共历五朝，在文治武功上都有一定成就，为表彰其"丰功伟业"，五帝都立下了神功圣德碑，而且自康熙更因他文治武功，显赫一世，为彰其德，一碑不能尽载，故首创双碑，左满文，右汉文，洋洋洒洒，四千三百余字，极尽歌功颂德之能事。到了道光，因鸦片战争签订了丧权辱国的条款，为了遮羞，他自谦，自己治理国家的成就，无法与列祖列宗的功德相提并论，所以，自本朝起，不再兴建神功圣德碑。其实自道光帝始，国势每况愈下，也没啥好树碑立传的了！

清朝统治中国的手段，可以说是宽猛相济，也就是怀柔与高压并行。康熙、雍正、乾隆盛世，他们不仅自己学识渊博，还非常重视文化事业的发展。当时把一群原本冷眼旁观的汉族知识分子震动了。谁能想得到，这些清帝王竟然比明代历朝皇帝更热爱和精通汉族传统文化。他们一方面利用科举功名为诱饵，以牢笼士大夫；一方面以奖励学术为名，召集文人，编纂卷帙浩繁的巨书，以消磨其精力。这时，汉族的知识分子，早已没了反清复明的念头，甚至曾国藩因保卫不住这个已经奄奄待毙的王朝，抱憾而死。

清朝的帝王，以乾隆最有福气，康熙、雍正已给他奠定了丰厚的基业，但他好大喜功，穷兵黩武，消耗了庞大的军费。此外他奢侈多欲，巡游的频繁，寿典的铺张，也虚掷了无数的库帑。虽然当时国家的财富，足以支持他的挥霍，但对政治和社会的风气，具有非常恶劣的影响。他的行为，象征着清室甚至整个满族奋发精神的消失，也象征着清帝国的国运开始走下坡路。官僚贪污，日甚一日。他重用的大贪官和珅，又把国力糟蹋到了不堪的地步。事实上，清朝，乃至中国的整体悲剧的促成，就在乾隆这个貌似全盛期的皇帝身上。正如唐朝的开元、天宝，明朝的成祖一样。

所以，当乾隆把皇位传给嘉庆，也同时把一个动乱的局面移交给他。在其以后的九十年，内乱此伏彼起，列强交相侵迫，清帝国在内忧外患的夹击下，终于走上灭亡之途。

读一个王朝的兴起和没落，后世又能从中吸取多少教训呢？

乾隆的骄奢淫逸也印证在他为自己修建的裕陵上。裕陵的规模稍逊于孝陵，但建筑的壮美、工艺的精湛皆居清陵之冠。尤其是地宫，更是令人大开眼界，叹为观止。它不仅是一座不可多得的石雕艺术宝库，又是一座庄严肃穆的地下佛堂。乾隆生前，追求的是至高无上的权势，死后则一心向往西方乐土，幻想在天堂求得永生。然而，地宫四壁满布的梵藏经咒，以及八大菩萨、八宝图案、四大金刚、正欲供、二十四佛的石雕像，都没能保住他死后能享有安宁。1928 年，军阀孙殿英用了工兵，将裕陵地宫炸开，劈棺扬尸，盗走了地宫金棺内随葬的全部珍宝。

慈禧的东陵也是建得铺张豪华，罕见的黄金贴墙，金做的棺木，棺内还随葬着大量的奇珍异宝。慈禧的命运和乾隆一样，孙殿英也将东陵的地宫炸开，劈棺抛尸，将价值连城的珍宝洗劫一空。据后来被捕的一个盗墓者追忆当时进入地宫的情景："满室的金银珠宝，照得大家一时都睁不开眼。"现在慈禧大殿里展出的几件寿衣，都是慈禧死时所穿的衣服，件件衣服上都钉满了珍珠，那可不是数得出的几颗，而是成百颗、上千颗。这些珍珠都浸泡着人民的眼泪、汗水和鲜血。

当然清东陵内，最独特的是"凤在前龙在后"的雕栏，隆恩殿前"凤在上龙在下"，采用高浮雕手法的丹陛石，更是历来宫殿绝无仅有的构思。其情其景也就是慈禧专权四十八年的艺术再现。当然，这要怪咸丰帝，间接将她扶上了权势之位，但凭她一介女流，在宫廷内的各种权势斗争中，能爬上最高位，也不得不对她写个"服"字。

慈禧因生了同治，地位扶摇直上，然而，当我们来到埋葬同治帝的惠陵时，会感到这座帝陵，像孤雁一样，露宿在景陵东南六里的只山峪。这里既没有神路，又没有石人石兽，令人惊讶的，居然是慈禧的旨意。

咸丰去世时，同治只有六岁，于是东、西两太后开始了"垂帘听政"。这个在位十三年，执政只两年的皇帝，活到十九岁就因病而死。同治皇帝的死是与慈禧有直接关系的。在皇帝出天花时，皇后阿鲁特氏前来探病，一对恩爱夫妻相见，多少贴心话涌上心头，当皇后说到难以忍受慈禧太后的百般虐待时，竟然伤心痛哭，泪流不止。皇帝百般劝慰皇后，要保重自己，多忍耐些时光，将来总有出头之日。谁知这些话被跟踪而来的慈禧隔窗听见。慈禧大怒，满脸杀气，闯入内室，抓住皇后头发，连撕带打。这一番殴打，把大病初愈的皇帝吓得昏死过去。从此同治病情恶化，导致"痘内陷"以致抢救无效而丧身，绝非传闻中因他私自出宫嫖妓得性病而死。皇后因悲恸万分，吞金求死，经抢救后，又绝食而死。

他们两人在不到两个月的时间相继而亡。死后慈禧仍忌恨在心，在修建陵寝时任意删减了帝陵的规制。常言说"虎毒不食子"，然而，像慈禧这样的女子实在无法以常人般去测度。

　　同治死后，年仅四岁的光绪即位，大清王朝终于在贪权而无才的太后、孱弱而不诸世事的皇帝领导下，逐渐驶向倾覆的命运。

　　离开清皇陵时，日已西斜，离枝的叶掌悄然飘落在石道上，窸窣幽叹着。环顾群山，觉得自己仿佛与一个曾经繁华又褪了色的王朝狠狠地恋爱了一场，其中有爱、有泪、有痛，也有恨。这时人潮已散，幽静的神道上只剩下我，一个人对着石人石兽发呆。

行在龙背上

——黄崖关长城

我第一次发现黄崖关长城是在 1995 年 9 月，当下就有一种"惊艳"的感觉。它长长的，如一条巨龙，雄峙在崇山峻岭之巅，飞山越谷，逶迤东下，绵亘四十一公里，是那么奇丽，那么险峻，那么独特。

可惜，这个集所有城关之大成的黄崖关，竟像养在深闺的美女，还不为天下人所识。

人们常说万里长城是秦始皇修的。其实远于战国时代，长城就被修起来了。

地处北京、天津、唐山、承德正中间的黄崖关长城，距今一千四百多年，始建于北齐天宝七年，被视为中国国宝的北齐长城遗址。而它所以独特，首先在于它有山（燕山）有水（浇河），山雄水秀，这在万里长城线上，是十分难得的。

其次，它的城墙，或砖筑，或石砌，样式多达五种。尤以拦马墙，羊马圈，建成 T 字形，驻军可从背后攻击，为外地罕见。此外，城上的墩台、敌楼在全国也是式样最全、数目最多的。它们或方，或圆，或空，或实，或石砌，或砖筑，或兼而有之。更有险处那一段阶梯障墙，横亘于浇河之上的水关和突兀于馒头山顶的大型实心敌楼即凤凰楼，它是黄崖关的眼，只要凤凰楼看见敌人，蓟北长城便全部进入战备状态。这些，都以罕见称奇于长城之中。

　　还有长城线上唯一的一座长城博物馆，馆内陈列了各种珍贵文物及资料文献 338 件。其中包括 104 位中国政治家、艺术家、画家、书法家和国际友人的墨宝，107 位中国将军为修复长城的题词碑刻。

　　另外在这百家碑林和百将碑林的北侧，有 14 块以歌颂长城为题的篆刻碑林。这些全是从全国筛选出来的佳作。在篆刻碑林北侧，乃是毛泽东诗词墨迹碑林。在 99 块青花岗岩上锲刻着毛泽东 1923 年至 1964 年间创作的 26 首诗词手稿。此外还有荟萃了 105 幅的竹刻名联堂。名联作者有毛泽东、周恩来、鲁迅、郭沫若、李白、苏轼、郑板桥等。书法选用甲骨、大篆、小篆、汉隶、帛书、魏碑等字体。兼容了颜、柳、欧、米多种书法。并且巧妙地运用了浅刻、深齿、阴雕、阳雕、点刻、留青、烙印、贴面等锲刻技艺，堪称华夏艺术一绝。

　　黄崖正关上建北极阁，朱柱绿阁，雕梁画栋，着明式大花旋彩绘，绚丽夺目，雄伟壮观。这也是中国长城沿线唯一修复的北极阁。

　　站在北极阁向东眺望，一座水关横架于浉河之上。将东西两段长城连成一体。水关上建雉堞马道，下设五孔水洞，似卧顶长虹，飞架于津围公路和浉河之上，雄伟壮观，气势磅礴。

　　从北极阁向下望，便是长城线上唯一的一座八卦关城。八卦城占地四万平方米，布局呈刀把形。中心为太极台，城内 36 条纵横交错的街道和各卦区内建造的古式排房，与诸葛亮的八阵图形相似。置身八卦阵，如入迷宫中，这里处处设防，易进而难觅出口，给人以扑朔迷离之感。万一敌人入关，便陷入"八卦迷魂阵"。这时指挥台即以旗帜指挥士兵用火铳弓箭将敌人杀个片甲不留。它实在是一处充满智慧的军事杰作。

　　去年中秋，我又重访黄崖关，那天，我受邀参加蓟县政府在八卦城内举行的"中秋篝火晚会"。晚会后，我们北极关上边吃月饼边赏月和看烟花。在皎洁的月光下，在灿烂的烟花中，望着不远处的长城，令我想起了当时驻守在此 16 年，也是中国长城史上最杰出的明朝将领戚继光。

五百多年前，他训练了一支勇敢善战，纪律严明的戚家军。由于戚家军的驻守边关，百姓得到了安宁，可是却也引起了一些人的妒忌和敌视。万历帝听信谗言，把戚继光镇守蓟县看作是对京师的威胁。在万历十年的一个冬天，终于将他遣调到广州。戚继光怀着满腹惆怅，离开了曾为之呕心沥血的蓟县。

临走那一天，人们夹道相送，曾随戚继光镇守过古北口的陈第，在他《送戚都护归田》写道：

> 辕门遗爱满幽燕，不见胡尘十六年。
> 谁将旌麾移岭表？黄童白叟哭天边。

这首诗真切地描绘了当时的情景。有人说，中国的历史是一部小人的历史。多少忠臣，多少豪杰，雄图难展，壮志难伸，全因被谗言所淹没。屈原如是，岳飞如是，戚继光也如是。戚继光的晚年，在凄凉寂寞中度过，终至悒郁而亡。

第二天黄昏，我去戚继光驻守的太平寨看夕照黄崖的奇景。

黄崖关东端半拉缸山上的石崖因多呈黄褐色，所以，每当夕阳西下，晚霞映照在半拉缸山时，受光的山体反射出万道金光，显得金碧辉煌，分外壮观。

不过，民间却有这样的传说：齐天大圣孙悟空于老君炼丹炉中苦熬七日，逃出的一刻，蹬倒炼丹炉，踢碎大药罐，一半在天，一半落地，化为半拉缸山，故形成"夕照黄崖"的胜景。

看着看着。戚继光的身影闪现出来。他徘徊在自己的石雕像前伫立凝思，直到日落了才长叹一声，悠忽而去。

从他这声叹息声中，我又想到了秦开、李牧、袁崇焕等长城史上的无数功勋人物，想到"昭君出塞""苏武牧羊""文姬归汉"等悲壮诗篇，也想到"白登之围""土木之变"等扣人心弦的历史事件。

可以这么说，长城是一卷凄惋的历史，记录了几千年来中华民族的风风雨雨。

在太平寨长城上，就流传了一则十二位寡妇修长城的故事：

戚继光修长城时，有十二名从河南来的士兵在黄崖关献身。他们的妻子因久失丈夫的音信，遂结伴千里寻夫。一直到达黄崖关下才知真情，十二名寡妇哭得痛不欲生。戚继光适巧途经该处，问明了情况，发给她们每人一笔丰厚的抚恤金，劝慰她们返家好好抚育子女和赡养老人。然而，她们几经商量，决定留下来，完成丈夫的遗志，并把钱也捐修长城了。后人为了纪念这十二位妇女的爱国情操，就将她们参与修筑的敌楼称作"寡妇楼"。

寡妇楼，是蓟县长城敌楼中保存最完整的一座。在修复中发现有妇女们使用的顶针、针簪等遗物，因而证明确有其事。

中国历史上曾有二十多个王朝修筑过长城，其中修筑规模最大的一次是戚继光。然而，经过天灾人祸，黄崖关长城早已变得满目疮痍。当1984 年 10 月天津市委和市人民政府领导市民，修复黄崖关长城时，许多女性也参与了。人们曾感慨地说："二千年前孟姜女悲悲戚戚哭长城，今天姑娘们兴高采烈修长城，真是两个天地。"

其实孟姜女哭长城的故事是虚构的，杞梁是春秋晚期的齐国人，在公元前 549 年和莒国的作战中早已死去，其在世时间比秦始皇要早三百多年，孟姜女更是于史无稽。不过，人们却乐于相信编造的故事，直到众口铄金。

如今，徒步在黄崖关长城这条巨龙的背上，纵目远眺，虽再也看不到古代滚滚烽烟，听不到昔日的渔阳鼙鼓，但却从长城雄强迷人的身影里深深感受到中华民族博大自尊的精灵。

长江之歌

那天，车经武汉长江大桥，桥下浩浩的大江如一条黄色的大道，将汉口、武昌两镇左右隔开。汉水则是另一条青绿小路，使汉口、汉阳上下峙立，形成倒 T 形的三镇形势。桥上川流不息的车辆，在宽阔的桥面上往来交错，又把三个分开的城市紧紧相连。

远望前方，闻名中外的黄鹤楼就矗立在蛇山的黄鹤矶头。趋前近瞧，楼却已非诗人笔下的楼，而是 1980 年基于观光需要，用钢筋水泥重新修建的。新的黄鹤楼修得仍是轩昂宏敞，瑰丽无比，虽非"真迹"，照样吸引了千万游客。

黄鹤楼

昔人已乘黄鹤去，
此地空余黄鹤楼。
黄鹤一去不复返，
白云千载空悠悠。
…………

崔颢的七言诗《黄鹤楼》已成绝响，真正的黄鹤楼也成绝版。

到了晴川阁下的码头，登上"扬子江"号豪华游轮，正是细雨纷飞，薄雾遮阳，为烟波江上增添一番诗意。

　　站在船头，倚着栏杆，放眼四望这个在历史上多灾多难的城市，它曾被 1870 年、1931 年的洪水淹没，沦为废城；它也曾多次遭受严酷的火灾，大部分化为灰烬；明朝末年的战乱又几乎将它夷为平地。经过多次的劫后又复生，真正令武汉不朽的是：1911 年 10 月 10 日的武昌革命起义。这天，犹如平地一声春雷，惊醒了老中国的眼睛，终于卸下了那件压在身上几千年的"龙袍"，走出专制的门槛；但那还没踏稳的步伐，在跌跌撞撞了三十八年后，又分出了道不同不相为谋的两兄弟，隔着一条"楚河汉界"，各自为政。直到现在还没能建好另一座"武汉长江大桥"，将这分隔已久的两兄弟，重新连接起来。

　　船身微微荡漾，"扬子江"号开始逆流而上。江面上浓浓的黄雾渐渐把武汉隐去，船，温柔地在平静的浪花中缓缓而行。

　　武汉到宜昌段只能算热身，还未真正进入三峡之旅，所以完全没有"滩声橹声乱耹耹，紧摇手滑橹易脱。沿泗划转如旋风，半侧船头水花没"的惊心动魄，正好令我有充裕的时间欣赏两岸风光。

　　10 月初，虽值秋高气爽，岸边防风林仍是青翠欲滴。树下绿草如茵，雨点轻柔而均匀地滴落在树叶上，偶有几间村舍掩映树隙间。淙淙的山泉和溪流，绵密层叠的峰峦……犹如穿行于美丽迷人的天然画廊之中，令人赏心悦目。

　　正陶醉着，突见对岸的红砖厂，它突出的排水管正排出滚热的红水，对准江边直冲而下；江上拉煤屑的拖曳船，一路散落煤渣，还有沿岸积攒的垃圾，船上丢出的废物……《水经注》上说的江水"常湍绿潭，回清倒影"的洁净，已不复见。现在，水是萎黄的，而且满脸污垢，病体恢恢，已经不是我梦中想象的秀水，而是一条已经变了色的江。

　　什么时候，这条千百年来多少诗人墨客吟咏的名水，这条养活芸芸众生的养生河，给现代人糟蹋起来。才短短十年，竟成了中国最大的排水沟？！

在江边长大跟船航行十年的导游对我痛心地说："我们虽还在开发利用和恐惧水患之情的两极间摆荡，但至少沿岸两千家排污工厂，岸边居民，往来船只，要懂得爱这条养活着三分之一的中国人，和中国人同行了两百多万年的长江啊！"

我不知道，悠悠奔流的长江，是否还有浪漫绮丽的梦，但我情愿仍在梦中寻找长江。

渐渐暮霭低垂，天与江都暗了。苍翠的山峦模糊为一片灰色，黄浊的江水反倒幻荡出金箔般的细浪，大江两岸的屋舍，渐次闪出灯光，好像对江水眨着眼。

返回船舱，推开夜总会的门，震耳的乐声唰地灌窜而出。高悬在中央的镜面旋转球，将四面八方投射来的红绿灯光，千变万化地混在每位舞客身上。一位男士跳到舞池前，抓起麦克风，用几近破裂的高音嘶喊出："十五的月亮，照在那草原上……"

情愿回房，透过玻璃窗，凝望江上那轮真实但还不是十五的月。

长江之夜，月朦胧，水朦胧，我就在朦胧中逐渐进入梦乡。

醒来船已到荆州。

站在荆州城东门外，传说中关羽所筑的古城墙与荆州市标——凤凰雕塑，隔着座桥遥遥相对。城墙的旧砖和不锈钢制的凤凰，各自反射出沉重和新亮的光芒，传统与现代共容在荆州城。

船启碇续行。凌晨二时半，扩音机叫大家起身看船过葛洲坝。这也算是三峡一景，因为这是全世界少有的航行经验。船行不远处灯光通明。闸门大开，船进了闸。我们的船像乘电梯般，随着上升的水位逐渐升高，直升到闸门内的水位和闸门外长江上游的水位一般高时，就停下来。这时，船前拦水处，水面近在咫尺，似个大湖面，船后，二十多米的落差，犹似站在九十度的峰顶上，令人目眩神迷，不得不叹服人类群体的智慧和力量。

如今，奔腾咆哮的江水，经过十五年的战斗，终于在南津关葛洲坝前驯服了。当然，历史上曾被诗人文士嗟叹的三峡之险也不大能领略得到了！

这时，正是黎明与黑暗交替的时刻。几颗寥寥的晨星，在空中闪烁着渐渐沉下去的光辉。四周，静极了，只听见轮机的"卜卜"声和江水轻轻地冲刷着巉岩的哗哗声。

静坐船头，虔诚地等待着壮丽的日出。我想象着，一轮红日从层叠的峰峦中涌出，映着江水，该是另有一番风采吧！哪知正逢云雨密布，顷刻间，不要说红日，连面前的山峰都遮住了。

细雨霏霏，迷迷蒙蒙中到了西陵峡。葛洲坝没建前，此峡滩多水急，船行艰难，民谣中有"朝发黄牛（峡名），暮宿黄牛，三朝三暮，黄牛如故"之说。现在险滩已除，轮船过此，快速平稳，别说六见黄牛，连把灯影峡、黄牛峡、牛肝马肺峡、兵书宝剑峡一一对号入座的时间都不够，客轮就已过万重山了。

有人叹道："三峡大坝建起后，这些景点都要一起淹入水里。"

有人驳道："这些名称都是人想象出来的，三峡工程建后，照样可以把新的景点随便诌个日光峡、白马峡、龙肝凤肺峡……什么的。"

有人乐道："那时候高峡出平湖，平湖出游艇，坐游艇就可以游白帝城，不必爬楼梯了。"

有人忧道："我们再也看不到老祖宗的三峡，进不了诗画小说中的三峡。"

有人评道："如果不发展能源，不发展交通，不解决洪水威胁，地理奇观只是纯然不必要的奢侈品。长江是中国人巨大的能源财富，这财富要自己用起来，现在才开发不到百分之十，等于是捧着金饭碗讨饭。"

大家你一言我一语地争论着，我望着滚滚不断的江水思索着。

曙色里远远见一条秀丽小溪在秭归城西的香溪口注入长江。

在长江已被黄浊的色调污染后，香溪的水仍碧绿醉如黛，那种清澈，好像珍贵的稀有动物，在濒临绝种时，变得分外令人珍惜。

秭归到巴东，一路上有数不清的小支流，从山里赶来和长江汇合，虽是清绿的，但，一入江就被染黄了。或许，在整个潮流趋黄之势中，仍想永远保持自身的清澈，几乎已变得不可能。所以，在这儿出生的屈原和王昭君，就特别令人怀念和尊敬。

在巴东换乘小船进入 1991 年 8 月才向国内外游人开放的神农溪。

游神农溪，本来应乘坐当地一种形似"豌豆角"的人力小木船由上游往下漂行。溪流弯回曲折，落差大，水流急，小船漂行在激流上，则似离弦之箭，在石罅孔道一般的峡中左躲右闪，游人在惊涛险浪中领略与大自然搏斗的惊悸与快感。

可惜，山中连夜大雨，水流湍急，怕生意外，我们改从溪口逆水上行。

进入溪流，奇峰耸立，高峡接天，"重峦叠嶂，隐天蔽日，自非停午夜分，不见曦月"，险峻雄伟之感令人油然而生。

船夫全是住在神农溪畔的土家族人。他们性好歌舞，边撑船边唱歌。从他们的歌声中，我体验到一种从未有过的喜悦与自由。不久，游人也被感染，跟着唱和。歌声震荡，冲击在回旋的江面上，碰撞在湿漉漉的山岩间，最后歌不成歌。如说是尽兴，倒更像是把自个儿一生的遭遇对着峡谷呐喊。

这时，船经过了一条自峭壁上飞驰而下的瀑布旁，水流突然变得非常湍急。我看着激流在船身下汹涌奔驰，如海啸将临，如山崩即至，浑身涌起一种莫名的紧张，又紧张得急于趋附。

船夫已拿起篙竿，用力地撑，嘴中"嗨唷！嗨唷！"不停地喊着，像在鼓舞人的斗志，能够更好地把一帮人的劲聚到一块来。

船终于渡过了激流。

当晚，船泊巫峡，好让我们伴着巫山云雨一起入梦。

隔日一早，峰峦刚从黑夜中显露出一片灰蒙蒙的轮廓，就听见扩音器告知船已进入巫峡。

霎时，甲板上已人头济济，想来，他们的心头，大约和我一样，都开始回荡着那几首熟悉到不必再引述的诗。人们虔诚地回顾，寻景，也寻诗。这时，我才领略到文人的魔力，竟能把偌大一个世界的生僻角落，变成人人心中的企盼。

虽然，大坝工程一启动，三峡景色会变，诗境在此萎谢，但，毕竟留存了一些诗句，留存了一些记忆。

巫峡谷深峡长，一天中很少见到阳光，峡谷中湿气郁集，常常雨雾蒙蒙。当然，雨中看巫山，朦胧缥缈，更有一番妙趣。

如果西陵峡是一条万马奔腾的大道，那么巫峡简直像江上一条迂回曲折的画廊。船随山势左一弯，右一转，每一曲，每一折，都对着你展开一幅绝好的风景画。

两岸青山不断，群峰如屏。巫山十二峰：龙登、圣泉、朝云、神女、松峦、集仙、聚鹤、翠屏、飞凤、上升、起云、净坛，各峰有各峰的形态特征，层层叠叠，走完一峰又一峰，终于我感受到梦中长江的壮美。

十二峰中秀丽奇绝的当首推神女峰。神女是由一块岩石形成，她孤独地站立在万仞高峰之岭，俯首看江，若有所思，远远看去，显得很渺小，也很凄绝。人们在她身上虽倾注了许多瑰丽的传说：说她是西王母的小女儿瑶姬，在此为民除害，为船导航；说她帮助大禹治水；说她夜夜与楚襄王幽会；说她……然我只爱这些诗行：

　　美丽的梦留下美丽的忧伤

人间天上，代代相传

但是，心

真能变成石头吗

沿着江岸

金光菊和女贞子的洪流

正煽动新的背叛

与其在悬崖上展览千年

不如在爱人肩头痛哭一晚

（舒婷：《神女峰》）

夕阳余晖中，来到以雄奇险峻闻名的瞿塘峡。

峡口绝壁矗立如门，上刻"勇闯天下雄"五个大字。江水在这里夺门入峡，急流奔腾，悬崖峭壁如同刀削，云天一线，水急浪高。峡谷中江面狭窄，最窄处不到五十米，峡中行船往往给人以"峰与天关接，舟从地窟行"的感觉。

突然有人指着崖壁高呼："看！悬棺。"

只见崖壁岩穴上挂有棺木，一半在洞口，一半悬在洞外。至今不明，古人如何在万丈峭壁上凿洞悬棺？

船一口气过奉节别万县，泊在鬼城丰都。

怎么丰都竟成了"阴曹地府"的所在地？

相传汉代的王方平、阴长生两人来名山修道，都修炼成仙飞升而去。后来人们把王、阴误读为"阴王"，阴王者"阴曹地府"之王也。本来就是荒诞的传说，又这样以讹传讹，把好好一个人住的地方叫作鬼城了。

不过，这年头，本来就是人鬼不分，只要财源广进，管他是人、是鬼，丰都人也乐得利用一切鬼物生财。他们按照想象中的意识，在此地建成"阎王殿""鬼门关""阴阳界""十八层地狱"等一系列阴间机构。

各关卡的神鬼形象都狰狞古怪，那些阴森可怕的刑法、刑具，不论下油锅，上刀山，锯八块，还是掏心挖肝，不外乎是想借着这些"鬼吓人"的玩意儿，告诫人们在阳世人间不要欺人、压人、害人，为非作歹；否则"任你盖世奸雄到此亦应丧胆，凭他骗天手段入门再难欺心"。在公正的阎罗王面前，任何作恶者都难逃天网恢恢，疏而不漏的下场。

丰都人建造这么一个鬼府，如从蜂拥而至的游客来看，经济效益是绝对达到了。至于警世效果嘛……如今科技昌明，眉精眼企的现代人，哪还会信这些"鬼把戏"？正巧，搭车回码头时就有两桩实例验证：

一辆公安局的车，拦街一放，交通完全瘫痪。两个公安坐在车内看报纸嗑瓜子，开车的不知去向。大家虽怨声载道，却也奈何不了。想想看，连在阎王爷管的城镇都敢公然地知法犯法，谁还敢指望向阴曹地府找公道！

近码头，有好多个伤残人在行乞。或许，他们以为人们刚跨出"鬼门关"定会大彻大悟，大慈大悲；怎知，人类的同情心日渐减弱，靠"鬼吓"已不管用了。

眨眼间，五天过去了。晚上，船长大宴宾客。杯觥交错中，李白去远了，杜甫去远了，苏轼也去远了……眼前突恍动着码头上那些双腿扭曲如麻花，臀部坐在圆铁锅里，双手套着木屉，以手代足，拼命扭动着的身躯，以使圆铁锅挪动，吃力地追着来往游客，伸手行乞的那些伤残人。一时，心抽得很紧，倏地，举杯说了声"干"，将酒一饮而尽。

匆匆走过长江，虽然，它不再只是历史书籍或文学作品中的长江，但，一样对它有感觉。

今日长江的两种面貌：既是养生河，又是恶水。而根治长江，驯服长江，综合利用长江，又是几代中国政治家的宏愿。

1991 年春夏，发怒的长江搅起了掀天浊浪，惨重的现实无情地告诫人们：要保证亿万人民的性命财产，根治长江不能容缓，根治的方法唯有在三峡这个口子上卡住"蛟龙"的脖子，才能改变它不时肆虐大地的怪脾气。

当三峡工程完成时，是否能再如此唱着这首气势磅礴的《长江之歌》——

　　你从雪山走来，春潮是你的风采；你向东海奔去，惊涛是你的气概。……你从远古走来，巨浪荡涤着尘埃；你向未来奔去，涛声回荡在天外。

我又开始殷殷地企盼着。

上海梦回录

从虹桥机场出来，外头阳光灿烂。在赭黄色的大地上流泻着金光，气温不冷不热。偶尔一阵秋风吹起，使人心胸无限惬意。

坐上计程车，录音带播放的正是我此刻想听的那首老歌：

夜上海，夜上海，你是个不夜城
华灯起，乐声响，歌舞升平
只见她笑脸迎，谁知她内心苦闷
夜生活都为了衣食住行
…………

我对于上海一直充满着传奇式的遐想；而这些遐想几乎全是透过茅盾、张爱玲、白先勇的小说及上海滩老大杜月笙"闲话一句"的霸气所勾起的。

夜上海的繁华梦幻、夜夜笙歌，数不尽的名流雅士与红颜女子，说不完的奇闻逸事与远史近事，虚虚实实，弥漫着一股迷人的复古情调。

当我再度来到上海，特别留给自己一个单独玩的机会，想好好体味这座十里洋场的奇情风华。

我吩咐司机带我到40年代的上海最引领风骚的百乐门舞厅。

"早就没了，1953年已改成红都影剧院了。"司机说。

"我知道,我只是想去看看它的旧址。"

车子开到上海静安寺旁,红都影剧院前的楼下店面充斥着各种小卖店,吆喝声,招徕声,混合着门前十字路口的车水马龙喧闹声,令人无法想象这里就是当时风情万种的百乐门舞厅。

我惘然望着不语。

这会儿,毛毛细雨,突地像银丝般的飘洒下来。一时,静安寺旁变幻成缤纷的梦境,闪烁着令人迷惑的光彩。

冷气车厢里还在重复播放着那首"夜上海",正好为眼前的幻象作了妥切的配乐:红都影剧院、车辆、行人……随着音乐的旋律交织成一幕幕电影画面。

朦胧中,百乐门舞厅在我眼前仿佛鲜活起来。这边厢,"尹雪艳"穿着一身蝉翼纱的素白旗袍,在布置得富丽堂皇的超大型舞池子里,微仰着头,轻摇着腰,一径那么浅浅地笑着。那边厢,"金大班"穿了一件黑纱金丝相间的紧身旗袍,身后跟着十来个打扮得衣着入时的舞娘,绰绰约约地重新回到黄浦滩头扰乱人间了。

当雨刷把车窗的雨滴扫掉之后,眼前呈现的那些浪漫、感伤、遥远的幻象,一下子又恢复了"本貌"。

然而,百乐门这块老招牌怎甘如此就沉寂下去?近来,在中国改革开放潮流的冲击下,许多海内外工商界人士已打着它的主意,果然,2017 年 4 月原属于百乐门的那种充满的阔气与纵情,又被重新打造成一个集视、听、味为一体的海派文化体验中心。

住进酒店,放好行李,早已过了午饭时间。这会儿,饥肠辘辘,看表,正好赶上喝下午茶。

走到楼下咖啡屋,三十多桌几乎客满,待坐定,打开餐牌,发现消费额并不便宜,一个下午茶,每人总要花费上百元人民币。环顾四周,没想到本地客竟占大多数。

早就听闻上海人最舍得吃舍得穿,当逛到"中国第一街"南京路时就更加确定此说不假。

南京路东起黄浦江畔，西迄延安西路，全长 5.5 公里，正好横贯上海市中心。

这条十里长街，是上海最繁华的马路，每天光顾的游客数以百万计。每到节假日更是人头攒动，寸步难移。大陆各地的人士，都还信"不到南京路等于没到过大上海"之说。

上海于 1843 年开埠以后，逐渐成为大陆最大的工商业城市。尤其是从清末直到抗日战争爆发前这段时间，万商云集、百业荟萃的上海滩是远东最繁华的大都会，连东京、香港都瞠乎其后。

在这样长远的商业传统下，上海的老字号名牌甚多，而老字号最集中的地方，就是南京路。

人潮汹涌的大街上，不时看到足蹬名牌运动鞋的少男少女们。走进高档的美容院，花上千元重塑形象的男男女女也为数不少。许多商场专柜前，摩肩接踵的顾客们精心挑选着各种美容保养品、化妆品，动辄几百元至数千元，人们几乎是毫不犹豫地倾囊相就，年轻人甚至舍得用一个月的工资买一瓶进口香水。

最令人惊异的是在一些食品店里售卖的酱菜、酱食、蜜饯、糖果、饼干、饮料等外来货的价格都比本地产品要高好几倍，但销路极好。

当上海尚在朝小康之路奋进时，已有越来越多的消费者勇于掏钱，购买超高档次的消费品，可这并非说明上海人的生活水准比别处高，只不过他们一向海派惯了！

返回酒店，站在最高的旋转餐厅里，五光十色的夜上海从眼前缓缓流过，就像岁月的长河在浩瀚无际的苍穹中悠悠飘拂……

40 年代的上海，曾被许多人比成"东方巴黎""百老汇"或"蒙地卡罗"；这里有法国的梧桐、英国的钟楼、苏联的建筑、美国的电影、鸦片战争和八国联军的炮火，将上海分割成了租界林立的"国际城"，也成了洋人眼中的"冒险家的乐园"。

在沉寂了半个世纪后，新的一批冒险家再度进入上海，开辟"战场"，重新站在第一线，承受着"呼风唤雨"的乐趣和风险。和本世纪前期一样，众多的上海人仍是处于第二线，观看着，追随着，庆幸着，失望着。

霎时间，股票，这样一个既陈旧又陌生的玩意儿，又成为城中街谈巷议的中心，而那些股市"英豪"们一夕致富的传奇故事，经过上海人特别的渲染夸张，变得格外的引人入胜，撩人心魄。

上海证券交易所自 1990 年底开业以来，股票交易量急剧膨胀。

然而上海股票市场各方面机制还不很完善，尤其是市民中存有的投资盲目性，以为只要买了股票，不到两三个月，钱就能翻上一番。像这样缺乏风险意识的投资者，在这座拥挤的城市里，不下十几万。他们会为了省下块毛钱的车票而多走一站路，同样也会因为一次多少有点虚无的暴发的机会而孤注一掷。

上海没有多少古迹好看，如有心，还是有一些值得一游的名胜。论热闹，是小商贩云集，无所不有的豫园商场；论好看，是闹中取静，楼台精巧的豫园；论气氛，则是九曲桥旁的湖心亭茶楼。再不，就到玉佛寺参神拜佛。

然而，到上海旅行，领受最深的仍是熙熙攘攘的上海人。可惜，几乎中国各地，对上海人都没有太好的评价。大陆当代学人余秋雨也说："上海人的眼界远远超过闯劲，适应力远远超过开创力。有大家风度，却没有大将风范。有鸟瞰世界的视野，却没有纵横世界的气概。"

前些年，广州人、深圳人、山东人、温州人都起来了，腰囊鼓鼓地走进上海，这对于一向自负很会藐视外乡人的上海人来说，心理上确有些不是味儿，没想到，精明到头居然落在别人后面，这很让人泄气。

上海人对于它曾经有过的那一段繁华的历史，具有一种极其深刻的眷恋，虽然这种繁华，如今看来已是陈迹斑斑并且支离破碎，人们却依然紧紧地抱住它不放。

近来，已有无数声音在呼唤着上海人，将他们特有的海派文化朝向合理的走向，而不是仅限于表面的浮夸。否则，在未来的世界版图上，这个城市将黯然隐退。

幸而，近来的历史开始对上海显示出它从来没有过的重视和宠爱。随着上海浦东地区自由贸易区的开发，以及要在上海全力打响"上海制造""上海服务""上海购物""上海文化"四个品牌和"国际经济、金融、贸易、科技、创新"五大中心。于是，这个沉寂了将近半个世纪的城市，重新又成为世人瞩目的焦点。

一个即将以全新姿态出现在这个世界上的新上海的雏形，正在千千万万人的心中孕育着，人们满怀信心地企盼着一个奇迹，一次腾飞，一场梦幻。

江南有梦吗？

小时候，曾看过李翰祥导演的《西施》。电影里，西施在馆娃宫嬉戏着：她纤巧的双足踩着屐（木板拖鞋）轻踏在响屐廊上，轻盈的身影忽起忽落回旋着，灵活中又带有一些稚气。她像流动的水一样，跃动着各种光影和色彩。

我全然被迷住了！

至今，这景象，偶尔还会出现在我的梦中。

一到中国，我就打定主意，要去寻觅童年时的璀璨梦境；要去揭开响屐廊为何会发出乐音的谜。

那么，吴王夫差为西施建的馆娃宫在哪儿呢？查阅资料，啊！就在苏州城西南木渎镇附近的灵岩山上。

我收拾了简单的行装，从南京搭车到无锡到木渎镇的灵岩山下。下了车，又爬了一段山路，才到了山上的灵岩寺。

四处打探，居然许多人说，没听过响屐廊这个地方。

我的心一沉，怎么会是这样呢！可我绝不死心。对！去问寺里的和尚，果然，一位和尚为我们指点了迷津。

我兴奋地狂奔而去。

结果呢？我该怎么形容它呢？

原来这曾让我梦里寻他千百度的响屐廊，不过是一块天然形成的中空状石块。当人穿着木屐踩在这段路上时，就会发出声响。可这声响，绝不像音乐。

没想到奔波万里，追寻的竟是一个梦幻的破灭。我不禁哑然失笑，其实，人生在世不也常是如此。

然而，苏州的诱惑，就在它是这么一个充满历史文人逸事及吴越春秋故事的故乡。所以，即使是个不起眼的小地方，也会引导游人的脚步，情不自禁地走向它。

寒山寺也是如此。

> 月落乌啼霜满天，
> 江枫渔火对愁眠。
> 姑苏城外寒山寺，
> 夜半钟声到客船。

唐诗人张继的这首《枫桥夜泊》脍炙人口，遍传天下，好些人是先读其诗才知其寺的。

的确也是，论寺庙，中国的古寺名刹多如牛毛；论规模，它还比不上吉隆坡的天后宫，但是，偏有那么多人，不辞跋涉千山万水，为的就是去印证曾读过的一些历史典故和古诗词。

离寒山寺不远的是有"吴中第一名胜"的虎丘。有关它的神话传说也是很多。相传二千五百年前，吴王夫将其父夫阖闾葬在这里，三天后，有虎在坟上出现，故称虎丘。

白居易任苏州刺史时常游虎丘。宋文学家苏轼说："游苏州而不游虎丘，乃憾事也。"

那么虎丘到底特别在哪里？

先说寺里的塔吧！它就和别地方的不一样，是斜的，像意大利的比萨斜塔一样。此塔已有一千多年历史，自明代起就开始向北倾斜，塔顶偏离底层两三米，近年经加固处理，已不会进一步偏斜了。

再谈这儿的岩石，也是与众不同。颜色是红褐色的。传说是阖闾陵墓筑成后，怕建筑工匠泄漏机密，把工匠千人全部杀死，血染石红，故称千人岩。

还有，水池也有异于一般，虽称水池，实为峡谷。其两壁陡峭如削，上架石桥，下临深渊，据说，池内还有陪葬的宝剑三千，故叫剑池。颜真卿书写在崖壁上有"虎丘剑池"四字石刻，在那儿虎虎生威。

随后，我们进入苏州城。城内街道旁就是小河流，随处可见石造拱桥。在市区内，现代大楼建筑不多，街道仍维持小街小巷，停车是一大问题。

苏州素有"园林之城"的称号，更有"江南园林甲天下，苏州园林冠江南"的美誉。

苏州曾有名园二百余处，现在对外开放的有沧浪亭、狮子林、网师园、拙政园、留园、怡园、西园等。这些园林，源远流长，集中了宋、元、明、清历代园林艺术的精华。

过去苏州的富贵人家，都喜欢利用自家庭院那几亩到几十亩的有限空间，将山石、池水、亭榭、游廊、曲桥、花墙等，构成丰富多彩的景物，把园林切割成或连续或间断，形态各异的格局，造成迂回不尽，千变万化的景观效果。同时，将园中的花草树木精心布置，使其与其他景物密切联系，交相辉映，融为一体。形成一种"不出城郭而享山林之乐"的情趣。

这不禁使我怀疑，苏州人是否根本不喜欢"走向世界，拥抱自然"，而更情愿陶醉在自己营造的神话王国里。

总之，苏州，是令我失望的。失望，并非因它不美，而是它太精雕细琢、刻意堆砌，我就不喜欢这种巧思、这种心机，总觉得局促、烦琐。即使水流在那儿，也显得委委屈屈，尽是在石缝沟壑中曲曲折折，让人看了就不顺畅。

哪像无锡的太湖，它浩浩荡荡、洋洋洒洒，三百六十顷宽全无遮拦，如洋似海的壮阔胸怀，令人见了心旷神怡。

即使无锡的寄畅园和蠡园，都比苏州的园林显得宽阔旷达。

蠡园有一处美景在千步长廊一带。廊壁上有苏轼、米芾、王阳明等历代名家的书法篆刻。墙上部用瓦片切成花窗八十九扇，图案各异，隔窗赏景又是一番滋味。

在园林阁子的长窗边坐定。泡一壶太湖名茶碧螺春，远眺蠡湖烟波，心中好不恬静。

我开始想，人是否只有在不受外界影响时才能掌握自己？人们时时会因蝇头小利，闲言碎语而苦恼，为子虚乌有而战战兢兢地掷出一生。太惨，太累。而不知是人控制了存在，还是存在淹没了人。

情锁黄山

奇　松

没想到游黄山时，居然看到了一种最坚硬的基石上生长出来的最坚硬的生命——黄山松。

黄山的松与别处的松绝不相同，它往往破石而生，抱崖而立，或侧身于绝壁，或冠盖于岩首，美得奇，奇得绝，给人一种傲世超俗的气质；而这种气质是黄山所赋予的。

因为黄山纯石无土，所以黄山松是在生命最难以生存和发展的地方，创造了属于生命的奇迹。

也许是一阵风，或一只鸟，将这粒奇特的种子带来这处奇伟的地方。

种子从岩缝中挣扎而出，沉着地，缓慢地跋涉，攀登，挺进，成长。它需历经多少风霜，抗衡多少险情，才能赢得生命的繁荣。

它那生的征程，是一首撼动人心的生命进行曲。

黄山松有的高数丈，有的不盈尺，有的曲伸有度，有的卧立成章，有的枝干如臂，有的盘结如龙。其中以迎客松的知名度最高。

这株活了千多年的迎客松，至今全无苍老的迹象，依然挺立于文殊洞顶，玉屏楼东。

迎客松独自上到高处，斜着身子张望。它像是黄山天然的主人，远伸低垂的枝丫迎接着远客的到来。

迎客松更以它独特风姿，打破了树形的均衡和谐，呈现出现代人所崇尚的不对称美，引起了艺术家们丰富的联想。

然而，最能突显黄山松它那巍峨韧性的，是一棵生长于天都峰绝顶之上，一棵仅长三四寸，终冬不凋的万年松。

万年松即使被连根拔起，也不屈服，仍倔强地寻找再生的机会。也许这一等就是数年，但只要再接触到水石，这受尽磨难的生命，又能苍翠如新。

这种生命虽倒灵魂却不倒的奇迹，这种被风暴击败而最终又在风暴中复生的力量，使我意识到，真正伟大的生命，是不会死的！

怪　石

我曾经想象过黄山，也看过关于黄山的风暴片和纪录片，可是当我真的面对黄山时，却觉得黄山本身就是想象的产物。

黄山，活像许许多多不同种类的造型艺术品，一下子全涌到我的面前，呈现出千态万状。

黄山，有七十二峰，峰峰见奇，山山见异。莲花峰，是黄山最高峰，海拔 1860 米，凌空而立，有如一朵初绽的莲花；天都峰拔天极地，气冲霄汉，传说是天上神仙的都会；始信峰，凸于绝壑，清幽秀丽，形态各异的石柱，构成"十八罗汉朝南海"的景象；玉屏峰，以石为屏，以松为文，上千的玉石屏风一层层地由山下向中央聚拢，有若玉屏朝观音。

黄山之美始于松，黄山之奇，更在于以"变"胜。许多山石都有其各自的形状，有的像莲花瓣，有的像大象头，有的像老人，有的像仙女，有的似狮，有的若猴。

排云亭四周更是奇石罗列。远处石人峰上有"仙人踩高跷"，近处有"仙人晒鞋""仙人晒靴"，左边有"仙女绣花"，右边有"武松打虎"，每座巧石形象逼真，有如人工雕成。

若问哪来的神工巨匠把它们雕刻成的呢？

我想，风、水和火应是最早、最伟大的雕刻家。因为，大自然自有其一套规律，创造出属于它自身的想象和美。

然而，最让我惊叹的，是那如同用利斧，把一座大山切成两半，在形成的险崖绝壁之间，所露出的"一线天"。低头从"一线天"中往下望，陡峭的梯削凿在垂直的绝崖峭壁上，视线再沿着几十丈高的峭壁透向天空，这时，给你造成的是一种难以名状的奇幻感觉，至今难忘。

情　锁

走在黄山险峻的崖边，那些用来防护、作为围栏的铁链上竟有成千上万个锁。有的孔眼中，同时锁着许多锁，有的则是锁上加锁，纠缠成一串。

串起的应是人世间的情欲和爱恨吧？

这些锁，在长久岁月的侵蚀下，锈了。至于那原本想要锁住"爱"的心，是否也跟着锈了？！

现代人已经质疑爱情的永恒性，并说："不在乎天长地久，只在乎曾经拥有。"然而，当见到一对对的男女，仍然以一种虔诚与誓愿的心情，把那刻了自己和自己爱人的名字的锁，紧紧地锁在黄山之巅、铁链之间时，我就知道，人再变，内心深处始终还有着对永恒的期盼。

可是他（她）们是否明白，在婚恋关系中，是不应该想将彼此紧锁在一起的。

他（她）们又是否知晓先知亚默斯达法说过的话：

"……你们一块儿出世，也要永远合一……不过在你们合一之中，要有间隙。让天风在你们中间舞荡。

"彼此相爱，却不要做爱的系链：只让它在你们灵魂的沙岸中间，做一个流动的海。彼此斟满了杯，却不要在同一杯中共饮。彼此递赠面包，却不要在同一块上取食。快乐地在一处舞唱，却仍让彼此静独，因为，连琴上的那些弦子也是单独的，虽然它们在同一的音调中颤动。

"彼此赠献你们的心，却不要互相保留。因为只有'生命'的手，才能把持你们的心。只要站在一处，却不要太密：因为殿里的柱子，也是分立在两旁，橡树和松柏，也不在彼此的荫影中生长。"

卖锁的人向我招揽生意，我摆摆手，因我不愿意将爱锁住。何况，人心和世情又怎能锁得住。不过，走过黄山，黄山却深深锁进我的心中了。

拥抱多元文化的泉州

一直渴望探访泉州，一方面是在台湾读书时，许多同学的父母都是从那里迁来的，另一方面是在南洋的亲戚都是泉州市永春县人，再加上每逢佳节我都能吃到他们特别烹煮的家乡美食：润饼（薄饼）、面线糊、鱿鱼羹、石花膏、土笋冻、姜母鸭等，五花八门，闻名遐迩。因而心里一直希望有一天能到实地亲尝佳肴。

在 2015 年 12 月上旬因受邀出席第三届"中华文化发展方略——两岸四地文化沙龙"研讨会，终于有了泉州之行。

我和新加坡著名作家尤今在泉州晚报社副总编辑郭培明陪同下游览了郑成功公园、海外交通史博物馆、开元寺、老君岩、五店寺五处景点。尽管时间匆促，但始料未及的是，不仅满足了我的口腹之欲，而且每一处历史的积淀与文化的精髓都给我留下了深刻的印象，让我的精神和心灵得到洗涤。

尤其是泉州海外交通史博物馆内所展示的内容，让我看后激荡不已！

这是中国唯一反映航海交通史的专题性博物馆，它以丰富而珍贵的海外交通文物，反映了中世纪的东方大港——刺桐港的发展历史，体现了泉州在中外经济、文化交流中的重要作用。由于当时的外销主要货物是丝绸，于是这条航运线就成为了"海上丝绸之路的起点"，创造了中国千百年来的悠久而辉煌的海洋文明。

它的外型宛如一艘远航归来、停靠港湾的双桅帆船矗立在东湖之畔。馆内设有"泉州古船陈列馆""泉州与古代海外交通史陈列馆""泉州宗教石刻馆""阿拉伯－波斯人在泉州陈列馆""泉州海交民俗文化陈列馆"等展馆，收藏有迄今中国国内发现年代最早、体量最大的宋代海船及其大量伴随出土物，数十根木、铁、石古代锚具，数百万宋元伊斯兰教、古基督教、印度教石刻以及各个时期的外销陶瓷器，一百六十多艘中国历代各水域的代表性船模等数量繁多的藏品。

这些收藏不仅可以让人们重温对于那片蔚蓝色的记忆，也可以作为那个波澜壮阔时代的最佳注脚。

那时，位居东海之滨的福建人，早在春秋战国时期就善于造舟，从而广泛进行海事活动。泉州的海上对外贸易，起源于南朝，发展于唐朝，到宋则空前繁荣。明朝时，泉州已经形成了优良的航海传统，造船业兴盛发达，郑和船队中的舰船，有一部分就是泉州所造；而泉州经验丰富的水手、舵工、通事等，也成为郑和船队的重要成员。遗憾的是在16 世纪明朝嘉靖年间，为了防倭犯乱，因噎废食实行闭关自守的海禁政策，泉州从此在国际舞台上悄然凋零。

在泉州海外交通史博物馆主体楼的东侧是"伊斯兰文化陈列馆"。此馆是由数个阿拉伯国家慷慨解囊于 2004 年修建而成，当时有多达十三个阿拉伯国家的驻华使节参加了竣工典礼。

展厅外的墙上赫然见到三行分别用中文、阿拉伯文、英文写的令人瞩目的伊斯兰圣训："求知去吧，哪怕远在中国！"此话是穆罕默德对四个弟子说的。于是穆罕默德弟子"三贤"沙识谒和"四贤"我高士来到泉州求知和传教。最后长眠安息于泉州市郊的灵山上，后人尊称为"圣墓"，成为伊斯兰教在华南的一个重要的朝觐地。郑和在第五次出航西洋时，还特往灵山圣墓祈祷真主保佑其航行顺利。

进入展厅，环顾四周，多是宋元时期伊斯兰石刻文物，包括墓碑、碑刻、墓葬构件、寺庙建筑构件、历史资料，以及来自阿拉伯国家的文物资料等。

在这一方方古老的墓碑上，都刻写着墓主人的姓名和生平，有的刻写着阿拉伯文，有的混合着波斯文及汉字。碑不大，却精致异常。许多还用了汉姓和中文名。这在宋元时期刺桐的外国侨民成了一种风尚和时髦。

当我细读着这些碑文如同读着一个个鲜活的穆斯林侨民的故事，在静默中诉说着他们背井离乡却又难忘故土的心路历程。

我这才明白阿拉伯国家为何要捐款修建"伊斯兰文化陈列馆"，其实就是要记录先民这一段不可磨灭的历史，这就和马六甲三保山必须保留住的意义是一样的。

边读边想中，突然看到一幅明永乐五年（1407年）保护穆斯林和清净寺的《敕谕》碑，让我立刻对明成祖的宽阔胸怀和高瞻远瞩肃然起敬。馆内的露天草坪上，集中收藏了在旧城改建或考古发现中被迁移的伊斯兰的墓盖石，疏朗地在那里静静睡着。

为何这么多来自阿拉伯半岛的人选择在泉州安身立命，托体于这里的山河？

我想，除了得益于泉州自身的地理位置，也因为这个城市是宽容和热情的。它敞开大门迎接来自各地的商品，也毫不拒绝异族的文化传统。阿拉伯人在此经商、传教、通婚、繁衍，以至渐渐地融合在文明大河中。

其实泉州外来的宗教文化，又何止伊斯兰！在海交馆一层东侧的宗教石刻陈列馆，就可以看到来自意大利的方济各修会的石刻大都带有十字架，因而被欧洲学者称为"刺桐十字架"。其最大特点是糅合了多种艺术特征：十字架以云朵或莲花承托，有些碑还在十字架两侧雕着形似飞天的带翼天使。

往前行，又看到印度婆罗门教的石刻，它主要保存了建筑物上的浮雕，如石柱头雕饰、石造像等。最著名的是泉州开元寺大宝殿后廊上的两根青石柱，为元代遗物。此外，还有景教（古基督教聂斯脱利教派）、佛教等石刻以及摩尼教遗址。

这些石刻上的文字更是多元，包括：中文、英文、阿拉伯文、八思巴文、波斯文、拉丁文和一些至今无人能解读其内容的古叙利亚文。这些全都反映出古代中外人民友好相处的历史和文化艺术交流的成果。

泉州是世界上多种宗教的聚集地区。计有道教、佛教、伊斯兰教、婆罗门教（印度教）、基督教、天主教、犹太教、摩尼教（明教）和日本教等相继传入，并建有各自的大学。如此之多的宗教汇集一起，和平共处，堪称为世界宗教史上的奇观。

1326 年驻泉州的圣方济各会派安德鲁·贝鲁亚主教给意大利主教的信上说："在此大帝国境内，天下各国人民，各种宗教，皆依信仰，自由居住……吾等可自由传道，虽无特别允许，亦无妒忌阻碍。"从这段记述，足以证明就是由于这种开放和包容的文化，造就泉州独特的历史人文景观，难怪会被联合国教科文组织授予"世界多元文化展示中心"，也被誉为"世界宗教博物馆"。

于是，我和尤今情不自禁分别为《泉州商报》写下我们此行的泉州印象——

尤今："开放和包容，形成了泉州独树一帜的魅力。"

戴小华："泉州是一个多元文化，多元宗教的宝地。"

山西太原行

晋　祠

山西的寺庙可谓星罗棋布，处处可见。然而像晋祠这样规模宏大的非宗教祠堂，却是不多的。

晋祠，是为纪念周武王次子姬虞而建的。

晋祠内最古老的建筑是"圣母殿"，当我一走近这座古朴雄伟的大殿前，就被廊柱上那八条升腾欲飞的木雕蟠龙吸引住了，不能不赞叹古人的鬼斧神工。不过，遗憾的是，廊柱上的朱漆剥落，已渐沁出点点霉斑，看在眼里，既心痛又心急。

进了圣母殿，见圣母邑姜端坐在正中的神龛内。邑姜是成王和叔虞之母，周武王的妻子，姜子牙的女儿，是中国历史上一位很有名望的妇女，为周武王所列十位治国之臣中唯一的女性。

她头戴凤冠，身披蟒袍，珠光宝气，富贵华丽，明显地表现出帝王后妃的奢华与尊贵。与她形成鲜明对照的是，分别立于两侧的四十二尊侍女塑像。塑像的大小与真人相仿。这些侍女既进了深宫，也就失去了自由。她们可以被当成礼品赠送，当成嫁妆来陪嫁，也可以当作畜牲一般标价出售。在主子的眼里，她们不过是一个个"会说话的劳动机器"罢了。

由于殿内不准拍照，我也就能更从容地细加欣赏。发觉每尊塑像因年龄及职务的不同而有着各不相同的精神状态。

她们有的侧耳倾听，欲行又止；有的双目凝视，谦恭静候；有的热泪盈眶，俯首含冤；有的天真浪漫，似初入宫禁。

这组雕像脱离了宗教偶像的范畴，完全取材于生活中的人，既是封建社会宫廷制度的真实写照，又反映了深刻的社会内容。

这些侍女的塑像虽说是古代雕塑艺术中的珍品，但我此刻感受到的反而是那深深，深深一丝悲惨命运的无奈！

乔家大院

当我一跨进乔家堡，就似乎感到房檐下那些高高挂起的红穗红罩的红灯笼，是那么刺眼又那么碍目地发射出暗淡的红光。

只知道这是过去一位大富人家的豪宅。由张艺谋执导，巩俐主演的《大红灯笼高高挂》所有景致就是在乔家堡摄制的。

乔家堡内，朝正厅砖雕门楼是所有门楼中最宏伟的一个，上覆砖飞檐，刁角高翘；下承砖斗拱，两侧有座花莲。下面是五层砖雕，布置紧凑，正中有匾额，刻有"光前裕后"四字。其余镌有人物、走兽及亭台楼阁等图案。其刻艺之精，构思之巧，足可与苏州网师园中的砖雕门楼媲美。

然而，我站立在这儿，此刻想的却是戏中四姨太颂莲与三姨太梅珊在这门楼上所说的一段对白：

"三姐的戏唱得真好。"

"什么好不好，本来就是做戏呀！戏做得好能骗别人，做得不好只能骗自己，连自己都骗不了的时候，就只能骗鬼了！"

"人跟鬼就只差一口气，人就是鬼，鬼就是人。成天你算计我，我算计你的，有什么意思。"

"点灯、灭灯、封灯。在这个院里人算个什么？像狗，像猫，像耗子，什么都像，就是不像人。"

"管他像什么，就这么活吧！"

这是两位生活在封建社会的妇女所发出的心声。她们的地位、她们的命运、她们的喜怒哀乐，全赖点灯、封灯而决定。点灯（将红灯笼高挂上）意味受到丈夫的恩宠，封灯等于被打落到冷宫。

现在虽已看不到"大红灯笼高高挂"，然而，要彻底清除封建的遗毒，仍有好长的路要走。

吃在太原

古人说"民以食为天"，要看一个地方的文化品质，莫过于遍尝该地最著名的烹调，民间小吃。老道的人不出三两回，就可以吃出学者专家观察不出的有关该地的文化生态，以及文化传统的水准。

我虽不爱吃，但却生性好奇，爱试新鲜，所以，到了中国，就有种想吃尽大江南北菜肴的"野心"。

我爱品尝名菜大餐，也喜欢试试各地极富风味的小吃。风味小吃，既物美又价廉，有些是拿手绝活，有些更为传世佳品。

我第一回到太原，人生地疏，只会按图索骥，寻访旅游书中介绍具有盛名的馆子去领教，然而，全觉名过其实，颇有挫折感。

这回在香港山西商会的安排下，总算让我在太原经验到了把烹调当成一种艺术来烧的美味佳肴。

然而，由于停留的时间短，对"吃"不容许做太多的尝试，可是，如想在最短的时间，尝最多的花样，老太原菜馆和凤临阁是个好去处。

老太原菜馆很像吉隆坡的十号胡同，饮食摊一担接一担，餐馆一家挨一家，即使不吃，光到这儿，在几十处锅鼎之间体会一下，也是挺有乐趣的。像：赵师傅现烙孟封饼，老太原精品状元鸡，烤特色羊排，豆嘴拌水晶粉，土豆拌莜面，四十里路栲栳栳，老太原凉糕，自制手撕牛肉，一窝酥，百花稍梅，机制杂粮河捞面，刀削面，手工砂锅猫耳朵，老太原一口酥，老太原山楂汁，老太原自制凉粉，蜜汁红薯，如意枣糕，现拌鲜做豆腐皮，京酱肉丝卷，烧生蚝，特色拌羊脸，等等，光看这些菜名，已经让人垂涎欲滴了！

　　其中让我回味无穷的美点有"莜面栲栳栳"，这是中国西北山区人民的家常美食。一千四百年前隋朝末年，唐国公李渊被贬太原留守，携家眷途经古刹盘古寺，老方丈特制了这种莜面食品以款待，李渊问："手端何物？"老方丈以手端的小笼屉作答，"栲栳栳"（栲栳栳是用柳条编成食物器具）。李渊李世民父子在太原起兵时，用这种面食犒劳三军，一举建立大唐王朝，"栲栳栳"由犒劳一词演变而来，有了犒劳亲朋贵宾之意。

　　另外就是山西的面食。俗话说，世界面食在中国，中国面食看山西。山西面食的制作方法不少于二百八十多种，许多知名的餐馆，面食表演是必不可少的，像一心两用的独轮车刀削面，一分钟削二百二十八刀；还有拉面、刀拨面、剔尖、擀面、拨鱼、揪片、猫耳朵、搓面、河漏等各种面食更是令人应接不暇、数不胜数。当然，最不可缺的就是细如发丝的龙须拉面。然而最让我惊艳的是百花稍梅。

　　百花稍梅的制作技术难度很大，要打出稍梅的花需用特制的擀杖，褶子打得越多，稍梅花牙就越美。好的稍梅皮薄如纸，圆如盘，边花多，挑成的稍梅馅大、香醇、利口。当热腾腾屉笼端上桌，我们一打开盖，见到那些犹如朵朵雪梅的食物，以为呈现的是一个个精雕玉琢的艺术品，根本不敢相信这是太原人经常吃的传统风味小吃。

　　最后一晚，我们在山西会馆用餐。刚进入会馆，我们全都惊奇地"哇"起来，"这里好漂亮，就像穿越了似的"。我们一边欣赏晋商文化，古建筑文化，一边品尝美味佳肴。

　　山西会馆招牌菜有"捞油面"意喻财气福气运气，让食客捞得风生水起，捞得油光满面；"红油面糕"意喻步步高升；"秘制开口笑"是

2015 年给潘基文来访时特地做的一味名点；"皇城豆腐"则将简单的豆腐做到了精致至极，令大家赞叹不已。在我们口舌生香，大快朵颐的同时，也知道这道菜背后蕴含着孩子对母亲的孝心。这是《康熙字典》编者陈廷敬（康熙皇帝的老师）为他母亲做寿，因顾及母亲牙齿不好特别制作的一道名菜。

当然，最出名的是"乔家牛肉小窝头"，这道菜原是慈禧逃亡太原，乔家大院乔致庸先以八碗八碟接驾，最后一道主食，为其上了穷苦百姓吃的菜窝窝。没想到慈禧吃后，备觉香甜，居然爱上了！回到宫廷后，还一直让御厨做给她吃。后来小窝头渐渐演变发展达到了一个新阶段。山西会馆的"乔家牛肉小窝头"就是其中最出名的一味。这道菜体现了山西粗粮细做，细粮精做，面菜结合的厨艺。所以能成为名点主要是其具有四美：原料鲜，品相美，佐味好，趁热吃。

来山西会馆，吃的不仅仅是秀色可餐，色香味俱佳的玉盘珍馐，真正让人流连忘返的其实是更具深层次的山西文化。

千年之恋——莫高窟

你虽不认识我，我对你却知之已深。

从小到大，常在文字及图像中见到你，甚至在梦里，也曾见过你。每次见你，就像随你穿梭于时光的隧道，从东晋、前秦、北魏、西魏、北周、隋、唐、五代、宋、西夏、元、明、清，直到现在。而这一路上，想的全是有关你的一切。

公元 366 年夏日的一天傍晚，一名一心要到西方佛国取经，叫乐僔的和尚，当他路经你隐身之处时，见巍峨的三危山上金光闪闪，佛光万道，当场就被你所呈现的景象震慑住了。然而，只这么惊鸿一瞥，他就决定匍匐在你的脚下，永远向你膜拜。

之后，无论王公贵族、大小官吏、将军骑士、胡汉商贾、寺院僧侣和平民百姓，为了想得到你的爱和祝福，不远千里涉来奉承你，不惜费尽心思来装扮你；那些画工及艺术家们更是痴狂，个个呕心沥血，试图描绘出想象中的你，彩塑出理想中的你。就这样，你的形象居然布满了一千多个洞窟，密密麻麻地排在高高的崖壁上，上下五层，长达好几公里。

然而，黄沙漫漫，烽火连天，地层裂断，时间老人把人们为你绘出塑出的形象埋葬了，过去膜拜你、为你狂歌的人也失去了踪影。

1900 年，正好是八国联军火烧圆明园的那年，一个出身在绿营兵的矮个子道人，名叫王圆箓。他因无路可走，越过了茫茫沙漠前来委身于你。他知道你的大度定会接纳他，就像接纳过去许许多多奔赴你、最后又远离你的人一样。

来到的第一天，他就虔诚地跪在你的面前，发愿为你清除积沙、修葺洞窟、重塑金身。于是，他到处化缘募捐，将得来的钱，为你做了许多"功德"。他从城里请来了几名油漆匠，大张旗鼓地重新描抹已显得沧桑的你；再请来些工匠，建造千像塔，将你残损的一面掩埋；接着，又在洞壁上修复栈道让人们瞻望你，即便破坏了壁上原来的你也无妨，因为那毕竟是苍老的、陈旧的。人们眼中的你，应该永远是完美无瑕鲜明亮丽的。

我不知当时你是怎么想的，可是王道士的殷勤却令后人欲哭无泪，欲笑无声，甚至想跪下，求他别做，因为人们更愿意看到你的原貌。

这天，也就是 1900 年的 5 月 26 日清晨，王道士和往常一样辛辛苦苦地为你清除积沙。没想到墙壁一震，裂开一条小缝，里面似乎还有一个隐藏的洞穴。王道士的心扑通地跳了起来，难道是藏金银财宝的暗洞？然而，当他气喘吁吁地推倒洞的土墙，看到却是满满实实的一洞经卷、文书、佛画、法器时，不免大失所望。唉！目不识丁的他，怎知自己发现的竟是你所珍藏、沉睡了将近一千年的旷世宝物啊！

那么，县里省里总有识货的人吧？当然有。进士出身的敦煌县令汪宗翰、甘肃学政叶昌炽，一看就知道这些东西的价值，为了保护这些文物，叶昌炽向陕甘总督建议将藏经洞的东西悉数运往兰州保存。但总督一听到运费需五六千两银子，大吃一惊道：五六千？我的天！那比后花园里设一次大宴的钱还多。

为了总督大人的一次"大宴"，这些珍贵的宝藏就在 1905 年被俄国人勒奥鲁切夫，1907 年被匈牙利人斯坦因，1908 年被法国人伯希，1911 年被日本人桔瑞超、吉小川一郎，1914 年被俄国人奥登堡，1924 年被美国人华尔纳，用少量的银元从王道士那儿骗取了！更可笑的是，他们竟还是在地方官的保护和款待下运出去的。

　　我突然想起罗曼·罗兰说的话："我是属于全人类的，我是人，我要到处去寻求人的祖国。"他还就此向他的朋友解释说："我要做法国人，但是又不要光做法国人，我不否认祖国，因为祖国和宗教是崇高的激情，但是应该超越'祖国'阶段，进入更高的人类阶段。"

　　所以，我相信伟大如你，也不会介意自己属于哪个国家，哪个民族，因为你是属于全人类的。

　　而今我也飞越万里，来到你的面前。

　　首先映入眼帘的就是王道士的圆寂塔。接着，又见一座巍峨牌坊竖立在前，"石窟宝藏"四个雄浑有力的大字刻在上面。当知道它原是敦煌县城街道上的一座贞节牌坊时，我不禁哑然失笑。这又是怎样的一个嘲讽！它是在耻笑所有应负"石窟宝藏"流失责任的人连一个寡妇都不如？还是要警惕后代子孙再穷也不能变卖祖产？谔谔儒士不是一再强调"饿死事小，失节事大"吗？

　　继行不远，一片茂密的白杨林高高竖立在道路的两排，它随着阵阵的秋风轻轻款摆着，为行在其间的人们扇着凉。这景象能出现在万里荒漠中，还真得要感谢当初栽种的人，尽管是王圆篆栽的。

　　就在这片拂动的绿影中，我终于看到你——莫高窟。

自长安到交河的丝路之旅

古城长安

一个炎夏的黄昏，我来到这个古代文化之邦，这个千年帝王之都。

西安（古称长安），像一颗灿烂的明珠镶嵌在八百里秦川的中央。它，是举世闻名的"丝绸之路"的起点；它，是几个王朝的定都之地。

西安作为古都，留下了丰富多彩的名胜古迹和艺术珍品。所以，漫步西安，如同走进了数千年的历史博物馆，会觉得历史时而与人擦肩而过，时而与人并肩徐行。

它有公王岭蓝田猿人、姜寨人、半坡人及周、秦、汉、唐都城的遗址；有气势壮观的帝王陵墓；有书法荟萃之地的碑林；有声闻于天的钟鼓楼；有闻名中外的"西安事变"旧址；更有号称世界八大奇迹之一的秦始皇兵马俑博物馆。它还有巍峨的大雁塔，秀丽的小雁塔，以及令我难忘的西安城墙和化觉巷清真大寺。

这些都散发出古老文化的馨秀，闪射出瑰丽的流光溢彩，无不引起人们对古都西安的向往。难怪诗仙太白写下了：长相思，在长安。

在这个酷暑难熬的夜晚，我踩在这道堪称当今世界上规模最大，保存得最完整的西安城墙上，它的雄伟，它的壮丽，令我不得不惊叹古中国的磅礴气势，而这股气势正显示了当时封建王朝的庞大和极权。

因为不够庞大，造就不出这道 43.74 公里长的城墙。它，是中国人在专制政治下的集体创作。它的每一块砖，每一个石头，都是千千万万中国人的血和泪堆砌而成的。而这样的筑墙政治，却也主宰了中国几千年。

有人说："一部中国的历史，就是一部筑墙的历史；中国的文化，就是城墙的文化。"

西安城墙是明代开国皇帝朱元璋在打下了天下之后，深感江山得来不易，为了保住世代江山，开始大兴土木，在唐长安城的基础上，将西安城墙修成一个布局严密，坚守难摧的军事防御工程。

虽然西安城墙牢固，但在明崇祯二年（1629年），闯王李自成率军起义，因城内军心早已涣散，结果有人将东城门打开迎敌，李自成遂攻进了西安。崇祯十七年（1644年）正月，在此据土称帝。可见即使深沟高垒，还是要仰仗"三分军事，七分政治"，再高再坚实的军事防御工程，也挽救不了腐败政治的灭亡命运。

继之，欧洲人又将中国发明的火药发扬光大，用它轰垮了封建堡垒，轰垮了中国城墙，也轰垮了城墙里面被保护了几千年的王朝至尊。

现代的西安已不复闻鼓声，五彩斑斓的花灯已取代了古战场的刀光剑影。然而，炎热的余威似乎还潜伏在墙的内层，慢慢地喷出热气。我望着在灯火中闪烁着的西安城墙，不禁低问：

城墙啊城墙！你究竟是中国人傲世的光彩？还是中国人难以卸下的沉重包袱？

然而，回顾历史，两千多年前，各国人民就通过海陆两条丝绸之路开展商贸往来。从两千一百多年前张骞出使西域到六百多年前郑和下西洋，海陆两条丝绸之路把中国的丝绸、茶叶、瓷器等输往沿途各国，带去了文明和友好，赢得了各国人民的赞誉和喜爱。

如今，随着中国经济的崛起和腾飞，中国终于非常自信地卸下了这个沉重的包袱，打开了城门，用非常开放包容的"一带一路"经济合作倡议，不限国别范围，不搞封闭机制，让有意愿的国家和经济体均可参与进来，成为"一带一路"进程的支持者、建设者和受益者。

这一跨越时空的宏伟构想，从历史深处走来，融通古今、连接中外、顺应和平、发展、合作、共赢的时代潮流，承载着丝绸之路沿途各国发展繁荣的梦想，赋予古老丝绸之路以崭新的时代内涵。

西出阳关

我曾为了唐王维写的"劝君更尽一杯酒，西出阳关无故人"这诗句，飞跃万里，来到了河西走廊的最西端，寻访阳关故址。

这一路上没有人烟，没有树木，见到的只是一片广漠死寂的戈壁滩。

车行了好几个钟头，才看到前方的黄沙与砾石相间的斜坡上，有一座雄伟的烽燧凝立着。无情的岁月风沙虽吞没了昔日的城池关府，然这座象征中华民族的精神堡垒仍挺立不倒。

狂风将坠落在地上的枯草吹起，飘游在广袤的大漠中，就在凛冽的山风呼啸中，我朝着远处的河谷行去。行在荒漠中，我默默咀嚼那种步入苍茫的孤独与悲凉，及深深体味征人远戍的壮烈与慷慨。

这会儿，已到了高处。游目四顾，身后，沙坟如潮，原是遍布残瓦断垣的古战场；身前，只见山群渐矮，没入荒漠；漫漫黄河，迤逦而去……

投入这样的塞外苍茫，行在如此悲凉严峻的风景中，谁也不能想象，这儿，两千多年之前，曾经验证过人生的壮美，艺术情怀的弘广。张骞和班超受命出使，开辟了中外交流通道，并成功将东西方之间最后的珠帘掀开。

莫高窟，又曾有多少艺术上的殉道者，用他们不绝的火种，不灭的精魂，共同用热血和生命捍卫它、爱护它、研究它，使它重放光华。

这些，使我想到许多移居海外的华人，为了保留自己的语言和文化，不也是在奋斗不懈吗？

我隐隐感到了人的坚守，感到了那坚守如这风景一般苍凉广阔。我强忍住心中的激荡，继续着我的长旅。

交河古城

吐鲁番作为一座历史名城，的确值得我们细细品味思索。从交河、高昌这两座古城的遗址中，我们不难想象吐鲁番成为古丝道上中外经济、文化交流的枢纽，曾是何等昌盛繁华；它使我们强烈地感受到中华民族在西域人民的多少智慧和劳动的艰辛，它使我们强烈地感受到中华民族在西域这块土地上所创造的古代文化又是何等灿烂。

翻开地图一看，吐鲁番的地理位置，正处在丝绸之路东半，河西走廊的西口外。从长安出发，不论走北路去乌鲁木齐、伊犁，奔里海，还是过了哈密往南折去楼兰、龟兹，西往波斯，以致南穿塔里木沙漠奔印度，这八百里火洲都是必经之地。所以不论玄奘也好，岑参也好，以及后来发配伊犁的林则徐也好，都在吐鲁番留下了他们的足迹。这样一个重要地区，自然成为中央政府管辖西域的重要据点。

当我缓缓登上这座被流沙盘绕的交河古城，湛蓝的天空，太阳光像熔岩般流泻下来。遍望极目的颓垣残壁，长期在烈日炙晒，厉风撕扯下显出一道又一道的伤痕。

踱步在贯穿古城南北的中央大道上，两旁屏列的重重废墟，排列有序、整齐如阵的塔林以及鳞次栉比的寺院，依次展现在眼前，让人感到吃惊，感到神奇。它们，尽管隐藏着一股不可测知的神秘气氛，然而，借着对交河悠远历史的了解，我们或多或少能感受到它神秘的缘由，触探到它深邃的内在。

由于交河古城正当火焰山与盐山交接之处，控扼了盐山、火焰山之间的天然豁口，将城设置于这个地方，等于在从吐鲁番盆地通向西、北方向门道上，安置了一把大锁，十分有利于加强盆地的军事防御工作。

而且这里地势险峻，四周崖岸壁立，崖壁周围还有宽达百米河川作为天然屏障，所以，远在两千多年前，就有人为防御野兽的侵害和部落间的战争，选择在这里建立起自己的家园。公元前 108 年，车师前国也将国都设在这里，唐朝更在此设立了安西都护府大本营。

这里既是屯驻重兵的名城，自然在许多关键时刻，成了一些历史漩涡的中心，不能不经受一次又一次战火的洗礼。而在断续相继的战火中，多少家庭的幸福之梦，为此破灭？又有多少人物，曾在交河城中叱咤风云、左右乾坤？！如今，这一切历史的印痕，都在转瞬间灰飞烟灭。

经过无数战争劫难的交河城，时至今日，再也不见"黄昏饮马傍交河"的风光，但从历历可见的都城规模及佛塔遗迹中，人们不难想象出它当年殿阁重叠、楼台相接的情形，不难从历史中体味到它当年的气宇轩昂。

交河，在非常情况下，它是人们必争的军事重镇；但在和平的日子里，它又成了"丝绸之路"经济、贸易重心，是南来北往的枢纽。或许可以这么说，交河，是一座在特定环境下出现繁荣，也是在特殊地理气候条件下才得以保存至今的珍贵古迹。

而交河最特殊处，在于它是世界上唯一一座从天然生土中掏掘而成的出土古城。这里，不论是雄伟高大的官署、寺院、塔林，还是普通的民居大都是挖地为院，隔梁为墙，掏洞成室。巷道路面，也都是挖地取土而成的路沟。试想一下，当两千多年前，面对着这一高达数十米、土质紧密、坚实如石的岩岗，面对着干旱少雨，缺树少材的环境，要完成建屋筑城的任务，这是最实用、最能节省材料的办法。而它经历两千多年的考验，仍然巍峨而立，就是历史对这一朴素无华的建筑工艺作出的最好的评价，同样也体现出古代劳动者的聪明才智和巨大的创造力。

交河古城曾一度从历史的轨迹中缓缓消失，淹没在一片浩渺的沙海里，直到 19 世纪才再度浮现于历史的航线上。然而，相较于大自然风沙的侵蚀，现代人为的疏忽与无知的戕害反而更为严重。望着目前仍傲然挺立的交河古城，最感忧虑的是，难保再经几十个世纪，这座人类文明的遗产，在大自然的摧残和人为的破坏下，会逐渐成为风蚀残丘、风棱石滩，最后化为粉尘吹扬而去。

所幸，"一带一路"就是要重新激活这条古老的贸易通道，复兴这条古老的丝绸之路。这个被认为是"世界最长、最具有发展潜力的经济大走廊"，东边牵着亚太经济圈，西边系着欧洲经济圈，它对于沿途国家的经济发展，地区的稳定和繁荣，扩大对外开放，深入推进西部大开发乃至世界经济的平衡都具有重大的意义。

因而，对于交河古城再创辉煌，我们也是同样期盼着。

大理之魅

倘若你喜欢清新的空气和美丽的田园，倘若你想追寻一分安静，一分宁静感觉，那么你会喜欢大理。

一踏入大理的刹那，觉得造物主定是酣畅淋漓地将大笔一挥，留下了这一抹黄，一抹绿，一抹蓝。

那土地的黄，黄得实在，那田野的绿，绿得蓬勃，而那湖水的蓝，又是蓝得那么纯净。当然，还有白族妇女一身的斑斓与色彩缤纷的繁花妆点着这一片素雅。

这种魅人的景象至今依然历历在目。

路 之 魅

从昆明去大理，首先得通过一条魅人的路。

这条路是中国在抗日期间，为了要突破日军封锁中国沿海地区，阻止外国援华物资进入而开辟的。这条路所经之地，大多是高山峡谷（跨越苍山、怒山、高黎贡山），急流险滩（漾濞江、澜沧江、怒江）及一些毒疟区。民工们在没有筑路机械及良好医疗配备的条件下，每天都有人病死及摔死。然而，筑路的工程虽然浩繁艰巨，却仅用了二百七十多天就完成了。

当消息一传出，震惊了全世界。英国《泰晤士报》连续三天以巨大的篇幅报道筑路的情况并指出："只有中国人才能在短短的时间内创造这一震惊世界的壮举。"美国总统罗斯福不能置信，特令当时的驻华大使詹森经由此路回国，向他报告，当他获知实情才惊叹道："这真是一大奇迹！"

这条在烽火中创造的奇迹，就是在中国抗日战争时期，发挥了补给功能，而在战争结束后，又发挥了繁荣滇西地区作用的滇缅公路。

那时云南十七个县局的民工都参与筑路，而全面动工的高峰期，每天发动的民工高达三十万。此外，经由"南侨总会"主席陈嘉庚号召，三千多南洋华侨机工毅然挥泪离乡，远赴缅缅，几乎无报酬愿为中国抗战做出奉献。这不像建长城时，需用苛虐暴政才能强拉到民工；然参与修筑滇缅公路的民工全是心甘情愿地为它流血流汗，甚至因之牺牲生命也在所不惜。

这条公路可以说是用中国人民的鲜血铺出来的，行走其上，怎会没有一种特殊的感受！

云 之 魅

我像在无意中闯进了一幅巨大的画卷。

眼前，洱海在初秋和煦阳光的灿烂下，散发出宝石般湛蓝的色泽。苍山十九座山峰，自北而南，峰峰相连，宛如十九位仙女，比肩并坐，对着洱海这面天然的梳妆镜理妆。各个山峰间夹着一条溪水，形似十八条白龙，奔腾跃下。苍山的峰顶四季积雪不化，远远望去像是戴着亮亮的雪冠，风和日丽时，与洱海两相辉映，形成"银苍玉洱"之魅。

而且，萦绕在苍山的云雾又是那么富于变化、多彩多姿，时而像薄纱轻拖，时而像柔浪拍岸，时而像玉龙腾空，时而又如凤凰展翅。其中尤以"玉带雪"和"望夫云"最为奇妙。

由于苍山的高峻和气流的变化，每当夏秋之交，气流较稳定时，洱海暖湿的空气徐徐沿山上升，与苍山顶上较冷而下滑的空气相遇，在山腰凝结成一条形如飘带的"玉带云"，它将百里苍山齐腰一截，形成两层，这里云映在湖水，有如水抱云，云拥水，十分魅人。

而气流不稳定的时候，在高高矗立的山巅，会出现一团白色的云片，看上去就像一位古装美女的身影对海呼唤。这就是白族传说中著名的"望夫云"。

"望夫云"是南沼公主的化身。由于她的情人被专制的父王勾结罗荃法师打沉海底化成石骡，所以，她一出现，便是带着满腔的愤怒和千年的怨气，发狂似的倾尽全力要把深深的洱海吹开，刹时海翻山摇，巨浪洗空，直到能看见海底的石骡，吻一吻她冤死的情人才肯罢休。

石 之 魅

大理因有大理石而闻名中外，还是大理石因产于大理而誉满全球？我不清楚。但我知道，人们提起大理，就会想到大理石，看见大理石，就必然要想起它的产地大理。

大理石质地细腻，花纹美丽，色彩丰富。有彩色、水墨、银灰、雪白等，尤以水墨色的最为珍贵。它那奇妙的纹彩宛如一幅幅绝妙的彩墨山水画，会引人生无限联想遐思。这一幅青峦叠翠，白雪缭绕，仿佛还有只苍鹰翱翔其中；那一幅远山如黛，烟霭有无，似乎有位老翁在湖边垂钓；又一幅有如驰骋的骏马，出尘的仙女，盛放的白梅……这些真像著名的画家点染绘制，而不相信完全是天籁生成。

不过，采自苍山的顽石，需要经验丰富的石工才能看出其内蕴的秀质，这就像千里马也要独具慧眼的伯乐发掘才行。

关于大理石的由来，有一动人的传说在白族如此流传着：

在很古很古的时候，王母娘娘专管织造五彩云锦的仙女来到人间游玩。来到大理，她被这山明水秀迷住，再也不愿离去。她每天对着明镜般的洱海梳妆，在百鸟欢唱、万花争艳的苍山流连忘返。后来她爱上了一位穷苦的苍山石匠，婚后，她每天点石成玉，让穷乡亲开采，当日子愈过愈好时，王母娘娘派喜鹊来催她回去。夫妻虽难分难舍，然天命不可违，仙女只好含泪解下锦带，留绕苍山，顿时融入苍山的岩层，化为绚丽多彩、开掘不尽的大理石。

原来大理石是用爱情彩绘而成，难怪如此神奇美妙！

茶 之 魅

大理白族的居所相当吸引人。这些居所有它独特的建筑风格：白墙青瓦，多为砖木结构，以"三方一照壁"为主，屋瓦均用简板瓦覆盖，特别注重门楼的建造和照壁的装饰。照壁一般都书写了"福禄寿喜""毓秀钟灵""紫气东来"等吉语，以寄托对幸福生活的追求。

当我正在一间民居门前流连忘返时，一对白族夫妇外出归来，知道我来自马来西亚，便很热情地定要招呼我入屋喝"三道茶"。

他们引我进到一间洁净的堂屋落座。主人边与客人寒暄，边忙着在堂里的铁铸火盆的三脚架上，架火煨水。待水开了，拿出个小砂罐放在火盆边烘烤。烤到一定火候，放入一撮绿茶，快速抖动簸荡，让茶叶在滚烫的砂罐里翻腾，待茶叶发泡，呈微黄色，喷出阵阵清香，即冲入少量沸水，这时，只听"哧"的一声，茶水顿时全部化为泡沫翻到罐口，成一个大圆顶，像盛开的绣球花。

这时满屋茶香四溢，数秒后泡沫落下，又冲入适量沸水，茶便煨好了。这是白族的"烤茶"，因为头一道茶冲得又响又脆，又称为"雷响茶"。

白族教孩子懂礼貌，头一件事就是要他学会向长辈敬茶，给来宾端茶。烤茶的茶具也很讲究，烤茶的砂罐粗糙，茶盅却为精致小巧、洁白晶莹的瓷杯。当晶莹透亮，色如琥珀的茶液盛之于精巧的瓷盅里，竟有一种色彩的对比美。

此外，白族斟茶也颇讲究，一盅只斟两三滴，兑少许开水，以供品一两口为限，这新烤刚冲、略带苦味的清香茶，使我解渴消乏，心情清爽，体味到苍山洱海的茶香水好。稍歇，主人在罐内再添沸水，煨片刻又斟二道。这时主人将红糖碎丁和切成蝉翼般的核桃仁片垫在盅底，冲入热水。这回我饮后，体味的是好客主人的浓情蜜意和他们诚挚甜美的心灵。第三道，更加别出心裁：主人先舀半匙蜂蜜入盅，又撒上两三粒紫红的花椒，才缓缓冲入沸茶，边冲边晃，晃匀方饮。由于蜂蜜比红糖更甜，却又有花椒的调味解毒，使饮者在甜蜂蜜中仍保持清醒，并引发对生活的回味与思考。此谓"一苦二甜三回味"。

当我品味了"三道茶"之后，才发现学手艺和做人的道理，全都隐含其中了。

主人告诉我，白族家里平常只饮用一般的清香烤茶，只有贵客来，才招呼"三道茶"。而我与他们萍水相逢，竟也获得如此礼遇，临别时，我说：大理虽魅但唯有浓厚的人情味才能令人再三回味。

险渡鬼门关

　　这辈子我都忘不了秀姑峦溪。对这里，我有着错综复杂的感觉，即赞叹、惊悸、愤怒、悲痛及遗憾。

　　一个早晨，我正对着电脑苦思，突然铃声大作，拿起电话，那头传来马来西亚中华航空公司谢经理的声音："台湾'交通部'观光局将在秀姑峦溪举行国际泛舟赛，托我们邀请马来西亚的新闻媒体和游记作家前往，你有没有兴趣去？"

　　一听到泛舟，脑海里马上浮现徐志摩文中描写的那种悠游自在及浪漫的泛舟情景，遂问：

　　"几时？"

　　"6月11日。"

　　我查看时间表，正好有空，就一口答应了。

　　我们一行六人（《南洋商报》的丘福、黄秋桦，《星洲日报》的陈来发、陈城周，中华航空公司的林瑞霞和我）在1995年6月9日自吉隆坡搭机前往台北。

　　步出台北国际机场，天空正飘着雨刮着风，接待我们的人员说："荻安娜台风刚过，余威尚在，这雨……大概还停不了。"

　　"雨不停，泛舟时不是挺扫兴？"我问。

　　"正好相反，秀姑峦溪上游自5月1日起一直降雨不停，导致下游放舟河道高涨，水流速度加快，这样的水位和流速泛舟最过瘾最刺激。"

我看他一脸肯定，虽不太能理解，也不追问下去，等自己去体验吧！

当晚住宿台北，次晨乘自强号快车赴花莲。在火车上我们碰到由长荣航空邀请的十五位马来西亚的媒体代表。同行见面分外亲切，一路上，他们高兴地谈笑着，我则望着车外宜人的景色。

听当地人说，由于环境污染日趋严重，位于东海岸的花莲和宜兰是台湾最后的一片净土了。这话也许夸张些，但台湾东海岸的水特别蓝，山特别绿，空气特别清新确是事实。

6月11日早上，当我们到达瑞穗泛舟服务中心报到时，整个场地几乎被穿着红、绿、咖啡、蓝、橘红五种颜色服装的选手覆盖着。他们每六人坐一只橡皮艇，共有二百队；参加独木舟越野赛的则有好手五十六人，全部穿着救生衣，戴着安全帽，我才知道这不是我想象中的泛舟，而是一场高度刺激及冒险性的竞逐。

临时搭建的讲台上，有人拿着麦克风高声说话，然场面太大太热闹，根本听不清。这时，丘福和陈来发抓紧时间到处去猎取镜头，我则跟着搜集写作的材料。

比赛开始了！选手们纷纷推艇落水。我很自量登上特为媒体安排的摩托橡皮艇，穿上救生衣，戴上护头帽，两腿坐在橡皮艇的船沿跟着出发。

原本容载量只有六人的橡皮艇，这时装载了九人，再加上多数人身上都带着一架数码照相机，重量已近危险水平，然我们却毫无所知。

从瑞穗到大港，这一段路的风光实在美极了，可惜这阵子连日降雨，原本清碧如玉的溪水，因雨水冲刷泥沙而混浊，加上这天水量大，水速特别急，选手又求快心切，甫出发便有许多选手跌下水的狼狈镜头出现。

我们不必划桨，一路上，谈谈笑笑，倒也逍遥自在。然而快乐的时光总是短暂的。才走了十分钟，艇上的马达开始吱吱喳喳作响，不一会儿干脆熄火了。

"怎么了？"大家问。

"没问题，小毛病。一会儿就能修好。"船夫阿龙答。

真的才一会儿工夫，艇又重新发动，接着，阿龙一路走，一路用水勺往引擎内浇水。我心里嘀咕，觉得这样下去不太妥当，便提议："好不好回去换艇？"

"放心，没问题的。"他显得胸有成竹。

艇勉勉强强地往前移，不多一会儿，只听见"吱……"一声刺耳的哀鸣，小艇的马达空转着，一点力气也没了。这次任他再折腾竟一点声响也发不出了。

"我们现在该怎么办？"大家问。

"用桨划吧！"阿龙窘窘地说。

然而，遍寻艇内，竟然不见桨的踪影，这才想起，刚才登艇时，因要容下九个人，将原本搁在艇内的桨全拿出去了。

这下我们全傻着眼，看来只有等救生艇来施援了！

不一会儿，来了两架救生艇，阿龙开口请他们帮忙拖船，没想到他们摆摆手，就开走了！

我们不明所以，阿龙说："可能前有急事。"

由于水速很快，我们的艇也漂得很快。突然艇被冲进激流中，艇剧烈地抖动起来，有人吓得站起来，阿龙深怕船翻了，急呼："别动，坐稳！一会儿就没事。"

小艇在激流中疾速地打转，怎么也挡不住奔马一般的水流，汹涌的水花朝我们当头浇下，全都成了落汤鸡，大家屏息静气地缩在艇中，谁也不敢动。

霎时，小艇脱离了激流，恢复了平稳。坐在艇尾的瑞霞吓坏了，颤着声问阿龙："是不是救生艇不够？"

"我们有四十二艘救生艇，八十七位救生员，别慌，马上就来。"

果然来了一艘，全艇的人都呼喊起来。当救生员用勾绳勾住我们的艇时，见超载，接了两个人过去。

这时，大家总算定下心来，并趁此平静的时刻赶紧用塑胶袋将照相机层层包住，以免再给水打湿。丘福一边包一边说，我得顾好我的"小老婆"。他的话把我们全都逗笑了！

到了中间站，救生员问："要不要上岸歇息一会儿。"

全都湿透的我们，个个冻得发抖，恨不得快些到达终点站沐浴更衣，齐声说：

"不！"

没料到救生员突将勾绳一松，竟弃我们离去。我们全都着慌了，对着阿龙抱怨起来："这算哪门子的救生员，怎么可以这么不负责？"

"前面就是激流和无数险峻的溪石的密集区，救生艇拖着我们太危险。"阿龙讷讷地答着，语气中已有着惊慌，"当碰到湍急时，大家坐稳，不要惊，更不能丝毫移动，以保持平衡。如艇往溪中的岩石撞上去时，将腿放进艇内，人坐在艇的中心，增加中心的重量，艇才不容易翻。大家……"

他的话还没说完，已听到有人惊呼："艇要撞到岩石了！"

激流的时速少说有六七十公里，橡皮艇被猛推向溪中巨石，"砰"的一声，艇身重重地撞到岩石，再重重地摔回溪面，剧撞的反弹力，将我们几乎抛出艇外，我们全都尖叫起来。接着，小艇像着了魔似的，在急流中愈转愈快……完全失控了……我们这群毫无泛舟经验的人，全吓呆了。

那种束手待毙的感觉，跟我获悉机上被安置了炸弹时一样。只不过那是静态的，是一种不动声息类似腐蚀性的折磨，这次则是动态的，是一种属于爆炸性、强烈的撞击。

像是一世纪长，结束时竟没有人欢呼。艇上两位马来记者，挣扎着坐直，茫茫然的脸上，好似再也承受不了任何惊吓，一下子像是老了好几岁。

刚才还能嬉笑的我们，沉静茫然地望着越压越重的天空，艇内一片死寂。我忍不住又开口问："还有多久才到？"

"还有一半的路程，最危险的湍流处还没到呢！……"

正说着，阿龙狂叫着："快到鬼门关了！大家坐到艇中心。"

真是一波未平，一波又起，又是一阵天翻地覆，吓得人喘不过气来。谢谢天！又平安度过了一关。

重新坐好，我面朝后看，见一小艇来到鬼门关，滚滚白浪将艇朝溪中巨岩处推去，中艇"砰"的一声撞到岩石，接着，又被交叉水流激起的浪头一击，尾上头下，船朝天竖着贴在岩石上。

四个落水的选手从水底冒出来了。还有两位呢？我大声呼喊："那里船翻了，快去救人哪！"

几乎在我呼喊的同时，救生艇已驶前，救生员将竖着的艇放平，这时，压在艇底的一位选手从水中冒了出来！那么还有一位呢？我赶紧盯着随着急流迅速漂开的小艇。发现在艇的一端像挂着一块鼓起的东西，再一细看好像是人。这人整个上身浸在水里，脚被卡在橡皮艇的侧绳内。我立即喊了出来："有人挂在艇上！快去救！"

"怎么看不到有人？"和我同船的人问。

"别管，快叫救人，再迟就来不及了！"我着急地说着。

这时，全艇的人都跟着我，对着救生员挥着手指着那只漂流的艇狂喊："人挂在艇上，快救人！"甚至有的人怕救生员注意不到我们，还站起来挥着手狂叫。

总算救生员听到我们的呼喊，朝那只漂流的艇驶去。那鼓起的东西被拉起时真是一个人，我想，头浸在水里这么久，必是凶多吉少了！

突然，我们的艇又开始摆动起来，进入最危险的激流里打转翻腾。大家因太专注救人，竟忘了自己的安全。艇身已朝左角倾斜，正是我与阿龙坐的位置，阿龙被凌空抛起，从艇上跌了出来，我大半个身子也浸入激流中。

我马上抓住艇缘的绳索，立即憋住气，闭上眼，心想，如果艇翻了，就马上松手。就在这时已感觉到艇已回稳，有人用力把我拉出水面，待我坐稳，才知道阿龙站在水里用力撑住快要翻覆的橡皮艇，艇才回稳，而拉我一把的是坐在我旁边的丘福。

他们见我一口水都没呛到，有些惊讶。其实这得归功于大半年的空中生涯中，因曾面临过许多惊险遭遇，已将我训练得较能临危不乱。

由于艇还在湍流中，我们不能再大意，必须全神贯注地面对一关关的险境，谁也顾不得说话。我注意到阿龙的脸色已经煞白，他虽不说，我也明白刚才万一船翻了，几位挂着重型摄影器材的记者，即使身上穿着救生衣，可能也浮不上来。

又经过了几个小激流，终于到了终点。我注意到右边岸上的急救站，一个人躺在地上被施以人工呼吸。

"会是刚才那人吗？希望他平安无事。"我默默念着。

上了岸，我们总算松了口气。阿龙对我说："赶快洗个热水澡再吃饭。"

我深深地看了他一眼，一阵辛酸卡上了喉头，好一会儿才说："哪有心思吃饭，我现在就去向主办当局反映，让他们知道所有的疏漏处，以免再有事故发生。"我拖着已快疼挛的步子，往办事处走去。

注：那一日的泛舟赛造成一死一伤。死者是日本亚细亚航空公司的总务李政基，伤者不详。仅以此文献给那天与我同舟共济的"患难之交"：丘福、林瑞霞、谢绍辉，台湾交通观光协会林健、阿龙，Mutiara杂志（马来文杂志名）的 Shahul 及 Azijul。没想到，时过境迁后，多数人竟表示如有机会还想再去，因为在秀姑峦溪泛舟实在刺激过瘾，但必须先做好准备，身上别带任何负累才行。

其实这种难得的经验，不是每个人都会遇上，而它必将丰富我的人生回忆，同时也因我们的遭遇，让我有机会提供许多意见给主办当局。但愿以后永远不再有意外发生。

走进十月的阳光

长长的车队在长安街上缓缓地前行，长长的历史也在长安街上静静地流淌。千百年来封建王朝的兴废更替，近百年中国现代史上的改朝换代。五十年中华人民共和国的发展历程，为这条最初只有三公里，现在已是全长十三公里，横贯北京东西的通街大道，赋予了"神州第一街"的独特内涵。

沿着这条著名的大街一路行去，一挂挂大红的灯笼，一座座造型独特的花坛，一面面飘扬的彩旗、一串串亮丽的彩灯，一群群威武的军警，浓烈的节日盛景与严肃的凝重气氛，遍布整条街。

中国的人民从来没有像今天这样欢乐祥和、激情壮怀；中国的人民也从来没有像今天这样意气风发，精神振奋，对中国的前程充满信心。

眼前可举的事例就有：盖洛普咨询有限公司在上海举行"'99《财富》全球论坛"时发布了《1999年中国人的消费和生活方式调查报告》。

外资企业的老板们对中国未来的发展表示了乐观和信心。调查还显示，半数以上的外国投资企业在中国已经收回了投资，并且开始盈利。所有的外资企业中73%的企业表示已经准备在中国追加投资，或者投资新的行业和项目。国外代表对中国二十年来改革开放取得的成就给予了肯定，普遍看好中国未来五十年的市场前景。

另外，中国人对外来事物的接受程度也是惊人的：14%的中国人知道因特网；10%的中国人使用过电脑，5%的家庭拥有数量不等的股票。

在这个调查中。所有的受访者被问到一个最典型的盖洛普式的问题：如果最幸福的生活是在山顶，最不幸的生活是山脚。那么您的生活在哪里呢？绝大多数中国人的回答是"在'半山腰'"。

虽然在 1997 年，中国遇到了亚洲金融危机和下岗等问题的挑战。但是，与 1994 年的调查数据相比，中国人对生活的满意度并没有下降，而且对未来充满信心。同时人们的收入仍然在增长，也就是在向"山顶"迈进。

刚刚走完半个世纪的中华人民共和国，恰逢千年一轮的历史坐标，是机遇，也是挑战。上一个世纪之初，中国人民背负的是丧权辱国的沉痛；而这一个千禧年的到来。中国人民期盼的应是民族的大团结，国泰民安才能有所保障。

十时整，五十响礼炮像震天动地的春雷在天安门广场上响起，鲜艳的五星红旗，在雄壮激昂的中华人民共和国国歌声中，沐浴着明媚的阳光冉冉升起。

就在红旗升起的那一刻，广场的锣鼓激昂热烈，一百九十五只金狮银狮欢腾跳跃。在江泽民先生检阅了由四十二个威武雄壮、军容严整、装备精良、精神抖擞的人民解放军陆海空三军和人民武装警察部队、民兵预备役部队组成的地面方队后，中国武库中最具威慑力的军事装备撩开了面纱。

受阅部队由始至终都能保持挺拔的身姿，均等的步距，电子秒表跳跃一样的均匀步速。想想看，要做到零失误，谈何容易！这不仅展示了中国军队一流的训练水平，同时也表现出他们强烈的爱国情操，否则绝对办不到。

紧随受阅部队，群众游行在"国旗""国庆""年号""国徽"四个仪仗队方阵后，欢乐的游行队伍穿着鲜艳的服装，簇拥着造型各异的彩车，露出自豪的笑脸，依次展示了"开国·创业""改革·辉煌""世纪·腾飞"三个主题。

这时，天安门广场前形成一条彩色的河，一幅流动的画，一首如诗的歌，一片沸腾的海。最后一辆以"奔向未来"为主题的巨型彩车驶过广场，"1999"年号模型中间，一艘太空船穿行而过飞挂半空。手持鲜花和气球的少年们在高高的飞船上摇动着双手，向着充满着希望与光明的未来招手。

那天与我在观礼台上毗邻而坐，从美国回来的老华侨，竟激动得对着同来的友人嚷着："那天也是如此，也是如此让人激动。当毛主席喊出中华人民共和国成立了的声音刚落，整个天安门广场沸腾了，人们跳啊，喊啊，哭啊，笑啊，又敲锣又打鼓的，什么样的动作都有，什么样的表情都有，什么样的声音都有……"

我侧身望他，见他的眼里闪动着泪花，脸透出激昂的神采。

由于他的无意牵动，我的思绪也开始随着澎湃起伏，想起当毛泽东在天安门城楼上向全世界宣告中华人民共和国的诞生时，却也正是许多中国人带着悲凉的心情离开了家园，离开了亲人，随着蒋介石撤退到台湾，那一年，不知他们又是怎么过的？

经过了风风火火、变变幻幻、惊天动地的五十年，如今，中国大陆已成为一个初步繁荣昌盛的社会主义国家；台湾经济建设和社会发展也有了相当的成绩。然而，此时此刻，正当神州大地举国欢庆时，台湾偏又遭逢百年来最严重的地震……

思之，无法不感慨万千！其实无论海峡两岸是大喜还是大悲，全都会牵动着所有华人的心，像一缕缕的情丝，让人割舍不断。

入夜，我又来到天安门的观礼台上。只见整个天安门广场已被上万盏照明灯、装饰灯照耀得流光四溢。

八时，焰火晚会开始。在两个小时的演出中，晚会显示出深邃的内涵、绚丽的色彩、恢宏的气势和多变的空间。观众不仅欣赏到荟萃了中国民间文艺精华的文艺演出，也看到了焰火施放、巨型彩车游行等壮观场面。

记得香港回归时，在维多利亚港看焰火，因燃放台设在海中，璀璨的焰火虽美，却遥远。今晚的焰火，则从天安门广场等十一个燃放点喷薄而出。美丽的焰火在清朗的夜空中竞相绽放：如火树，似银花，像彩霞，若繁星，并随着撼天动地的鼓声向人群迎面扑来，让人觉得既奇异又强烈，更有一种震撼人心的效果。

正当欢歌笑语随着焰火升腾到广场上空时，我忽然感到脸上一阵热，没想到，眼中竟涌出了泪水。至今我也难以言传当时的感觉，或许美到了极致，就足以让人喜极而泣吧！

这一天，莲花在午夜熠熠开放

——澳门回归手记

历史终不能回避，澳门人经受四百多年的屈辱，今天终于盼来了这个大喜的日子！

日期：1999 年 12 月 17 日

地点：澳门街头

自澳门外港码头到下榻酒店的路上，眼中所见，迎接回归的气氛没我预期的热烈。还记得两年半前的香港，未踏进回归月，全城上下都闹哄哄的。相关的政治文化评论，无日无之；文化艺术人也以此进行了不少创作。澳门今天的"安宁"，除了因葡国政府没留下什么钱外，也可能在澳门人心目中，自 1987 年 4 月 13 日中葡双方在签署了《中葡联合声明》后，澳门回归已是顺理成章的事。

倒数钟显示的日子只不过是数字游戏。

此外，澳门很小，即使为了政权移交而特别搭建的临时场地也仅能容纳两千五百人，所以，除了中葡两国的领导人及代表，各国观礼政要及使节，港澳特区的代表、台湾嘉宾及一些特定媒体外，海外受邀观礼的华侨及华人仅得三百多人。而马来西亚受邀出席观礼的有丹斯里李三春、丹斯里颜清文、拿督林源德、拿督黄国忠（丹斯里黄文斌之子）及我共五人。

不过，尽管与回归有关的宣传和装饰无法与当年的香港相比，但澳门人对待回归的心情却跟香港人截然不同，他们普遍是怀着热切期待心态的。这除了因为澳门社会"祖国认同"的概念十分强烈，也因广大澳人对澳葡政府的管治早已失望。当然最关键的因素，还是香港实施"一国两制"的成效。

或许表面看来，澳葡政府不像港英政府那样公开搞对抗，与中方和和气气，但背地里却采取"拖"字诀，不理不睬，不甚合作。比如，对治安问题放任不管，导致澳门黑社会势力猖獗，血雨腥风、治安不靖、警匪不分，已到了令人震惊的地步。又比如，澳门高级公务员本地化进程缓慢，对于澳门特区政府筹组治澳班子影响不小。而驻军问题更是一直拖而不决，直至江泽民访问葡萄牙，才得以最终解决。

无论如何，历史终不能回避，澳门人经受四百多年的屈辱，今天终于盼来了这个大喜的日子。澳门特区政府行政长官临时办公地……大丰银行总部大楼也特别在正面外墙挂上一只巨大的"回归燕"，庆祝离开祖国四百多年后的澳门再次回到母亲的怀抱。

虽然官方活动在 19 日才正式开始，但我提前两日到达，主要想多感受一些民间庆祝回归的气氛。

澳门是个奇特的小岛，不仅海陆空交通四通八达，而且她的路、她的桥，甚至她的机场都书写着某种文化和历史，很值得玩味。

人们踏足澳门就会发现，在现代的商业住楼、豪华酒店、华丽教堂之外，传统的风采韵味仍随处可见。东方式的园林建筑、香火鼎盛的庙宇、神圣庄严的教堂、著名的大三巴牌坊、沉默的炮台、南欧式的建筑、黄昏时分的三轮车，还有中老年人的唐装，等等，都体现出中西交融的特色。

近年来，澳葡政府为保留更多葡国文化特色，又特别从葡萄牙千里迢迢运来石块将之敲碎，在市政厅前地、官前街、岗顶、澳督府前地重新铺设了光亮、整齐如波浪式的葡式碎石子路。使人仿佛有到了葡萄牙的感觉。

不过,走在澳门的大街小巷,见到最多的还是当铺和莲花。

或许由于澳门土地资源、物资资源严重缺乏,因此,博彩业成为澳门发展的重要行业,澳门也以"赌城"闻名。而环绕葡京周围大大小小的当铺算得上是赌场的"配套服务"。据当铺业人士说,受押物品到期未被赎回的约占百分之八十。可见,不管是小赌一下玩玩新鲜,还是豪赌一场试试运气,结果都差不多⋯⋯十之八九是给赌场送钱的。难得的是,进澳门赌场的多为游客,鲜有当地人。澳门人可谓出淤泥而不染,这种气质与莲花一样,难怪澳门人对莲花情有独钟,并以莲花做澳门的区旗。

话虽这么说,其实澳门爱莲的主因乃是基于澳门北面的一段沙堤与珠海及莲峰山相连,形似莲花茎。

自古已有人把澳门比喻为漂入海洋的一簇莲花,有莲海、莲岛、莲洋之誉。同时在澳门民间也流传着"莲花宝地"的说法。

这次澳门人为了实现冬日能见到"百莲盛放迎回归"的奇景,早在1997年10月,澳门莲艺会与中国荷花研究中心、珠海市农业科学研究中心、珠海市洪湖公园及三水市荷花世界签订友好合作协议,为推广莲花在冬日反季节生长的科研试验工作,1999年11月,上述各地莲花冬季反季节开花生长的实验陆续取得成果。因而到回归前夕,莲花协会收到上述各地赠送的莲花总数超过一千盆。所以,不仅市政厅前地摆设了许多莲花,12月20日,澳门特别行政区政府举行的"庆祝澳门特别行政区成立"的大型酒会中,由莲艺会提供的莲花将在会场中向数千名宾客展露。

日期: 1999 年 12 月 18 日

地点: 拱北关闸及珠海

　　今天，我在两位朋友的陪同下前往珠海。当我们来到拱北关闸，发现人潮络绎不绝。据知，这条出入澳门与珠海间的最主要的通道，随着澳门归期日近，创下一个月出入境三百万人次的历史记录。最多的一天更达到十五万人次。在澳门回归之日，拱北关闸将更加繁忙，为此，该关闸在 19 日至 21 日三天，实行二十四小时通关。

　　澳门与珠海水陆相连，有着密不可分的地缘、人缘和亲缘的关系。再加上来往澳门和珠海的交通非常方便，过境程序又相当简单，两地居民来往频繁，加速了两地的经济互动，澳门北部的民生早已深受中国内地的影响。

　　珠海作为澳门的后方基地，在水、电、农副产品等方面保障对澳门的供应。珠海拥有丰富的土地资源、人力资源和日臻完善的基础设施，背靠广阔的内地市场。澳门则是国际著名自由港，是中国内地联系欧盟及世界的"桥梁"和"窗口"。两地有着各自的优势，存在着明显的互补性。珠海可以充当澳门经济的发展腹地，澳门则是珠海通往国际市场的桥梁。

　　到了珠海，友人开着车沿着海岸绕了一圈。沿途所见，无论是城市规划还是绿化工作都做得非常好。相信在拱北新联检大桥、莲花大桥、京珠高速公路广珠段，以及广珠铁路建成启用后，将使澳门与珠海的交往乃至内地腹地的交流更便捷。同时，随着澳门回归中国，澳门特别行政区的成立，为澳珠两地的合作带来新的机遇，合作前景更加广阔，进入一个崭新的阶段。

日期：1999 年 12 月 19 日下午 6 时
地点：澳门新口岸临时场地
事由：葡国政府举行文艺晚会

自 16 世纪中期澳门被葡萄牙管制以来，澳门便成为中西文化的交汇点。在四百多年的时间里，四十五万多的人口中，华人仍占百分之九十六以上，葡萄牙人、土生葡人仅有一万多人。因此澳门文化既保持了中华文化的深厚传统，又与西方文化交融，形成自己较为独特的文化特征。

这次葡国政府举行的文艺晚会，其内容主要就在突显澳门的多元文化及东西方的融和。

文艺晚会的临时表演场坐落于新口岸观音像对面，是一个用钢架支撑起的巨大帐篷，内设大型舞台，舞台两边用钢架建成两个阁楼。右边的阁楼前壁是喷水池旁旅游公司大楼的形状，安排澳门中乐团联同北京、广州来的中乐精英组成的七十多人民族乐队。演出时，中西音乐从两边阁楼飘扬而出，在舞台中融汇成中西合璧的庆祝回归交响曲。舞台的布景美轮美奂，有澳门象征性的建筑物大三巴牌坊、妈阁庙、圣玫瑰堂等，也有即将建成的南湾湖观光塔，先后轮换出场。舞台靠海一面背景是一块巨大的透明胶布，可透视到友谊大桥和海水。

节目共分四幕，由早期澳门作为贸易港，到四个世纪的民族融和及文化发展，以及展望澳门的将来，都有精要的描述，同时也反映出澳门的历史和传统。

近尾声，也是晚会的高潮，所有的演出者与象征葡萄牙在澳门生活年数的四百四十二名儿童共同唱《和平颂》，这时，舞台上那块巨大的透明胶布背景徐徐拉开，但见满缀灯光的大桥如一串璀璨的珍珠，镶挂在濠江上，将濠江的自然美景，变成了文艺晚会的舞台背景。正当众人还沉醉在舞台设计者匠心独具的创意中时，矗立在新口岸的观音像前的许多舞狮舞龙队伍，已随着喧天价响的锣鼓声舞动了起来！这时，所有的嘉宾陆续走上舞台，观看舞狮舞龙的表演，其实也等于走出了舞台，进入葡方酒会的场景里。

日期：1999 年 12 月 19 日 7 点 50 分

地点：澳门新口岸填海区

事由：葡方酒会及官式晚宴

葡方在澳门新口岸填海区临时搭建了一个银白色的大棚。虽是临时搭建但也显得古色古香，气派万千。

晚宴大厅的地毯为黄色，一百八十五张可接待十二人的餐桌，以及九张可接待二十六人的放置于中间的长方形桌子都铺上了金黄色的厚厚台布，椅子也是金黄色。每张圆形餐台都配上一盏高约六十厘米的五烛银色灯台。全新的餐具也是银白色。整个布置体现庄重及简明的气氛。

葡国总统将在这片金碧辉煌的氛围中，举行澳门有史以来最大的一次晚宴，亦是葡国政府离开澳门前，宴请的最后一顿晚餐。

受邀出席的宾客有中国国务院副总理钱其琛、葡国总统桑帕约和总理古特雷斯、中国外长唐家璇、葡国外长伽马、澳门特区行政长官何厚铧、澳督韦奇立及来自各地的嘉宾，共二千五百人。

葡国政府虽没为澳门留下太多钱，但这顿最后的晚餐却办得一点也不含糊。晚宴头盘是鲜银鳕鱼、大虾及青菜，主盘是蘑菇栗子鸡脯与菠菜，甜点是杏仁及巧克力甜点。佐餐的是 1996 年的葡国葡萄酒，波尔图酒则用于干杯时饮用。为了这次官式晚宴，据知，共用了一万只杯子，八千只碟。澳门几间酒店负责这场官式晚宴，出动五百多名侍应和二百二十名厨房工作人员。加上主厨及领班、提供餐饮的服务人员将超过八百五十名。平均每三位嘉宾就有一名服务人员。

然而，最愉快的却是在这种冠盖云集的场合，能碰到同是文人的金庸，并能与这位文坛泰斗同桌，实在愉快。正巧拿督林源德是个金庸迷，所以，当晚谈得最多的话题竟是文学。

日期：1999 年 12 月 19 日晚上 11 点半

地点：澳门文化中心公园临时场馆

事由：澳门政权交接仪式

　　澳门回归是中华民族的大喜事，人们满怀喜悦，准备迎接和欢度这个大日子，更希望政权交接仪式能够顺利进行，澳门顺利回归。尤其这次面对着中葡两国最高领导人，各国观礼政要及嘉宾，数千中外记者，数以万计的游客及市民，保安工作确实令澳门警方不敢掉以轻心。

　　为确保交接大典万无一失，警方部署四千多人加强保安。保安工作还包括了外宾下榻的六间酒店，这次可谓是澳门自开埠以来最大规模的保安行动。

　　至于通往政权交接会场的几条大道，已被列为管制区，管制区内禁止一切商业活动，一切与大会无关的车辆及未持有特制证件者不得进入。交接场馆沿岸和附近海域，水警巡逻艇不停穿梭游弋。有关区域除设有八个外围安全监控点、五十六部摄影机，还有验卡机、金属探测器及X光机各六十七部。嘉宾的贴身警卫人员达二百五十人，警方亦为此配备了五百部车辆。未获移交大典统筹办发出通行证的人士绝对无法进入有关安全区域。

　　虽然澳门的黑帮势力已被冻结，但一丁点不明朗因素就足以令大会搞出乱子。中葡两方进行仪式的场地——新口岸地区已完全被封锁。居于封锁区的市民，在仪式进行时被嘱切勿打开窗户或用望远镜外望及拍照，以免引起警方误会，有分分钟中枪的危险。而早前来自葡国的特种部队及军部的拆弹组，也在新口岸一带暗渠，特别是政权移交大典广场的地底，进行过探测危险品的工作，待搜索完成后，所有渠盖已被封死。

　　澳门政权交接仪式场馆是座长方形的透明建筑物，像一艘巨轮，东望万顷碧波，准备扬帆启航。整个场馆以主礼台为中心，二千五百个座位呈弧形一层排列开去，阶梯设计成一朵盛开的莲花，象征澳门。特别是场馆顶部和上半截外墙均采用透光纤维板，可使馆内的光线变化透射到外面。此时此刻，场馆内华灯齐放，耀眼的五彩光芒照亮了屋宇，显得极为绚丽壮观。

政权移交仪式依次为中、葡两国政府代表团入场、仪仗队入场、中葡两国主要代表入场、仪仗队敬礼、葡萄牙共和国总统桑帕约致辞、护旗队入场，到了 23 时 55 分，出席仪式的中外来宾全体起立，作为政权交接象征的降旗、升旗仪式开始。23 时 58 分，在葡萄牙国歌声中，葡萄牙国旗和澳门市政厅旗缓缓降下。12 月 20 日零点整，中华人民共和国国旗和澳门特别行政区区旗伴随着《义勇军进行曲》冉冉升起。

这一降、一升的一百五十秒，凝聚了四个多世纪的沧桑。降下的旗帜，象征过去的一段历史的结束。升起的旗帜，昭示着一个崭新时代的开始。近二千二百名来自世界各地的嘉宾和传媒见证了这一历史性的时刻。

日期：1999 年 12 月 20 日上午 10 时
地点：澳门综艺馆
事由：澳门特别行政区成立庆典

中国总算在 20 世纪结束之前收回最后一块被租借的土地，因而澳门特别行政区于凌晨一点半举行的成立仪式也就具有着历史的重要意义。

成立仪式简短而隆重，之后，所有观礼嘉宾赶紧返回酒店休息。因为，十点，澳门特别行政区的成立庆典又将举行。

这两项活动都在建于 80 年代的澳门综艺馆举行。经过改建之后的综艺馆，从外观看上去具有浓厚的民族特色。东南两个外墙回廊下悬挂着一盏盏大红灯笼和巨型中式宫灯，正门入口处外墙两侧是两幅对称的大型水晶麻黄石雕，浮雕图案以三朵莲花做主体，托以荷叶，周边是载歌载舞的中国各族人民，呈现出一派欢天喜地的景象。

进入会场，看到邓小平的夫人卓琳及其儿女邓朴方、邓楠坐在台前的正下方，他们显得异常兴奋。邓小平虽没能赶上看到回归，但"一国两制"的构想是由他倡导的，所以，在回归庆典中一再被中国领导人提及。

日期：1999 年 12 月 20 日中午 12 时
地点：拱北关闸至友谊桥大马路
事由：中国人民解放军驻澳部队进驻澳门

澳门政权交接刚过，五百名中国解放军官兵进驻澳门，保卫初生的特区政府。中国高层决定，要从"中葡友好关系的长远利益着想"，在澳门主权移交的关键细节上给足葡萄牙面子，所以，直到葡国总统、澳葡总督出席澳门政权交接仪式离开澳门之后，中国部队才进驻澳门。这与 1997 年中共领导人坚持在零点零分接管香港防务，同时以数千之众、海陆空三军齐发开进香港，形成强烈对比。

在中国人民解放军驻澳部队由珠海经拱北关闸进驻澳门之前，珠海市举行了盛大的欢送仪式，欢送的市民高达二十万人。进入澳门，沿途有三万市民夹道欢迎。除了由工会或街坊会组织队，手执横额致意；亦有市民扶老携幼，挥动五星国旗及莲花区旗迎军。一群中学女生在驻军经过及向她们挥手时，更尖叫起来，情况一如看到香港歌坛的"四大天王"。

看来，澳门居民热烈欢迎中国驻军，完全是真心实意的。因为自 70 年代中期当葡萄牙全部撤走驻军，澳门治安每况愈下，大大小小黑帮公开挑战警方，作奸犯科时更是漠视澳葡警方如无物。所以当中国部队进驻澳门后，人们都相信，治安将会好转，社会将趋稳定，人们可以放心睡觉。不过，就立法原旨看，澳门驻军不会主动介入当地治安的维持工作，但驻军存在的本身，对当地黑社会势力就是一种威慑力量，在客观上起到了维护澳门社会治安的重要作用。

澳门特区首长何厚铧一就任就说：澳门警队兵贼不分，是澳门过去的现象，将来对警队的第一个要求个个是兵，不可是贼。但他强调，按照基本法，除非澳门政府无能力解决，否则决不会随便动用驻澳部队插手治安问题。

结　语

庆祝澳门回归的活动一个连一个，每个都是历史性的瞬间。

葡国领导人临行前多次表示，澳门回归不是历史的终结，而是开始。澳督在立法会最后一次会议上，也表明葡国文化仍会留下来，因为历史的痕迹不会磨灭。希望葡国人重新反思在澳门的历史，以新思维面对政权的重大转变，真正面向 21 世纪。

文艺晚会特刊内写着："……澳门这个小小的半岛永远都会带有多元文化交汇的印记，因为这是同时向东西方敞开的大门。今天街头上的儿童将会是澳门这一独特性最好的见证，不管在这里还是在其他地方，他们都是未来的象征。绿色代表澳门特别行政区，但对中国人和葡国人来说，绿色也是希望的颜色。"

当然，希望中，定包括台湾问题的平顺解决，相信这不仅是中国人，也是所有海外华人的期盼。由于台湾问题与港澳问题有所不同，它是一个民族内部分裂形成的历史课题，故显得更加棘手。至于如何解决这桩历史的悬案，现已成了本世纪中国人智慧与能力的最大考验。

辑四／寰宇风情

神话中的王国——尼泊尔

世上少有国家像尼泊尔王国这般：早期的历史是由神话和史实结合而成。而且，由于地处内陆，交通不便，难以进入，再加上尼泊尔从1816 年至 1951 年封闭疆界，闭关自守，完全与外界隔绝，所以她一直保持着神秘色彩。

早就想一睹尼泊尔的传奇色彩。终于，尼泊尔之旅在盼望中到来。

当飞机到达尼泊尔上空时，正好天气晴朗，望向窗外，可以看到喜马拉雅山脉传说中的"众神的住所"：湿婆神和他太太巴瓦娣住的格莉山卡；以象头神甘尼许的名字来命名的甘尼许雪峰，代表富足女神的安娜普娜山脉，以及尼泊尔人口中的"婆迦玛沙"，西藏人所谓的"珠穆朗玛"，一般人熟悉的世界最高峰"圣母峰"。

不一会儿，飞机慢慢下降，这时，再往外望，可以很清楚地认出加德满都（尼泊尔首都）的一些主要的陆标。例如，小丘上的苏瓦扬布拿寺，这个寺距今已有二千五百年历史，是出现在加德满都最早的建筑物，相传是文殊菩萨所建。

传说中，三千年前的加德满都原是个碧蓝如土耳其玉的美丽湖泊。湖面上生长着一朵奇异的紫莲，是佛陀苏瓦扬布或称阿提菩萨的化身。由于莲花不停地泛出圣洁的光辉，以至吸引了众多虔诚的人们前来湖畔顶礼膜拜。中国的高僧文殊菩萨也前来朝圣，他为了能更接近莲花，乃挥智慧之剑劈开山壁，使湖水外泄而干涸，形成了今天的加德满都谷地。从此有人开始居住在此，而湖水退尽的小山丘，就是现今的苏瓦扬布拿佛寺。

另有一种传说，加德满都原来的湖泊，是由印度教的大神克里希那以一记雷电劈裂谷壁，让湖水流干而成。

尼泊尔早期的历史就是这么记载的，信不信由你。

不过，今天乔巴一地，的确有一个窄如剑锋的峡谷，峡谷下面供奉着一块状似象头神甘尼许的石头，很多人都相信，这便是克里希那遗留下来的那记雷霹地。

反正，在尼泊尔的历史学者还未找出有根据的说法之前，尼泊尔人仍挚爱这些传说。而这两种传说，似乎也都经得起现代科学的考验，因为地质学家已经证实，加德满都谷地的地质有长期浸于水中的特点，以前的确是个湖泊。

飞机终于在特里布汶国际机场降落，下了机，当我站在这个神与凡人共处的王国中时，似乎已开始听到诸神的梵音。步出机场，上了车，朝市中心驶去。一路上触目所及，或是古刹神庙的遗迹，或是低矮老旧的房子。街上熙来攘往的人们，多是衣衫褴褛及一脸灰土，他们有些在工作，有些在玩耍，有些在"方便"，更多的人在阳光下闲散度日。沿途，不时见到牛群信步踏来，汽车如闪避不及，撞死牛可跟谋杀人一样，得坐二十年牢，因为在尼泊尔，牛是神圣不可侵犯的。

进入市区，一座具有欧洲风格的壮丽建筑物出现在眼前，不觉有些愕然，因它与刚才一路所见的民舍实有天壤之别，相互形成非常强烈的对比。

这座建筑物是扬巴哈德罗纳家族统治加德满都谷地时所建，叫辛嘉杜儿巴，内有十七个中庭，一千七百个房间，号称是全世界最大的私人寓所。辛嘉杜儿巴是在 1901 年动土兴建的，但是在罗纳家族的暴政下，只花了十一个月的时间就落成了。

如今，整座建筑物除了作为当今政府机构所在的主翼之外，其余的都在 1973 年的一场大火中遭到损坏。

继续往前走，来到通往皇宫的路上，在 1990 年 4 月 6 日这里曾爆发过一场民主运动。当时，约有二十万尼泊尔人聚集在加德满都中心的露天戏院，一同迈向皇宫示威抗议。万万想不到，尼泊尔军队竟会向这些手无寸铁的同胞开枪，一下子，血流遍地。直到今天，也不清楚当时死亡人数的真正数目。

可是，人民的血是不会白流的，1991 年 5 月 12 日，尼泊尔终于举行了有史以来真正的一次自由选举。

尼泊尔，这个与神祇共处的王国，似乎并未受到神祇特别的眷顾，反而一直在接受神的种种考验，"增益其所不能"。几百年来，尼泊尔人在这个耕地只占领土百分之十的山区国度里，过着极不稳定的生活。

过去的生活是如此困苦，展望未来，喜马拉雅山区贫瘠的土壤，陡峭的地形，似乎也不能为她的子民带来任何光明的远景。至于国家的发展建设，百分之七十依赖外援，以致影响了国家的自主权。

自 1991 年 5 月新政府执政以来，虽有心革新，然积弊已久，进展缓慢。至今尼泊尔贫穷依然，稍有改善的只是民主、法治和人权。尼泊尔的文化、艺术中心都集中在加德满都谷地。对于大部分的尼泊尔人来说，加德满都谷地就是尼泊尔。因为在马拉王朝的文化全盛时期，加德满都谷地已发展成文化艺术和建筑的中心。后来，普里斯维纳拉锡夏国王，统一了谷地里许多小王国，谷地又成了尼泊尔的政治和权力中心。

今日加德满都城市的建筑结构，大部分虽仍保留中古时期的风貌，然许多具有西方格调的建筑物已开始兴起。

如果真想从整体上欣赏加德满都谷地旧城的建筑，最佳的方法就是步行。坐落在杜儿巴广场的加萨满达，自然就是这一欣赏过程的起点了。

"加萨满达"，尼泊尔语系指"用一根木头盖成的屋子"，所以又称"独木寺"。

部分学者认为它是统治者甘蒂波在 12 世纪才建立的。然而，尼泊尔的历史既是同神话一起展开的，当然，免不了又有这样的传说：树神卡鲁已普利克化为人身，到了人间游玩，被一位道行很高的喇嘛教徒识破而用符咒禁锢。树神请法师网开一面，并以一株天上的树回报。后来人们便用这株神木建了一栋很大的建筑物，称为"加萨满达"。"加德满都"，就是由"加萨满达"这个词衍生而来的。

杜儿巴广场一带，还有旧王宫及许多颇富历史价值的建筑物。这些不同时代、高度、朝向、体量和不同基址所造成的不规则整体轮廓线，却构成了一个有机的整体。而恰恰是这个有机的整体，让我们可以感受到早期的尼泊尔人对于美学成就上真实的领悟，以及他们对于社会功能的深刻了解。同时，这些建筑物在强烈的宗教气氛烘托下，更具有了震撼人心的艺术感染力。

当我漫步在加德满都的大街小巷时，所体验的，绝不仅仅是三维空间的感受。因为我是在时间的历史长河中游览，欣赏着每个特定的发展时间中人们的生活和思想。

如果说"独木寺"是这座城市的起点的话，那么新路应是旧城的大动脉。它像一根鱼的脊骨一样在旧城与新城之间横向的支撑着整个城区，无数鱼刺般的小街小巷则由此横向的延伸开来。

差点忘了，这里还有一则活着的神话。在杜儿巴广场旧王宫的两边有一栋雕刻精致的建筑，楼高三层，女活佛库玛莉就住在三楼。

传说8世纪时释迦族有个女子自称是"处女神"康雅库玛莉的化身，结果遭到了国王的放逐。可是王后为此大怒，国王遂把"女神"召了回来，并将她软禁在一座庙里。

另一个传说则是，曾经有一位马拉国王和化为人形的女神塔雷珠玩骰；一天晚上，国王起了爱慕之意，女神一怒离去。国王既后悔又因思念"女神"而病了，女神遂托梦国王，答应以神圣不可侵犯的少女化身，到寺庙住下，但不再返宫。国王得到指示，便到各地找女活佛。

女活佛要从一群四五岁的女童中精挑细选出来，这些女童全是释迦族的金匠或银匠的女儿。库玛莉的身体必须完美无瑕，同时还须经过测试：晚上一个人独自在庙里过夜，在各种猛兽的骨骸及戴着牛头马面的男人中，仍能镇定不受惊吓才可以成为女活佛。同时，女活佛身上不能流血（受伤或生理期），所以女活佛通常在十二岁左右就要退休。有位女活佛却是到二十二岁才掉乳齿，才来月事，不可谓不奇。

反正，走在这里，触目所及的，都是那么令人惊讶，那么让人困惑迷惘。不时，还有许多出人意外的"景致"展开在眼前。像潮水般涌来的小贩，可以跟着你走上三四百米，叽哩呱啦地非要人买上一样他手中的工艺品不可；一些好奇的脸会躲在雕画的窗户边向你偷窥；满街乞讨的人向你伸出黑瘦的手……

总之，这是个让人看了既啧啧称奇，又令人觉得心痛的地方。坐在加德满都国内机场的候机室，对面是一位年轻的男子，他头戴一顶尼泊尔传统的花帽，身材瘦长，并不高大，但是一身结实的骨肉，使看他一眼的人，能有一种坚实、稳固、沉静的印象。然而，他所以惹人注意的还是那一脸蓄势待发的神情。

我断定，他一定是库克军人。

"你是库克军人吗？"我以英语与他交谈。

"是。"

"返乡度假？"

"不是，我在香港的英国军团工作，因父亲过世，请假回来奔丧。"

"你父亲也是库克军人吧？"

"是的，他曾参加过福克兰岛战役，帮英国人击败阿根廷人。我的祖父也在第二次世界大战时帮马来西亚打过日本人。"

其实，从 18 世纪末开始，这群挥舞着库克弯刀的军人，就在两次世界大战中，以不屈不挠及忠贞不贰的精神闻名于世；而 1982 年福克兰群岛战役，他们更因为扮演了一个重要角色而声名大噪。然而，我一直对他们如此骁勇善战感到好奇。

"是环境把我们训练出来的。"他解释,"我们住在深山丛林,到处是毒蛇猛兽,几乎是步步危机、处处险境。我们得随时警惕,迅速反应,根本不容有时间考虑到'怕',稍一犹豫,就无法生存。"

"过去,你们当自己部族的勇士去抵御前来侵犯的外敌,后来,你们大都成了别人的战士,去跟一些毫无冤仇的人作战,而且,总是跑在战场的第一线,死亡的机会很大,面对这样的事,你们有什么感觉?"

他愣了一下,不解地说:

"进入外国军团,我们有制服穿,有好食物吃,待遇又好,而且可以改善家人生活,又能搭机到香港受训,村人都把我们视为英雄。"

该怎么解释?我的心一下子沉了下去。世界上,还有什么比不知道可悲更可悲的事?尼泊尔人因面对着悲惨的赤贫,使得他们的生命和尊严都成了次要的了!然而,他又能如何?

飞机穿越层层白云,飞越迤逦不尽的崇山峻岭,约三十分钟就到了伯卡拉。

伯卡拉第一眼给人的感觉是空旷而开朗的。她的迷人之处也就在于她的自然景观,尤其是倒映在费娃湖平静水面之上的庄严的迈克普奇尔山及她那"条"最突出的"鱼尾"尖峰,令许多游客难以忘怀。而且,世上再没有任何地方能像伯卡拉一样,可以这么近地瞻仰喜马拉雅山的风韵。

沿着费娃湖畔有许多售卖工艺品的商店以及简朴的饭店,不时还看到一些弹着沙玲吉的吟唱艺人。

沙玲吉是由一块木头雕刻而成,有四条弦,用小而平直的弓演奏,有时还击上小铃卟当,有点像小提琴的结构。妙的是,艺人们不仅卖唱,连琴也卖。从伯卡拉回到加德满都,在近机场的帕林帕迪寺,看到了一些骇异的事。

这座庙沿印度圣河恒河上游的巴格马提河而建,规模宏大而且金碧辉煌,是亚洲湿婆信徒四大朝圣重地之一,可惜非印度教徒不得入内参观。不过站在河对岸观望，仍可见主殿的三重包金屋顶，发出耀眼夺目的光芒。

这座建于 1695 年的寺庙下面，是一排"待死屋"，河岸上有一些供皇室火葬用的河坛，左边的河坛则是平民百姓的火葬之处。

那天，正好烧着四具尸体，你能很清楚地看到猛烈的柴火将尸身慢慢烧焦烧熔，然后，骨灰被撒入圣河以求永生。

宗教的力量有时真令人觉得不可思议，巴格马提河河水污浊不堪，人们又爱将牛粪、狗粪、污泥、垃圾往河里倒，可是信徒仍在此沐浴净身，斋戒洗罪。

河对岸，有十一座完全相同的石造小舍利塔，塔内奉有"灵甘"。印度信徒也将湿婆神视为男性生殖器官"灵甘"的象征，不育的妇女常到此地许愿。

在这些小舍利塔前，有一些遁世者或印度教托钵僧修行的洞穴。托钵僧们蓬头垢面，打扮怪异，有时，突然出现在你身边，着实会被吓着。

离开帕林帕迪寺，我又来到博拿佛塔前。

博拿佛塔的建筑很特殊，在半球形的覆钵上叠着方形塔，方形塔的四面都画有佛眼，这是尼泊尔最大的一座佛塔。

我走上半球形的覆钵，眺望附近的景观，正有几位喇嘛迤迤然走过，他们居然讲着华语，我非常兴奋地与他们交谈，原来他们都是从西藏过来的。于是，我问他们关于佛塔每一个细部的象征意义。

佛塔四面的眼是佛祖释迦牟尼的佛眼，两眼之中，是神秘的第三只眼睛，象征无上的智慧，形似"问号"的鼻子为尼泊尔数字"1"，象征和谐一体的意思。

佛塔的建筑乃以冥达拉（意为喇嘛教徒冥想的图样）的方式往上扩展。佛塔四周环列着一个个可以转动的小圆筒，称为祈祷轮。善男信女依规定以顺时针方向转动祈祷轮，并绕塔而行，意为转动代表生死轮回的法轮，期望来生轮回转运。

到宗教圣地，很容易看到一些令人惊异或让人感动的画面。这里就有一幕：

一位藏族妇女，非常虔诚地绕着佛塔跪拜匍匐前进。她先将双手举高过头，跪下，往前五体投地，然后站起走一步，再双手举高过头……如此一路循环，到达终点时已是额顶突肿，衣衫褴褛。

我想，尼泊尔人虽然生活条件极差，前景也不算乐观，但仍然活得那样淳朴、坚强，一定和他们的宗教信仰有很大的关系。

第二天一早，我又去探寻有着"精致艺术之都"及"美丽的城市"之称的帕坦市。

帕坦市拥有一百三十六座大大小小的佛寺，其中五十五座主要的多重屋顶寺庙，是加德满都谷地中真正的艺术与建筑的摇篮，也是"尼瓦"佛教和传统艺术与工艺的大本营。

克里希那寺，也许堪称为谷地里最出类拔萃的石造建筑。一尊位于一根高高的柱子上的葛鲁达像就安奉在寺前。

另有一个杰出的石造艺术——皇家浴池杜沙喷水池，位于寻达里宫院中央。池壁约建于 1690 年，1960 年重新翻修过。上面装饰着两排小雕像（已有几尊雕像不翼而飞），是极其精致的石雕。

还有乌库寺里各种栩栩如生的金属动物像，令人赞叹不已的"金色庙宇"克瓦寺，千佛寺里的千姿百态的石雕千佛像，莲花形的曼嘉喷水池……简直数不胜数。

帕坦市确实有着层次丰富的景物，令人目不暇接，走在其中，像走进神话，走进寓言，似乎有着天人合一的感觉。较之加德满都、帕坦市，我更喜欢巴特岗市。因为在此地，你会有种繁华落尽显沧桑的落寞。

1934 年巴特岗发生一场大地震，使此地的杜儿巴广场受到了严重的损坏，将两座位于广场尽头的重要大庙摧毁殆尽。不过从幸免于难的那些建筑物，仍可一窥杜儿巴广场昔日的风华。

走在这里，最吸引你注意的是被公认为谷地中最为珍贵杰出的艺术精品——太阳门（或称黄金门）。这座镀铜的大门集合了当时最优秀的工匠于 1753 年倾力完成。门框本身就刻有不少的神祇：大门嵌在光滑的砖墙之间，其顶端盖着一个镀金的屋顶，屋顶上并饰有大象和狮子。

还有一幢建筑物令我为之倾倒不已，那就是尼亚塔波拉庙。它高达三十余米，气势雄伟，结构优美，比例均衡，是尼泊尔工艺美术的精粹，也是浮屠样式建筑的经典之作。

寺庙有五层屋顶，庙底下有五层方形的基座，在塔前阶梯两侧，分列着大力士、大象、狮子、麒麟、天使等雕刻石像，守护着寺庙。

我走到庙的回廊上，眺望整个杜儿巴广场，在黄昏迷蒙的暮色中，隐约感受到昔日盛景的一丝魅影。我在尼泊尔一连待了八天，这八天的所见所闻，给我的冲击太大了，我必须冷静地思考和过滤。

我素来对古迹有种情不自禁的敏感，不管是哪里的古迹。如果看到古迹被好好保护着，总是欣喜无比。然而，在这儿，目睹 16 世纪尼泊尔璀璨的文化，渐渐被风雪所蚀，因年岁而坍，使我的一颗心，被冲击得几乎要崩裂开来。

一位住在国外的尼泊尔人曾告诉我，他不愿也不敢再走进尼泊尔，因为，只要一抬头，已是泪眼盈眶。这眼泪的成分非常复杂，是憎恨，是痛惜，是失落，是无奈，又不完全是。

许多事，本来与己无关，但在这里，所见者多，自然所感者深。好像连带也悲悯起这些生存在如此欠缺生机且贫瘠土地上的民族。唯盼神真能与他们同在，帮助新政府能以现代文明的知识、技术与工具，逐步改善人民的生活环境、方式与水准，使贫穷的尼泊尔人能活得较为合理而尊严。

曼谷的两种风情

风情一：满街的佛寺及和尚

当飞机慢慢地接近曼谷上空时，我从机窗往下望着这个面积约一百七十平方公里的大都市出神。眼底呈现的尽是夹杂在广大丰富的田野间纵横交错的水运网、色彩艳丽的寺庙和造型特殊的农家。

不久，飞机在曼谷的旦摩安（Don Muang）国际机场降落。

离开机场，女友驾着车子在平稳的高速公路上急驰，沿途只有稀落的工厂、农庄、田园，并没有十分特殊的景致。唯一令我觉得特别的是一座座以木料、棕榈叶为建材的公车候车亭，朴拙而饶富泰国传统建筑风味。

女友说："这次你来泰国，除了看寺庙外，我带你去看一场生死战，包你一见难忘。"

"生死战？到底是谁和谁的？"我好奇地问。

"明天看了，你便知。"女友故意卖关子。

车驶进曼谷市中心，一路可见大大小小的寺塔，在亮丽的阳光下闪闪发光。鳞次栉比的高楼大厦与飞檐层叠的传统寺庙建筑，各自展现着不同的身姿。

自公元 13 世纪，小乘佛教由锡兰传入泰国后，佛教就成为泰国人民生活与思想的规范，整个社会充满着浓厚的宗教气氛。人民因深受佛教教义度化，也显得特别温和友善。

来到曼谷，参观寺庙就成了主要的观光活动。

泰国的佛寺不但以多闻名（全泰国共有两万五千多座寺庙，曼谷市就有约五百座），而且规模宏伟，结构优美；层楼叠阁，古刹浮图，绵亘不断；壁间彩绘，耀目生光，极富繁复缛丽之美。

尤其以矗立于旧皇宫内，被泰人视为最神圣的佛教圣地——玉佛寺，更是金雕玉砌，建筑得精致华丽。

相传两百多年前，拉玛一世远征寮国时，获得一尊高约六十厘米的碧玉佛像，经鉴定为有一千多年历史的古物。拉玛一世大乐，便在皇宫内盖了这座寺庙，将玉佛供在主殿上，视为国宝。

至今，泰王在每年的夏季、雨季、干季（一年三回），必亲自为玉佛更换嵌镶宝石的新衣裳。每逢国家有大典时，泰王也必到寺中祭祀。

寺内大小佛殿与佛塔有几十座。其中有座金色外表的尖塔，是泰国国王的藏经楼，亦是皇家祖祠，内部陈列有拉玛一至八世的铜像。在漆金的灵塔下，一圈身披彩色铠甲的猴脸武士，以双手托着塔腰，造型风格迥异。

在玉佛寺的邻街，另有卧佛寺，寺内有尊镀金的大卧佛，佛身长达四十六米，高十五米，卧佛一双用黑铜所铸的巨脚，实在壮观得很。每只脚心以珍珠母贝螺钿施工，雕着一百八十尊小佛像，匠思巧工堪称杰作。

走在曼谷的大街小巷，不仅是"三步一大佛"，而且还经常看到来来往往披着黄色与红色袈裟的僧侣。

然而，泰国的和尚和我们想象中的和尚完全是两回事。由于他们信的是小乘佛教，与大乘佛教不同，并不忌荤。

泰国实行全国皆僧制，男子一到二十岁，就必须"剃度"着素衣，进寺庙当一段时期的和尚。有的当一至三个月，有的当一年半载，有的是长期。现在因步入工商时期，一切讲求速度，有的只要当三天到半个月，便也算功德圆满。

他们相信出家静修，能为自己、亲人积修功德，也能使一个人更成熟，稳健。有了这样的历练，才算是一个男人，才有资格结婚，成为一家之主。

宪法上甚至明文规定，泰皇必须是佛教徒及佛教的护持者，才可登基为王。

泰国人认为，一大早遇到和尚是一件大喜事，这一天做什么都会顺顺利利。所以和尚托钵化缘，都是清晨出来，会受到人们很好的布施。爱赌的人，却认为一大早碰到和尚准触霉头，如去赌钱准输得像和尚的头部一样，"光光的"。

然而，女性又不同，女友警告我万万不可以碰触到和尚的身体，据说那会破坏和尚的修行。"如果碰到了，他倒霉十年，你倒霉十一年。"

风情二：生死战

当晚带着期盼入梦。隔天清晨，女友开车带我前往曼谷郊区去看她口中的"生死战"。

约莫行了两个钟头，到了斯利拉吉亚的一个村落。那村庄在白闪闪的阳光中，被覆盖在重重的绿荫之下。

下了车，站在街头张望，见不远处的一片空地上，有一个用黄布围着的布帐，门口有个男人站在那儿不停地吆喝着，招徕客人。

女友买了票，我跟她进了布帐，里面锣鼓喧天，到处浮腾着人声。圆形的观众席是用长木条搭建的，分为底座，约有两层楼高，造得相当粗糙。

中间是块凹凸不平的黄泥地，用低低的栅栏围着，应是个赛场。栅栏旁放着一个钱柜，一台秤，柜台后面坐着个男人。一会儿，一群人疯了似的冲进赛场，绕着场地边跑边对着观众喊："柴拉玛三十对五十"

"鲁比尼六十对四十"。

这时，观众席中有人出声呼应："我对柴拉玛！""我对鲁比尼！"

言罢，不是将钞票掷出，就是打着手势。这几个人站在人群里，点一下头，伸出手来，表示成交。彼此间似乎都明白对方的意思，然而，我却是看得一头雾水。女友告知：

"这几个人是专门招赌的。柴拉玛三十对五十的意思就是：谁为柴拉玛先生的鸡押三十铢，这只鸡斗赢时，他就能得到五十铢。谁为鲁比尼的鸡押六十铢，这只鸡斗赢时，他只能得到四十铢。"

没想到悬在我心中一天一夜的谜，居然是这么回事！我不禁失望地说：

"这种斗鸡表演，我早就看过了！"

"这儿可不是表演，而是公鸡的生死搏斗与人的金钱之斗。看完后，你会有深刻的体验。"

正说着，扩音器响了起来："柴拉玛先生和鲁比尼先生的公鸡现在入场。两位鸡主先生各押五百铢。"女友为我翻译。

铜鼓响了！两个男人胳膊下各挟着一只鸡走进赛场。一只鸡是灿烂的红色，另一只则是青黑的乌鸦色。鸡主把鸡放在秤盘上，确定重量。两只公鸡都失去了原来公鸡应有的模样；翅膀被修剪过，怕它飞走；鸡冠被割掉，免得斗鸡时互啄鸡冠；尾巴的羽毛被拔掉，以防争斗时碍手碍脚；距也被割去了。

两位鸡主各自从手上拿着的一个小袋中取出一把小小的钢刀。裁判员做了仔细的检查，看看这两把小钢刀是否一样，是否符合"斗鸡规则"。待通过了，鸡主将钢刀绑在鸡的右脚踝上。

看到这里，我才明白，原来这里的斗鸡不是纯为表演，而确是一场生死战。

装好了钢刀，鸡主抱着各自的公鸡向对方走去。边走边用力拧公鸡的屁股，再猛拔它身上的毛，又将它在空中晃了几下，这时，公鸡已被激怒到了沸点。待走近时，两只公鸡的反应一如人愿，目露凶光向对方狠狠地瞪视着，急于想从鸡主的手中挣脱，向对方扑去，似乎刚才那番折磨全是发自对方的挑衅。

两个"斗士"被放到了地上，它们不像拳击手，先绕场道迂回盘旋，伺机出击，而是一下子就向对方冲去。一次又一次地用嘴和刀向"敌人"攻击，又砍又刺，又咬又抓，两只鸡像中了邪似的扭成了一团。

观众们呢？一副漫不经心的模样，并没有狂叫猛喊，而是在那儿海阔天空地聊着，咬着香蕉干，吃着椰浆饼。他们只是偶尔向赛场瞥一眼，看这两只同一种类、同一性别的蠢鸡，浑身浴血，拼尽全力地进行着生死战。

看着看着，我心中文明的假象全都剥落碎灭了！四周狭窄的压迫猛地在眼前晃动摇荡，我不知自己现在究竟是在斗鸡场呢，还是正置身于厮杀流血的战场上。

看着看着，我想起了台湾的"二二八"事变，以及我国的"五一三"事件，心中迅即愤怒了起来。当时，那些故意掀起事端的有心人，不也是一边押着赌注，一边观望着那些同类们正在彼此血肉相残吗？

终于，那只红色的公鸡被咬得遍体鳞伤，被割得全身上下没一块好的地方了，它倒了下去，比赛有了结果。这时，那群招赌者再次冲进赛场，开始向投注的人收取或支付整卷整卷的钞票。人群逐渐离去，没有一个人向倒伏在血泊中的公鸡瞥上一眼。红鸡的主人走进赛场，但是，没想到……绝对想不到……他竟是在它的脖子上狠踩一脚，好让它更快地流尽最后一滴血。红鸡勉强拍动了一下翅膀，旋即气绝身亡。我的心也跟着一阵苦涩的悸动。

出了斗鸡场，阳光闪耀而刺目。外边有个小贩正兜售鸡肉沙嗲，女友问我："要不要买几串？"

我一想到那只刚刚斗死的公鸡便胃口全失。

满地神佛的巴厘岛

你可曾听说有个巴厘岛，
就在那印度尼西亚；
那岛上风景美丽如图画，
谁都会深深爱上她。
……

　　我听到这首歌时，就对巴厘岛心生向往了。

　　巴厘岛确实很美，美得独特，美得神秘，美得充满了艺术气息，更美在那种无处不在的宗教气氛。

　　无论走在大街小巷还是民居寺庙，处处都能看到雕刻，有的是木雕，有的是石雕，有的是鱼骨雕。而最令人赞叹的，是这些艺术雕刻与大自然的契合，如水乳交融般和谐。岛上的居民，不分老幼，几乎都参与过雕刻品的制造生产工作，他们将艺术雕刻完全融入了生活中。他们并不只是单纯的旁观者，相反地，他们积极投入，表现出一种独一无二的巴厘岛艺术特质。

　　此外，让我深觉迷惑的是，几乎每一户人家的大门框上，都雕镂着一些婆罗门教派中的故事，几乎家家户户都供奉着好几座神龛，除了每天上供，还给它们撑伞、插花及穿上衣服。

　　这些神兽像所穿的衣服，最常见的是黑白格花的围布，也有黄色、紫色及红色的围布。据说不同的服饰代表着神的各种等级。

　　巴厘岛居民每天接触的周遭事物可说皆与宗教息息相关，艺术又被视为全体岛民美化事物的共同义务，因此，艺术创作往往只有一个特定的目的：为社会与宗教创造美感。

　　印尼大部分岛屿的居民都信仰伊斯兰教，只有巴厘岛除外。这里信仰的是 Hindu Dharma（印度里教）教。这是一种综合的宗教，既有着印度教、婆罗门教的影响，也有佛教的影响。所以，每个村庄里必须具备三种寺庙——德萨寺（Pura Desa，村庄之庙）、普塞寺（Pur Puseh，万物之源庙）及达蓝寺（Pura Dalim，亡者之庙），才能算是完整的村庄。此外，还有宗族祠堂、班贾庙（Banjar Temple）及尊奉湖泊及泉水之神的小庙。

　　具体地说，村里人信仰和供奉的是，三大天神、佛祖释迦牟尼和祖宗。

　　三大天神分别为：代表"生"的梵天天神（Brahma）；代表"存"的偏照拜天天神（Wisnu）；代表"死"的大自在天神（Siwa）。

　　我所以不厌其详地说明，乃是自己初游巴厘岛所得的经验。因为，整个岛屿神庙无数，神像更是遍布各处，如果不对这些寺庙及神佛有点基本的认识，来到此岛，见了满"地"神佛，犹坠五里雾中。

　　在岛上的众多神庙中，培姜附近有座神秘的象窟（Goa Gajah）是巴厘岛唯一的石窟寺院。洞口雕刻着纠结的树叶、动物、海水波纹和面目狰狞的人形，恶魔卡拉则盘踞入口上方，瞪大双眼，仿佛要吞没一切事物。

　　总之，巴厘岛的自然景致固然迷人，但真正能抓住旅人心的却是岛上这些独特又强烈的民族色彩。

　　……

　　只要你一朝来到巴厘岛，

走向那山明水秀，

就仿佛世外桃源安乐窝，

都不会轻易离开她。

……

没有任何一名造访巴厘岛的游客会错过丹拿乐（TanahLot）海边日落的美景；而距海边不远处的巨大岩石上，竖有几座寺庙，人称"丹拿乐海龙庙"。

丹拿乐的海滩与众不同的地方是，它不以沙见称，而是以石知名。最特殊的是水陆在此融为一体。

我踩在显露在浅水下凹凸不平的石地上，置身于大海和陆地的"交界"处，望着茫茫天边的大海，滚滚滔滔，一浪高似一浪，撞向岩石，唰地卷起几丈高浪，接着又碎成一圈圈浅浅的泡沫。

就这样日复一日，夜复一夜，原来坚硬的岩岸一块块崩落，变成了现在水平线一样的石地了。

看着大自然形成的奇迹，心也就像站在巨大的历史瞬间。这瞬间，其实是经历了不知多少漫长岁月的努力后，才得以改变的。

别了丹拿乐，奔向丹巴西冷（Tampak Siling）的圣泉之寺（Tirta Empul）。据说此泉水曾使当时支配村里的无神论者玛耶达那哇（Maya-danawa）魔王退却。从此之后，村里的人在每年第二个满月之夜就有了洗圣水澡的风俗习惯，且这种风习已流传了一千多年。

圣泉之池虽残旧，又是满墙绿苔，一壁斑驳，但既是神造的池，又有"圣水"，所以来往的人都会走到池沿以手试泉，希望能沾点仙气。

既沾了仙气，就绝对要"收敛"起人的恻隐之心，否则会"一发不可收拾"。此话何解？

因为巴厘岛上，每一处观光点都有售卖工艺品的小贩。他们那种强迫推销的售卖方式，令人闻之色变。

我一出圣泉之寺，就被一位又黑又瘦的孩子缠上了，叫我非买些他的工艺品不可。工艺品虽雕刻粗糙，但见他小小年纪就肩挑生活的重担，我不忍让他失望而归，心一软就掏了钱。谁知这下祸闯大了：蜂拥而来的小贩把我层层包围住，认为我不该厚此薄彼，他们叽哩呱啦地非要我跟每人买上一样不可。这时，只觉得有许多只黑瘦的手对我又拉又扯，我根本无法脱身，最后，还是劳驾两位导游奋力将我从人群中"解救"了出来。

我在惊魂甫定之余，不禁想着，他们之所以有着这种歇斯底里的售卖行径，可能是生活所迫，极度贫穷所致。如是这样，那么，这个一向被誉为"神仙岛""地上最后的乐园""诗之岛""艺术殿堂"的巴厘岛，似乎只是游客想象中的世外桃源了！

> ……
> 岛上的女儿家，
> 个个是秀丽艳如花，
> 她舞蹈又歌唱，
> 那歌声美妙舞态多风雅。
> ……

巴厘舞蹈闻名世界，既到此一游，就绝不能错过观赏的机会。

那天，我们来到设在花丛间的一个剧场。所谓的"舞台"是个四方形的空地。"舞台"背景，是一个装饰繁复的牌楼。随着石阶上去，又有一个雕刻华丽的牌门。于是，红墙、绿树、彩伞、灰石雕、褐色门……组成了一幅以实景为主的舞台布景画。

当乐声响起时，牌门后闪出了一位服饰艳丽夺目的少女。在那张流露着难以描绘其风韵的鹅蛋脸上，嵌着两只乌黑的大眼睛。那眼神似乎会发火光，具有着相当迷人、动人、感人的力量。她那纤纤的双手、动作更是无穷尽的繁细，每一指尖的伸屈，都具有其特殊的美。她跳的舞步节奏虽缓慢，但很富古典美感。一左旋，宛若游龙，再右转，又翩若惊鸿，充分表现出巴厘舞的修养及细腻精巧的技术特点。

接着跳的是 Barong 舞（巴厘狮舞或称神兽舞），由两人扮神兽，和中国传统的狮舞有点相似，但已加入了戏剧性的情节。Barong 代表正义，Rangda 代表邪恶。这种善与恶斗争的故事，一直是巴厘舞蹈"永恒的主题"。

Ranga 是一位欲求贪婪的女巫，她不断地要求百姓献祭。当我看到舞剧中一批批的少年用匕首自刺，牺牲自己来祭祀恶神时，我几乎惊跳了起来。原来 1906 年，当荷兰入侵巴厘岛时发生的那场悲壮惨烈的、持续两年之久的、令侵略者错愕、让全世界震惊的"死亡的战斗"，竟是源自于传说中的神话故事！

当时，岛上居民，以祭祀恶神的方式，静默地一个接一个，一批又一批，陆续以祭献的方式，用短刀自尽于敌人面前，宁死不降。

他们居然用这样的抗争方式来却敌，或许令人感到惊讶、发噱，然而我心中却又不禁生发了一种深深的、深深的悲哀。战役的结果，当然是以失败告终，荷兰占领了巴厘岛。

然而，岛上居民这种明知不可为而为之的民族精神，不正像丹拿乐那沉毅、持恒地击打着坚硬岩岸的海涛一样吗？虽然海浪不断地重演着奔腾、冲撞、崩溃、消退的角色，但最终还是令岩岸改变了模样。

黑天鹅的故乡

——澳洲珀斯

天 鹅 河

假如，我们将历史比喻成一条源远流长的大河，那么天鹅河就像一条主要的动脉贯穿了西澳的历史。

天鹅河，像是一条流动的水镜，流动着许多镜花水月，流动着无数归人和过客的传说。

它的水曾带来了原住民的独木舟、探险家的皮筏、早期移民的货轮和现今游人的渡船。而这一批一批的人，同样也为珀斯的建筑物留下了传统与现代的痕迹。

1967 年，当两位荷兰海洋探险家，沿着澳洲的西海岸航行，经由一条宽阔伸展的水路时，他们突被眼前所见的景象惊呆了：怎么可能，世上会有黑色羽毛的天鹅？但一大群有着翩翩之姿的黑天鹅，确确实实地正从他们面前从容地游过去。这对一向住在北半球，从来只看过白天鹅的他们来说，是一项奇妙的发现。于是，他们就给这条河命名为"Swarte Swanne Drift"，即黑天鹅河的意思。

天鹅河，没有惊心动魄的峡谷峻岭，也没有汹涌澎湃的大江怒涛。它是那么温柔，那么秀丽。而天鹅河的美，就美在它的静，它的雅，任何人都可轻易地走近它，和它发展出和谐的亲密关系。

一位终年在天鹅河驾渡的中年人对我说："我不知道那些家乡没有河流的人们是怎样的，对我而言，如果有一天我离乡背井，人家问我，家住在哪里？我一定回答在天鹅河旁的珀斯。我想，天鹅河对我的意义就在此吧！"

天鹅河对于珀斯人，有如拉让江对于诗巫人，淡水河对于台北人，黄浦江对于上海人。这些河流，对当地的居民已不只是地图上的一截江流，而是与他们有着相依相存的紧密关系。江河伴着居民一起走过从前，共同迎向未来。

对于家乡有河流流过的人而言，河流的意义甚至可以是乡愁的一部分，我在听了这位驾渡者的话后，突然强烈地渴望流过吉隆坡的巴生河，将来也能成为游子心中时常眷念、能产生乡愁的一条美丽的河流。

海　神

每一个地方，都会有一些古老又神秘的故事流传着，不管是美丽的，还是悲哀的；是真实的，还是荒诞的，它们一代代地流传了下来。

当我来到位于西澳海岸的大西洋水族馆时，就听到了关于海神Neputune 的故事。

传说中，海神的眼睛就像碧波那样灿烂夺目。他头缠海草，美髯飘飘，面部表情老成持重。他常常手持三叉矛击打着岩石，裂开的岩缝里便喷出滚滚清流，灌溉大地上的田园，使农民五谷丰登，所以他又被认为是丰盛神。但是，当他愤怒时，他又会挥舞起三叉矛控制海，叫海来震撼大地。所以，渔民对他又敬又惧，不论是海岛、岛屿、港湾，到处都建有这位海神的雕像。

大西洋水族馆的海神石雕像就立在一座小山坡的顶峰上。

我爬到海神巨大的掌心上坐定，眺望着潮涨潮落，云起云飞。辽阔无垠的大西洋，渐渐地隐没在水天一线的千里烟波里。

海神像的右下方，海豚正在表演它们神乎其神的飞跃动作，观赏的人群则发出了一声声的赞叹。再远处，有一个远古时期的巨鸟雕像，它虽已风化得千疮百孔，但仍屹立不摇。巨鸟下还有个布满皱纹的脸庞，似在诉说着种种的沧桑。

再将视线转向左下方，则是世界上最大的一个名人钟。

这个名人钟，以水为面，石为缘，十二个罗马数字的正上方是十二个名人的石雕像。其中有查利·卓别林、查尔斯王储、玛丽莲·梦露、猫王等。

这些人物，均曾发出过耀眼的光芒，成为世人瞩目的焦点。可惜，时间并不能在他（她）们最灿烂夺目、最幸福欢悦的时候永远地驻停，让那一刻化为永恒。

"逝者如斯夫，不舍昼夜！"在圣哲孔子的这一声叹息中，隐含着多少对人世的悲悯，多少对人类的责任。

然而，时间的速变就像水的流动。即使是圣人有时也显得无能为力，那么，在名利之中浮沉的芸芸众生，又有多少人能在时间的水流中抓住永恒呢？！

古往今来有多少人在水中照影，然而，在时间的水流中能镂刻下影子的，也只有智者的片言只字：

大江东去，浪淘尽，千古风流人物。

水 晶 洞

走进 Yanchep National Park 内的水晶洞，就像走进了一个神话世界。

请你想象一下吧，红萝卜、玉蜀黍一个个一串串，从悬岩上倒垂下来；极多参差不齐的一棵棵春笋从地面上冒出来；四周石柱钻天，米色的幔帘垂挂；顶部朵朵莲花映入水中，再加上充满幻想的彩灯照耀着。

其实这是一个石灰岩溶洞，是 1838 年被欧洲人发现的。可是这个奇异的地方在地面上看来却平常无奇。当我们的汽车停在一间不甚起眼的房前时，我简直不敢相信这儿就是水晶洞的入口处。

那是一个仅容一人进去的洞穴。

钻进洞口，我沿着石阶一层层地向下走去，大约下了有二层楼的深度，见到了一条通道。通道顶上，每隔不远就装置着一只电灯，把四周照得通亮。我顺着通道一直往里走，两旁岩壁上不时有泉水渗滴下来，湿淋淋的岩壁闪着黑冷冷的慑人的压迫。

我静静地走着，除了自己及其他游客的喘息声音外，我听不到任何别的声音。突然，只觉眼前豁然开朗，出现了一个可容近千人的宽阔大厅。大厅周围则是千千万万由石灰岩形成的钟乳石、石笋、石柱、石幔和石花，在五彩灯光的照耀下幻成千百种形态。

我注视着这一切，心中暗暗想着：要掘出这样的通道，不仅是挖掘，更需要丰富的经验与敏锐的观察力，才能使工程更准确、更有效地进行。

直到现在我才明白，我看到的不是神话，也不是奇迹，而是人类靠意志和智慧，突破层层的岩石，创造出来的。

当时这座石灰岩洞的开采，不知凝聚了多少矿工的辛劳和血汗。他们每天在无边无际的黑暗里，孤苦无助的地底下，一铲一铲地，一锄一锄地，一寸一寸地试探着前进，将岩壁凿开，寻觅着钟乳石、石笋的踪迹。

他们当初奉献的劳力，如今，已经为西澳的旅游业奠下了不可磨灭的基础。虽然，他们往往是被遗忘的一群。

我情不自禁地拾起一块断落在地面上的钟乳石，带着它与我一起回到人间。

一出洞口，阳光闪耀而刺目。

离去前，我又回头望向那黑沉沉的洞口，那个唯一通往地下国度的通道，也是钟乳石埋藏的故乡。这时，我仿佛感觉到手中握着的这块微湿的钟乳石，仍带着地底的汗水与悸动。

伊斯兰之花

——访伊斯坦布尔

　　船航行在博斯普鲁斯海峡的水面上，掀动的水波轻柔地环抱着已有数千年历史的伊斯坦布尔。

　　这座世界上唯一居于欧亚交界处的古城，繁荣了三千多年，曾是罗马、拜占庭和鄂图曼帝国的首都，有超过一百二十位的帝王和苏丹在此称王。我相信，没有一个城市有过如此辉煌的历史。

　　五百多年前东罗马帝国灭亡后，土耳其帝国在此建都。直到1923年土耳其成为共和国，"土耳其之父"——凯末尔虽将首都迁到安卡拉，但是，伊斯坦布尔仍是土耳其最拥挤和最繁荣的城市。

　　伊斯坦布尔是个令人惊讶的城市，每天来往于格拉塔桥畔码头的人潮多得吓人。

　　周遭的码头上、市场里、河岸上、桥上，甚至在金角两侧通往斯坦堡（Stanbul）以及贝佑古吕（Beyoglu）丘陵的陡峭小径上，都布满了脚夫、小贩、顽童、扒手、牲口贩子、看热闹的和各色游民所杂凑成的密密麻麻的人群。这时，牲畜的咕噜声和嘶喊声，小贩的叫卖声，四面八方的嚷嚷声、诅咒声和吵闹声，在大街小巷上发疯般地往来奔驰的无数车轮的嗡嗡声……所有这一切组成了一幅令人目眩神摇、手足无措的纷扰景象。

　　行走其间，宛如摸索前进在由人混杂而成的丛林里，让人透不过气来。

这种场面也是伊斯坦布尔极具地方特色的景观，给人的印象十分深刻。

清 真 寺

好在这座既充满活力，又嘈杂纷乱的古老城市里，到处都矗立着清真寺。

美丽安静的清真寺成为人们远离尘嚣的地方，也是信徒们信仰的绿洲。

伊斯坦布尔是古老伊斯兰教的发源地。据说，伊斯坦布尔是由"伊斯兰之花"的发音演变而成。虽然伊斯兰教并未规定信徒一定要到清真寺膜拜，但是清真寺却象征着国家权力和社会地位，因此，伊斯兰教徒竞相争建雄伟壮观的寺院，而这些遍布在城内的七百多家大大小小的清真寺，遂成了伊斯坦布尔的特色。

其中苏丹阿美特寺院（The Sultanahmet Mosque），又称蓝清真寺，不仅是土耳其最美的清真寺，也是伊斯兰世界里最著名的建筑物。同时它还是全世界唯一具有六个拜望塔的清真寺。

在蓝清真寺对面的是圣索菲亚大教堂（The Hagia Museum）。它初期只是一座面积很小，木造屋顶的建筑物，由君士坦丁大帝的儿子建于4世纪中期。经过数次灾变，查士丁尼大帝为了个人的享受和尊荣，将它扩建，没想到现在却成了宗教和传奇的象征。圣索菲亚大教堂曾作为教堂历时916年。1453年5月29日，当默罕默德二世攻克了君士坦丁堡以后，这座拜占庭教堂成了伊斯兰教徒的圣殿，历时477年，土耳其在1923年独立后，又被改为博物馆。

所以在这座建筑物内，会见到一种奇特的景象，就是在镶嵌着许多圣母、耶稣基督、圣徒及有翼小天使等造型艺术品的墙上，也挂着许多写着可兰经文的圆嵌板，因而会有一种基督教世界和伊斯兰教世界在那儿合而为一的感觉。

这种特殊的对比，使伊斯坦布尔成为西方世界最不合常规、最难以了解的城市。

圣索菲亚它那 5560 米高，3150 米直径长的巨大圆顶，是用一种很轻但很坚硬的砖做成的。这座拜占庭时代的宏伟建筑，就建筑艺术而言，它的构造是少见的，故成为世界八大奇观之一。

博 物 馆

伊斯坦布尔旧名君士坦丁堡，城本身就是古老拜占庭文化的珍贵遗产。过去在帝国时期所建造的宫殿，自土耳其独立后多成了博物馆。

托普卡皮宫（The Topkapi Palace）有"诸神阴影的宫殿"之称，是默罕默德二世在 1459 年兴建的。宫中的秘史过去极少被揭露出来，然而今天，不论谁都可以进入这个神秘却又极美丽的地方。

托普卡皮宫占地面积 70 万平方英尺，有四个宫殿及一个后宫，过去仆役如云，禁卫军、高级官员、宦官和满身香水味的女人更是不可胜数。光是在厨房工作的人员就有 800 名，所用的餐具全是中国和日本特制的珍贵瓷器，共有 10700 件。珠宝室内有许多苏丹的珍藏，其中包括：重 86 克拉的蛋匙型钻石，是全世界第七大钻石；两个重 48 公斤，满布钻石的巨型金烛台；镶着珍珠和翡翠的金色皇冠；3426 公斤和 1310 公斤重的巨型绿宝石；光辉灿烂镶着绿宝石的金短剑……

我们几乎是一边看，一边发出惊叹声。

接着，我们又去参观德玛巴奇皇宫（Dolmabahce Palace）。这座宫殿虽没有像托普卡皮宫一样藏有许多耀世的珍宝，但宫殿内部的奢华布置却是骇人的。因为光是装饰就用了 14 吨的黄金和 40 吨的银，而整座皇宫的建造花费了 500 万金币（建期从 1843 年至 1856 年），相当于现在的

5 亿美元。

土耳其建国之父曾在此住过，1938 年他死后，此座宫殿成为博物馆，开放给公众参观。为了纪念他，宫殿内所有钟的时间，都停留在上午 9 点 5 分，也就是他断气的那一刹那。

土耳其浴

虽然时代进步了，伊斯坦布尔也非常喧嚣，但伊斯坦布尔的生活方式仍然留存在土耳其浴的水蒸气中。

土耳其浴的声名早已响彻全球。这种源自于古罗马帝国和鄂图曼帝国的生活习俗，从至今尚留存的豪华浴室中，仍足以窥出当时的穷奢极欲。

时至今日，多数住家都有了自设的浴室，但公共浴室仍是土耳其的一大特色。部分是因为伊斯兰对个人卫生的重视，部分则是因为沐浴是一种乐趣。在土耳其，普通人去澡堂或许只是为了清洁，但对上流社会的人，则是一种社交礼仪。

鄂图曼时代建造的公共浴室，还设有土耳其茶室。伊斯坦布尔人很懂得生活的情趣，他（她）们在大型豪华的土耳其浴室洗净后，再享受按摩的服务，随后，和朋友在那儿聊天，品尝著名的土耳其茶和咖啡。对土耳其人来说，这是很舒适和负担得起的一种奢华。

土耳其的咖啡也确实值得一试，因它被调制得"香醇似爱、滚烫如地狱，而泡沫的厚度足以淹没长统靴"。

因为，这已不只是一种单纯的享受，还是一种完美的生活艺术。

所以，到了土耳其，怎能不试土耳其浴。

由于我们到伊斯坦布尔时正值开斋节，许多浴室歇业，所以我们只好到一家五星级饭店附设的土耳其浴室见识。

进门登记后，我们向服务员取了装衣物的锁匙，到更衣室换衣。其实，我们四个女人根本不知该换什么衣服沐浴。这话听起来似乎有些可笑，沐浴怎么还需穿衣？可是我们实在还没开放到勇于裸裎相见，只好换上泳衣坐在更衣室等候。

等了好久，才等来了一位非常肥胖的土耳其妇女。她带着满脸笑容，趋前与我们言语，可惜是鸡同鸭讲，我们根本听不懂她的土耳其语，最后只能以手语示意，跟着她进了沐浴之处。

这是一间完全用大理石砌成的浴室，中间有一块长方形的大理石平台，四周靠墙的许多水龙头下面各有一个大理石盆，承接着源源不断冒出来的冷热水。

这位胖女人将冲洗的用具摆好，除去身上的宽袍，只剩一条短裤遮体。当我们看到她那状如长形冬瓜的豪乳时，全都傻了眼！她似乎习以为常，用手示意谁先上。我们当然指向最年长者，以示尊重。她会意后，马上以迅雷不及掩耳的闪电速度，将那位长者的泳衣一把扯下，就在大家还在惊呼时，她已用海棉刷，将肥皂泡沫涂满了长者的全身。

擦洗时，她一边哼着轻松的土耳其曲，一边扭动着身躯，似乎非常乐于工作。待她将淋浴者全身擦遍，热水淋身后，再用一种粗糙的棉布，用力搓洗，这时，沐浴者身上浮出了可能连自己看了也不敢置信的大量污泥。随着一轮冷水浇身，整个沐浴工作即算完成。之后，应是享受蒸气浴和按摩的时候了。

当我目睹了整个过程后，趁第二位顾客清洗时，悄悄地溜了出来。

大 市 场

还有比伊斯坦布尔更热闹的集汇中心吗？谁见过5000家商店聚集在一块占地20余公顷的有盖的土地上。

伊斯坦布尔的大市场，是当今世上最古老也是最大的市场。它建于1461年，原是较小的木建筑，一场大火后，1701年才用砖石建成现在的样式。

到伊斯坦布尔，不能不来这里逛逛。

有人说大市场可以和阿里巴巴故事中的藏宝洞穴媲美。走进这有盖的大市场里，像走进了迷宫。珠宝商、古玩商、地毯商、食品商……各个行业的商人铆足劲，站在店门口或长廊上招揽着顾客。

讨价还价几乎成为买卖时的规矩，同时也是一种引人入胜的游戏。大市场里生动的交易景象，足以激起每一个人的购买欲。

这些感觉和参观托普卡皮宫、圣索菲亚大教堂、蓝清真寺的印象混合在一块儿，你就会感受到 20 世纪的伊斯坦布尔的新鲜血液，正在这颗衰老的心脏中汹涌奔流。

伊斯坦布尔有着太多的新奇，但又觉得它深藏不露，因为即使它尽褪罗衫，也总保持着那一点神秘的色彩引人流连。

或许奇特的美总是让人不解，让人目眩神迷，尤其在 20 世纪这个讲究速度的时代，一眼无法看穿的事物很容易引起各种臆测，因而更添加了它的神秘色彩。就如肚皮舞，居然会成为这个保守国家的一项特色一样。

或许伊斯坦布尔的真实面，不仅外国人难以想象，连土耳其人本身也难以察觉吧！

废墟·古墓·棉堡

废 墟

当我徘徊于荒芜的艾菲索斯（Ephesus）废墟中（土耳其境内）时，不禁为四千年前就已拥有的高度文明而惊叹。

这座古城，显示了当时古希腊罗马人的智慧、创造力和价值；然而，旧日朝朝门前车马喧，夜夜笙歌宴飨欢的景况，已因战火的无情和人欲的贪婪而摧毁殆尽。今日的艾菲索斯只能静静地以其倾颓的斑斑残景，提配世人它曾拥有的辉煌和曾遭受的戕害。

相传艾菲索斯城在公元前 2000 年就已存在，罗马帝政时期，圣约翰住于此地完成了福音书，这是基督教史上重要的事件。3 世纪中期，哥特人攻占此地，Artemis 神殿被破坏无遗。

Artemis 神殿，根据罗马历史家 Plinius 的说法，它曾遭七次破坏，而又被重建了七次。第七次重建的豪华、壮大的神殿，被指为世界七大奇景之一。神殿原由一百二十七根石柱围绕，其中三十六根有精彩的雕刻；然而现在只剩下孤零零的一根断柱，在灰蓝色的天空下，寂寞地俯视着这一片废墟。

到了基督社会，艾菲索斯也和附近都市一样，希腊神殿被认为是异教徒的神殿而惨遭遗弃，有一部分甚至被用来作为新基督教堂的石材来源，比如伊斯坦布尔的圣索菲亚大教堂使用的绿色大理石石柱就是从这儿运去的。15世纪以后，艾菲索斯几乎从历史上消失，一直到19世纪后期被发掘出来，才又重现人世。

现在，曾容纳两万五千人的大剧院的拱形石门，依然卷着波涛；胜利女神的雕楼还是那样清晰，那样有力。人们还可以从这座曾有过二十五万人居住的城市里，去想象它昔日的繁华。

其实，人类的历史上曾出现过不少辉煌灿烂的城市，但能够保持长久生命力的又有几座呢？

城市的毁坏如是出于天灾，那是老天不祝福，怪不得谁，可悲的是，大多数城市的消失都是人类自身惹的祸。

早期，人类为了生存而同自然界拼搏斗争，进入社会形态后，却演变成人类自身之间的残杀与流血。难道，人类生命的本质就是必然的悲剧？！

如今，片片瓦砾散落在荒草之间，断残的石柱在夕阳下站立，昔日的雕梁画栋、亭榭水阁已不复见。时间在这里，如石刻一般，停滞了，凝固了。

对着这一段凝固的历史，我只有怅然凝望。

我几乎是在一种祭奠的气氛中，边走边看着这座人类古老文明的遗迹，"断碣残碑，都付与苍烟落照"。在这种对过去美好的事物已被毁灭的痛憾中，似乎也夹杂着创业的祖辈在寒风中的声声咆哮。

古　墓

"古今将相在何方？荒冢一堆草没了。"

海瑞波利斯（Hierapolis）的废墟里，有许多分别葬着贵族、英雄及平民的陵墓零乱地弃置着。陵墓的形状有冢形、棺形及屋形。众多的陵墓显示了这座城市曾有过的辉煌。

早期人类即使生活困难，也不惜用巨大的代价造成坚固的陵墓，期望坚实的墓穴能经得起风雪雨霜及岁月的剥蚀，使死者居所安适，长存永生。

从几十万年前原始人的简陋墓洞到沙漠中兀立的金字塔，从三峡危崖上的悬棺到明十三陵的地下宫殿，规模不同，丧葬方式有别，但其根本意识却是一致的。当我们看到秦始皇陵寝中那浩浩荡荡的地下兵马大军的威严阵势时，怎会感受不到其中蕴含的气势和强大的生命力呢？谁能否认古代葬仪不是出于对生命的永恒的崇拜，对死亡的抗争与超越呢？

然而，最奇特的丧葬方式，大概是非洲扎伊尔共和国的吐买丁奈族人的"活树葬"了！

吐买丁奈族在人死后，选择一棵两人合抱的巨大樱杉树，在树主干的中下部，剥下半边树皮，再挖一个较大的树洞，把用布包裹得紧紧的尸体，直立着放在树洞里，再贴上树皮，并在树皮上刻下死者的名字作为墓碑。

由于这种樱杉树皮质地坚硬，内部材质酥松，生长较快，因此进行了"活树葬"的树不但不会枯死，相反，由于它从腐尸上吸取肥料作为营养，会生长得更好。几年工夫，就会把树洞长满，把尸骨完全包住，形成一座生长着的活棺材。

于是，人的生命同树的生命汇合在一起，永远长存下去，不泯灭于人间。

人的全部存在价值、人格力量和精神风貌在平凡的状况下难以展示，而只有在生与死的抗争中才会迸发出全部的热能与亮光，才会显露出超常性，才会使自己得以扩大和提升。

棉　堡

离开废墟后，我去了不远处的棉堡（Pamukale）。

一到棉堡，我就仿佛落入了一个白皑皑的冰雪世界之中。刹时，我觉得风是白的，阳光是白的，连我这个人也都为洁净的白色所渗透了。

如果不是亲眼所见，我怎么也想象不出，大自然竟会创造出像棉堡这样的艺术品来！

我曾经领略过长江水的黄、故宫城墙的红、热带丛林的绿及现代大都会的五彩缤纷……可是此时，我却被这一片素静、温柔、恬雅的白所震慑。

从第一眼瞥见棉堡到和她告别，我一直沉默不语。我不愿用声音，来弹破这宁静。我只是默默地静坐着，任大脑在美中陶醉，任心潮在美中起伏。

它究竟是白雪，还是棉花？

其实，棉堡是由经历了千百年的石灰岩沉积凝聚而成的。她那自然形成的层层垒垒的水潭，像无瑕的白璧，布满整个山头，远看就像一座由雪白的棉花山建成的堡垒一样。清澈的泉水沿山势缓缓流下，黄昏时，绚烂的晚霞映在潭潭的泉水中，分外美丽。

这样奇特的地貌世间少有。在中国四川的黄龙及纽西兰的罗托鲁亚（可惜已于百多年前遭地震破坏）均有类似的美景，但规模及洁白程度都不及土耳其的棉堡。

面对着造化的神奇，我不禁想，人类实在太不自量，太不安分了，居然妄想超越实际的能力去企求一切。

历史上曾有过一些活着时显得很愚蠢，但死后却显得很伟大的人。这种人自然也只能活个几十年，可是他的言行、他的思想、他的文章，却可以永远地长存在人类的记忆中。所以，人类最伟大的不朽，乃是在于精神性的创造成果。

这块土地就曾孕育了荷马这样伟大的诗人。他在所写的史诗中塑造了一位英雄阿喀琉斯。

阿喀琉斯把自己全部的热情、毕生的精力与生命献给了人类的历史。由于他在历史舞台上的精彩活动是创造性的、前驱性的，因而他的毁灭也是悲壮的，令人神伤的。

然而，当阿喀琉斯战死后，在阴间碰到早逝的英雄俄底修斯时却惨然地说："我宁愿在人世上做奴隶，也不愿在死者中享有大权。"

不是说"不自由，毋宁死"吗？怎么，像阿喀琉斯这样能将生死置之度外的英雄却也说出了对生命如此热爱和眷恋的话呢？他对生命明明不舍，却仍勇敢赴死，于是，他的死就显得更加悲壮及可贵。但这似乎也证明了人类生命的悲剧意识：明知必死而求其生，明知生命有限而求其永久，即使英雄也不例外。

然而，比之于山川湖泊，大漠荒原，人类所创造的一切都是脆弱又短暂的。

建造艾菲索斯古城的人，即使拼尽全力，用尽心计想要追求生命的永恒性，最后仍是——做了尘土；而棉堡只是一派自然，一派清纯，就妩媚了几十万年，并将继续妩媚着。

旧金山惊魂

惊魂之一

几乎美国每一个大城市都有百老汇这条街，百老汇，对一个作家来说，太富有诱惑了，但对一位女性来说，也太危险了。

那天，我和珍从洛杉矶飞到旧金山，住定旅馆，已是晚上六时多。我说：

"天色已暗，美国治安不好，今晚我们就在旅馆用餐，之后，在房间看电视，明早再出去逛。"

"听说，百老汇晚上很热闹，而且要看美国的另一面，绝不可错过这里。"珍边说着边露出渴望的眼神。

毕竟，珍出一趟门不容易，又是第一次到美国，旧金山的头一晚，就让她在旅馆虚耗，实在也过意不去；再说，自己虽来过旧金山多次，但也从未有过夜游百老汇的经验。于是，心一软就答应了！

没想到，这次夜游，差点儿让我俩命丧旧金山。

我们换了套轻便的装束，带了少许钱，走出市中心假日酒店（Holiday Inn Civic Center）的大门，往左一弯，没几步路，就到了旧金山最热闹的市场街（Market Street）。上了公共汽车，稀稀落落的乘客，显得冷冷清清。车厢内壁板上，全让五颜六色的彩笔涂满了淫秽的语言和图画。我实在看不下去，遂将目光望向车窗外。这时，街上的商店已陆陆续续地将铁门拉下，灯光也熄灭了。

到了第四街口，下了车，越过马路，就是旧金山著名的联合广场（Union Square）。广场四周矗立着一栋栋紧挨在一起的高楼大厦，一座像金字塔形状的大楼，在夜色中闪烁着点点灯光，成为旧金山最显眼最高大的建筑物。

昏暗中，最后一趟电动缆车（Cable Car）缓缓地在陡峭的路上爬上爬下。这种电动缆车已超过百年的历史，它的观光价值已在实用价值之上。几乎上这儿来的游客，都要怀着思古的情调，尝一尝乘这种车子的滋味。

沿着 Stockton 这条路，往上走，过了两个街口，就看到一座中国式雕梁画栋的牌楼，上面写着"天下为公"四个大字，很清楚地让人知道这里就是全美最大的华埠中国城（China Town）的入口。

旧金山的中国城，虽然吸引了世界各地慕名而来的游客，以充满好奇的心情，在这里寻找中国的风味，但我却始终认为这是一种"画地为牢"的表征。至少，我绝不希望在我们这个多元种族的国家里，华族都聚居在一处，出现一座中国城。

进了中国城，看到的几乎全是餐馆和卖中国工艺品的商店，同时还有几间甚具规模的茶庄及中国药材铺。华人毕竟是较勤力的民族，当其他商店全都打烊了时，这里仍是华灯如昼，游人如过江之鲫。

我和珍在一间小食店，享受了一顿还算地道的北方面点后，就朝不远处的百老汇走去。

百老汇，是旧金山著名的"红灯区"，它有夜总会、性商店、色情影院……似乎旧金山所有的败行劣迹和种种人间罪恶，都集中在这条街上：

路边林立的商店橱窗内，挂满了妖冶的裸体人像；轻佻和刺耳的乐曲，在夜风里荡漾着；穿着性感衣裙的阻街女郎，东游西荡，四处招徕嫖客；一个个男同性恋者，穿着紧紧的牛仔裤，故意把臀部绷得浑圆坚实，伺机猎取对象；许许多多的性商店更是嚣张地摆满了许多不堪入目的色情刊物及性用具。

才到街口，只这么远远地一瞥，我已失去了往前细看的勇气。这时，心头升起一种不祥的预感，催着珍快走。珍是个大近视，还没看清状况，就要不明就里地跟我往回走，当然不太情愿。

迟疑中，突然感到身体被碰撞了一下，我差一点喊出来，回头一看，身边不知何时冒出了两个男子，正用猥亵的眼神对着我们挤眉弄眼。我全身紧张得像块石头，心沉坠得像灌满了冷铅，但仍极力稳住自己，低哼一声："快走！"话一出口，就拉着珍的手快步离去。

还好，他们没跟上来。后来想想，也许见我们两个女人居然手拉着手，准是女同性恋者无疑，遂令他们兴味大失。

回到中国城，居然截不到一辆计程车。当看到这里的商店也开始关门时，已不敢冒险在此枯等，只有顺着原来的路去市场街搭公车。

再经过联合广场时，灯火黯淡，街道已空寂如死。我的心抽缩起来，闷着头默默地走着。突然一声尖锐又粗暴的声音划破了寂静的夜空。

"Stop！"

顺着发音的方向望去，我看到一个巨大模糊的身影，像个醉汉，摇摇晃晃地往我们这边走来。我知道绝对停不得，想都没想，抓着珍就拔足狂奔。

只听到那人边追边大声叫骂着。这时，我的身体每一部分都在颤抖着，而这短短的路程竟似有一个世纪长，好似永远也回不到旅馆了。飞快的步伐同我闪电般的思想一样地飞驰着。边跑边盼有警车经过，或像电影一样，突有"英雄救美"的情节出现，然而，现实不是幻想，很难如愿。我们这种豁命的奔跑，不仅没有行侠仗义的人前来搭救，反而骚扰了流浪汉的好梦，激怒了他们，也跟着对我们叫骂，挥着拳冲过来。我们已陷在极度的恐惧中，投出全身最后最大的力气，拼命地跑。只觉得这辈子从没跑得这么快过，像飞一样……眼睛已开始发晕了，只觉眼前的街道房舍不住地旋转跳跃着……

似乎看到市场街亮着的街灯了，而且看到公车站旁仍有几位夜归人，再有十秒钟，就可到达"安全"地带，正在这一刹那，公车来了，我俩即时跳了上去。

坐在车内，只听得见彼此急促的喘息声；然而，危险还没完全过去。

到了第八街口，下了车，市中心假日酒店就在十字路口的右前方，我俩刚走到马路的中央，十字路口的左前方，一群像吃了迷幻药似的男男女女，又带着挑衅般的姿态呼啸着过来。

还好，狂奔几步，就进了旅店，否则别说跑，就是走，恐怕连支持身体的力量都没有了。

一入房，珍赶紧用双重铰链扣住房门。几秒钟前我俩那憋足的力气，突然一下子全泄了，一时只感到天旋地转，两眼发黑，扑通一声栽倒在床上。

惊魂之二

旧金山有首流行歌曲："如果你要到旧金山去，戴些花在头上。"我却认为，如果你要到旧金山，带些镇静剂在身上吧！

因为到旧金山，随时要有惊魂的准备。

旧金山的夜晚，恐怖得令你魂飞魄散。

旧金山的白天，又美得让你惊心动魄。

当我第一眼看到旧金山时，对它几乎一见钟情。

旧金山实在很美，美得很有气质，也美得充满浪漫。

白天到这里，你会有种被释放的感觉，可以放逐自己在一种随意的心情里。其实有时候，不是真的想要在这里看多少风景，只是喜欢去感觉。有时，在渔人码头的路旁，呆坐一天，看人来人往及街头艺术家的表演；有时，躺在人间仙境提布朗（Tiburon）的草地上，听海浪拍岸与海鸥在船桅中振翅的声音；有时，痴望着朱红色的金门大桥（Golden Gate Bridge）和浅灰色的海湾大桥（Bay Bridge）以绝美的姿势横跨碧海白浪之上，尤其是它们在浓雾迷漫中若隐若现，更形成了一幅绝美凄迷的画面。难怪许多青年男女会在这两座桥上产生恋爱的激情。

旧金山有太多美得出奇的景色：

像号称世界上最弯曲的伦巴街（Lumbard Street），当开满了五彩缤纷的花朵时，它可以是世上最美的街；

像艺术之宫（Palace of Fine Arts），当夕阳西下时，高大赭色的罗马圆柱披上一身金黄色的光辉，似一根根金手杖；

像 17 英里车道（17 mile Drive），陆地和海洋在这里和谐、完美地结合着。新月形的海湾土地上，有许多松林、丝柏，大多已有三百年以上的历史。望着这些古树、海景，像欣赏着一幅美不胜收的山水画；

像金门公园（Goldern Gate Park），这世上最大的"人工公园"，里面有花房、科学馆、亚洲艺术馆、日本花园、莎士比亚剧场、露天音乐台，等等。星期天车辆完全不准进入，孩子们可以尽情地在此嬉戏玩耍。

然而，不知为什么，只有金门大桥能让我百看不厌。过去因工作及读书的关系，看金门大桥少说也有几十次了，照片更拍了不少，奇怪的是，从没一次把金门大桥的美给拍出来。旧金山的友人曾笑说："就是因为你始终拍不好金门大桥，所以也就吸引着你一次又一次地来看它。"

这座单径吊桥，两座桥塔之间的距离是约 1400 米。以当时的科技，根本是一个不可能实想的梦想。然而，总工程师约瑟夫·施特劳斯（Joseph Strauss）从 1917 年起就为实现这个梦想与人讨论、募款、争辩，被人嘲笑，甚至到处得罪人；可是他的雄心之大，毅力之强的确叫人惊服，终于，在 1937 年完成了绝代风华的金门大桥，施特劳斯与金门大桥因此成为不朽。

我永远记得一个登山家说过的一句话：

"登山者攀登的不是高山，而是自己的理想。我宁愿在自己理想的山峰上被毁灭，也不愿毁灭我理想中的山峰。"

我佩服像施特劳斯那种有梦想而拼命达成的人，我也赞许试图达到高峰而没有成功的人。因为，至少他们有勇气尝试。在尝试的过程中，必将遭受批评和责难，甚至误解与歪曲，结果呢？可能成功，也可能失败。但无论如何，他们已征服了尝试的恐惧，已能称得上是个赢家。

我终于明白，为什么我爱看金门大桥了，绝不是只因它的美，而是它所象征的精神。一种永远乐观进取，不屈不挠的精神。

这种精神，"惊"动了我的灵魂深处，让我得到了振奋前进的力量。

美丽的新世界

去年夏天，由旧金山去优山美地（Yosemite）时，汽车走入柔肠寸断的山道，越走越静。

这一路皆是裸露的花岗岩山块夹着大大小小的高山湖泊，偶尔也可见到挂着几丝迷蒙的白瀑。这些景物一万多年前都还深深地埋在冰层下面，如今，优山美地已成为全美评价最高的国家公园。

这座位于美国加州内华达山脉、梅西特河与多鲁恩河上游的国家公园，占地 3044 平方公里，全区布满奇峰绝壁、断层瀑布、红杉（美洲巨杉）森林以及野生动物。而此地景色最美的地方，当属优山美地河谷，也就是梅西特河流出山区的那一段。

这片狭长的谷地平坦肥沃，面积大约 18 平方公里，既可种植作物又可捕鱼狩猎，其他地区简直无法与之相比。河谷海拔 1200 米，两岸山块多高达两三千米以上，由于相对高度差异甚大，山势就更加显得宏伟险峻。

我刚从公园西端的入口进来，就可看见两旁耸立着一连串气势磅礴的山块，北岸依次为船长岩（2307 米）、三兄弟山块（2090 米）、优山美地岬（2214 米）以及北圆顶岩（2295 米），南岸是老灵感岬（2013 米）、教堂岩（2023 米）以及冰河岬（2199 米）。这些山岩姿态各异，诡谲万千，有的像凌空的巨斧，有的像削天的利剑，一山接一山，让人一惊一叹就是 1000 里。

这样的鬼斧神工自然不是一般公园所能比拟的，也不是人力可以塑成的。它是大自然以 2 亿多年的时间，运用河流侵蚀、地壳变动和冰河作用等各种途径，在地球的这个角落，雕琢、创造了一处绝无仅有的壮丽。

位于优山美地河谷最狭窄处的船长岩，以近乎垂直的角度，成为该国家公园最震慑人心的奇景。船长岩，不仅是河谷区最壮丽的岩块，更因其难以征服的陡峭（由谷底拔起 1908 米），成为世界上攀岩好手最具挑战性的岩场。

位于河谷东端尽头有一座闻名的半圆顶岩，它巍然挺立在群峰之中，远远望去，犹如一顶削去半边的罗马武士头盔，成为优山美地国家公园万山丛中一个独具神姿的奇峰。每当灿烂的阳光照在这顶头盔上发出耀眼的光芒时，它又成为优山美地众多山岩的皇冠了。

位于北圆顶岩下方的皇家拱形岩岩壁，是不同岩质的下半壁风化剥落后的结果，远望仿佛一道雕在岩壁上的彩虹；其右手边直立的石柱，名为华盛顿石柱。三者各以其相异的地质结构、形成因素，诉说着大自然的神奇。

我坐在半圆顶岩附近的峰角上，俯瞰整个优山美地河谷，觉得自己正处在一种迷人的状态，像某一时期的文学，可以陶醉，可以分享，却无法用文字去描述。

除了千姿百态的巨岩，各峭壁、峡谷间的如练飞瀑，也是优山美地国家公园的美景之一。这些在春季融雪时气势如万马奔腾、到了深秋枫黄季节仅剩涓涓细流甚或全然消失的瀑布，为此地带来另一种声色之美。

远在 1849 年，优山美地就吸引了许多慕名者，前来探看它那独特的冰蚀地形和高大的红杉森林。两年后，加州淘金热潮席卷这个地区，淘金客由军队带领，凭着枪弹大炮，霸占了住在河谷一带印地安人的家园（史称梅莉普沙战役，Mariposa Battle）。印地安人战败后撤离，整个地区变成白人的天下。

当我站在这片自然之中，望着公园内印地安人的遗址时，我很清楚曾经有过一些印地安人，在这里被残忍地消灭了。然而，当我读园内的说明书时，上面记载的却是当年军队的"英勇"与"牺牲"事迹。

过去，我对印地安人的印象全来自西部电影，他们头戴羽毛，面上刺墨，是一群骑在马上慓悍好战的野蛮人。

野蛮人当然不会有什么文明或灵性。

最近我看张承志写的《心灵史》，书内客观地描述了伊斯兰教中一个支教的历史，描述他们为了保存信仰，如何在遭受了接连不断地被剿杀、被流放、被禁绝的残酷命运后仍能顽强地繁衍至今。这过程可谓可歌可泣，惊心动魄。可是这段历史当初却被歪曲和湮没了！

历史似乎只是为胜利者而写。美国人在入侵美洲时，美洲原住民（印地安人）不可能没有撕心裂肺的哭喊和怒吼。可是这些声音就如《心灵史》所描写的一样，我们听不见，或者不愿听，或者当权者根本制造了不再提起那些声音的气氛。

近几年来，渐有人开始为印地安这个弱势民族说些公道话了，我终于也在《与狼共舞》这部电影中，看到了属于印地安人历史的一些真实。

其实我们对别的民族、别的文化总是那么无知，而这无知通常是因为不关心或自以为是。

过去印地安人的乐土，现在却因盛名招来人类过度的"关爱"。有位游客曾说："进了优山美地河谷，若不是看到半圆顶岩耸立在前，还真让人以为进了曼哈顿。"

虽然园方曾经宣布每年游客限制在 300 万，但每到星期假日，络绎不绝的人车依然蜂拥而来，加上愈来愈多的游客留在园中过夜，对公园所造生的污染和破坏更胜以往。

我突然想起阿·赫普黎曾借用莎士比亚描写《暴风雨》的词句"美

丽的新世界",作了一本小说,大意是:"在暴风雨中,一个在荒岛上的女孩子,从未见过生人。长大了,忽然看到一群人乘船漂到岛上来。他们都是衣冠楚楚的,这个孩子说:'美丽的新世界。'其实衣冠楚楚的下面所包含的,是禽兽,是罪犯,是无知。这个'美丽'就是现代文明所造成的。"

是否 20 世纪带给大自然的文明,就是暴风雨中的女主人公所惊呼的"美丽"?!

赌场见到的那位陌生女子

我首次见到她……

在美国拉斯维加斯的一间赌场里。

相处虽然只是短短的几个小时，但感到人生中甜酸苦辣的滋味，几乎全部浓缩在她那张姣好秀丽的脸庞上。

那时正值明媚的春天，然而，号称赌城的拉斯维加斯内，并没有春天应有的朝气蓬勃，一如往常，依然是：嘈杂、拥挤、混浊、不分昼夜，充满搏杀之气。

走进凯撒宫，大厅里铺着绛红色的华美地毯，装扮成凯撒大帝、安东尼大将及埃及艳后克里奥柏特拉的侍者，在一串彩色电灯的照明下，正展开笑脸迎客。

大厅两旁一排又一排吃角子的老虎机，不时发出一阵阵叮叮当当唏哩哗啦的响声，热闹得不得了。

赌场内，塞满了密密麻麻的人，有的赌扑克，有的赌轮盘，有的赌宾果，有的赌百家乐，有的赌"赛马"，有的赌"赛车"……我对赌一向不感兴趣，但喜欢仔细观察每一个赌客的面部表情。除了一些为了好玩，存心见识的游客之外，其余来此的赌客，大都抱着"发财"的心理"。

我正四处"浏览"，突然，坐在赌桌前的一位女子，将我的视线吸引住了。她约三十岁，挺直的鼻梁，丰润的朱唇，浓密的眉毛，黑亮的眸子，衬在她那如细瓷般雪白的瓜子脸上，显得特别生动出色。然而，从她眼里流露出的浓重倦意及口角上浮现的冷漠，又有一种郁郁绝望的感情，极不协调地反映在她那惊人的美貌外形上。

我目不转睛地望着她。她的眼，一时闪动着喜悦，一时流露出失望，一时紧紧地闭着，一时巨大地睁着。她的口笑着、撇着、扭着、颤着。各种不同的感情像变幻多端的云彩那样，又轻又快地在她的眼里、唇际不断地掠过。她桌上的筹码，如潮水般，一会儿涌来，一会儿退去，渐渐地，筹码愈来愈少，终于，她将仅余的筹码孤注一掷。

她的手痉挛地紧握着牌，屏息着，像偷窥一桩秘密似的轻掀牌角。这是最后翻本的机会了。忽地，她的四肢与身体猛烈地抽搐着，纠旋着，扭曲着，苍白的面颊一下子变成通红，刚才微张的嘴唇紧紧地闭起，只有那对眼睛带着我从未遇见过的可怕神情在瞪着牌望，接着是一阵战栗通过她的全身。约莫有两分钟的光景，她垂着头，目光呆滞，一动也不动，直待庄家开声，她才把手中紧握的牌掷回桌面。

她正想起身，倏地，数叠高高的筹码又推到她的面前。她有些错愕，抬头望推筹码的人，是两位身穿白长袍，脑满肠肥的中东豪客。他们露出了一种既暧昧又令人极度厌恶的笑容。这女子迟疑了一会儿，毕竟无法抵抗筹码的诱惑，又陷入狂赌中，很快地，仍是"全军覆没"。

这时，她的面色苍白得可怕。她用两手支撑着桌面缓缓地站起来，身体有些飘忽，踉踉跄跄地穿过人群，朝赌场外走去。两位中东豪客旋即跟去，我也像被磁铁吸着似的紧随其后。到了大厅，正好看到那两位豪客拥着她，进了电梯。

我惊愕地站在那里，心里十分恼火。

拉斯维加斯除了赌博之外，也以夜总会的精彩表演，闻名远近。

我去的这间夜总会，内部布置得堂皇富丽，舞台设计也是极尽变幻之能事：演员有时从台前两侧的门进出，有时从舞台底下升上来，有时从台顶吊下来。至于布景之豪华，换景之迅速，更是令人目不暇给。当然，最引人入胜的，还是表演歌舞的女郎。她们都是经过严格训练后挑选出来的。三四十个女孩，同样年轻，同样高挑，至于舞步之美妙，衣饰之招惹，可说极视听之娱，穷声色之美。

我不明白这些表演女郎真正的心境，然而，拉斯维加斯既以轮盘、女人的大腿以及高跟鞋作为向外宣传的"注册商标"，那么这些表演女郎就绝对是被做赌博生意的商人"性化"和"物化"的工具。

商人借女体吸引消费者的视线，靠撩拨原欲使观众忍不住意乱情迷。同时，让顾客用"注视"的方式，对女性身体进行大量的剥削，甚至用眼睛作为武器，来侵犯女性的身体。

商人因生意兴隆而开心，我却一点也不开心。

踏出夜总会的大门，漫步走回下榻的饭店，一路上，令人眼花缭乱的广告牌，色彩斑斓的霓虹灯，在这里高浓度、高密度地杂烩着，搅和着，闪烁着。

走着，走着，风里传来了女人的哭泣声。我身不由己地随着哭声寻去，见路旁一张长凳上有一人影凄然地坐在那儿。

咦！居然是我白天在赌场见到的那位女子。

她紧闭的双眼满含泪水。她一会儿抽泣着，一会儿失声痛哭。

我呆立在那儿，完全像个傻子似的。

"对不起！我能帮些什么吗？"我终于向着她喃喃地说了一声。

她抬起头，用红肿带泪的双眼默默地看着我，什么也不说。沉默扑在我们中间，好一阵子，她才轻轻地吐出：

"谁也帮不了我。我已将唯一能拿到钱打官司的机会给输掉了！我输了孩子的抚养权。"

说完，她倏地起身，连奔带跑地掩泣而去。

我望着她渐渐消失在黑夜中的身影，竟有种难以掩抑的感伤之情。

第二天我就离开了这个万恶之城，赶去一览大峡谷的壮丽。

为了将大峡谷看个仔细，我选择乘坐小型飞机。机身穿梭在峡谷之间，忽上忽下，既惊险又刺激。

　　大峡谷实在太大了！东西蜿蜒 347 公里，南北两岸宽 30 公里，科罗拉多河穿流峡谷间。

　　其实大峡谷并不是山脉中的峡谷，而是一个大高原上突然下陷而成的浩瀚峡谷。来到这里，才了解到大自然的伟大功力，也能了解到人类渺小到哪一个程度。难怪印地安人一直把它当作神明般地膜拜。

　　大峡谷在骄阳照射下，岩石颜色变化无穷，有时呈淡紫色，有时呈深蓝色，有时呈褐红色，时而墨青，时而金黄……这种色彩的变幻，无形中也加深了大峡谷的神秘。大峡谷不但看的地点不同会感觉不同，即使每天 24 小时，也会感觉迥异。我从飞机内看这世界七大奇景之一的大峡谷，感觉它就是一个庄严的、神秘的、伟大的、没有办法用文字来形容的世间怪境。

　　我怔怔地望着大峡谷，眼前突然晃动起 Thelma 和 Lousie 惊心动魄的笑容。

　　Thelma 和 Lousie 是我在飞美的班机上看的一部电影里主角的名字。

　　故事从两个女人决定一同出游开始。旅途中，在一间小酒吧内，Thelma 遇见了色狼，他想强暴她，Lousie 开枪杀了色狼。于是，原本开心的旅途就成了逃亡之途。

　　很明显地，导演想以"逃亡"作为一个背景来比喻两个异性恋女人在男人世界中挣扎求生的过程，以及在此过程中所建立的复杂而深刻的友谊。

　　影片近尾声时，她俩身陷荒漠中，身后，警方部署了天罗地网，身前，正是万丈深渊的大峡谷。她们明知前面是条不归路，但后面更是座没有自由的牢笼。两人宁死不屈，加足油门无畏地向峡谷冲去。

　　镜头在此凝住。令我感动又震撼的是，她俩竟一脸灿烂，毫无恐惧之色。那似乎是一种在极度绝望后所蜕生的喜悦之情。

　　Lousie 和 Thelma 只不过想突破原来局限的困境，寻求自我，但封建的力量太强，一不留神，她们就被逼进了万劫不复的绝境。

　　这是弱势者的无奈，也可能是强势者所设的陷阱。

到威尔滑雪

我一向不爱运动，原以为两个星期面对着同一片雪地，这行程一定乏善可陈，然而没想到，我却另有收获。

先简单介绍威尔（Vail）这个地方：

19世纪中叶前，威尔住的全是印地安人，后来此地发现了金矿和银矿，因而吸引了大量贪婪的白人到来。他们将原本居住在当地的印地安人杀害并赶出了家园，待矿产开采挖尽后，他们又将之弃置。直到1965年，Earl Eaton 联合 Pete Seibert 将这里开发成滑雪胜地，并装置了全美国第一座滑雪吊舱（Gondola）及两人坐的吊椅（Chairlifts）。然而，威尔所以能闻名国际，乃因美国总统福特在任时，最爱来此度冬假，甚至在此置业，所以吸引了世界各地的名流富豪蜂拥前来。如今，威尔已被公认是世界上最好的滑雪胜地之一。

车驶出丹佛国际机场，就见到雪像羊毛似的覆盖在整个大地上。路上的车子并不多，更少有相互追逐和不断变换车道的事情；两旁的山坡上，间或能看到一些旅馆和餐馆。一路上，车行顺畅，两个半钟头后，已见威尔的山隐现在雪幕之后。这时天色已黑，然在暮色中，仍能感到四周屋宇和树林的优美。洁白无瑕的雪把整个大地覆盖得像一个琉璃世界，万物都着上银装；花木的枝丫上，挂满朵朵银花；幢幢建筑物变成琼楼玉宇。尤其是车行过后，雪片飒飒纷飞飘落，那种朦胧而又闪烁生光的白色，真叫人惊叹不已。

　　我们的旅馆坐落在一片小山坡前，砖造的七层楼房，奶油色的外墙，室内有卧房、厨房、客厅、浴室、壁炉等设备，铺着地毯，贴着花壁纸，窗明几净，在明亮的灯光下显得既朴实又温馨。

　　行李刚一放下，孩子们就迫不及待地要出去"玩"雪。到了旅馆前面不远处的大街上，放眼一望，整条街都是贩卖纪念品、滑雪用品、服装和各种风味食品的店铺。街上游人很多，灯光明亮，许多地方还结着彩旗，相当热闹。孩子们轻抚着地面上的雪，笑容自她们的脸上绽开，我知道这是她们多少年的愿望。多少日子的努力，今天终于宿愿得偿，心底的喜悦自然是说不尽的。

　　第二天上午，我们先到商店或租或买滑雪时必需的所有装备：雪靴、雪衣、雪帽、雪杆、滑雪板、厚毛袜、遮阳镜、滑雪手套等等。订好了上课的时间和指导教练，吃了点便餐，下午12点45分便正式上课。

　　万万没想到，光是将雪衣和雪靴穿上就费了好大的劲。起身行走，两只脚像有千斤重，简直是举步维艰，再加上手上拿着雪杆，肩上扛着滑雪板，还要步行到两百多米远的雪地上，走了没几分钟，我就想打退堂鼓了。可是，当我们经过一座吊椅站时，看到了一个令我震惊的画面：一个失去双腿的残障人，正要坐上吊椅，一不小心滚了下来，正转动着的吊椅立刻停下，雪地的工作人员迅即上前协助，将他抱上吊椅。这时他不仅毫无沮丧之色，反而笑着自我解嘲："唉！我老是给人添麻烦。"

　　我看在眼里竟有种莫名的感动。滑雪教练吉姆告诉我们，这人原是滑雪好手，因患癌症，锯掉双腿。他虽没了双腿，却仍不放弃，用一种特制的滑板重新苦练，现在又能自如地滑雪了。

　　平时，我常教育孩子碰到困难，要能面对挑战，不可临阵退缩。现在，我竟想出尔反尔，怎行！何况，眼前就摆着一个榜样，更加找不到台阶下，看来，只有咬着牙撑到底了。

　　终于走到初学者的滑雪场，这半天的学习，可没少摔跤。不过，每摔一跤，就能悟出一些道理，令自己不易重蹈覆辙。有时我为了验证，故意与教练所说的背道而驰，结果，摔跤的次数比别人多，但到后来反较其他的人少了。所以，我们虽要避免犯错，但也要不怕犯错，重要的是能在错误中得到成长。

在威尔的最后一天，吉姆认为我们大有进步，遂带我们坐吊椅到一万多米的高峰滑雪。

吊椅循着山势上行，山上的矮小灌木丛早已成为一团团雪球，高大的树干枝丫均挂满厚雪。低头望，威尔山庄在白雪皑皑的银妆世界中散发出一股茫茫的凄寂美。晶莹如绒毛之雪花，像天女散花般飘降，此时，路是白的，树杈是白的，田园遍野也是白的。

再往上，眼界就更为开阔了，但见千重百褶的峰壁和积雪的山头，映着阳光，分外艳丽绚烂。山坡上那密密麻麻的松树枝头，凝结着洁白的雪絮，俨然像满身披挂着白色铠甲的武士，挺立在万顷雪涛中。由于大雪堆积，让人觉得山似乎增高了，地也加厚了。

这时，往脚底下望，只见白茫茫的雪地被急驶而过的滑雪队伍，扫出涟漪式、波浪式、漩涡式、涧纹式等不同的平行线条，使我想起在京都看到的枯山水庭园。

枯山水庭园深受禅宗文化的影响，以余白为第一要义。因余白之空间构成，正合禅宗，"以心传心"的教义。在枯山水中，能表现此余白部分者，即敷白砂之空间，而白砂之上更不可少变化之线条帚痕。当时观赏枯山水庭园时，就觉得不仅是视觉的欣赏，也是心灵的享受。现在看着洁净晶莹的雪地上被滑雪者划出的雪痕，一样能得到清净与喜悦。我不得不赞叹上苍的杰作和人类的杰作竟能如此绝妙地契合！

在威尔过的日子既单调又愉快，让我体味到度假可以有另一种方式。它不是每天匆匆上路，而是如何令自己轻松。

"轻松"其实是忙碌的工商社会所必需的一种休闲艺术。度假时，要让自己能投注在悠游的情趣之中，必须将生活节奏放缓，将工作、俗务，甚至时间观念一齐放下，这样才能获得轻松与喜悦，才能使自己充分地从另一种生活中苏醒过来。这种苏醒作用，不但令自己快乐，同时还能恢复活力。

这样的日子，使我想起梭罗（Henry David Thoreau）在康科德（Concord）的瓦尔登湖（Walden Pond）畔的那段日子。在那儿，他写出了美国文学史上非常有名的《湖滨散记》。

书中，他有许多隽智的话语，描述他和大自然纯真的交谊，这些，深深感动过一向与大自然脱节、过着虚伪生活的许多人。

梭罗一直想从多变的生活方式中，试着去探索人生。我在旅途中，也如是想。

华府漫步

任何人到了华盛顿，首先映入眼帘的，就是那锥形的、用巨大的大理石砌成的纪念塔。塔为方尖形，拔地而起，直冲苍穹。它以单纯、坚定的姿态耸立着，就如同美国国父华盛顿的人格和功勋，顶天立地，永垂不朽。

华盛顿，是一位永受美国人民爱戴的政治家；华盛顿，也是一座让美国人引以为傲的多元化城市。自从 1917 年美国选择这个城市作为首都，且以首任总统华盛顿之名为其命名以来，这个由法国著名建筑师皮耶·隆芬规划设计的城市，足以媲美当时欧洲任何宏伟的首都。

美国作家法兰克·比乔治说："对美国人而言，华盛顿所代表的，是国家的历史与传统；而对每年数以百万计的观光客来说，这个城市的博物馆、纪念碑和政府大楼等，虽不能完全代表今天华盛顿的缩影，却绝对可以让他们了解其何以能维护世界超级强国首府声名于不坠的原因。"

而我特别欣赏华盛顿市有着极强的包容力。你再怪异，走在街上，也没人来烦你，事实上，根本没人会注意你，因为街上奇怪的人太多了。

记得曾因公差出席华盛顿举办的世界运输大展，在此住了整整一个月。工作之余，我到处闲逛。街上遇到的大多是黑人。他们极富创意，能将那头卷发梳出千变万化、令人不可思议的花样来。有的将头发绑成无数条像麻花的辫子，还在其间串上一颗颗塑胶彩珠；有的头上分成许多方格，将方格内的头发扎成一束，就像在每块稻田内插了一棵秧苗一样；还有的在头顶上剃出许多不规则的花纹，像一条条到处奔窜的河流。更有许多人打扮得古灵精怪，像一棵棵活动的圣诞树在街上移动着。

此外，美国总统所住的白宫外的铁栅栏前，次次都看见几群衣服褴褛的人，瑟缩蜷卧在地上，有的还带了个破帐篷，好像预备在那儿长住。另有些人身上挂着一块告示牌，上面写着许多抗议的字句。事隔许久，如今旧地重游，当年所见至今依然未变。这些现象，虽令我们看得瞠目结舌，然而行色匆匆的华盛顿人，却完全视若无睹。

华盛顿人似乎相信，成熟的个人，除了可以保有自由和多元外，也应该有能力照顾自己。

华盛顿的绿化实在维护得相当好。整齐的行道树，大大小小的公园，路边的草坪，广阔的草地，河滨的堤岸，池畔的丛林，放眼眺望全是一片深苍翠绿。

可是，最使华盛顿增加静谧、安宁、大方之感的，还得归功于这里没有摩天楼。华盛顿之所以没有摩天楼，是因为耸立在华盛顿中央的纪念塔高 555 英尺，为了让全城各地都可看到它，美国国会在这座纪念塔完成的时候，特地通过了一条法律，就是华盛顿任何建筑物的高度，都不得超过这座纪念塔，以示对开国伟人的崇敬。华盛顿既没有摩天楼，又多绿荫，于是阳光和空气的充足，就成了华盛顿市民至高无上的享受。

华盛顿纪念塔的湖畔美得像首诗，又像幅画。然而在 1968 年的春天，华盛顿 14 街的火焰，烧红了这片如诗如画的湖畔，烧亮了半边天。因为美国黑人最热爱的领袖马丁·路德·金在田纳西州的首府被刺毙命。枪杀他的疑犯是一个白人，于是美国全国大乱了。

黑人放火，乱民抢劫，警察抓人，工人罢工，教师罢教，学生游行……

马丁·路德·金那篇为黑人争取平等而震撼了全世界的动人演说《我有一个梦想》，就是站在华盛顿纪念塔对面林肯纪念堂的台阶上发表的。

他大声疾呼地说：

> 今天，我很高兴能够参加这次我国历史为争取自由而举行
> 的最伟大的示威集会。
> 一百年前，一位美国伟人（林肯）签署了《解放宣
> 言》。……然而一百年后的今天，我们却不得不面对黑人依然
> 没有自由这一可悲的事实。一百年后的今天，黑人依然悲惨地
> 套着种族隔离和歧视的枷锁。……尽管当前还有许多困难挫折，
> 我仍然怀有一个梦想，这是深深扎根于美国人梦想中的梦想。
> 我梦想有一天这个国家能够站起来，实现她信条的真谛：
> "我们把这些看作是不用证明的真理：所有的人生来就是平等
> 的。"

然而，人生来就是平等的真理，至今仍是一个遥不可及的梦想。

这次，因住的饭店位于华府使馆区，所以，即使黑人仍占华盛顿人口的五分之三，但却很少见到。晚上，我到附近的乔治城逛。过去，这里是嬉皮士经常出没的地方，如今全都改观，成为雅皮士及游客在夜间最爱聚会的场所，很有些香港兰桂坊的味道。街道上商店外看到的仍是白人及游客。现在的美国虽无立法隔离种族，但种族歧视仍然存在，所以每种族群懂得将自己与其他族群隔离，像华人大多聚集在"中国城"。其实，这种情形比立法限制还可怕。

到华盛顿一定要去参观美国国家博物馆，它也是世界上最大的综合博物馆。全馆共收藏了超过一亿件以上的物品，而每次所展出的物品只占全部的百分之一左右，所以无论参观了多少次，每次去总有新东西可看。其中最受欢迎的是国家航空及太空陈列馆。

一进陈列馆的大厅，就看到几架破旧的飞机，悬在屋顶。这些东西虽旧，却都大有来头。其中一架，是 1903 年莱特兄弟（Wright brothers）

所发明的人类历史上第一架用动力推进的飞机的原物。另外一架则是1927 年 5 月 20 日，林白上校（Charles Lindbergh）所驾驶、不着陆横渡大西洋的"圣路易精神"号。此外，馆内还展出了可发射飞机的航空母舰模型，并配上喷射机发射的视听效果。另外还展示有美国太空人第一次月球登陆的实物及文献记录。

离开国家航空及太空陈列馆后，车子来到宾夕法尼亚大道上。这条大道是世界上最著名的马路之一，美国总统的就职典礼，以及美国国宾访问白宫，都要通过这条大道。它可通往国会大厦。

国会大厦与自由女神一样，已成为美国最著名的历史纪念建筑。那些翡翠色的青草和树木，没有一丝枯黄败叶，葱笼整齐，汇成一片浓绿向远处延伸开去。白天，无论从哪个方向眺望，这所大厦都有如绿绒毯上放着的一座玲珑剔透的象牙雕刻，浑厚中不失玲珑，古雅中不见平板。晚上，黑黝黝的夜色里，这座被灯光照亮的乳白色大厦，有如天上宫阙。多年来，华盛顿增添了那么多建筑物，但国会大厦仍然以她仪态万方的姿态，卓立于群楼之中。多年来，华府人事虽历经几番更新，而它在世界舞台上依然扮演着举足轻重的角色。

此水只应天上有——尼亚加拉瀑布

求学时，曾读过钟梅音形容尼亚加拉瀑布像她梦中见到的"月华"的景象：黑夜里，五颜六色的云彩，火一般地灼红了天空，美得使我害怕起来。

当时，我无法理解，为什么美都会令人害怕呢？

直到我来到美国与加拿大的边界，初见尼亚加拉瀑布，才发现它并非如一般瀑布似的，从高山之巅，匹练如雪，悬空而下；而是挟着数千英尺宽的水流，像千军万马一样，从一望无涯的大平原上奔涌而出。

水流到水牛城（Buffalo）附近，被罗那岛（Luna Island）与山羊岛（Goatlsland）阻隔，分成三段，河床在此突然下陷，形成 160 英尺的落差。这时三段水流形成三个瀑布——马蹄瀑（宽 3100 英尺）、美国瀑（宽 1180 英尺）、罗那瀑（宽 300 英尺）——同时以每秒 150 万加仑的水势，以震撼山岳的声威，像狮吼雷鸣一般，狂泻而下。想想看，那种声量，那种力度，那种壮阔，怎不令人神为之慑，气为之夺！

我这才领会到，当美达到了至上的境界，达到了非人力所能及的地步时，是会令人害怕的。害怕造化是如此的不可思议，是如此的伟大，在它面前，人类只有臣服，慨叹自己的渺小、无能。

难怪美国人骄傲地夸说它是"并世无匹"，夸说它是"力之王""美之后"！

从那次"见面"后，也才惊悟到尼亚加拉瀑布是任何文字，任何图像所无法比喻、无法描绘的。即使用李白那首因描写瀑布而传诵千古的名句"疑是银河落九天",也无法和我此刻的感觉完全吻合。

我该怎么形容它呢?

我坦承自己的钝拙。

过了几年,我又去看尼亚加拉瀑布。那时,我有较多的时间可以每天清晨、黄昏、夜晚、晴天、雨里,或近或远或横或侧或仰或俯,一个人发痴似的,用各种角度去细看这个神工鬼斧,天仙魔力所创造出来的旷世奇观。

清晨,站在霓虹桥(Rainbow Bridge)上,看阳光照射瀑布,透过雾气的反射,形成的彩虹如玉液金波,明彻灿烂;黄昏,躺在尼亚加拉公园内的草地上,枕着瀑布的涛声遐思;夜晚,凭栏伫立河岸,仰望设在山顶上的20盏巨型探照灯,发出40亿支烛光般的色彩照耀着三个瀑布。彩灯随着流动的瀑布,幻化成缤纷多变的色彩与线条。这不就是当中秋夜时,有福之人才能见到的"月华"吗?想不到如今竟在人间每天显现。

在那永难忘怀的四天里,日常生活中的紧张与烦恼,也像瀑布似的全都倾泻而出。

每天,只是沉醉在晶莹垂波之中,让巨瀑的砰訇之声对我起着振聋发聩的疗效。

说起世界上的飞瀑流泉,何处无之,但尼亚加拉瀑布却因具有独特的魅力,而成为世界七大自然奇景之一。它不将自己深藏在崇山峻岭中,让人难以接近,而是毫无遮拦地展开在你的面前,任你姿意欣赏,还让你能用整个感情去接受它。

我就为大家说几桩特殊的体验:

在美国、加拿大两边堤岸下面,都有小型的码头,可以让人坐船去玩,但在尼亚加拉河坐船可没有徐志摩在康河坐船时所描绘的那种诗意和浪漫:

　　你去买一只小船，划去桥边荫下躺着念你的书或是做你的梦，槐花香在水面上漂浮，鱼群的喽喋声在你的耳边挑逗……谁不爱听那水底翻的音乐在静定的河上描写梦意与春光。

　　在这儿坐船，你得先将自己"武装"起来，全身披挂上雨衣、雨鞋、雨帽，再打起十二万分精神，如临大敌似的，跨好马步，站稳船上，随船鼓浪前进。

　　船先向美国瀑驶去，由于水势劲急，船只能横着开，和瀑布成平行，掌舵人拼命想将船更加迫近瀑布，可是瀑布的水力、风力，却又把船向外冲，于是人力与大自然之力便展开一场争夺式的搏斗，经常有惊险的镜头出现。初游的人都要捏一把汗。

　　当船愈近瀑布，水声愈大，有电掣雷骇之势。此刻，在船中仰望巨瀑，只见巨浪滔天，以排山倒海之势，劈空而下，似乎马上就会把整艘船吞没。

　　……可是不然，它只是倾泻在你咫尺之前。这样的镜头，真是一场令人惊心动魄的交锋。

　　这还不够，船经过罗那瀑，又向马蹄瀑的中心迫近。这下，景观就更加壮丽了！因为马蹄瀑是半圆形的，所以当船驶到中央的时候，你的正面、左面、右面全是瀑布形成的水墙。凡是没有亲眼看过的人，绝难想象河水演成的"水墙"，到底会是什么样的景象。

　　当时，我觉得离死亡很近，但又全无恐怖之情，只觉得凄绝壮丽。三面滚滚流动的"水墙"像从坟墓里喷出来的一片白色的裹尸布，以雷霆万钧之势，鼓动着令人心胆俱裂的吼叫声，向你席卷过来，似乎在说："待我来抓住你，吞掉你……"

　　三面"水墙"的水落在河中，撞击在一起，又激发起三四十英尺高的冲天白沫，向每个人兜头灌下，浑身尽湿。即使早先已全身"武装"好，这会儿也已不太管用了。船一直在翻滚的漩涡中忽上忽下地打着转，忽左忽右地摇晃着，似乎被困住了。船上几位胆小的乘客，拼命在胸前划十字；然而，似乎愈紧张，愈觉得过瘾。

看了正面的尼亚加拉瀑布后，如还想尝试站在瀑布中间的滋味，可去山羊岛买票进"风穴"（Cave Of The Winds）。

进了"风穴"，里面是数十间更衣室，男女分开。向导给我们一套黄色的橡皮雨衣，一双雨鞋。

待一切穿妥，向导领我们来到一扇门旁，须臾门开，从电梯里走出许多和我们一样穿着黄雨衣的人，不过，已是全身湿淋淋的，带着一脸的兴奋。

他们走完，我们鱼贯而入，电梯开始往下落。落，像从一个绝陡的山崖坠入无底的深渊里似的，好一会儿，电梯戛然一声停住了。走出电梯，是一条湿淋淋的隧道，长三十多米，出了隧道口，我们已经到了罗那瀑布底下。

向导领着我们，循着崎岖的石径，走上山上搭起的"栈道"一样的木架，迂回曲折而上。这时候，风势猛烈，呼呼不停，雨势强劲，横空飞奔。走得越近，"风""雨"的劲儿和声音也就越大。如风驰电掣一样的雨点，斜冲下来，犹如狂怒的鞭子，一阵阵打在身上。那令人毛骨悚然的轰隆声，像万炮齐发，震得人耳朵有如炸裂一样。

已有许多游客再也承受不住这种凌厉的"风""雨"攻势，纷纷掉头往回走。我强忍着"风""雨"的肆虐继续循着栈道往上走。到了最高处，有块木牌，写着"飓风台"（Hurricane Dock），这时，强劲的"风""雨"，已把人吹打得摇摇欲坠，不仅眼睁不开，甚至连抬头都困难。此刻，发觉自己已站在瀑布之中。瀑布就在我眼前以千军万马的冲势落下来，那瀑布的吼声，那俯冲的水势，使周围的地面好像全都震撼起来，我不禁在心中呼喊：在浩浩地球上，除了尼亚加拉瀑布，恐怕再难碰到这样雄奇瑰伟的场面了！

如果你以为我这样看瀑已经看得很畅了，那就错了。因为有些赏瀑专家不仅赏，还想跨越它，拥抱它或与它共存亡。

一些痴狂的人，在瀑布前面架起铁索，表演走钢丝的绝技；有人特意选在冬天，当水流凝固，结成冰瀑时，去攀登它；还有更癫疯的，把自己装入密封的铁桶，投入上游，随着瀑布冲下来，纵然折肢断腿，皮绽肉裂，甚至因此而死，也不以为悔。虽然这样的赏瀑方式，已受到限制，但仍有人乐于违禁犯规。

早年的印第安人，因震慑于大自然力量的伟大，只能用少女献祭的方式去媚它；现在的美国人和加拿大人，却抱着"人定胜天"的勇气与信念，去挑战它，征服它，运用它。他们不仅设计出种种赏瀑方法，每年吸引了成千上万的游客，还利用瀑布的水力设发电厂发电，造福人民，将尼亚加拉瀑布的美发挥出最高的价值。

写了这些，也不觉得把我想说的写清楚。不过，我想，见过尼亚加拉瀑布的，或者会懂得我的感受，还未去过的，就等着你们来完成我的不足了！

骄傲的巴黎

耶路撒冷是真实的城市，

雅典是美；

罗马是伟大的。

而巴黎，

则是这三个城市的总和。

　　当我读到法国大文豪雨果写的这句话时，心中已决定，巴黎是我有生之年必去的一个地方。

　　虽然，巴黎的奢华与享世的各种面相，吸引了全世界各地的豪门巨客、废君、流亡政客和他们的妻妾们来这儿猬集；但我总觉得巴黎是更适合哲人、诗人、作家和艺术家滞留的城市。

　　因为在这里，你可以大胆地依照自己的意愿来创作，以艺术的本身及自己的喜好为依据来做事。这是一个可以容你任意发挥才情的地方。巴黎的精神就是勇于尝试，并给各种可能一个新的机会。

　　从 17 世纪开始，巴黎一直在政治、设计、美学等各领域，成为全世界的焦点。像在 1789 年掀起世界民主浪潮的"法国大革命"，19 世纪初拿破仑下令建造的具有罗马风格的凯旋门，1889 年运用钢铁科技竖立起令国人惊骇的艾菲尔铁塔，1977 年创造举世诧然的蓬皮杜中心，1989 年建起引起众人瞩目的卢浮宫金字塔，以及 20 世纪改自巴士底监狱的歌剧院……又比如在近代文化艺术上曾掀起滔天巨浪的新古典主义、浪漫主义、自然主义、现代主义、印象派、立体派、野兽派等现代艺术思潮，每一次的中央都在巴黎。这些，全都是在巴黎人勇于实验的精神中被创造出来的。

巴黎太多变，也太辽阔，它没有重复，也不存在刻板，只要你有足够的才情，就可以很自在地让生命在这里蒸腾。

法国有两个巴黎，一个是商业的，一个是文化的。商业的巴黎是个属于纸醉金迷和酒肉之徒的花花世界；文化的巴黎则是座充满喷泉雕刻与才情之士的艺术王国。

初到巴黎，这个城市对我来说，并不陌生。因为我曾在许多文学艺术作品中见过它：

12 世纪末，由第一位成为法王的巴黎人菲利浦·奥古斯都着手建设，耗时 163 年，历经几个朝代才完成的歌德式的经典建筑——圣母院，我不仅在雨果的小说《巴黎的圣母院》中"见"过，也在 50 年代的影片《钟楼怪人》中看过；巴尔扎克的书，曾将我引进巴黎的上层社会及贵族夫人们的沙龙；至于巴黎下层社会的贫困与道德败坏，左拉的作品中也曾向我细细描述过。

还不止此，印象派画家雷诺瓦的《煎饼磨坊》，表露了蒙马特区假日露天咖啡屋的欢乐气氛；浪漫主义大师特德拉克洛瓦的《自由引导人民》，捕捉住了法国七月革命的刹那；自然主义画家米勒的《播种》《拾穗》《晚祷》中呈现出巴比松农村的生活；印象派鼻祖之一莫奈的许多作品中，更挥洒出塞纳河畔的美丽风景。

此外，巴黎闻名于世的美酒、香水、时装、珠宝设计，一直居于世界领导的地位。

香榭丽舍大道旁的蒙田路（Avenue Monteigne）及旺多姆广场（Place Vendew），就集结了许多以国际顶尖级的时装与珠宝设计师为名的专卖店。时装有 Chanel、Chistian Dior、Giverchy、Nina Ricci、Karl Largerfie、

Pierre·Cardin 等。珠宝方面则有 Cartier、Van Clef & Arpels、Boucherron、Pascal Mozabitro、Chaumet 等。这些设计师的创意，决定了全球流行的趋势。

走在巴黎街头，四面八方与你擦肩而过的全是才情巨擘，就连日常搭地铁来说，经过的车站也以大仲马、伏尔泰、雨果、左拉等为名。钞票上也尽是艺术家的画像：十法朗是贝廖士舞着指挥杖，二十法郎是杜布西和他的名作《海》，五十法郎是拉都，一百法郎是特德拉克洛瓦和他的名作《自由引导人民》。

这还不够，如果你再走到漫溯巴黎文艺光芒最灿烂的蒙马特区（Mont Martreo）时，最好带上一种悠闲的心情，踩着波希米亚式的脚步，加上一点想象力，这样，便可以使整个历史在你面前活起来，仿佛回到了很多很多年以前……

突然见到凡·高一只手拎着只血迹未干的耳朵，另一只手则捂着仍血流如注的半边脸，自列比街（Rue Lepic）疾步而出；经过双叟咖啡屋，你会瞥见存在主义大师萨特与女性主义先驱西蒙·德·波伏娃正在一角窃窃私语；步入丁香园餐厅，刚坐定，赫然发现，对面正是海明威在那儿沉思着他的小说《日有升时》（*The Sun Also Rises*）。

行至圣加曼教堂左侧的爱蜜儿广场的艺术家工作室里，毕加索、布拉克、马地格里安尼正在这里孕育现代主义；再转到圣加曼教堂后面的弗斯坦堡广场，居然撞见了写《推销员之死》的亨利·米勒；进入教堂和塞纳河之间的弯曲小巷，不期然又碰到了乔伊斯与华格纳。

哇！简直不可思议，没想到历史上的几道亮光，全在蒙马特区交会，并放出了震世的光芒。我几乎是以朝圣的心情，踏着这些哲人、诗人与艺术家们的行踪，与他们一起散步，接受这座艺术之都的洗礼和熏陶。

从蒙马特区再折往东南，靠近塞纳河之滨，是世界上最大的艺术博物馆卢浮宫。

卢浮宫从建立到扩大成今天的规模，这其间经过了几百年的时间，包括几十个皇帝和成立共和国后的几位总统，为这个宫殿花下心血。卢浮宫本身的建筑，就是一项伟大的艺术杰作。外围的屋角墙沿，无数的石像雕刻，都能引人一再欣赏，百看不厌。

卢浮宫分成六个部门陈列：一、古希腊；二、古东方；三、古埃及；四、中世纪文艺复兴；五、绘画素描；六、工艺。

卢浮宫内收藏的几万件雕刻图画，每一件都是稀世之宝。其中最著名的是米罗的雕刻《维纳斯》，达芬奇的《蒙娜丽莎的微笑》，米勒的《拿破仑加冕仪式》等。卢浮宫的整个路程有三四十公里，如想看遍，除了久住在此，别无他途。单是陈列名画的走廊便长达三公里。

一到卢浮宫，我就选定目标，先寻《蒙娜丽莎的微笑》。因为画中人究竟在笑什么，一直是令观赏者困惑的问题，我也想一探究竟。

这幅画完成于佛罗伦萨，画中人也是佛罗伦萨人，如今却挂在巴黎的卢浮宫，难怪令佛罗伦萨人觉得懊恼与羞耻。这件艺术瑰宝曾在 1911 年被窃，两年后才从意大利找回来。所以，当我终于看到这幅巨作时，发现它不是挂在墙上，而是嵌入墙壁，旁边还站着两位警卫。

我当然也揣摩不出蒙娜丽莎神秘的微笑。但我知道这幅画之所以伟大，是因为达芬奇把他具有的科学知识，如建筑力学、光学、对称、比例、人体结构，甚至心理学、解剖学等和艺术想象有机地结合了起来，才能创造出这么真实而生动的巨作。

离开卢浮宫，又去观赏另一项令人惊叹的大艺术品——凡尔赛宫。

凡尔赛宫在巴黎西南部郊外十八公里，它的外表非常老旧，平淡无奇，但一跨进宫内的教堂，就不能不被那种高洁和宏伟的气氛震慑住。教堂的地面是由各种颜色的大理石镶嵌而成的，不细看，会误以为是张五彩织花的巨幅地毯。金色的楼阁上端，是一条条成拱形排阵的白色大理石圆柱，楼阁之下，则是无数的拱门与较为粗壮的白色大理石方柱。据了解，凡尔赛宫内的大理石颜色有一百多种，只有皇家教堂的是白色。

凡尔赛宫内每一寸内都是艺术家与匠人的心血结晶，内部精致细腻的装饰，更不知有多少人为此献出了毕生的岁月。宫内到处还可见到一幅幅大气魄、有数丈见方的巨幅壁画。壁画画的多为路易十四的战史，或希腊罗马的神话故事，等等。起初我一直以为是油画，待细辨后，才发觉原来全是羊毛织品。我不得不赞叹，巴黎人将艺术与手工能如此完美地结合，是他们才情的又一大表现。

每当看到一件令我感动的杰作时，我就会想，为什么巴黎这个城市会出现这么多位在不同领域内登峰造极的大师？为什么至今全世界的知识分子，特别是一些自家乡放逐的诗人和作家，最热衷前往的城市多是巴黎？

巴黎必然有它特殊的因素，吸引了他们。而这种特殊的因素，必然为巴黎预留了想象空间，成为文化艺术上丰富的创造力。就如法国文学家、思想家伏尔泰所说的："我虽然不同意你的意见，但我誓死悍卫你说话的权利！"所以，在法国任何一种新思想、新流派、新设计、新创作的探求与尝试，固然会引起议论与争辩，但绝不会被一种诬蔑、打击的态度置于死地。

就巴黎人丰富的创造力及更深一层的元素——文化、艺术和生活的品味来论，巴黎人可以自我肯定及骄傲地宣称，他们是出色的。

知识与花园之城

——剑桥札记

悄悄的我走了，

正如我悄悄的来，

我挥一挥衣袖，

不带走一片云彩。

我实在没有徐志摩在《再别康桥》诗中的洒脱情怀。在剑桥虽然只有短短的十六日，却带给我许多的回忆及眷恋。难忘共聚一堂的同学们，难忘那中古世纪的建筑雕刻，更难忘康河两岸的灵逸秀丽景色。

引起我去剑桥的冲动，除了向往那里超尘脱俗的景致外，也由于4月从英国文化协会得到资料，获悉剑桥大学校外进修部将在7月举办为期两个星期的专修课程：莎士比亚的语言、想象力及莎士比亚同时代的戏剧文学。很幸运，6月尾收到回音，通知我在7月21日报到。

为了先熟悉环境，19日我即到达剑桥住进花园饭店。这家旅馆坐落在康河旁，从房间窗口就能望到泛游在河上的船只，两岸垂柳婆娑，河的对岸羊群徜徉在碧翠的草地上，人们漫步在河旁的小路，不时有人骑着自行车来往穿梭着。旅馆后面的庭园是与康河相连的，在斜倚的垂柳下摆放着几张雅致的桌椅，可让客人们在这绝对灵秀的气氛里喝下午茶。微风轻拂，水声细语，画眉巧啭，我觉得这天然的织锦更胜过人造的桌椅。在和煦的阳光下你可尽情放纵地去搂抱大地的温暖，累了，你也尽可在这葱翠的草坪上寻梦。剑桥是个"知识之城"，几百年来它不断地以传授和学习来推动，来发展自身；它孕育了一个世纪又一个世纪的教士、诗人、哲学家、历史学家、作家、政治家、科学家。在他们当中，更产生了许多诺贝尔奖金的得主。相传在 12 世纪和 13 世纪间，剑桥大学是用无数的宗教基金建立的。如今剑桥大学与剑桥城彼此密切合作，并共同鼓励及控制科学与工业上的扩展。

由于剑桥大学的皇家学院、皇后学院及三圣学院是在中古世纪由当时的皇帝与女皇设立的，所以能够网罗那个时代的精英，包括绘测师、石工及雕刻家等，使他们能够竭尽所能地将最好的技艺贡献给剑桥。因此剑桥在其建筑物上的革新、技巧及完美，至今在绘测及雕刻的领域内，仍可称得上是一本第一流的教科书。

剑桥也是个"花园之城"，从市中心无论你往哪个方向去，都会发现各具特色大小不同的花园。美籍英商小说家亨利·詹姆士曾说："在往三圣学堂的路上描绘出动人心弦的惊叹！"他称誉这里是"世界最美的角落"。剑桥在气氛及环境上的瞬息变化也是令人着迷的：你可以这一刻处身在喧闹纷攘的市街上，下一刻却到了宁静朴实的大学拱道上；这一刻慵懒斜倚在浪漫秀丽的康河河畔，下一刻却正襟危坐在庄严肃穆的教堂内。

剑桥的购物商场集中在市中心，几乎所有伦敦的著名商店在这里都有分店，还有其他许多精品店。最值得一提的是这里的书局。最大的一家叫海弗氏，总行在三圣路，它一年的营业额可达到几千万镑。书局内汗牛充栋，包罗万象，尤其各代名家的著作，更是收集齐全。同时还售有依据名剧作家们的著作所摄制的录音带及录影带，这些是别处书局所无法购得的。这里读书风气之盛，书的销售量之大，真是令我们汗颜和羡慕。

各商店围绕的中心是露天市场，有许多小摊贩聚集在此，出售水果、蔬菜、肉类、手工艺品、糖果、唱片、旧衣物、旧书等，价钱较商店的便宜很多。有时在其中还会有意外的发现。

在剑桥，经常有人在路边演奏、唱歌，他们不外想募集些零用钱，可是这里的水准之高，远远超过在伦敦街头所见。20日我按照寄来的简章到圣凯瑟琳学院报到。这所学院是罗勃伍得拉克在1475年建立的。原先这所学院是专为教士所设，只有宗教课程，但是为了要吸引更多的学生，这项条规已经废除了。由于这间学院曾经完全修葺过，宿舍的设备较新，所以校方将我们安置在这间学院住宿。几乎每位学生都能享有单人房及自己的卫浴设备。我们上课的地方是在大学总部，由圣凯瑟琳学院步行约需十分钟。

21日即开始两星期紧凑又忙碌的课程，每天有六个小时的课程，晚上还有两个小时的学术演讲。除了中午有三小时休息时间可利用观赏剑桥名胜外，就根本找不出其他的时间了。

在这两个星期的课程内，除了对莎翁及其同时代的作家们有了更深刻的认识外，另外的收获就是认识了许多来自世界各国志同道合的朋友。

令我惊讶的是，班上的同学中居然有一半来自美国，他们大多数的职业是文学教师。据他们说，因为美国学校的压力大，竞争剧烈，学生们对老师的要求又高，如果没有新的知识灌输，学生们反映到学校当局，第二年，教师合同就可能失去了。所以他们必须利用假期进修充实自己，而剑桥大学是研究文学最理想的学府。

班上有两位日本人，是英文教师，他们每天上课都带着录音机将教授所说的录下来，以便反复温习，慢慢咀嚼，这实在是一个好方法。由于课程是深入式的及讨论式的，如有些著作不曾读过，就完全不知教授所云。

然而令我印象最深刻的是一位来自美国的退休古董商人乔治，及一位来自比利时的老寡妇珍妮。乔治年约六十五，跛脚，壮硕高大的体型略显肥胖，自我介绍中，他自诩是最有品味的花花公子。这虽引起一阵哄然大笑，然而，他脸上所显示的自信与傲气却令人慑服。他说他一生都在追求完美：收集最好的艺术品，看最好的戏剧，欣赏最好的音乐，爱慕内蕴丰富的美女，自己也在不停地进取以维持自己的品味不坠。他懂得玩多种乐器和运动，是个成功的商人，但他赚取的财富大都花在高雅的嗜好及学习中。他说只有他这样的人，才有资格称为"花花公子"。我想也就是中国人所称的"风流雅士"。

珍妮，六十六岁，满脸的皱纹刻画出她不幸的遭遇及豁达的人生观。她现在是比利时一间大学的图书馆主任。她曾经结婚两次，但不幸的是丈夫都因病过世。第一位得了帕金森硬化症，第二位得了肺癌，每次她都是眼睁睁地看着最心爱的人被病魔慢慢吞噬而亡。因在一次妇科手术中失去了生育的能力，她如今是孤家寡人。然而悲惨的遭遇并没有使她消沉颓丧，她仍能将她自己的生活安排得充实而有意义。她活得积极，"活到老，学到老"，可以在她身上得到印证。

弗兹威廉博物院收藏着剑桥大学的艺术品、古籍及雕刻。而这些收集品是 1816 年，弗兹威廉子爵所遗赠的，他还留下十万余镑建造了这座博物院来陈列它们。这座建筑物是由乔治贝士伊所设计的，看起来像是座巨大宏伟的古典神殿，在进口处的两侧有两个石狮坐镇着。如今院内收藏的陈列品已增加了很多，但是每次只展示一小部分。

楼下一层是令人惊叹的各种古董，包括各种雕塑、古希腊罗马及埃及的精美雕刻石棺、从埃及和亚洲西部运来的绘画及陶器，另外还有从希腊及罗马来的花瓶、铜器、珠宝及雕刻等，并收集有世界著名的镍币及勋章。在保存良好的玻璃柜内有许多令人迷惑的手稿，有属于中古世纪僧人们深不可测的阐释，有济慈、南丁格尔的亲笔，更收藏有许多音乐名家的原稿。

楼上收藏了从中古世纪到现代的欧洲艺术品。画廊铺满了东方的地毯，摆设了许多古董家私，给人一种庄严堂皇华丽的神秘感。参观博物馆是免费的。院内的商店有一些复制品、幻灯片及明信片出售。

来到剑桥，千万不要忘记去划船玩。船有许多种：有普通的双桨划船，有轻快的薄皮船，有最特别的长形撑篙船。可以自己划，也可以让船夫划。下游就是最出名的"Backs"。

我和几位同学选择了有船夫的长形撑篙船。这种船别处不常有，约莫二丈长，三尺宽。只见船夫站在船梢用长竿漫不经心地往波心一点，身子微微地一蹲，这船身就一下子转出了桥影。看似轻盈、容易，然而却需要技术。在我们泛舟康河的途中，会经常看到一些狼狈不堪的外行人将悠闲的河中秩序给搅乱了。船夫们都穿着白色的西装上衣，黑衣裤，打着黑色的蝴蝶领结，头戴礼帽式的草帽。个个神采飞扬、风度翩翩。原来他们多数是大学生，利用暑假，赚取零用钱。划我这艘船的就是牛津大学历史系的学生，一路上他详细地为我们介绍了所经过的学院的历史。

首先经过的是皇后学院。由于它是由两位英国皇后所建立，所以得此命名。学院成立于1448年，而在学院后面横跨康河的数学桥，它的构造至今令人无法理解。它原本是座完全没有铁钉建成的桥，一些学生将它拆解想研究出其中的奥秘，但不得其解，结果只好用铁钉将它钉回了。

接着是最闻名的皇家学院。它是由亨利六世在1441年建立的，同时也是一所最早允许女学生就读的男性学院。学院内的教堂是剑桥最值得参观的一处，它是一种垂直哥特式的建筑，在每个垂直线条的尾端形成个精致的小塔楼。刚走进也许觉得暗，但往上看，那雕刻得错综复杂的苍白色大石，如同肋骨架似的直向拱形的圆屋顶散开，也许这是种世界上最好的结构。教堂内华丽无比的彩色玻璃，更是中古世纪一种出色的艺术。由于时间及战争的破坏，现在只有二十五块玻璃是那个时代留下的。那巨大乌黑的雕刻橡木琴，与灰茫茫的苍白石壁形成了一种有趣的对比。在1961年，一位施主捐赠了一幅鲁宾斯的画：《东方三圣的礼赞》。这幅巨画现在竖立在神坛的后面，供人膜拜。

皇家学院培育出许多优秀的人才。鲁波特·布鲁克，诗人，他的许多手稿至今仍收藏在学院的图书馆内；《印度之旅》的作者佛斯特，在他所著的《最长的旅途》中，表露出许多他对剑桥的感受；还有经济学家梅纳得肯尼斯及诺贝尔小说奖得主派崔特怀特。

紧接在旁的是克莱亚学院。1326 年建立，曾被大火焚烧，1338 年由伊丽莎白克莱亚重建。人们说它建造得很像皇宫。克莱亚的三环洞桥在 1640 年即造成，在那桥上栬比的小穿栏栏节顶上有十四个白石球。噢！应该说只有十三又十五分之四个，因为其中有一个白石球破损得相当严重。

行不多远就来到三圣学院。它是在 1546 年由亨利八世建立的，是剑桥内最富有的学院。一进入大门的对面，是阮恩图书馆，在它的屋顶上有四座雕刻的人像，分别象征着神学、法学、物理学及数学。据说 1770 年，当这些学院的院长仍戴着传统式的假发时，有一些顽皮大胆的学生，曾攀登到这座建筑物的屋顶，为这四座雕像也戴上假发。

最后来到的是圣约翰学院。它是 1511 年由玛格丽特标福得夫人的遗赠而建立。圣约翰学院有两座桥横跨康河，一座是厨房桥，一座是惊叹之桥，后者的那种独特、华丽、精致和巧思，属于维多利亚时代的狂妄结构，配上哥特式的建筑尖顶，形成一座令人叹为观止的白色有顶的石桥，有人戏喻为像块结婚蛋糕。

斜靠在舟上，嗅着芳香，听着船夫娓娓道出两岸著名的"Backs"几个最著名的学院的历史，水声、风声、鸟声、草声调谐成一首优美的田园乐曲，令人尘襟尽涤，这时你感受到的是多种神灵性的美。

星期假日学校安排我们去莎士比亚的出生地史特弗·阿庞·埃温参观。这个地方山明水秀，地杰人灵，难怪产生了一代文豪——莎士比亚。下午我们在皇家莎士比亚剧院观赏了莎翁所著的一出喜剧：《如你所喜》，剧中演员清晰的发音和精湛的演技令人激赏。

两个星期，转瞬间就结束了。最后一晚，几位同学提议去剑桥内最好的一间中餐馆打打牙祭，费用均摊，当然点菜的责任在我身上。说实在的，吃了近两个星期的学校伙食，就算再好也腻了。剑桥内只有两家中国餐馆，规模都不算大。我们去的是查理陈餐馆。出乎意料的，味道居然不错。

最后一天领取结业证书，我起了一个早。当天细雨迷蒙，我情不自禁地漫步到康桥上寻最后的梦，想发现它更多的神奇。我呆立在桥上痴望着河水，密布的雨滴打在河面上激起了一层层波郏。周遭静极，只见有几只小鸭子在河中追逐嬉戏。雨愈下愈大，我呆立在雨中出神，忽然遥远的天际传来了诗人的低语：

> 看一回凝静的桥影，数一数螺钿的波纹；我倚暖了石栏的青苔，青苔凉透了我的心坎……

到了卢克索，笑吧！

　　说到埃及，马上就会联想到金字塔和尼罗河，它们几乎已成了埃及的象征。

　　尼罗河所孕育的埃及文明，在历史上最早发光，却也最快地从历史上黯淡下来。

　　埃及文明虽然衰落了，但我对埃及的好奇和憧憬，并未因历史的湮没和时间的流逝而终止。一亲埃及的芳泽依然是我一个挥之不去的梦寐以求的向往。

　　今年，我终能如愿以偿。

　　从吉隆坡经都拜到开罗，十多个小时的旅程中，我几乎没合过眼，一直在看有关埃及的资料。一到了开罗国际机场，又急匆匆地赶到国内机场搭机前往卢克索。

　　卢克索位于开罗南方七百公里的地方，过去曾是古埃及帝国首都底比斯的一部分，有生命之城之称。现在则是全埃及最重要、最吸引人的地方。

　　卢克索的遗迹之美简直令人惊叹，只有亲眼目睹了才会相信。这里不仅古迹多，神殿也多，譬如著名的帝王谷、孟农的巨像、卡纳克神殿、卢克索神殿。

　　优以歇提一世和兰塞斯二世父子建筑于卡纳克（Karnak）的亚门神庙，更是神庙中的神庙，神殿中的神殿，几乎个个法老都要争相到这里记下他们的名字和事迹，以昭后代子孙。

神殿的许多墙壁及石柱上均刻有许多守护神性质的图腾，这些现象反映了古埃及人的泛灵信仰极为普遍，同时，还有许多传说和神话故事亦反映在神殿建筑上。最常见到的是有关爱西斯（Isis）传说的绘图。

爱西斯是古埃及传说中的一位受人民爱戴的女神，她教人民磨麦子，以及用织布机纺亚麻布。她的丈夫奥赛利斯（Osiris）也是一位公正而且深受万众爱戴的君主，他教人民制造农具、轮流栽植农作物，以及控制尼罗河河水的方法。他还教人民如何改吃五谷杂粮，如何做面包、酿葡萄酒和啤酒。然而，他的弟弟赛斯（Seth）却因妒生恨，将他骗进一个柜子里，丢进尼罗河里。悲痛欲绝的爱西斯到处寻找丈夫，当她找到丈夫的尸体后，伤心欲绝，哭倒在旁。后来爱西斯变成一只鸟，飞落在奥赛利斯的尸体上，并且得到奥赛利斯的种子，生了鹰头人身的霍鲁斯（Horus）。霍鲁斯长大成人后，报了杀父之仇，登上王位，并封奥赛利斯为冥界之王。

我们是在到达卢克索的第二天晚上，来此看声光表演的。夜色中，闪烁的灯光照射在一排排横空而出的石柱上，显得既雄伟又诡异。

这些高约二十米的石柱是埃及古老文化的见证，也是埃及的骄傲。只是时光荏苒，岁月更迭，有些石柱已残缺不堪，给人以不胜今昔之感。

除了神殿古迹，在卢克索最常看到的是许多写着 "Smile you are in Luxor（到了卢克索，笑吧！）" 的路牌。

而在卢克索逗留的三天，确实遇到许多令我发笑的情景。

起码女人到这儿会笑，而且还会信心大增，因为卢克索的男人嘴很甜，很懂得奉承女人，女人有时明知是假，也乐得照单全收。或许，这里的女人很少外出，即使有，在打扮和服饰上也较开罗保守，大多穿着长袍，戴着头巾。所以，女性游客走在街上，自然会吸引到当地大批男士的注目。

女友曾告知她在卢克索的亲身体验：她到一家珠宝店购物，一进门，一位男店员立刻用一种目瞪口呆、失魂落魄的神情痴痴地望着她，好一会儿，才回过神来。接着，用非常轻柔的语调对着她低语："你是我这辈子见过最美的女人，因为你惊人的美，我一定会给你最好的折扣。"女友信以为真，立刻向他买了一件首饰，结果，货比几家后，才发觉上了当。不过，埃及男人的甜言蜜语却增添了埃及魅力中的媚力，一直为她津津乐道。

15 世纪埃及的文学家玛奎瑞济曾不太客气地描述道："对寻乐的爱好支配了埃及人的个性……他们极端地倾向喜好奸诈和欺骗。埃及人从一出生在这方面就优于他人，而且运用得十分纯熟，因在他们的性格中早有逢迎谄媚的基础，所以他们在这方面能够登峰造极，不但是前无古人，同时也是后无来者。"

他如此形容自己的同胞似乎用笔重了些。我反而愿意如是想：在埃及民族特有的幽默与谎言的背后，是否隐藏着一个民族的心灵苦难？他所有的痛苦可能就在于：古代的荣耀和伟大，无法掩饰近代的贫穷和落后。

不如，我们先追溯一下埃及的历史：公元前 332 年，在亚历山大帝占领埃及地区前，埃及已被亚述人及波斯人统治过。后来此地成为罗马帝国的一部分，公元 30 至 60 年间基督教也跟着传入其地。但到了公元 640 年阿拉伯人开始在埃及发展，伊斯兰教和阿拉伯语又流行于埃及。公元 1517 年土耳其人入侵，埃及成为鄂图曼帝国的一个省区。1869 年，法国因开凿苏伊士运河，在埃及拥有相当大的势力，后来因英国收买了运河公司百分之四十四的股权，从而成为埃及新的统治者。到 1922 年埃及才成为独立国，但迟至 1956 年，英国才完全撤出运河区。

早期伊斯兰教徒里最具雄才的名将之一阿姆尔就这么说过："埃及人好比羊群，土地好比金子，只要谁有本事，埃及就属于谁。"

埃及人在异族长期的统治下，不仅丧失了自己的语言（喀普提克语），丧失了自己的文字，也在不断历经的创痛中，学会了将自己调适在宿命与希望之间。

他们成为适应环境的老手，养成了及时行乐的习性。他们发现忍耐和幽默是疗伤止痛，甚至发泄心中怨气的最佳良方。所以，埃及人虽然大部分经验都是不快乐的，但经常面带笑容却成为这个民族最突出的特征。当然，其中也有任重道远的知识分子，不过，他们却被迫成为与社会脱节的少数人。

一天黄昏，我和几位友人特地到极少有女士出入的咖啡室"观光"。

埃及男人好坐咖啡室已成为他们日常生活的一种习惯，他们一边啜饮热的土耳其红茶或土黄色的土耳其咖啡，一边对弈黑白棋或抽水烟斗。在那里，大家天南地北无所不谈，有时彼此挖苦一番或吹吹牛，说到兴起，笑声雷动，荡气回肠，而且还很有传染力。正是这种闲散的情趣把他们在生活中遭受的磨难慢慢化解了。

我们坐在卢克索最受游客欢迎的马车上，来到了火车站附近。这里有一条街，整排都是咖啡室，不仅间间爆满，而且还将生意做到路边。当我们落座时，立即引起了邻近几桌男士的侧目。

我们假装看不到，不仅点了喝的，还点了抽的水烟斗。水烟斗在埃及的叫法是"徐布克"（Chibuk）。徐布克是一管长约一百二十厘米的烟杆，在埃及和中东国家普遍可见。传统的徐布克由一种称为"伽玛夏克"（Garmashak）的木头制成，精致一点的徐布克，杆身刻有细致美丽的花纹，烟嘴以铜铸成。

埃及人抽徐布克的历史超过一千年，不管在路边、餐馆、咖啡室还是五星级的酒店，都会看到有人抽，徐布克几乎成了埃及的特色之一。

陪同我们的导游说："因为徐布克能把燃烧的烟叶味变得更甜更淡，在吞云吐雾中，既觉得逍遥又能产生冥思，使人只想安静地沉湎其中，就像在谈恋爱一样。"

我忍不住也想试试，可惜，才抽了一口，就呛得连泪水都咳出来了！

红海写意

　　小时候曾看过一出戏《出埃及记》，戏中令我印象最深刻的一景，就是摩西用蛇杖指着红海，说了几句话，红海就分开了！一条路赫然在海中间出现，路两边是高高的水墙在不停地滚动着。摩西带着成千上万的犹太人，从这条用奇迹造成的路逃离埃及。这时埃及大军骑着马追来，当他们一踏上这条海中路时，红海又合了起来，将埃军全部淹灭了。

　　当时，我一直不明白将海分开的镜头到底是怎么拍成的。直到我去了美国加州的环球影城参观，才知道原来只是在一条小溪中，装置些道具，再运用镜头的特殊效果处理，就拍成了那样一个令人叹为观止的画面。

　　海水分开的谜虽然揭晓了，但红海这名字却深深地烙进了我的脑海里，再也挥之不去。

　　这回，我们既进入埃及，当然也想去看看摩西带犹太人逃出埃及的地方。于是，车从卢克索往红海的方向驶去。

　　这一路上，除了公共汽车、游览车、少数的轿车和骆驼，最常见的还是驴车。

　　在埃及乡下或尼罗河灌溉的水道旁，看到的屋子多是用泥砖、木头和椰叶建成的极为简陋的矮屋。埃及虽然幅员辽阔，约有 626000 平方英里，然沙漠就占了陆路面积百分之九十强，耕地几乎只占总面积的百分之一。近一亿的人口，百分之八十居住在城市里，而且每三人就有一人住在开罗。所以埃及乡下人住的虽多是泥屋，却至少人人有屋住，但在城市，埃及人就得依据本身的经济条件做三种选择：买屋、租屋或露宿街头。

车行了两个半小时，途经一个小镇，见路旁有家卖饮料及食物的商店，我们遂在此稍作歇息。下了车，见对过马路的蔗田里，一些孩子正在那儿嬉戏，我被他们快乐的笑声吸引了过去。那些正玩着的孩子见到有陌生人走近，全都停了下来。他们每个人的眼睛全都盯着我嘴中正咬着的苹果，我马上会意，转身跑回车上，将所有的水果都拿了下来。孩子们见状，全都围了过来，伸着手要。当我分着水果的时候，现场一片混乱，霎时间，哭声、叫声、骂声夹杂在一起。

当我被同伴呼唤着赶紧上车后，我听到一个孩子的惨叫声，回头一看，见一位怒气冲冲的大男人，揪起一个孩子，朝他狠狠地打着。我很难过，知道定是自己惹的祸。照说孩子拿陌生人的东西也不应遭此一顿毒打呀！我正想过去理论，却被导游唤住，他说，孩子被打的原因，不在于他们接受了陌生人的东西，而是因为他们伸手要。因为埃及人的禁忌是：再穷，也不能向人乞讨，因为他们视尊严重于生命。

过了几个小镇后，我们进入了沙漠地带。这一百五十公里阔的沙漠，没有河水，没有生命，也没有繁殖，有的只是荒凉的石灰岩与花岗岩山地。由于景色太过单调，大家索性闭目养神。

不知行了多久，突然听到一声惊喊："红海！"车内每个人精神一振，立即将身子坐直，伸长颈子往窗外望。可惜仅那么惊鸿一瞥，视线就被路旁的建筑物给挡住了。

又行了约莫二十分钟，看到前方路旁有一个大招牌写着"欢迎到赫加达（Welcome to Hurgada）"。这时已近午餐时间，导游告知 Conrad 国际饭店有中餐馆。大家听了，全都兴奋起来，提议先去享用一顿美味的中餐，再坐游艇逛红海。下了车，一进饭店的大门，一群穿着传统长袍

"格拉比亚"的埃及男人，奏起埃及民间的乐器，欢迎客人的到来。

穿过富丽堂皇的大厅，走到外面的阳台，霎时，我们全都被震慑得惊呼了起来！红海就呈现在我们眼前的不远处，但它的颜色不是红的，而是像缅甸的蓝宝那么美，像锡兰的蓝宝那么清。

这片闪烁着蔚蓝的海面上，有着白色三角帆的木船，正静静地行驶着，好像在玻璃般的水面上漂行。河岸整齐，棕榈树的叶子衬着蔚蓝的天空，仿佛是精致的剪纸。

从阳台进入布置得古色古香的中餐厅，它虽设在五星级的饭店里，但菜单上并无太多可供选择的菜式。反正我们早已饥肠辘辘，就点了几样最容易做的菜：酸辣汤、腰果鸡丁、姜葱牛肉、清蒸鱼、洋葱炒蛋等，没想到餐厅领班说，这些菜需花费一个小时以上的准备工夫。本想换个地方，但想到这几天吃得全是埃及餐及西餐，好不容易有家中餐厅，当然嘴也就馋起来。我们想，或许他们是慢工出细活吧！于是大家决定先出去逛逛。

车沿着海岸线驶去，但见到处都在大兴土木，有许多已建好或正在建的星级大饭店、豪华的滨海度假屋、精致的商店，当然，还有许多式样不一的清真寺。真没想到，原本一个荒漠地带，经过近几年的开发，居然成了埃及最受欢迎的海边度假胜地。赫加达有一座机场，距离开罗只有一小时的飞行航程。来此度假的游客百分之七十是埃及人。这里没有任何纪念建筑，只有金黄色的海滩和美丽的珊瑚礁，但对于只想休息和做水上活动的人而言，这儿正是一帖清爽的解药。

我们将整个度假区绕了一圈正好一个小时，心想，一顿香喷喷的盛宴正在迎接着我们。进了中餐厅，桌面上已摆好精致的餐具。一看，刀、叉、杯盘、汤匙全有，独缺筷子，看来是中餐西吃。侍者先送上一盘用麦做的无酵饼，咦！这不是埃及人的主食吗？接着酸辣汤端上来了，但见几条冬菇丝、红萝卜丝和鸡丝，稀稀落落地浮在一片褐色的汤水上。我们以为他们弄错了，再问，确是酸辣汤无疑。一喝，这汤既不酸也不辣，有的只是酱油味。其他的菜也就可想而知，牛肉像牛皮，腰果鸡丁变成拌上花生酱的花生鸡丁，清蒸鱼变成水煮鱼块，唯一没太走样的就是洋葱炒蛋。我们只好自我安慰一番，毕竟在沙漠中还能吃到中国菜，已属难得，不好苛求了！

埃及有两种最受游客喜爱的手工艺品，一是玻璃瓶，一是纸草画。各种形状，各种色泽的玻璃瓶，令人看了爱不释手，不过，很不幸的，它也易碎，不易携带。纸草画则是古埃及人的一种艺术。古埃及人除了喜欢将他们的文字刻在石头上，也爱用墨水写在一种"纸草"做成的纸上。

很早以前这种艺术几濒绝迹，后由罗格伯博士的大力推动，又开始盛行，进而成为埃及的特产之一。纸草画的纸是用一种呈金字塔形状的芦苇草制成的。制作的过程是先将芦苇浸在水里六天，待芦苇膨胀后取出，削去皮将水挤干，放在水里再浸六天，取出压干并风干后，形成一种成片状的芦苇条，再将之一纵一横编织即成。

纸草画的价格不一，芭蕉叶的纸草纸较芦苇叶的便宜，模型印的图案又比手绘的便宜。

看过了古埃及人的建筑及发明的纸草画艺术，觉得他们和中华民族一样都是非常聪明的民族，可是为什么经由这两大优秀的民族所创造的古老又辉煌的文明，到了现代会停滞、衰落了？！

究竟文明衰败的根源，在于敌人还是自己本身？

尼罗河之歌

　　尼罗河，是埃及人又爱又惧的一条大河，她既是温柔的，又是凶暴的。她为埃及带来了富饶，也带来了灾难。

　　可以说，埃及人的命运是与尼罗河纠结在一起的。所以，不管这条生命之河如何施恩或肆虐，对家住尼罗河畔的埃及人来说，都是他们必须吟唱的歌；人生的沧桑与老天的造作在这里交集着他们一生的悲欢。

　　尼罗河，是埃及文明的发源地，它和中国的黄河一样，有着特有的沉重和丰富的内涵，绝非一般河流可以比拟。所以，自古以来，歌颂尼罗河的诗篇，就像开满枝头的繁花一样地在埃及传诵。然而她也和黄河、印度河所孕育的古老文明一样，最先发光，但也最先黯淡下去。

　　中国的历史曾被人用"黄河忧患"来比喻。那么，如用"尼罗河忧患"来比喻埃及的历史也是恰当的。

　　在未利用现代科技控制尼罗河河水之前，埃塞俄比亚（Ethiopa）高原上的季风雨每年导致河水上涨，直接泄入两岸平原，年复一年，堆积了一层厚厚的冲积土。由于埃及几乎全年不下雨，居民种植谷物完全仰赖河水。所以，与其干旱，当地的农民反而期盼尼罗河泛滥，他们说：尼罗河的泛滥虽令沿岸田园受到损害，但仍是具有建设性的。因为大水退后，留下的淤泥含有丰富养分，可以为下一季作物带来很好的收成。于是，古埃及文明就这样奠基在肥沃的土壤之上。

　　此外，在尼罗河畔的艾德夫还发现了一项有趣的资料，假如尼罗河在艾尔芬丹岛上升了二十四英尺，这一年就会有充沛的水量灌溉土地；假如没那么高，灾难一定会来。

历史上就发生过这样的事，从公元 1066 年到 1072 年干旱，持续了七年。使埃及陷入了大混乱。尼罗河谷地饥荒与瘟疫肆虐，人民根本没有其他食物可吃，导致伏斯泰市民人吃人的惨剧发生。

有一座建于托勒密王朝统治时期的霍鲁斯神庙位于艾德夫以南 30 英里处。它是全埃及保存得最为完整的古建筑，到现在几乎还维持着当年的原貌，大塔门、外墙、庭院、大厅、神殿部还在原先的位置上。其墙壁简直可说是一本神话学和地缘政治学的教科书。墙上雕绘了纪念霍鲁斯打败赛斯的假想战，法老王在大前院里举行年度加冕大典的盛况。此外，神庙里有一个用花岗岩雕成的石鹞迄今还在门口守卫着。

据资料上记载，石鹞是王权的象征。因为两三千年前的古埃及，还没有一位能令万众一心的强人出现，于是，神自然成为人们所共同尊奉的对象。神既是名义上的统治者，而为其兴建的神殿也就成为国家的中心。但人是无法和神直接沟通的，所以就得推举一位神的代言人，来传达神的旨意使神合理化，并能推展国家的实际工作。不幸的是，当这些被选出的代理人在发现自己无心或有意地假借神谕竟能左右大局时，他内心被激发出的野心与独裁意识立刻掩盖了他原来被赋予的使命。不但假借神名兴建奢华的神殿供己享受，还劳师动众地为自己修筑死后安葬的陵墓。

如今，太阳仍照耀着所有的神殿，然而，再也没有一位住在神殿里等待复生的统治者能再睁开双眼享受到灿烂的阳光。

游埃及，最理想的方式就是在尼罗河上乘船溯流而上。有些游船上的设备和服务甚至可以和最高级的旅馆媲美。

我静坐在甲板上的游泳池旁，望着布满棕榈树的河岸静静地往后退去。中国和埃及都是靠水而生的农业大国；然而，水却非过去的人类所能主宰的。当人类对大自然束手无策的时候，不是膜拜神灵就是设法行贿。于是，每当尼罗河泛滥的时候，人们总要选一个漂亮的少女，作为对尼罗河的献礼，这和中国"河伯娶妇"的传说很神似。

或许就这么逐渐塑成了这两大民族在性格上的共通性：有某种宽容恶势力、得过且过的成分；有圆滑世故、听天由命、逆来顺受的致命弱点。

不过埃及人较中国人更相信人和万物会死而复生。正如同日出日落，水涨水退，花开花落一样。由于对大自然不变的周期循环的体悟，所以古埃及人崇畏太阳及尼罗河，他们将尸体做成木乃伊并建造死城，再生成为埃及人根深蒂固的观念。

奇怪得很，就在我沉吟低回的这一刻，居然想起了川端康成。一天，他坐在桌前，凝聚神情，什么也写不出，对于一个作家，文才枯竭了，就等于死了。于是，他走到煤气炉前，把炉子打开，却不燃火，只深深地吸气，深深地吸气，一直吸到控制不住，颓然倒地。

古埃及人觉得值得留下的是肉身不灭的木乃伊，川端康成却觉得值得留下的是永垂不朽的文学巨著。

船续行至阿斯旺水坝。

当船一进入水坝的闸门内，船就像乘电梯似的逐渐升高，这情形使我忆起游长江三峡时，船过葛洲坝时的情形，两者的设计几乎是完全一样的。

这水坝是英国在 1902 年建的，主要是为了有效地控制尼罗河的流速和发展植棉事业。水坝在当时堪称工程学上的奇迹，埃及的福利和繁荣也因此有了显著的增进。在 1912 年和 1932 年，水坝分别加高了两次。1952 年纳赛尔上校从英国手中接掌政权后，由苏联提供货款和技术给埃及。

为了兴建这项巨大的工程，参与的工人有三万名，历时十年，水坝才在 1972 年完工，从此可以预测控制水量，埃及的供水量终于有了保障。

　　水坝所提供的廉价电力，使得埃及的工业快速成长，特别是食品加工业和纺织业。其他如水泥、汽车、轮船、电器用品，甚至军事设备的制造及一些重工业，都获得了廉价电力的配合。但是也因为水坝的建起使上游河水高涨，将许多古迹淹入水里，造成无法弥补的文化损失，且迫使已在当地落户四千多年的农民被迫迁移。

　　要发展？还是保留原貌？难免会产生矛盾，即使再不愿意，有时也必须牺牲一样。或许阿斯旺水坝的功过就像三峡工程一样尚待时间证明。

　　最后一晚，船上特地为游客安排了"尼罗河之夜"，每位游客被邀请穿上埃及人的传统长袍"格拉比亚"。我们与船上的埃及人及游客同乐，欢宴后，回到房中，望着窗外静静流过的河水，心中几度澎湃汹涌。由于认识了河流与人紧依无缝的情感，望着尼罗河，就不再只是一种感觉，而是一种情感，不是感伤，而是感动。

埃及最耀眼的珍珠：开罗

初到开罗，让人有种眼花缭乱的感觉。走在街上，眼中所见，尽是些不协调的画面：一栋金碧辉煌的摩天大楼，紧傍着一个脏乱的贫民窟；四通八达的立交桥旁，狭窄的肠子小道突然伸出；疾速驶掠的劳斯莱斯后，几只毛驴正在向前缓缓移动，西装革履夹杂着伊斯兰长袍，祖肩露乳伴随着黑袍黑巾，清真寺与教堂并存，观光客与骗子同在，生人与死城相依。

开罗挤满了约四分之一的埃及人，使得住宅不足的问题占了全国的百分之四十五左右。再加上贫富极度不均，多数的开罗人像是住在一个仅容转身的鱼缸里。一般开罗人的年收入约七千美元，因此，他们终其一生二十四小时不眠不休地工作，恐怕也买不起寸土似金的房子。

于是一种令人不可思议的状况出现了。位于开罗东端，有一个建于14、15世纪的大而集中的墓地，这些墓地在建造时，因受到"来世论"的影响，特别在坟墓的对面，加盖一间空屋，以备来世时安居。现在，这种空屋却成为开罗贫户们的安居之地。他们虽与死去的人天人永隔，但却是朝夕相处。

还好，埃及的教育、医疗是免费的。不过，埃及的有钱人却不屑于享受这些，因为享受这些低费或免费，有损他们的身份。财富给人带来一种虚妄的尊严，可这虚妄的尊严却也回避了另一种发展中国家的弊病：越有钱越能享用到各种优价、免费或辅助。所以在埃及见到的穷人，极少面有菜色、穿破衣烂衫的，也没有沿街去行乞的。

相信任何人只要看到现代开罗那古今融合与东西混彩的市容，就能体会到开罗千余年来，曾经度过的坎坷命运和欢情岁月。而开罗也就在新旧交融、新旧交替的环境里，逐渐塑成一种独特的中庸色彩，从而培养出开罗人比其他阿拉伯国家的人民更宽忍与更包容的心胸。

埃及大哲伊本·卡登（Ibn Khalaum）这么说：人们的想象往往能涵盖及超越他亲眼目睹的现象，但开罗除外，她超越了任何人所能有的想象。

到了开罗，一定要去看举世闻名的金字塔和人面狮身像。

金字塔是埃及古文化遗产的代表，以开罗西南郊的吉沙金字塔群及南方的阶梯金字塔最有名。

从市区到吉沙金字塔，只需半小时的车程。这一路上，我又看到了一些特殊的景象：他们的公共汽车和电车的车门好像从来都不关，车速慢下来时，便会有不少人从车上跳下来，又有不少人跳到车上去，车子照开不误。车内的脏乱也就不言而喻了。此外，途经的旧市街区矗立的近三百座清真寺，与新街上鳞次栉比的高楼大厦，恰成了强烈的对比。

或许这块土地本身就充满了矛盾。这使我联想起宿命论和敬畏自然的民族观是否也是因此导引所致？

正想着，车已在吉萨金字塔前的不远处停下了。

这里的天没有云，没有雾，晴晴朗朗，一片空白。这里的地没有草，没有树，昏昏黄黄，一片荒寂。只有无遮无掩的太阳，残酷地猛射在第四王朝的卡夫王、卡夫瑞王及曼考王的三座金字塔上。他们像三兄弟般兀立在沙漠上，散发出如太阳般的璀璨光芒。

金字塔是怎样建成的，一直是个谜。就拿建筑的石块来说吧，一个胡夫大金字塔用了二百三十万块石头，每块石头平均重二点五吨，当时没有汽车，没有起重机，它是怎么运来的，又是怎么砌成的呢？有人说，是利用尼罗河每年一次的泛滥，从上游运来石块，利用洪水将它推送到这里，砌好一层，在旁边堆上沙，再把石块弄上去，然后再砌第二层。又有人说，这些石块，是驱使几十万奴隶，费了几十年的时间，从老远的地方运来的。

无论如何，金字塔的建造象征着埃及强大王权的建立，并使得统治者能假天命自重，并以之命令成千上万的庶民为其服务。而其最大的一座胡夫大金字塔，直到今天还是公认的宇宙奇观之一，也是金字塔建筑达到登峰造极境界的代表。

今天，当我来到金字塔脚下，伫立在人类所建造的这些山陵的阴影中抬头仰望时，我只有赞叹，只能悚然。

在吉沙金字塔的不远处，还有一座象征古代法老王的智慧与权力，但如今已鼻塌嘴缺的人面狮身像，它在烈日的映照下，显得益发的忧郁和沉重。

接着，我又去看公元前2900年，埃及王国的建筑大臣殷霍特为第三王朝的哲瑟法者所建造的一座周墙密闭的阶梯式金字塔。这是一座最古老的金字塔，也是世上第一座用劈削的石头所建筑的大型纪念建筑。

数千年的岁月，摧毁了这座埃及史上最早的金字塔，原有的壮丽宏伟，在风蚀雨淋中消磨殆尽；所幸，1926年起，资深的埃及学家菲利普·劳尔，大力恢复了阶梯金字塔的原貌。

黄昏时，炎阳略为收敛，缓缓地沉向沙漠边缘。这里的色泽实在太单调了，颜色几乎全被打扮得五彩斑斓的骆驼占去。当我驱前欣赏这些骆驼时，竟突然被人猛地托起丢置在驼峰间。我还没来得及喊出声，骆驼迅即站起，我已下不来了！

金字塔四周许多骆驼小贩，经常如此强拉游客"上座"，赚取蝇头小利。我也索性随遇而安，骑着骆驼，望着直入夜空的金字塔塔尖，心里想着一句阿拉伯谚语：世人怕时间，时间怕金字塔。

埃及文明已存在了五千余年，如今历代法老王和他的子民都已逝去，但金字塔与人面狮身像却依旧屹立。

晚上，回到下榻的饭店，站在住房的阳台上，望着如镜的尼罗河水、平坦宽阔的桥梁、闪烁的霓虹灯，甚至尘雾散去之后的万里星空，觉得白日和黑夜的开罗景观竟有着天壤之别。

像尼罗河对岸的开罗塔，白天看她像一个高耸着的蜂巢；到了晚上，亮了灯，又像在每一孔眼里藏着星星的水晶棒。

望着开罗塔巍峨的身影，我不禁想着：金字塔庄严宏伟，只不过象征着消失了的权势；尼罗河汩汩长流，才象征着生命的力量。

埃及虽然缔造了世界上最古老也最伟大的文明之一；可是祖先历史的富足，文明的悠久，毕竟都是昨天的故事。我不知道，当埃及的考古发现愈丰富、文物古迹愈精美、文明的源头再上延，会否愈发让埃及人的后代更加遗憾、懊悔和惭愧？

历史无数次地证明过，文明衰败的根源，不在于外部力量的打击，而在于内部机制的退化。汤恩比说："外部敌人的最大作用只是在一个社会自杀还没有断气的时候，给它最后一击。"

然而，五千年来，埃及虽屡次为列强吞并，国脉却未曾间断。宗教成为埃及人重要的精神支柱。一位埃及朋友说：日落月升，月沉日出，光明从不曾遗弃埃及，这就同埃及人相信木乃伊将会和麦种再生一样；也如同时代再变，开罗在安拉的庇护与时间的琢磨下，仍会是尼罗河上最耀眼的珍珠。

南非纪行

　　南非对我而言，既神秘又野性，总觉得那是一个森林密布，野兽到处出没的地方；但所以有人去，乃因那里出产了大量的钻石和黄金，所以再危险，仍然吸引了许多不怕死的淘金者。

　　之前，因为南非黑人民权领袖曼德拉被囚禁，引起了全世界人权组织的关注，使南非一度成为新闻的焦点，也令我对南非发生了兴趣。

　　当飞机降落在南非最大的城市约翰内斯堡时，我虽一夜没睡，仍是精神奕奕。

　　这几乎已成为我的一种病态：每到一个新地方，我就像吃了兴奋剂似的，贪婪地想在有限的时间看尽、玩尽、谈尽，而不需太多睡眠；然而一回到家，整个人就像瘫了似的，起码得躺上两天，才能恢复元气。

　　出了机场，天正微明，我觉得有些冷。8 月正值南非的冬天，早晚气温十摄氏度左右，白天约二十摄氏度。也许正值冬天，公路两旁草木枯黄，一路上的景致非常单调，唯一吸引我的是两旁路灯的造形，像一个个小飞碟，非常别致可爱。

　　车子先经过南非的首都比勒陀利亚（Pretoria），它是南非的权力和行政中心，政府重要的决策几乎全在这儿决定。它建立在 1855 年，19世纪后期大多数南非人的历史都在这儿发生。所以，这里有许多见证过南非历史巨变的建筑物。

　　这里也是南非总统尼尔森·曼德拉（Nelson Mandela）的办公处。

　　曼德拉因反对南非的种族隔离政策，而被长期监禁以致举世闻名。这位非洲民族会议（ANC）的主席，在被囚禁了二十八年后，于 1990 年 2 月终于被当时的南非总统德克勒克释放。

　　据政治分析家的推测，德克勒克所以释放曼德拉有两个理由：其一，是希望平息当时的黑人暴动问题，以空间换取时间。其二，是洞悉黑人渐已形成中产阶级，设若黑人形成中产阶级，则他们为保障自己的权利，势必会防止黑人攻击白人。因为白人完了，黑人中产阶级也好不到哪里去。

　　于是 1991 年 2 月，他又宣布废除差别待遇，制定宪法，举行全政党会议等多项施政方针，接着又推动一连串废除种族隔离的政策。德克勒克总统作此历史性宣言，虽激怒了保守党议员，然而，不可讳言，这是他英明决断。此举不仅使许多国家解除了对南非金矿、铁矿禁运以及经济制裁的决定，也为他与曼德拉赢得了 1993 年诺贝尔和平奖的荣誉。当然，最开心的，还是我国也解除了人民到南非旅游的禁令。

　　站在这座用砂岩建筑的半圆形建筑物前。我不禁想起当时德克勒克总统说的话："种族隔离政策已经走入历史，1991 年是南非废除种族隔离的最后一年，历史会为我们做见证，所有人都已自种族歧视的桎梏中获得解脱。"

　　1994 年 5 月 9 日，曼德拉——这位过去的囚犯，非洲人心目中的民族斗士当选为南非共和国总统，成为南非有史以来的第一位黑人领袖。

　　如今，种族隔离的问题虽然不复存在，然而，南非在经过了白人长达八十年的统治后，黑人与白人的所得差距是一比十二；四十多年来实施的班图教育法（强制黑人接受卑劣教育的恶法）又导致两者在教育程度上的严重差距，这些，绝非一朝一夕就可拉近，甚至可谓前途多艰。何况，国内资金一直向外流出，加上贪污严重，犯罪和贩毒集团的势力增强，以及超过半数的黑人失业，南非已从过去的繁荣逐渐没落。

在南非总统府的花园里，有三位令人民尊敬的前南非首相的雕像；总统府前，有两个雄健有力拉着马的裸体男士雕像，高高地立在一个圆柱上，这是座纪念在第一次世界大战时牺牲的英雄们的纪念碑。从这儿往下望是一片美丽的花园，往远望则整个比勒陀利亚市区尽收眼底。

总统府的建筑物本身很美，很干净，周围的环境也配合得很好。然而当我们上厕所时，刚建立的良好印象一下子就全毁了！里面不但没水，而且纸屑、秽物满地都是，墙上更是涂满了令人不忍卒睹的文字和图画。这种情况是否反映了南非在表面的平和中，仍是问题重重？

出了总统府，车子朝太阳城行去。我一直怔怔地看着窗外急驶而过的景色。一百六十公里的行程，看到的多是令人难过的景象：一排排毗连着的贫民区散布在道路两旁；低矮狭小的住屋前赤土一片，不见庭园花木，和刚才在市区所见的白人住宅区相去甚远；女人和一堆孩子，还有又黑又干又瘦的男人神色茫然地坐在门口看车驶过。听负责接待我们的葛里克说，这些贫民区多数没水也没电供应。

如果我单凭看了南非几个大城市，或只读了一些集中报道这些大城市的旅游文章，真会被它富裕的景象所惑。而太阳城就是这样的一个典型代表。

1970年，当南非的旅馆业巨子Sol Kerzner宣布要在离约翰内斯堡一百六十公里远的丛林里建一座豪华的娱乐中心时，每个人都认为他的这项计划一定惨败。可是Kerzner深具信心，并将此计划作为他事业上最大的一场赌注。自太阳城在1979年12月开始营业后，每年吸引了超过一百万的游客，很快地就将三千万Rand（约美元八百万）的成本赚回来了。

然而太阳城里真正令人眩惑的不是上述这些，而是在1992年12月完工的"宫殿"。

"宫殿"虽以酒店的方式对外营业，但它给人的感觉就是一座宫殿，一座建在森林里的宫殿。

当我们看到"宫殿"时，完全惊呆了！我觉得自己像爱丽丝在梦游幻境。

"宫殿"占地二十六英亩，共有三百三十八个房间，至今世界上还没有一间酒店能有这么广阔的空间。再加上南非劳工廉宜，曾有高达五千人同时开工的记录，所以像"宫殿"这么堂皇华丽的酒店，只费时十九个工作月就完成了，整个建筑费用了美元二亿多。现在，它已成为南非最好的观光景点和世界上最好的度假胜地之一。

我就先从"宫殿"的外观说起吧！

"宫殿"由十个塔组成。每个塔都是圆形的屋顶，屋顶是用各种如棕榈叶、象牙、动物及鸟状的雕刻所组成的建筑体。

大门前面是两只豹正在追捕六只花鹿的雕塑。这组充满了动感及强烈生命力的铜雕，在阳光照射下，发出耀眼的光芒。往内走，是一个喷水池。池内有六个古铜色的羚羊头雕塑，水从这些羚羊的颈背喷出。再往前走，就到了"宫殿"正门。

进门，抬头望，是个高二十五米，直径十五米的圆拱形天花板。圆拱形天花板上的油画，采用的虽是米开朗琪罗画罗马西斯敏教堂的相同手法，不过画的却是非洲的风景和花鸟动物。低头看，彩色碎石拼成的大象、斑马、羚羊、豹、河马的图像，镶嵌在光可鉴人的大理石地上。

我沿着大厅靠左的楼梯边往下走，边仔细端详着以切割水晶及铜线包边的楼梯栏杆。

到了水晶咖啡厅内，发现楼梯中间的那面墙，竟是一面以花鸟野兽为图案的宝石墙。而这面宝石墙选用了南非的三十种半宝石，如碧玉、孔雀石、老虎眼、紫水晶……

为了配合整体气氛，水晶厅内的水晶吊灯，在它的每一转角处都衬上了铜制的棕榈叶。吊灯下的喷泉座，更令人看得瞠目结舌。它是由四个三米高，古铜绿的大象围绕而成。像这么独特的喷泉造型，而且是在室内，令人感到有一种力拔山河气盖世的雄伟气势。

　　而旅馆内房间的布置，让人完全没有住酒店的感觉，反而像是到了一户相当有品味的人家做客。

　　用过简单的午餐后，我们又继续在"宫殿"闲逛。我们往大厅右边的长廊行去，这条长廊的屋顶是用六支巨型象牙呈拱形架成的。当然，在全球环保的呼声下，这些象牙不是真的，而是由居住在南非山上的Balinese用厚圆铜做成的。

　　走着走着，突然见到长廊的尽头有一只大象在那儿跳跃着。怎么可能？难到是我睡眠不够，眼花了？

　　再走前看真些，才知是 Shawu 的塑像。Shawu，曾是 Kruger 公园最巨大的七种动物之一，重三千公斤。它在 1982 年死于自然。Shawu 虽死了，但它的头盖骨和象牙，仍放在 Kruger 公园内展览，而它那重达 103.4 斤的象牙，也曾有人出价二百万美元购买。当然价再高也不会出售，毕竟它被南非视为国宝。

　　如今它居然在"宫殿"又复活了！而让它复活的是雕塑家 Danie Dejager，他用了二十七个月的时间才将铜像塑好。为了要将 Shawu 雕塑得逼真，Danie 在工作之前，研究了数千张 Shawu 生前被拍的照片，并详细地做了记录。同时他又不停地观看 Shawu 攻击敌人时的录影带。此外，还到 Kruger 公园和约翰内斯堡动物园仔细观看活生生的大象的一举一动。这时他才觉悟到，过去认为大象是笨重的观念，完全是错误的。

　　当他动工时，Kruger 公园暂时借给他一头叫作 Safari 的小象做他的玩伴。

　　他工作环境的温度必须保持在二十摄氏度以下才行，否则黏土就会融化。他做好泥塑模型后，将之分成二十四块运到意大利上铜。这个过程用了九个月的时间。其间，为了确保不会出错，他曾飞到意大利好几次。当合成的大象被运回南非后，才装上尾巴及象牙。于是，Shawu 在

Danie 极致的手艺下，终于又恢复了生命。

对于"宫殿"的创意和建筑，我是全然的沉醉、迷惑和欣赏。这幢建筑物的风格毕竟是少见和脱俗的。

"宫殿"的绘测师，是此行业赫赫有名的 Gerald L. Allison。其实一幢建筑物的建成，是科学与艺术的结合。世上能有多少深具才华的人像 Allison 这么幸运，可以完全不用考虑预算，也不必受雇主左右，随心所欲地任自己发挥才情。我想，任何一个创作者一生能得到一次这样的机会，也都可一生无憾矣。

然而，Allison 确实也没让 Kerzner 失望。他为 Kerzner 创造了酒店史上的一个神话。

也许，他的灵感是受美国耶鲁大学宾汉教授于 1911 年在马比丘发现的一座失落的城市的启发。于是，就在南非，创造了这座几千年来，已经遗失在人们记忆中的城市。

晚餐在"宫殿"内的 Villa del Palazzo 餐厅进食。餐厅的三面均被水围绕着。我边享用着美味的北意大利餐，边望向窗外。夜晚的"宫殿"在灯光的照射下，更增添了它的风华。

半夜，我从噩梦中惊醒。我梦到沿途那些贫苦的黑人拥到太阳城来了。他们伸出瘦瘠的黑手，向太阳神祈求温饱。他们像潮水一样不停地涌来，人愈来愈多，声浪也愈来愈大。人群开始骚动了！他们开始抢，开始破坏"宫殿"里的食物和陈设。他们跑到我的床前，用一种空洞茫然的眼神望着我。我被吓醒，怔怔地想着梦境，再望望周遭的一切，竟有种罪恶感。

南非的第一个夜晚，便是如此张大眼睛什么都想又什么都不想地度过了。

第二天，我带着微颤着的心情，参观太阳城内的娱乐中心。这里有一个赌场，规模虽比不上拉斯维加斯的赌城，但仍能一解许多游客的赌兴。我们还去看了一场歌舞表演，当然也是无法和赌城的相比，然而大家来这里的目的，不是为了这些，而是为了在这座失落的城市圆梦。

出了赌场往左走，是一道通往花园的石阶。我们顺着石阶走下去，那儿是一处废墟，很像古罗马的竞技场，隐隐透出一股历史的沧桑。

再往前走，我们来到时光桥（The Bridge of Time）前。四只张开双手的猴子石雕蹲在入口处，像是欢迎着访客的到来。桥上，十二只大象分列两旁，非常雄伟壮观。桥头，一只豹像守护神似的守在娱乐中心的大门旁。

我在时光桥上来回徘徊，静静地想着这里的每一个雕刻，每一处设计。几乎每到一处角落，不管是什么内容，一看都会让人在心底惊呼，在心中赞叹。然而，人世间，最吸引人的，还是在大自然里飞跃的生命。

到南非少不了到丛林看野生动物。可惜丛林太大，吉普车虽在其间穿梭良久，我们也都特别睁大眼睛到处搜索，然而，不过只看到一些稀稀落落的长颈鹿、狒狒、野猪、斑马、犀牛和河马等。大家虽有些失望，但总算聊胜于无。

午餐吃的是道地的非洲餐。非洲本身的食物是贫乏而没有文化的。但因吃的地点是在真正的森林里，那种特别的感觉，倒是让我们兴奋不已。

当我们踩着石阶上到丛林里一个类似瞭望台，并有着原始情趣的餐厅时，两位黑人接待员马上为我们送上了一杯清凉可口的果汁。

接着，那两位接待员开始忙着准备午餐。他俩端出好几个铁锅放在已烧热的炭火上。铁锅全都盖着锅盖，让我们完全猜不到铁锅里到底"卖的是什么膏药"。约莫一个小时的工夫，铁锅盖终于被掀开；然而，里面装的食物，全是黄糊糊的一片，我认不出也叫不出，只得虚心请教。他们很有耐心地为我一一讲解。我不妨为大家列出几样觉得较能入口的非洲菜单：

Babutties：将蛋和牛肉搅碎在一起蒸熟的食物。

Puttu：一种类似米浆的食物。

Mealies：用番茄酱为配料做成的饼。

非洲餐虽不算可口，但这里的白酒和红酒却是物美价廉，而且达到世界标准。南非共有二千一百种红白酒可供选择，价钱自一块美元到二十块美元一瓶的都有。与我一起来，懂得品酒的友人，在喝过后全都赞不绝口，使得原本不嗜酒的我，也经不起诱惑喝了几杯。

行程的第四天，我们到约翰内斯堡的 Sandton Sun 饭店用餐。

午餐后，我们就直奔机场。不过短短两小时航程，我们就在被誉为世界最美丽城市之一的开普敦（Cape Town）降落了。

开普敦是南非历史上最久的白人殖民地区，1498 年，葡萄牙船队在开辟印度洋航线时发现了好望角。1651 年，荷兰人首先在此定居，并建立荷兰东印度公司。从此，欧洲人在南非的发展便由这座"母城"开始。因而开普敦在人文景观上也呈现出丰富的文化遗产。

到达开普敦时，已是晚上七点半，所以一路上看不到什么景色。我们住的 Mount Nelson Hotel，是开普敦最古老的一家旅馆。它的第一位客人在 1899 年 2 月 28 日住进来。这间旅馆可说既不显眼，也不堂皇。

当晚的主菜是鸵鸟肉。说实在的，对于吃，我是最不具冒险精神的，每次总要等别人试过，再观察他们的表情后，才能决定吃还是不吃。没想到鸵鸟肉的味道居然跟牛肉一样鲜美。

开普敦最著名的景点是桌山（Table Mountain），这座山已成了开普敦的象征，如果没上桌山顶，就等于没来过开普敦。然而，要能上到桌山顶还得靠点运气，得老天帮忙。风太强不行，云太多不行，雨太大也不行。曾有许多游客因天公不作美，失望而归。到开普敦的第二天，就因为云多，我们无法上桌山顶，只好先一览开普敦市的美丽景色。

我们坐车沿着开普半岛最美的海岸线驶去。据说这段公路是役使因犯费十几年的工夫，全凭双手挖掘出来的。

我们在一绝美的海湾处停下。滨海处有许多高尚的住宅区，原来开普敦人最喜爱的住宅区就在海边。

住宅区后面是十二座高低起伏的山峰，因为耶稣有十二位门徒，故当地人就称这些山峰为十二圣徒峰（Twelve Apostles）。

拍过照后，上船又前往豪特湾（Hout Bay）的海豹岛看海豹。船外风强浪大，我怕晕浪，坐在船舱内。约莫二十分钟的光景，听到船外的人大声呼叫，我知道他们已看到海豹了。我赶紧走出船舱，只见成片的岩石上栖息着成百上千的海豹、海鸥和各类海鸟。它们那股慵懒悠闲劲，真让我们这些整天营营役役的苦苦众生羡慕不已。

当然开普敦还有一处绝对不能漏掉的景点，就是好望角（Good Hope）。它是 15 世纪末期葡萄牙航海家在开辟印度洋航线时发现的，从此为欧洲人所认识。它也是我求学时，记得最清楚的外国地名，但从没想过，有一天能亲临此地。

不知为何，当到达好望角时，我的心开始激动起来。

一下车，我就迫不及待地往那座古老的灯塔行去。

刚朝灯塔攀登时，已发现浸浴在冬日阳光下的好望角美得无与伦比，只是那时仍无法一眼看全，待到了顶端，才能放眼鸟瞰，仔细端详，只觉蔚蓝的天，碧绿的海，充塞满眼，得到的全是畅快。

飒飒凉风由大西洋吹向印度洋，这里的海域并不宁静。突然在遥远的海里，看到一只鲸鱼飞跃而起，那随之溅起的巨大水花好像烟花迸散在天空一样。我情不自禁地像孩子似的高声欢呼起来，没想到在电影中才能一见的镜头，居然出现在我的眼眶。

隔天八时，当我们在旅馆用早餐时，即听到一个好消息，今天可以上桌山顶了。

到桌山顶，可以坐缆车，也可以攀登上去。桌山，山顶平平的，远远望过去，就像是一张长桌。

站在海拔 1067 米高的桌山顶上，并没有像到达其他峰巅的那种狭窄局促的感觉。桌山顶一片平坦宽广，再多的人也能共荣并存。

远眺开普敦市的确景色如画，绿林、群山、大海，蔚蓝的天空，广阔的草原，实在是一幅幅大气魄的风景。

有人指着桌湾中的扁平小岛说："那就是曾经囚禁过南非最著名的反对派领袖曼德拉的罗宾岛。"

罗宾岛距离开普敦市六英里，从桌山俯瞰，似乎触手可及，然因罗宾岛上的水土恶劣，不适合居住，从公元 1615 年关进第一批英国囚犯算起，罗宾岛即以监视严密、严刑苦打和无休止的非人劳役而恶名昭彰，不少黑人民运分子都曾暴毙岛上。

1990 年 2 月获释的黑人民权领袖曼德拉，也在这个岛上被关了十九年。开普敦观光局原本有意将罗宾岛改建成观光旅馆，但是 ANC 坚持要改建为纪念黑人对抗种族隔离苛政的博物馆。1997 年 1 月 1 日，罗宾岛博物馆正式向公众开放，并在 1999 年被联合国教科文组织宣布为世界遗产。

开普敦市区有一处是伊斯兰教徒聚集的地方。居住在此地的印度和马来西亚伊斯兰教徒是 17 世纪时荷兰东印度公司从亚洲载来南非的劳工。如今，他们的社会地位介于白人和黑人之间，共有三十五万人。

有一晚我们特意去一家清真餐厅用餐。这家餐馆不大，客人也没坐满。我们想看菜单点菜，可是奇怪得很，餐厅的主人不让我们看菜单，他说，会帮我们配最好吃的菜。

不一会儿，咖哩羊肉、咖哩鸡肉、烧鸡一一端出来，哇！确实美味。而我最爱吃的是用红萝卜粒、青豆及玉米粒煮的饭，真是香甜可口。至于内包冰激凌的巧克力球，更是孩子们的最爱。我们用餐的当儿，厨师不时出来，看我们是否吃得称心如意，当我们每个人都竖起大拇指时，他高兴得合不拢嘴。这时我才了解，菜单是给那些外行的南非人看的，像我们这群家乡客，老板当然要吩咐厨师煮几味道地的家乡风味才行。

南非的大城市相当繁荣，但是治安并不太好。我们经过的高级住宅区，几乎所有人家的围墙上都装上了高压电，同时还雇有二十四小时的警卫保安。

我们在开普敦停留的期间，就听闻马来西亚一位要人的妻子在市中心被抢，抢匪居然还警告事主不可轻举妄动，那些见到枪案发生的行人也个个视若无睹，让抢匪扬长而去。

在南非的几个大城市行走很少见到黑人，我们住的旅馆及去的餐馆也少有黑人顾客，即便工作人员也很少黑人。种族隔离政策解除后，虽然许多黑人从乡镇到大城市里来，但仍没有太多的机会就业，于是许多贫民区就出现在路的两旁，治安也变得愈来愈坏。

一天黄昏，我和女儿一起到离旅馆不远处的公园逛。出来时我把护照、现款和贵重的东西全放在旅馆的保险箱内，身上只带了三百兰特（约美元五十元）。

因是冬天，公园里没多少花草，显得一片凄清落寞的样子。公园里除了一些零星路过的行人和几个无家可归的流浪汉外，还有两位貌似父子的小贩，在公园的人行道旁兜售手工艺品。

我远远地朝那两位小贩的方向走去，只见那个十一二岁大的黑小男孩，拿着一些木雕，向每一个路过的行人兜售。看他跑了好几圈也没一笔生意成交。

最后他兜到我的面前，头低垂着，似乎已不抱任何希望。

"除了你手上的这些，还有其他的选择吗？"我笑着问。

他吃了一惊，抬起头来，马上示意我到那位中年男子处去看。

那位中年男子见我行来，忙不迭地将一些布袋打开，拿出一些木雕，任我挑选。

因这些木雕太重，我无法带太多，只能选了两样。当他们递给我时，我顺口问他："生意好做吗？"

没想到这位中年男人，居然眼湿湿的和我说了一大堆话，他说："我们从贫苦的乡村来到城市，本想能多赚些钱再将妻子和其他的孩子接来，但是我们过去没接受好教育，又无一技之长，虽然种族隔离政策解除了，但我们要能跟得上最少还需二三十年的时间。这几个月单靠卖点手工艺品，有时连三餐都顾不上，还要拖着孩子跟我受苦。不知几时才能……"

我静静地听着他，望着他那一脸的无奈、辛酸和悲凉……

我接过他递给我的东西时，将身上所有的钱都给了他。我为给的钱不多而感到难为情，很怕伤到他。所以不说一句话就转身快步离去。不一会儿，听到他在后面叫喊着："太太，太太！你给错钱了，太多了。"

也许在这个世界上，从来没有一个国家像南非一样贫富之间有这么大的差距。一面有着第三世界国家的特征：爆炸性的人口增长率，低生产率，低教育水平，高失业率，房屋严重短缺，人民营养不良；另一面却完全呈现出第一世界的繁荣景象：工业高度发展，多样化出口的科技产品，现代化的通信设备，先进的公共设施。

在白人统治前的黑人社会，即使他们的语言和文化不同，但因为有非洲人共通的民族意识，部落与部落之间互相残杀的情形非常罕见，但是自从白人有意将黑人依语言和文化的不同划分成十个族和十个独立的自治区（又称班图斯坦，Bantustan）后，不久就产生自己是属于某一种部落的自我认知，因而造成了部落间不时产生纷争的导火线，换句话说，是白人故意煽动黑人部落的沙文主义，使得他们分裂，令他们很难团结的。直到现在，非洲民族会议（ANC）和 Inkatha 自由党仍是冲突不断。可以说，班图斯坦的形成带给黑人的是无与伦比的历史伤痕。

后　记

　　这本文集，是我从创作的众多散文中挑选和整理出来的，共84篇，记录了我内心深处曾经烙印的铭心记忆，和伫留某地所引发的心灵感动。

　　全文分为四辑。辑一：往日情怀。在这21篇选文中，除了缅怀已逝的文坛前辈，还记录了让我印象深刻的人与事。《阿春嫂》是我发表最早的一篇散文，此文写于1986年3月。当时看到《南洋商报》主办"记一个最难忘的人"征文赛，我为了纪念为家人服务了半生的忠仆而参赛，没想到竟然得奖。之后，这篇文章又被选入南京大学的课外教材内。《戈壁明珠》是1995年到吐鲁番葡萄沟，漫步葡萄架下，见品种繁多的串串葡萄晶莹光泽，有如进入珠宝宫，激动异常写下的文字。此文被选入新疆中学语文地方教材（初中版）。

　　辑二：因为有情。在这15篇选文中，是我对爱情、亲情、世情的剖析和感悟。希望读者在阅读的同时，也能有所共鸣或领悟。其中《婚姻》一文被选入中国暨南大学预科系列教材（语文）；《我的中国梦》则在"侨心共筑中国梦"全球征文赛获得一等奖。

　　辑三：桑梓之情。在这29篇选文中，书写与我有着深厚感情的马来西亚和祖国等地。辛弃疾说："我见青山多妩媚，料青山见我应如是"。所谓"景附丽情"，或许文中都蕴含着我的真情实意，因而《惊识大宝森节》和《寻找失落的伊班族》才能被选入马来西亚中二华文课本内；《松花江的神奇》亦获得中国"徐霞客奖"，并被选入中国《游记辞典》及《20世纪旅外华人散文百家》。

辑四：寰宇风情。共收录了我笔涉五大洲的游记19篇，是我对所经之地的自然景观及人文特点的所见，所闻，所感，所想。我以一个地球人的视角，在奇山异水间跋涉喟叹，在历史遗迹前驻足默想；或展现一幅幅瑰丽绚烂的自然奇景，或探求各民族性格及文明的发祥衰落，赋予笔下的游记以历史文化内蕴。

整理这本跨越长达30余年时空的文稿过程，其实也是对自我精神世界旅程的一次驻足回首、审视、清理、批判和鞭策。

此书完成，首先要感谢吴义勤先生的信任和鼓励，以及谢冕先生热情真挚的序文《因为有情，更因为有爱》。诚如巴金所言："我之所以写作，不是我有才情，而是我有感情"。

此外，王蒙先生和潘耀明先生为本书所撰写的推荐语和富有鼓励性的评语；作家出版社的鼎力支持；责任编辑赵莹的协助编选和校阅；以及许多一直关注支持我的读者和亲友们，谨在此一并表示深切的感谢。

戴小华

2019 年 3 月 8 日

图书在版编目（CIP）数据

因为有情：戴小华散文精选集 / 戴小华著 . —— 北京：作家出版社，2019.4 （2023.9 重印）

ISBN 978 - 7 - 5212 - 0460 - 5

Ⅰ . ①因…　Ⅱ . ①戴…　Ⅲ . ①散文集 – 中国 – 当代
Ⅳ . ①I267

中国版本图书馆 CIP 数据核字（2019）第 059271 号

因为有情

作　　者：戴小华
责任编辑：赵　莹
装帧设计：史家昌
出版发行：作家出版社有限公司
社　　址：北京农展馆南里 10 号　　邮　　编：100125
电话传真：86 - 10 - 65067186（发行中心及邮购部）
　　　　　86 - 10 - 65004079（总编室）
E - mail: zuojia@zuojia.net.cn
http: // www.zuojiachubanshe.com
印　　刷：三河市北燕印装有限公司
成品尺寸：152 × 230
字　　数：300 千
印　　张：22.75
版　　次：2019 年 4 月第 1 版
印　　次：2023 年 9 月第 2 次印刷
ISBN 978 - 7 - 5212 - 0460 - 5
定　　价：48.00 元